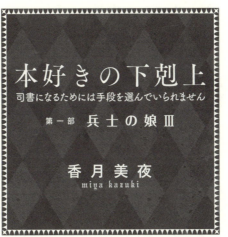

本好きの下剋上

司書になるためには手段を選んでいられません

第一部 兵士の娘Ⅲ

香月美夜

miya kazuki

TOブックス

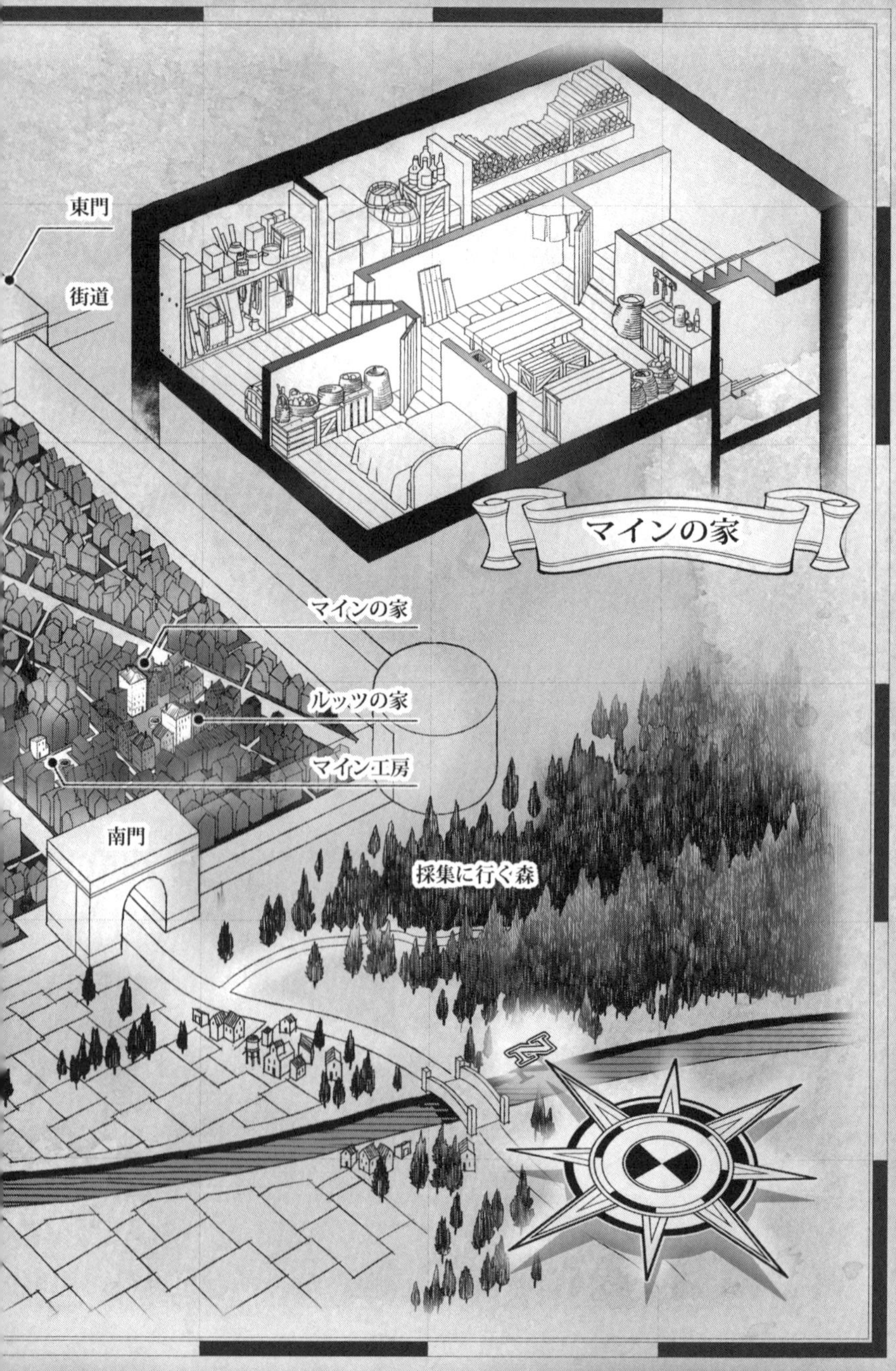

マインの家
東門
街道
マインの家
ルッツの家
マイン工房
南門
採集に行く森

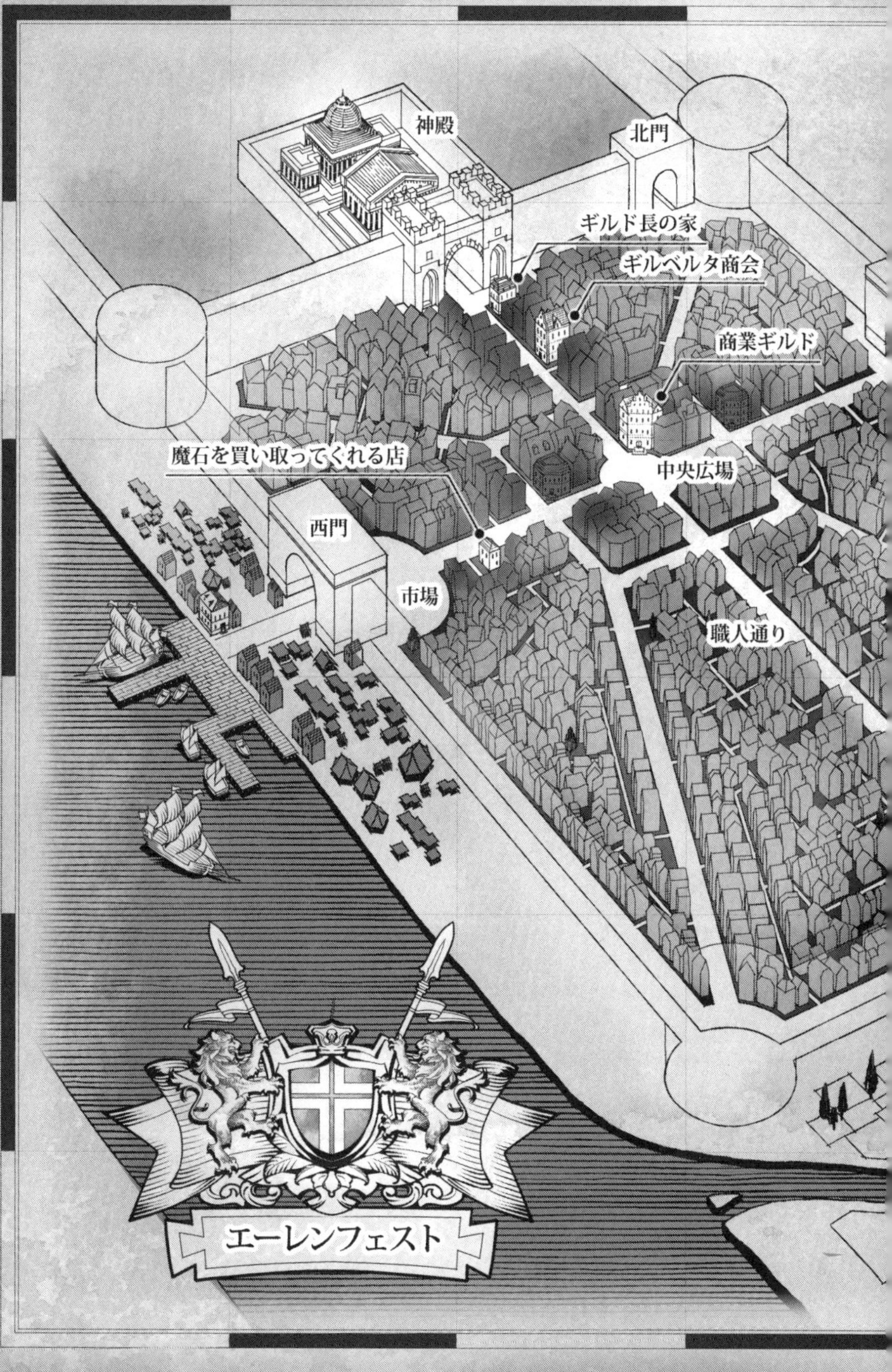
神殿
北門
ギルド長の家
ギルベルタ商会
商業ギルド
魔石を買い取ってくれる店
中央広場
西門
市場
職人通り
エーレンフェスト

第一部 兵士の娘Ⅲ

イラスト：椎名　優　You Shiina
デザイン：ヴェイア　Veia
マップ制作：藤城　陽　Yoh Fujishiro

第一部 兵士の娘Ⅲ

プロローグ

「ギルベルタ商会でマインがとうとう倒れたらしい。部屋の準備と魔術具を」

商業ギルドにいる祖父からの急使が馬を走らせてきて、そう言った。

とうとうこの日が来た、とフリーダは茶色の瞳に強い光を宿らせる。急使を迎えた執事を見上げ、すぐに準備を整えるように指示を出す。

「おじい様の使いはギルベルタ商会にも向かったはずですもの。ベンノさんがマインを連れてここまで来るのに、それほど時間はかからないわ。できるだけ準備を急がせてちょうだい。わたくしはおじい様のお部屋に参ります」

フリーダは自分が常に首から下げている細い鎖に手を触れて、するりと鍵を引っ張り出した。鎖につけられている鍵は二つある。一つは祖父の部屋の鍵で、もう一つは祖父の部屋の中にある金庫の鍵だ。

自分の側仕《そばづか》えであるユッテと二人で祖父の部屋へと入り、フリーダはがっちりとかかっている金庫の鍵を開けた。その中にあるのは、貴族から金にあかせて買い取った魔術具だ。十個近くあった魔術具はもう残り数個になっている。マインと同じ、身食いという病に侵されていたフリーダの命を繋ぐために必要な物である。

フリーダは魔術具で延命しつつ、手広く商売する祖父の伝手によって、ある貴族と契約を結ぶことで命を長らえることができた。けれど、いつ貴族の気が変わるかわからない。ここに残っている魔術具はフリーダの命を繋ぐために必要になるかもしれない物だ。自分の手首にはまっている、貴族から渡されている魔術具に指を触れながら、フリーダはほんの少し目を細めた。

「よろしいのですか、お嬢様？」

ほんのわずかな迷いを看過したように、ユッテがフリーダに声をかけてきた。一瞬の躊躇《ためら》いを振り切って、フリーダは金庫の中に手を伸ばす。

「えぇ、マインは初めてのお友達ですもの。マインをウチで取り込むためならば、惜しくないわ」

そっと手に取ったネックレスの形の魔術具は、乱雑に扱うとすぐに壊れてしまいそうな古い物だ。貴族にいくらお金を積んでも、平民に譲ってもらえる魔術具は壊れかけのものしかない。足元を見られているのはわかっているが、命の値段だと思えば買うしかない。

「マインもわかるはずよ」

マインは糸を編んで作った新しい髪飾りを作り出した。他にも新しい商品を握っているに違いない。利に敏く、最もエーレンフェストで勢いのあるギルベルタ商会が洗礼式前から仮登録をしてでも大事に抱え込んでいる金の卵だ。フリーダはその金の卵が欲しくて仕方がなかった。商売の事を考えてもマインを取り込んでいくのは大事だと自分の勘が訴えている。

ただし、胸の中にあるのは商売っ気だけではない。同じ年頃で、同じ身食いで、同じ職種に就こうとしているマインは、フリーダにとって初めて見つけた仲間だ。近くにいてほしい。これから先、貴族街に行くことになってからも、ずっと支え合っていきたい。そう思っている。

マインもこれから生きていくためには、自分と同じように貴族と契約を結ばなくてはならない。そのために力になれるのは新興の商会であるギルベルタ商会ではなく、商業ギルドのギルド長をしている祖父だ。貴族と繋がりの深い自分達にすがった方が良い条件の貴族と契約できるだろう。

「マインはベンノさんに恩を感じているのですから、こちらも恩を売れば良いのです。命が助かれば、きっとマインはこちらに恩を感じてくれるわ」

恩を売って、すんなりとマインがこちらについてくれれば良いけれど、人の感情はそう簡単には変わらないだろう。それならば、こちらに来ざるを得ないようにすれば良い。いくつ策を練っても、欲しいものは手に入れなければならないのだ。

「この魔術具のお値段……ベンノさんには小金貨一枚と大銀貨二枚とおじい様が伝えたけれど、本当は小金貨二枚と大銀貨八枚なの。ベンノさんはマインが払うと言ったけれど、値段が違っても、マインに払えるのかしら？」

「払えなければ、どうなさるのですか？」

お嬢様が損をしないように、と呟くユッテにフリーダはふふっと笑った。

「マインをオトマール商会に入れるのです。マインがこちらに来るならば、そのくらいの損はすぐに埋められるわ」

フリーダと身食いの話

熱の中に呑み込まれ、端からゆっくりと食われていくような感覚は覚えのあるものだった。前と同じように意識をなるべく集中させて、わたしは何とか熱を退けようと抗ってみる。

……わたし、本をまだ作ってないいんだって！

以前に抜け出た時のやり方を思い出しながら、熱を中心に集めようともがいてみるが、以前と違って熱量が多すぎる。押しても、押しても、逆に押し返されて流されてしまいそうになる。

それでも、えいえいっ！　と強気に自分の周りの熱を振り払っていると、突然ある方向に熱がぐわっと吸い取られ始めた。まるで掃除機のコマーシャルで大量のゴミがグオォォッと吸われて行くように、周囲の身食いの熱がなくなっていく。

……よぉし！　このままなくなっちゃえ！

どんどん熱が減っていくのが面白くて、吸い取ってくれる掃除機に次々と送り出していると、どこかで何かがパン！　と弾けたような音がした。それと同時に熱を吸い込んでいた動きがぴたりと止まる。送り込もうとしても、熱が戻ってくるようになってしまった。

……あれ？　掃除機、壊れた？　もしかして、まずいことしちゃった？　どうしよう？

一気に減った熱がふよふよと漂う中で、わたしはしばらく途方にくれた。もちろん、現状を教えてくれる人もいなければ、自分以外の存在があるわけでもない。

……助かったみたいだし、後で考えよう。

先程と違って、半分ほどに減ったように感じる身食いの熱を中心に押し込んで行く。少なくなった熱を抑え込んで蓋をしてしまうのは、難しいことではない。不用品をダンボールに詰め込んでクローゼットに押し込むように、ぎゅぎゅっとまとめて中心部に抑え込んだ。

やっと終わった達成感に包まれていると、ゆっくり意識が浮上していくのを感じた。


……どこよ、ここ？

目を覚ますと、また記憶にない世界だった。

まず、薄暗い。日が暮れかけているのかと最初は思ったけれど、暗いのはわたしの頭の方だけで、足の方からはほんのりと光が入ってきている。だから、視界は確保されていて、天井というか、わたしの視界いっぱいに深緑のだらんとした布が広がり、自分が寝ているベッドを囲っているのがわかった。足元の半分だけはカーテンが開けられたようになっている。完全に人目を避けるための厚みがある布で覆われている天蓋ベッドだ。こんなに布を使えるのはお金持ちに決まっている。

……もしや、今度こそお貴族様に生まれ変わった⁉

ベッドの素材もウチのベッドとは全然違う。いつも寝ている藁《わら》ではなく、柔らかな素材の上に温かい毛織物のシーツと厚みのある暖かい布団が被せられている。肌触りは良いし、すごく寝心地がいい。麗乃《うらの》時代はスプリングの利いたベッドで羽毛布団や柔らかい高級毛布を使っていたが、一年の生活でかなり記憶は塗り替えられたようだ。ゴロンと体を横にしても、うごうごと頭を動かしても、枕や布団がカサコソ言わないし、シーツの下から藁が飛び出して、チクチクしないのが、不思議にさえ感じている。

……藁布団もあったかいんだよ。慣れれば、ノミやダニに食われても寝られるようになるもん。慣れればね。でも、こんな気持ちが良いお布団は久し振りだ。このままもっと寝ていたい。

トゥーリと一緒に使う自分のベッドは、寝返りを打つのも気を付けなければいけないくらい狭いけれど、このベッドはゴロゴロしても大丈夫な広さがある。

ゴロゴロとベッドの端まで寄ってみると、ベッドサイドに椅子と小さな台があり、火の消えた燭台があるのが見えた。どれもこれもわたしには見覚えがないものばかりだ。

しかし、ゴロゴロすることで、見覚えのあるものも目に入った。自分の手や髪だ。手を伸ばしたり、髪を引っ張ったりしたところ、マインの姿から変化がないことだけは確認できた。

……生まれ変わってなかったね。だったら、尚更ここはどこよ？

わたしは自分が意識を失う前のことを何とか思い出そうと、記憶を探る。そういえば、意識を失う前、確かベンノがギルド長に連絡するように言っていたはずだ。

「……あ～、もしかして、ギルド長の家かな？」

身食いの熱を何とかする魔術具を持っているという話だったたし、ベンノが話を付けたと言っていたので、ここはギルド長の家で間違いないだろう。お金持ち具合にも納得できた。

「すみません、誰かいませんか？」

体がだるくて起きたくないけれど、現状把握はした方がいい。ベッドの端に寝転がったまま、のっそりと手を伸ばして垂れ下がっているカーテンのような布をちょっと引っ張る。わたしの声が聞こえたのか、ゆらりとカーテンが揺れて、知らない女性が天蓋の中に入ってきた。

「少々お待ちくださいませ」

それだけ言って、彼女は出て行く。わけがわからないまま動くこともできず、布団にくるまって待っていた。すると、だんだん体が温かくなってきて、睡魔がやってくる。

……ヤバい、また眠たくなってきた。

うつらうつらし始めた時、ドアの開け閉めをする音が聞こえ、足音が近付いてきた。授業中に舟を漕いでいて、教師の足音に覚醒したように、一気に意識が戻ってくる。

ふわりとカーテンが揺れると、薄い桜色のツインテールが覗き、フリーダが火の灯った蝋燭を持って天蓋の中に入ってきた。

「マイン、目が覚めたのね？　ご自分の状況をどれほど覚えているのかしら？」

フリーダは蝋燭を台に置き、ベッドサイドの椅子に腰を下ろす。話をする雰囲気を感じて、わたしも体を起こそうとしたら、フリーダが押しとどめた。

「今回の熱は体には相当負担だったはずよ。そのままの方がいいわ」

「ありがとう。でも、話をするのに寝転がってると眠っちゃいそうだから……」

わたしが体を起こして座ると、フリーダは苦笑しながら「無理をしてはダメよ」と言った。

「えーと、自分の状況だったよね？　わたし、ベンノさんのお店にいる時に熱が噴き出して呑み込まれたところまでは覚えてる。……多すぎて自分ではどうしようもなかった身食いの熱がどこかに吸い取られていったんだけど、もしかして、フリーダが何とかしてくれたの？」

あんなふうに急激に熱がなくなるなんて今まではなかった。おそらく、ベンノが言っていた魔術具を使ってくれたのだろう。それは、つまり、高価な魔術具を壊したということではないだろうか。

ザッと血の気が引いていくわたしとは正反対に、フリーダはやんわりとした笑顔で何度か頷いた。

「ほとんど正解ね。壊れかけの魔術具に詰め込めるだけ詰め込んだの。魔術具は壊れたけれど、マインの身食いの熱はかなり減ったと思うわ。どう？」

「うん、すごく楽になった。でも、魔術具って高いって……」

真っ青な顔で尋ねると、フリーダはとても楽しそうなイイ笑顔で値段を提示してくれた。

「えぇ。先程壊れた物が小金貨二枚と大銀貨八枚なの。ベンノさんはマインが支払うと言っていたけれど、本当に支払えるのかしら？」

ベンノがリンシャンの追加情報に値段を付けた時、ベンノはこの魔術具の値段を知っていたとしか思えない。そうでなければ、あまりにもピッタリすぎる。

……あれ？　でも、最初は小金貨二枚って情報料つけてたよね？　それじゃあ、足りなかったんじゃ？　紙の売買で何とかなると思ってたのかな？

ベンノの言葉に多少の齟齬《そご》を感じながら、わたしはフリーダに向かって頷いた。

「……支払えます」

「本当に持っていたなんて……マインをもらい損ねちゃったわ」

軽く目を見張って驚いたフリーダが、少し不満そうに頬を膨らませる。

「お金が払えなかった時はマインをギルベルタ商会ではなく、オトマール商会に登録させるって話だったのよ。おじい様はベンノさんに魔術具のお値段を小金貨一枚と大銀貨二枚と伝えたって言っていたから、絶対に足りないと思ったのに。わたくしよりベンノさんの方が一枚上手ね」

……小金貨二枚をお断りしたわたし、グッジョブ！　そして、情報料をギリギリまで上げたベンノさん、マジ英断でした！　こんな命がかかった魔術具の値段でまで罠を張るようなお店に就職した日には、繊細なわたしの胃に穴が開きますから！

ホッと胸を撫で下ろすわたしに、フリーダは少し真面目な顔になった。

「先程の魔術具は、例えるなら、カップから零れそうになった水を吸い上げただけのこと。カップの中の水がなくなったわけではないし、成長するにつれてまた水の量は増えていくの」

フリーダの言葉に、わたしは頷いた。一年前より半年前。半年前より一月前。一月前より今。どんどん扱いにくくなっていた身食いの熱は、魔術具に吸い取ってもらった今は落ち着いている。かなり減ったけれど、これからまた増えていくのは、自分が一番よく知っている。

「困ったことに、器が大きくなる速度より、水が増える速度の方が速いのよ。だから、多分、またいっぱいになるまで、あと一年くらいしかもたないと思うわ」

同じ身食いだからだろう、フリーダの言葉が正しいことは実感としてわかる。わたしが頷くと、フリーダは意識的に感情を排除したような無表情で淡々と言った。

「だから、マイン。よく考えて選びなさい。貴族に飼い殺されても生きるか。家族と共に生活をして、このまま朽ちるか」

すぐには意味が理解できなくて目を瞬くわたしに、フリーダは困ったような笑みを浮かべた。

「魔術具は基本的に貴族が所有しているものなの。わたくしの身食いを知ったおじい様がお金にあかせて、貴族にとっては価値のない壊れかけの魔術具を買い漁ったから、我が家にはまだいくつか魔術具があるけれど、他を探しても、もうないと思うわ」

「えぇぇぇぇっ⁉　価値がない壊れかけが小金貨二枚と大銀貨八枚ってこと⁉」

わたしが大きく目を見開くと、フリーダは何度か目を瞬いた後、ゆるく首を傾げた。

「命の値段だと思えば、それほど高いわけでもないでしょう？　きちんと作動する魔術具は大金貨が必要になるもの。身食いの平民は生きていきたければ、貴族のためだけに働く契約をして、魔術具を買い、その借金を返すために飼い殺されるしかないのよ」

それが当然のこと、というように説明するフリーダの姿から、フリーダ自身も何度も何度も同じ説明を受けてきたのではないかと思い至った。

「……もしかして、フリーダも？」

貴族と契約して魔術具を買ったのか、と尋ねると、フリーダは花が開くような笑顔で頷いた。

「えぇ。わたくしはすでに貴族と契約しているの。成人まではここで過ごすことを許されているけれど、成人式が終わった後は、貴族の愛妾《あいしょう》となることが決まっているのよ」

「はぁ⁉　あ、あああ、愛妾⁉　愛妾って意味がわかって言ってる⁉」

可憐で可愛い幼女の口から出てくる言葉とは信じられず、口をパクパクさせると、フリーダが逆に驚いたようにわたしを見た。

「……その反応、マインは愛妾がどういう存在か、ご存じなのね？」

六～七歳の子供が普通知っている言葉ではない。しかも、意味がわかっていて、そんなものになると決まっているなんて平然と言うのがあり得ない。

「第二夫人や第三夫人になるお話もあったのですけれど、正式な妻になってしまうと相続権や妻同士の優先順位などが煩《わずら》わしいんですって。特に、我が家は下級貴族よりお金があるから、無用な軋轢《あつれき》を生む可能性が高い、とおじい様がおっしゃっていたわ」

「ひいぃぃぃぃっ！　ギルド長！　子供になんてことを言うの!?」

思わず叫ぶと、フリーダは少し表情を厳しくしてわたしを見た。

「マイン、他人事ではないわ。生きていくことを選べば、貴族の世界で生きていくことになるの。うまく立ち回らなければ、魔術具があっても別の理由で殺されることも少なくないわ。自分の身を守るためには情報は大事なの。隠されたら、自分自身が危険なのよ？」

「ごめんなさい。考えなしはわたしでした」

相変わらず平和ボケした日本人思考が抜けていないようだ。安穏と生きられたぬるま湯のような世界と、ここは別の世界なのに。すぐさま謝ったわたしにフリーダは苦笑する。

「気にしないで。わたくしの場合はかなり特殊なの。おじい様がギルド長で、貴族の方々とも広く商いをしているでしょう？　繋がりが欲しい方も、援助を乞うてくる方もいて、自分や家族にとって条件の良いところを選ぶことができたんですもの」

「条件って……？」

なんとなく流れで首を傾げて問いかけると、よくぞ聞いてくれました！　というような顔でフリーダが口を開いた。

「わたくし、貴族街にお店を持てるの。旦那様のお屋敷の一室や離れを賜ったりするのではなく、自分のお店を持てるのよ。出店料も生活費も我が家持ちだけれど、貴族街に支店が持てるし、身食いということで諦めていた商いができるようになるし、わたくし、とても楽しみなの」

キラキラに輝く笑顔で、将来が楽しみで仕方ないと、フリーダは花のような笑みを浮かべた。

「……そう、なんだ。フリーダは好きな人と結婚とか、考えないの？」

「まぁ、マイン。何を言っているの？　結婚はどの道、父親が相手を決めるものでしょう？　いくつかの候補の中から選ぶことはあっても、決められた相手と結婚することに変わりはないわ」

……あぁ、わたしの常識、ここの非常識。そういえば、結婚相手は父親が決めるんだった。完全に家と家のお付き合いなんだ。

「だから、貴族街に拠点を持てるということで家族は満足しているし、利益の三割を旦那様に納めることになるけれど、自分のお店が持てるし、旦那様と物理的に距離を取ることで面倒事からも遠ざかることできそうだし、わたくしにとっては良い条件なのよ」

そんな可愛らしい笑顔で愛妾になる将来を語られると、常識が違うとわかっていても、わたしは非常に複雑な気分になってしまう。

「わたくしは金銭的援助という点で、利点がありますけれど、マインには貴族にとっての利点がないでしょう？　わたくしの愛妾などと言われる立場さえ羨ましいと思うような生活になるかもしれないの。よく考えて、ご自分が少しでも後悔しない生き方をしてくださいな」

……あぁ、そうか。わたしも同じ身食いだから、生きるためには貴族の庇護が必要なんだ。

だから、次に身食いの熱が飽和状態になるまでに、自分の身の振り方を考えろ、とフリーダは言っているのだ。貴族に飼い殺しにされるか、家族と一緒にいて死ぬか。

「ありがとう。どうするか、考えてみる。詳しい話が聞けて良かった」

「えぇ、マインの周りには詳しい人はいないでしょう？　身食いのことで悩むことがあれば、相談してくださいな。本当の意味でわかり合えるのは、わたくし達だけだと思うから」

身食いは滅多にない病気だから、知っている人も少ない。これから先のことについて相談できる相手がいるのは、本当に心強いことだった。

「お世話になりました。わたし、帰らなきゃ」

どんどん部屋が暗くなっていくのがわかる。おそらく、日が暮れていく時間なのだろう。早く帰らなければ、家族が心配する。

話が終わったので、ベッドから下りようとしたら、フリーダがわたしの体をベッドに押し戻した。

「大丈夫だから、このままお休みなさい。ご家族は今日も先程までいらしていたのよ」

「今日も？　え？　わたし、意識を失ってどれくらいたってるの？」

日付が変わっているなんて、と目を剥くと、フリーダは頬に手を当てて少し首を傾げる。

「昨日のお昼前に運び込まれて、今日はもう日が暮れるわ。かなり体力を消耗していたようで、熱が下がってから意識が覚めるまでにずいぶんと時間がかかったみたい。意識が戻っても様子見で明後日の洗礼式までお預かりすることになってるの」

わたしの知らないところで、ギルド長達とベンノ達、それから、家族の間で色々なやり取りがあったようだ。報告された家族の様子を考えただけで、胃が痛くなる。

「今日の様子なら、明日の朝にもルッツが来るでしょうし、ご家族もいらっしゃるわ。もう一度目を閉じて、今日は休んだ方がいいわよ」

「ありがとう、フリーダ」

「ご家族と話し合う前に、自分の意見をよく考えてちょうだい。……明日、マインが元気になっていたら、約束していたお菓子作りをしましょう」

カタリと立ち上がったフリーダが蝋燭を持って、静かに出ていくと視界は真っ暗になった。

フリーダに言われたことを反芻して、色々と考えようと思っていたのに、体は休息を求めているようで、座っていても瞼がとろりと下がってくる。もそもそと布団の中に潜り込めば、寝心地の良い布団に抗えるはずもなく、かくんと意識は落ちた。

フリーダとケーキ作り

次の日の朝、初めてベッドから出て、自分が使っていた部屋を見た。

……おおぉぉ、ホテルみたい。

八畳ほどの部屋の一角が天蓋付きのベッドで、それ以外には丸いテーブルと椅子が三脚と暖炉があるだけのシンプルな部屋だ。しかし、床には厚みのあるカーペットが敷かれているし、窓にはカーテンが揺れていて、外からの視線を避けるためなのだろう、ゆらゆらとした波状のデザインガラスがはめられていた。シンプルに見えてもかなりお金がかかっている。

そして、ドア近くの椅子のところには、すでに下働きの女性が待ち構えていた。

「おはようございます。こちらで顔を洗ってください。着替えたら、食堂に案内いたします」

「は、はい」

きびきびと顔を洗うためのお湯が準備されて、清潔な布を渡される。至れり尽くせりに、ちょっとびくびくしてしまう。

「失礼とは存じますが、貴女の服で家の中を動かれるのは差しさわりがありますので、こちらに着替えていただきます」

彼女によって取り出された服はフリーダのお古だそうだ。久しく着ていない、継《つ》ぎ接《は》ぎのない綺麗な服を着せてもらえたことに心が躍る。髪を梳いてもらったけれど、簪《かんざし》は自分でつけた。下働きの女性は簪を珍しそうに見ていたが、一言も発することなく、わたしの支度を終わらせた。

食堂へと連れていかれると、すでにフリーダとギルド長がわたしを待っていた。お世話になりっぱなしなのに、まだギルド長にはお礼を言っていない。

「おはようございます、ギルド長。この度は大変お世話になりました」

わたしの挨拶にギルド長が軽く頷いて答えた。フリーダは足早に近付いて来て、わたしの額や首筋をぺたぺたと触る。少し冷たい手にわたしがひゃっと身を竦《すく》めたが、お構いなしだ。

「おはよう、マイン。熱は完全に下がっているみたいね？」

「おはよう、フリーダ。絶好調だよ。すごくすっきりしてる」

熱の確認をしていたらしい。フリーダの突然の行動の理由がわかって、わたしはへにゃっと笑った。フリーダも嬉しそうに笑い返してくれる。

わたし達が一緒に食卓へと向かっているとギルド長が、フンと鼻を鳴らした。

「元気になったようで何よりだが、魔術具の援助はこれっきりだ。我が家の魔術具はフリーダに何かあった時のために置いておきたいからな」

「おじい様！」

「ギルド長の言うことは間違ってないよ。フリーダのために集められた物だもん。ギルド長、貴重な魔術具を譲っていただいてありがとうございました」

ギルド長としてのコネやお金を最大限駆使して、手に入れた貴重な物だ。お金を払うとはいえ、譲ってもらえたのは幸運以外の何物でもない。

「マイン、この後はどうするか、よく考えろ」

ギラリと光る眼で射貫くように見られ、わたしは小さく息を呑みながら頷いた。

「では、マインのご家族に目が覚めた報告をしなければね。使者を立てるのだけれど、マインから何か伝えることはあって？」

使者という言葉に一瞬ぎょっとしたが、ギルド長やフリーダが直接ウチに向かう方があり得ない。使いを出す方が普通だ。わたしは使者へと向き直る。

「フリーダへお礼をしたいから、『簡易ちゃんリンシャン』を持ってきて欲しいって伝えてください」

ウチではまだ簡易ちゃんリンシャンと言っているが、一度ですぐに覚えられる名前ではないようだ。伝言を覚えようとする使者の顔がひくっと歪んだ。

「カンイチャン……？　あの、失礼ですが、もう一度伺ってもよろしいですか？」

「えーと、髪がつるつるになる液、リンシャンと言ってもらえれば、家族にはわかると思います。お手数ですが、よろしくお願いします」

「髪がつるつるになる液、リンシャンですね。かしこまりました」

ウチの位置を確認した使者を見送ると、ギルド長が顎を撫でながらわたしを見ていることに気が付いた。何やら嫌な予感のする笑みは前にも見たことがある気がする。

「なぁ、フリーダ。マインは面白い物を色々持ってそうではないか？」

「えぇ、魔術具と交換に引き取ろうと思っていたのに、思惑が外れてがっかりだわ」

助けがいない状況で、この二人に囲まれるのは怖い。いつの間にか呑み込まれていそうだ。

「魔術具のお金！　先に払っちゃいます」

なんだかんだとふっかけられて、値段を吊り上げられたら困るので、わたしは即座にギルド長とギルドカードを合わせて、支払いを終わらせる。

「本当に持っておったとは……ベンノめ」

悔しそうにギルド長が呻いた。ギルド長が張り巡らせていた網をどうやらベンノは潜り抜けたらしい。

……ベンノさん、グッジョブ！　助かったよ。

「マイン、たっぷり食べてね」

「いただきます」

顔が輝くのを止められる気がしない。

……だって、朝食に出たパンが白パン！　小麦だけで作られている白いパン！　しかも、蜂蜜を好きなだけかけていいって、もう、贅沢すぎるじゃない。

甘くておいしいパンを頬張った後は、スープに手を伸ばす。スープは塩の味が効いているけれど、野菜の旨みは逃げている感じがした。やっぱり、一度完全に茹でて、茹で汁を捨てているのだろう。この辺りの調理法として、定着しているようだ。でも、ベーコンエッグはとてもおいしかったし、デザートとして果物までついている。日本で食べていたような贅沢な朝食に感動した。ギルド長の家の朝食はすごくおいしい。

はぐはぐと食べていると、ギルド長が眉を寄せてわたしを見ていた。

「マインはどこでマナーを学んだ？」

「特に学んでませんけど？」

麗乃時代にマナー本を読み漁って、ファミレスで実践していたけれど、正式に習ったことはないので、嘘は言っていない。ギルド長はさらに眉根を寄せ、ハッキリと不可解と書いた顔でわたしを見ていたが、なるべく気にしない方向で朝食を終わらせる。気にしたら負けだ。

朝食が終わるとギルド長は仕事に出かけていき、わたしとフリーダが一服しているところに来客の知らせが届いた。家族が仕事に向かう前に顔を見るだけでも、と寄ってくれたらしい。

「マイン！……ぅわっ⁉」

飛び込んできた父さんを押しのけるようにして、母さんが割り込んできた。

「マイン、目が覚めたのね。よかったわ。ベンノさんのお店で倒れて、フリーダさんのお宅に運ばれたとルッツから聞いた時には心臓が止まるかと思ったのよ」

「心配かけてごめんね。同じ病気のフリーダじゃなきゃわからないことがあったんだよ」

小金貨二枚と大銀貨八枚もかかるような魔術具を使ってもらったなんて、正直に言ったら、母さんが卒倒するに違いない。

「フリーダさん、本当にありがとうございました」

「母さん、お礼の『簡易ちゃんリンシャン』持ってきてくれた？」

お金以外でお礼にできる物がこれしか思い浮かばなかったけれど、フリーダは明日が洗礼式なので、ピカピカに磨き上げるにはちょうどいいタイミングだと思う。

「えぇ。こんなものがお礼になるかどうか、わからないけれど。トゥーリ」

「マインを助けてくれてありがとう、フリーダちゃん」

トゥーリがそう言って、フリーダに小さめの壺を渡す。フリーダはニッコリと受け取って、少し腰をかがめた。

「どういたしまして。お役に立てて何よりですわ」

「本当に感謝している。ルッツからはかなり危険な状態だったと聞いた。ウチの娘を助けてくれて本当にありがとう。マイン、元気そうなら今日はもうウチに帰ってくるか？」

父さんの目が早く帰って来い、と訴えている。家族に心配をかけているので、わたしとしては帰れるものなら帰りたいけれど、フリーダが笑顔で立ちはだかった。

「いいえ、それは昨日もお話しした通り、様子を見るためにも洗礼式の日までマインはこちらでお預かりいたします。容体が急変しては困りますもの」

「……そうか」

「お世話をかけますが、よろしくお願いします」

母さんがフリーダに向かって、腰をかがめる。挨拶か、と思って、よく見ようとわたしが身を乗り出すと、トゥーリがガシッとわたしの頬を両手で包み込んだ。

「わたし達はお仕事に行くけど、マインはいつもみたいな我儘《わがまま》を言っちゃダメよ」

「わかってるよ、トゥーリ。洗礼式の日になったら迎えに来てね。お仕事、頑張って」

急がなくちゃ、と慌ただしく出ていく家族とほぼ入れ違いで、今度はルッツがやってきた。

「目が覚めたんだってな。熱は？　ホントに下がったのか？」

フリーダと同じように、ぺたぺたとわたしの額や首筋を触って、熱の有無を確認し始める。外からやってきたルッツの手は、フリーダと比べ物にならないくらい冷たい。

「ちょっと、ルッツ！　手、冷たい！」

「あぁ、悪い」

「心配かけたね。もう大丈夫だよ」

「……大丈夫なのは、一年くらいだろ？」

身食いの話も魔術具の話も知っているらしいルッツは、まだ喜べないと言わんばかりに唇を尖らせる。しかし、切羽詰まっていたわたしにとっては、約一年の猶予ができたことが重要なのだ。

「その間に色々考えたり、良い方法がないか探したりしてみるよ。まずは本を作らなきゃね」

「マインはそればっかりだ。じゃあ、オレ、ベンノの旦那にも知らせてくるな。午後から顔を見に来ようかって、昨日言ってたから」

ベンノの名前が出た途端、フリーダの表情がムッとしたものになった。今までは一歩下がった状態でわたしとルッツの会話を聞いていたのに、間に割って入ってくる。

「まぁ、午後は困るわ。わたくし達、午後からお菓子を作るお約束があるのよ。ね、マイン？」

何となく、今フリーダとベンノを会わせるのはあまり良くない気がする。一番わたしが被害に遭いそうというか、わたしを挟んで睨み合いそうで板挟みになる未来が見えるというか、とにかく、嫌な予感しかしない。

「ルッツ、悪いけど、ベンノさんにはまたお店に顔を出しに行きますって、言っておいて」

「いいけど……何を作るんだ？　新作？」

ルッツとしては、ベンノのことよりフリーダと約束しているお菓子作りの方が気になるようだ。

クスクス笑いながら、わたしは首を振った。

「何を作るかは料理人の人ともお話ししないと決められないよ」

「あら、マインが決めるのではなくて？」

使える材料や道具がわからない時点では、何を作るかなんて考えられない。そして、料理人が協力的な人なら、ちょっと手間がかかるようなお菓子もいいけれど、わたし達のお菓子作りを面倒だと考える人なら、少しでも簡単に終わるものにしたい。

「使っていい材料や道具が全然わからないから、決められないんだよ」

「でも、ルッツには作ったのでしょう？」

わたしの説明に納得できないように、フリーダが唇を尖らせた。けれど、生活レベルが似ていて、持っている道具も大差ないルッツの家と、素材一つとっても雲泥の差があるフリーダの家を一緒に考えられるはずがない。

「ルッツに作ってあげたわけじゃないよ。わたしは作り方を教えただけ。ルッツの家で、ルッツの家の材料を使って、ルッツ達が頑張って作ったの。ね、ルッツ？」

「あぁ、マインは腕力も体力も身長も足りないからな」

「夕方にはできるから、味見する分くらいは取っておいてあげるよ？」

「マジか⁉　楽しみにしてるからな」

フリーダはルッツに対抗意識を燃やしているようで、ルッツが出ていったドアを睨んだ後、可愛らしく頬を膨らませて不満顔でわたしを見た。

「マインはルッツに甘すぎるわ」

「そんなことないよ。むしろ、逆。ルッツがわたしに甘すぎるの」

わたしの言葉に、フリーダはさらにムッとした顔になった。正直、フリーダがどうして不機嫌になるのかわからない。困るわたしに、フリーダはビシッと人差指を突きつける。

「では、わたくしもマインをいっぱい甘やかします」

「え？　なんで？」

「だって、わたくしの一番のお友達はマインなのに、マインの一番のお友達がわたくしではないなんて、悔しいもの」

……何、この可愛い生き物。ぷくっと膨らませたほっぺを突いてやりたい。

フリーダの不機嫌の理由がヤキモチだとわかったら、もうくすぐったい笑みしか浮かばない。

「じゃあ、ルッツとはできない女の子同士の遊びをするってことで、機嫌を直さない？」

「女の子同士の遊び？」

わたしはトゥーリと一緒にきゃあきゃあ言いながら、楽しめるものを思い浮かべていく。

首を傾げるフリーダの趣味はお金だ。普通の女の子がする人形遊びも斜め上の展開になりそうだ。それも面白いだろうけれど、一緒に遊べる時間はそれほど多くない。

「一緒に湯浴みして、髪の洗いっこするとか、一緒のベッドでゴロゴロしてお喋りするとか、そういうのは女同士じゃなきゃできないでしょ？」

「まぁ、素敵。では、まずお菓子を作るために、料理人のところに行きましょう」

フリーダに手を引かれて、わたしは台所に連れていかれた。そこには朝食の後片付けを終えたばかりのふくよかな女性がいた。年の頃はウチの母親と変わらなそうで、雰囲気はルッツの母親のカルラに似ている。

「イルゼ、イルゼ。今日のお菓子のことだけれど……」

「はいはい、お嬢様。お友達と作るんでしょう？　もう何度も聞きましたよ」

「どんな材料があるかお伺いしてもいいですか？」

わたしが質問すると、イルゼは少しばかり眉を上げた。

「材料って、一体何を使うつもりだい？」

「えーと、小麦粉、バター、砂糖、卵があるかどうかですね。ウチで作るには砂糖なんてないので、ジャムを使ったり、蜂蜜を使ったりするんですけど、ここにはありますか？」

材料と道具の有無でお菓子作りは大きく変わる。ルッツの家で作れるお菓子がパンケーキ系とフレンチトーストに限定されるのは、ちゃんと理由があるのだ。

「砂糖はあるよ」

「本当ですか！　すごい！　あ、あの、じゃあ、オーブンもありますか？」

「あるよ。そこに見えているだろう？」

イルゼが少し体をずらすと、大きな薪オーブンが見えた。だんだん期待に胸が膨れてくる。わたしは胸の前で両手をぎゅっと組んでイルゼを見上げる。

「オーブンがあるってことは、オーブンで使える器や鉄板もありますよね？　秤《はかり》もありますか？」

「もちろんあるよ」

当たり前のことを聞くな、というように肩を竦めたイルゼに、わたしは小躍りしたくなった。

「うわぁ！　これなら、『ケーキ』も焼けそう」

お菓子のレシピが次々と浮かんできた。いくつか分量を覚えているレシピだってある。

……あれ？　レシピ覚えてても、ここの重さ表記がグラムなわけがないじゃん。どうするよ？

お菓子を作ることだけに思考が飛んでいたので、すっかり忘れていたが、お菓子を作るには材料と道具だけがあってもダメだ。分量をきっちりと量らなければ、失敗する。

ルッツの家で作ったパルゥケーキはお好み焼きのような感覚で作ったので、膨れ方や厚みが毎回違っていた。量があればそれで満足できる男の子が相手だったから、何とかなったが、本格的に作るなら正確な分量は必須だ。フリーダの家で薪オーブンまで使わせてもらって失敗するわけにはいかないし、試行錯誤なんてできるわけがない。

……何かなかったっけ？　正確なグラム表記じゃなくても作れそうなお菓子。

グラムがわからなくても作れそうなお菓子を思い浮かべていたわたしは、フランスのお菓子の本の中で一つピッタリの物を思い出した。

「えーと、『カトルカール』というお菓子を作ろうと思ってます」

カトルカールはフランス語で四分の四のことだ。小麦粉、卵、バター、砂糖を同量ずつ配合するケーキだ。カトルカールなら、同量ずつだから重さの単位がわからなくても、秤で同じずつ量れば作れる。パウンドケーキとも言う。

「聞いたことがないね。どんなお菓子だい？」

「小麦粉、卵、バター、砂糖を同じだけ入れて作るお菓子なんです」

「本気でそんなものを作るつもりかい？」

ぎょっとしたように目を剥かれたので、わたしは思わずビクッとして、前言を撤回する。

「……無理なら別の物にしますよ？」

「無理ではないけれど、本当に作り方を知っているんだろうね？」

「はい」

お菓子を作る時間に合わせて、薪オーブンの準備をしてもらう約束をして、わたし達は台所から撤退し、お菓子作りのためのエプロンを探し始めた。家事手伝いなんてしたことがないフリーダは今までエプロンを身につけたことがないらしい。下働きの女性が「これはどうでしょう」と探し出してきてくれたエプロンをつけて、大きなハンカチを三角巾にして髪を覆う。準備万端だ。

約束した時間にわたし達が台所へと向かうと、イルゼがおどけたように目を丸くして笑った。

「おや、お嬢様。ずいぶん気合いの入った恰好だね」

「えぇ。わたくしも作るのですもの」

当然のことだが、ケーキ型はなかったので、小型の円い鉄鍋をケーキ型として使うことにした。

「じゃあ、作り方の説明をしてもらおうか。一通りの流れがわからなきゃ作れないからね」

「はい。まず、分量を量って、卵と砂糖を人肌くらいの温度で泡立てます」

「どうやって、人肌にするんだい？」

「あの、これより大きいボウルにお湯を入れて、つけて温めるんです」

「あぁ、湯煎だね。じゃあ、分量を量るより先にお湯を沸かさなきゃダメだ」

ガスコンロと違って、すぐにお湯は沸かない。当たり前のことだが、こちらで本格的なお菓子作りをしていないので、どうしてもそういう細かいところに気付けない。

「卵と砂糖を泡立てるのが一番重要なんです。もったりするまで泡立てて、ふるった小麦粉を入れて、切るように混ぜます。そして、溶かしたバターを入れて、これも泡立てた卵をなるべく壊さないようにさっくりと混ぜ合わせるんです」

「バターは溶かすんだね。全部混ぜたら焼くのかい？」

「そうです」

流れを把握したらしいイルゼが秤を取り出して、作業台の上に置いた。そして、並べられていた材料を量るように指示を出す。イルゼに秤の使い方を教えてもらいながら、わたしはフリーダと二人で同じ分量に材料を量っていく。その間にイルゼはお湯を沸かし始めた。

まず卵と砂糖を量って、湯煎して人肌程度の温度でイルゼにひたすら泡立ててもらう。この泡立てでケーキの膨らみと美味しさが変わるのだ。その間に二人で小麦粉とバターを量った。

「材料が量れたから、次はケーキを取り出しやすくするために、型にバターを塗っておこうね」

鉄鍋にバターを塗って、小麦粉を薄くはたいておく。紙がないので仕方ない。

「後は小麦粉をふるっておこうか。たっぷり空気を含ませておくとふんわりするよ」

周りに飛び散らないように気を付けて、ふるいにかけていく。三回ほどふるった。

「まぁ、黄色かった卵がずいぶん白くなって、量が増えてきたわ」

ガシャガシャと泡立てるイルゼの手元を羨ましそうにフリーダが見つめている。混ぜたがってい
るのが一目瞭然なので、イルゼが笑いながらボウルと泡立て器をフリーダに渡した。

「やってみるかい、お嬢様？」

「えぇ！」

嬉しそうにガシャガシャ回し始めたけれど、フリーダはすぐにリタイアした。ハンドミキサーを
使わないケーキ作りは腕力勝負だ。身食いのわたし達には荷が重い。

「マイン、これくらいかい？」

「はい！　これに小麦粉を加えます」

ボウルの上にもう一度ふるいをセットして、粉をふるいながら入れた後、わたしは木べらで生地
を切るようにして混ぜて見せた。

「こんなふうに混ぜます。次はバターを入れます。溶けてますか？」

「あぁ、お湯を沸かした後の竈《かまど》の側に置いておいたからね」

「イルゼさん、交代してください。腕が限界……」

「まったく。どっちのお嬢様も力がないねぇ」

苦笑しながら、イルゼが代わってくれた。同じ要領でバターも入れて、混ぜてもらう。

フリーダはケーキ型にする鉄鍋を近くに寄せて、目を輝かせて見ている。

「型に流し込んだら、こうやってトントンって落として、空気抜きをします」

鉄の鍋は重いので、イルゼ任せだ。イルゼも最初からわたし達にできるとは思っていないようで、わたしが説明する通りにやってくれる。

「これで、オーブンで焼いたらできあがりです」

薪オーブンの使い方はよくわからないので、イルゼに任せておくのが一番だろう。イルゼはザッと音を立てて熱いオーブンの中にケーキ生地の入った鉄鍋を入れると、ガチャンと蓋を閉めた。

「後片付けをしているうちに、焼けると思うよ」

イルゼがきびきびとした動きで後片付けをするのを、邪魔とお手伝いの真ん中で手伝っているうちに、ふんわりといい匂いが漂ってきた。フリーダが「もう焼けたかしら？」とオーブンの前でそわそわして落ち着かないのがとても可愛い。

「まだだよ」

そう答えながら、本当に成功するのか、緊張しながらわたしはオーブンを見ていた。このカトルカールはかなり貴重な材料を惜しげもなく使ったお菓子だ。他人様の家で他人様の材料を使ったものので、しかも、初めてフリーダに作ってあげるお菓子なのだから、失敗はできない。

「……一度様子を見てみようか？」

イルゼがオーブンを開けて、少し様子を見る。いい感じに膨らんでいるのが見えた。けれど、奥と手前で少し焼き色が違う。

「イルゼさん、奥の方がよく焼けているみたいなので、反対にしてもらっていいですか？」

くるりと反対にして、イルゼが鉄鍋を押し込んだ。ミトンのような厚い手袋を付けていても、わ

たしは絶対にこの熱いオーブンに手は突っ込めない。料理人の慣れた作業に感動する。

ガチャンときっちり蓋を閉めた後、イルゼがわたしを見下ろした。

「焼き加減はどうやって判別するんだい？」

「竹串みたいな細くて先が尖った長い棒を差し込んで確認するんですけど、ありますか？」

「うーん、思い当たるのが、肉を焼くためのこんな棒しかないね」

ごそごそと探してくれたのは、バーベキューの時に肉や野菜を突き刺すような鉄串だった。鉄串で焼き加減を見たことがないので、正直、大丈夫かどうか、やってみなければわからない。

……なんかすごく大きい穴が開きそうだけど、竹串がないなら仕方ないよね？

麗乃時代には竹串がなくて菜箸を突っ込んだこともあるので、多分大丈夫だと思う。

イルゼがスッと棒を差し込んで様子を見れば、少しだけ生地がついてきた。

「まだ中まで焼けてないみたい」

「どうしてわかるの？」

「ここにちょっと生焼けの生地が付いてるでしょ？　これが付かなくなったら、焼けた合図だよ」

中まで焼けた時には、上が少しばかり濃い茶色になっていたので、ちょっとオーブンが熱すぎたかもしれない。けれど、わたしが使っていたオーブンと違って、温度調節が簡単にできないのだから、これればかりは職人の経験と勘に任せるしかない。

「次はオーブンに気を付けてみようかね」

イルゼがそう呟きながら、カトルカールをオーブンから取り出した。鉄鍋から取り出すと、ふんわりと丸いカステラのようなケーキが焼けている。

「すごいわ！」

「あぁ、おいしそうだね」

焼き上がったカトルカールを見つめる二人の目がキラキラとしていて、わたしの胸には何とも言えない達成感が湧きあがってくる。

「本当は乾燥しないようにこのまま堅く絞った濡れ布巾に包んで二～三日休ませた後、食べる方がおいしいんだけど、ちょっとだけ味見してみようか？」

イルゼに包丁で細く切ってもらって、指で摘まんでパクッと食べる。匂いにつられて人が来ないうちに、作った人だけでほんのちょっと、ひょいっと食べるのが味見の醍醐《だいご》味《み》だ。

「うん、大成功の味」

わたしに続いて、味見に慣れているイルゼが口に入れる。少しばかり指で摘まむのを躊躇《ためら》っていたフリーダも、イルゼが味見をしたのを見て、急いで口に入れた。

「まぁ！」

味見した二人が目を丸くした後、ぐるんと顔をこっちに向けてわたしを見た。朝のギルド長にも似ている捕食者の目が、なんだかとっても危険な雰囲気を漂わせている。妙な質問を受ける前に逃げ出した方が良さそうだ。わたしはフリーダの手をつかんだ。

「フリーダ、これはお茶の時間か、食後のデザートに出してもらおう。次は湯浴みだよ」

お菓子作りをするうえで、わたし達は作業らしい作業をしていないけれど、小麦粉をふるったせいで、袖口が粉まみれになっている。時間もたっぷりあるし、リンシャンを使って綺麗にしよう。

そう言って、わたしは台所から出る。

台所の出口でくるりと振り返って、お礼だけは忘れない。

「イルゼさん、お世話になりました」

フリーダとお風呂

フリーダの手を取って台所から出ると、下働きの女性が待ち構えていた。

「お二人とも、あちらこちらへ移動する前に湯浴みをなさってください」

「まぁ、ユッテもマインと同じことを言うのね」

フリーダがクスクス笑いながら歩き出す。ユッテは、わたし達がお菓子作りで汚れることを想定していたようで、お湯の準備をしてくれているらしい。着替えとタオルとリンシャンの壺が入った籠を持ったユッテがわたし達を案内してくれる。

「こちらへどうぞ」

ユッテが家の中の階段を下りていくのに、わたしは目を見張った。ベンノの店でも奥の部屋に上と繋がる階段があったので、家の中から店に行ける階段があることは不思議ではない。けれど、そこを自分が歩いていいのだろうか。わたしはこっそりとフリーダに尋ねた。

「……この階段下りたら、お店に行っちゃわない？」

「大丈夫よ」

ユッテはお店のある一階のドアを通り過ぎて、さらに下りていく。

地下室への階段を下りきると、ドアが二つあった。かっちりとした立派なドアと普通のドアだ。

ユッテは立派な方のドアを開けて、わたし達を中に入れる。

そこは床暖房でもしているのか、と言いたくなるくらい足元が温かく、室温も高い部屋だった。

大きな木の台が二つあり、上には布がかかっている。まるでマッサージ用の台みたいだ。

「さぁ、靴も服も脱いでください」

どうやら、ここはマッサージ室兼脱衣場だったようだ。ユッテに促されて、わたしは着ていた服を脱ぐ。フリーダもユッテに手伝ってもらって脱いでいた。

そして、もう一つドアを開けると、そこには六畳くらいの広さの浴室があった。日本の温泉の家族風呂くらいの広さで、湯船も大人二～三人が足を伸ばせるくらいの大きさがある。

「えぇぇ!?　何これ!?」

予想していなかった豪華風呂の出現に思わず声を上げると、くわんくわんと声が反響した。

パッと見た感じ白い大理石のような床が広がっていて、同じ素材の湯船には、ひたひたにお湯が張られている。湯船の端には壺を持つ少女の彫像があり、その壺からちょろちょろとお湯が出ている。彫像からお湯が出る分、湯船からは少しずつお湯が流れ出し、そのお湯に温められて、浴室は温かい。天井はタイル張りで、天井に近い位置にある窓から、さんさんとした光が降り注いでいる。

白い大理石で囲まれているので、反射して明るい雰囲気だ。

ドアを開けた状態で固まっているわたしの驚きっぷりを見て、フリーダが楽しそうにクスクス笑いながら、横を通り抜けて浴室に入っていく。

「うふふ、驚いた？　おじい様が貴族の館にあったお風呂を再現したものよ。普段使うものではないのだけれど、明日は洗礼式だから特別に使って良いと言われたの」

「お風呂なんて……あったんだ」

一年以上入っていなかったお風呂が目の前にある。麗乃時代の家のお風呂よりも広くて豪華だ。

「外国から入ってきたもので、貴族の間で美容と健康に良いと評判らしいわ」

ユッテは服を着たまま入ってきた。エプロンだけが濡れることを想定した少し硬そうな素材の、ぐるりとスカート部分を取り巻くものに変わっている。スカートも濡れないように少しばかりたくしあげられて、一部分が結ばれていた。

ユッテが早速フリーダを洗おうとしたので、わたしは慌ててリンシャンを取り出す。

「ユッテさん、洗う時にこれを使ってください。こうやって、ちょっと振って……」

わたしが説明したものの、ユッテは少しばかり困った表情でフリーダを見下ろした。

「ユッテ、今日はマインに洗ってもらえばいいんじゃない？」

「えーと、わたしが洗っちゃっていいですか？」

ユッテが場所を譲ってくれたので、わたしはフリーダの髪を洗い始めた。その間にユッテは石鹸をタオルに擦りつけて、フリーダの体を洗い始める。

「ここみたいに洗い場があって、お湯をたっぷり使える時は、こうして直接手に取ったものを髪につけて洗ってね。爪を立てないように、指の腹で頭皮を丁寧に洗うの」

「くすぐったいけど気持ちいいわ」

フリーダはおそらくユッテによってよく手入れされているのだろう。もともと髪もさらりとしていたし、少し艶もあった。リンシャンを使う必要はなかったかもしれない。富裕層はすでに自分の美容術を確立してる可能性も高いから、リンシャンは売りにくいかもしれない。フリーダの髪を洗いながら、そんなことを考えてみる。ベンノに要報告かもしれない。

「全体を洗ったら、髪をすすぎます。頭皮についた液を全部流せるように丁寧にすすいでください」

わたしがそう言うと、ユッテはフリーダの体の泡を桶で流した。体だけ綺麗になると、フリーダはスタスタと湯船に向かって行って、トプンと中に入る。何をするんだろうと見ていると、フリーダは縁に頭を置いて、髪を湯船の外に垂らした。すると、ユッテが湯船から垂れ下がる髪を丁寧にすすいでいく。

……ほほぉ、あんな風にして頭を洗ってもらうのか。わたしがすすぐよ、って言って、ザパァッとお湯をかぶせないでよかった。大変なことになるところだったよ。

お嬢様の風呂の入り方に目を丸くしているうちに、すすぎ終わったようだ。ザパザパとお湯が使える環境が素晴らしい。

フリーダが洗い終わったので、わたしもリンシャンを使って、頭を洗おうと壺に手を伸ばした。ザパリと湯船から出てきたフリーダが、目を輝かせてやってくる。

「わたしもマインの髪を洗ってみたいわ」

……フリーダみたいなお嬢様にそんなことをさせていいの？

ちらりとユッテに可否を問う視線を向けると、軽く溜息を吐いて、ユッテもわたしの近くに腰を下ろした。

「では、お嬢様。一緒に洗いましょう。わたしもこのリンシャンの練習をしたいですから」

……練習したいと言いながら、お嬢様が失敗しそうになったらフォローしてくれるんですね。ユッテさん、ありがとうございます。

二人がかりで髪を洗ってもらえば、大きな指と小さな指がもぞもぞ動く。ひどくくすぐったい気がするが、笑うわけにもいかない。わたしは必死に我慢した。

「マインの髪はとても指通りが良いわね」

「この髪、するっと逃げちゃって紐で縛れないんだよ。だから、簪を使ってるんだけどね」

「木の棒で髪がまとめられるっていうのも不思議よね」

「うーん、周りに物がないから、わたしとしては苦肉の策だったんだけど……」

わたしの髪をある程度洗い終えたユッテは、フリーダに髪を洗うのを任せて、わたしの体を洗い始めた。フリーダに髪を洗われている状態では逃げることもできず、わたしはおとなしくされるがままになっていた。

「これでマインも綺麗になったわ」

しばらくわたしの髪をわしゃわしゃしていたフリーダが満足そうに手を引いたので、わたしは桶を手に取ろうとした。しかし、わたしが桶を取るより早くユッテが桶を取り上げる。

「さぁ、髪を流しますから、お湯につかってください」

「じ、自分でできますけど？」

「マインさんはお客様ですから。さぁ」

笑顔で押し切られてしまったので、わたしもフリーダと同じように湯船につかって、縁に頭を置いた。バサリと髪を垂らすと丁寧にユッテが洗ってくれる。温かいお湯がかかり、優しい手が髪をゆすり、頭皮を撫でてくれる。ユッテはフリーダの湯浴みをいつも手伝っているのだろう。慣れた手つきはとても心地良くて、このまま眠ってしまいそうだ。

……あぁ、美容室みたい。気持ちいい。

「ねぇ、マイン。浴室を使わない時はどうやって頭を洗うの？」

フリーダの質問にわたしはハッと覚醒した。ここは美容室ではない。寝てはダメだ。フリーダの声がした方を視線だけで探すと、すすっと隣に寄って来ていたフリーダが縁に頭を置いて、同じポーズをとったのが見えた。湯気の向こうの天井にある、タイルのモザイク模様を見上げながら、わたしはいつもの洗い方を説明していく。

「いつもは、あれくらいの桶に半分くらいのお湯を入れて、リンシャンを入れてよく混ぜるの。それから、桶に髪を浸しながら、液を髪にかけて洗っていくんだよ。髪に液が残らないように、何度も何度も布で拭って、櫛で梳いていくの」

多少髪に残ってても平気でしょってくらいに薄めた液で、何度も洗って、なるべくリンシャンが残らないように何度もタオルで拭うのだ。これも、お湯がない状況で何とか頭を洗いたかったわたしの苦肉の策である。ウチにこんな浴室があったら、悩まなかった。

「リンシャンはマインのもの？」

「ううん、ベンノさんが全部の権利を持ってるよ。そろそろ売り出されるはず」

「そう……」

フリーダが何か言いたそうにしたが、声を出すより早く、ユッテの手が止まった。

「これで大丈夫でしょうか？」

「ありがとうございます。すごく気持ちよかったです」

わたしが起き上がってお礼を言うと、ユッテはスッと立ち上がった。

「では、わたしは次の準備をしてまいります。お二人ともよく温まって出てきてくださいね」

ユッテが浴室から出るのを見送って、わたしはたぷんと肩まで湯につかる。お湯をすくって、顔をパシャリと洗って、深々と息を吐いた。

……ふはぁ、極楽、極楽。

「マインったら、とろけそうな顔をしているわ。マインはお風呂が気に入ったのね？」

「そりゃ、もう！　毎日でも入りたいよ。こんなに手足を伸ばして、肩までお湯につかれるなんて贅沢すぎるもん」

わたしは満面の笑みで大きく頷いたが、フリーダはあまり楽しそうな笑顔に見えない。

「……フリーダはお風呂が気に入らないの？」

「嫌いではないけれど、熱くて、お風呂を使った後は頭がくらくらするの」

「あぁ。それ、のぼせてるんだよ。つかりすぎ」

反射的にわたしが答えると、フリーダは目を丸くした。

「よく温まりなさいって言われるから、盥を使う時と同じように温まっているだけよ？」

「盥のお湯はすぐに冷めるけど、このお風呂はあの彫像からずっと熱いお湯が足されているから、同じ時間入っていたら、のぼせて気持ち悪くなるんだよ。今日は早目に出てみたら？」

「そうするわ」

フリーダと一緒に早目に上がる。わたしの感覚では早目だったが、フリーダはかなり温まっていたようで、全身がピンクに染まっていた。

「気持ち悪くない？　大丈夫？」

「今日は平気よ」

お風呂を出たら、香油でマッサージをするとユッテは言うが、わたしはそれを辞退した。香油マッサージは気になるけれど、わたしの場合、次はお風呂に入れない。ウチに帰った後のトゥーリとの拭き合いで香油を綺麗に落とせるかどうかわからないのだ。

わたしは服を着て、髪を拭きながら、フリーダがマッサージしてもらうのを眺めていた。

「マッサージなんて、優雅だよね」

「わたくしはこのような時間はあまり好きではないけれど、貴族社会に入っていくならば、慣れておいた方が良いとおじい様がおっしゃるの」

あぁ、と納得した。フリーダにとっては熱くて気持ち悪くなるだけなのに、お風呂に入るのも、面倒そうな顔でマッサージを受けるのも、全部貴族社会に慣れるための練習なのだ。知っているのと全く知らないのでは、フリーダの先の人生に大きな違いがあるだろう。

「……慣れる機会があるなら、慣れておいた方が良いよ。常識や習慣の違いって大きいから」

「だから、この家の中には貴族の館にある物がいくつも取り入れられているのよ」

婚前の生活とあまり変わらない生活をしているはずのコリンナの家とは、同じ商人の家でもずいぶん雰囲気が違うと思っていたが、ギルド長の家が豪華なのは、金持ちの商人の家だからという理由だけではないようだ。食事も風呂も生活用品も全て品質が段違いなのは、フリーダのために貴族の生活にあるものを取り入れているからなのだろう。

「溺愛されてるねぇ」

「……先に向けての投資ですわ。貴族街でわたくしがお店を持っても困らないように、せっかくの足がかりを無駄にしないように、おじい様も今から色々と考えているのよ」

少しばかり不満そうにフリーダが唇を尖らせる。フリーダの意見の全てが間違っているとは思わないけれど、愛情もなくできることではない。

「店を持つことがフリーダの夢だから、応援してくれているんでしょ？　髪飾りを注文してきた時のギルド長なんて、完全に孫娘しか見えていないただのおじいさんだったよ」

「そうかしら？」

……もしかしたら、フリーダはかなり人恋しいんじゃないかな？

身食いであまり外に出ることができなくて、やっと身食いから解放された時には、貴族との契約に縛られていた。貴族の愛妾になることが決まっている以上、それに向けて生きていくことになり、境遇が全く違う周囲に友人などできないだろう。

貴族社会で生きていくための強かさと計算高さを身につける必要があり、店を経営できる知識を成人までに身につけなければならないフリーダは、間違いなく勉強漬けの毎日だ。自分のためには違いなくても、命も生活も家族の期待も圧し掛かってくるのだから、多分幼女の肩にかかる重圧は半端ないと思う。おまけに、家族はお金をかけてくれるけれど、将来の自分への打算も透けて見えているので、素直に甘えられないところもあるのかもしれない。

……だから、わたしに執着するのかな？

同じ身食いで、洗礼前から商売に足を突っ込んでいて、ルッツに言わせると変な趣味に暴走するところがよく似ているという共通点があるらしい。他の子供に比べたら、共通点が多くて、多少話が合いそうなのは間違いない。だから、囲い込みがしたいのだろうか。

「マイン、すごいわ。髪がつるつるよ！」

わたしがぼんやりしているうちに、マッサージを終えて、着替えたフリーダが自分の髪に指を通して、驚嘆の声を上げた。櫛で丁寧に梳いているユッテも嬉しそうに髪を撫でている。

「えぇ、とても仕上がりが良いですわ」

「喜んでもらえてよかった。ちょっとは魔術具をいただいたお礼になったかな？」

「あら、マインは対価を支払ったのだから、そんなことは気にしなくて良いのよ？」

実に商人らしいフリーダの言葉に苦笑しながら、わたしは首を振った。

「お礼をしたいと思ったわたしの気持ちだよ。もし、ギルド長がフリーダのために魔術具を集めてくれていなかったら、お金だけあってもどうしようもなかったからね」


ゆっくりとしたお風呂を終えて上に戻った時には台所からまたいい匂いが漂ってきていた。どうやら、イルゼが再度カトルカールに挑戦しているらしい。

「せっかくの新しいレシピだから、きっちり覚えないとね」

イルゼの頼もしい笑顔に小さく笑う。美味しいレシピが普及したら、わたしも嬉しいので、しっかり応援だけはしておく。フリーダももう一つカトルカールが焼けることに相好を崩した。

「イルゼが新しく焼くなら、わたくしが作った分は食べても大丈夫よね？　マインとお茶を楽しみたいので、準備してちょうだい」

「すぐに運ばせるよ」

わたし達が食堂でお茶をしようとしたら、ちょうどルッツがやってきた。

「よぉ、マイン。すっげぇイイ匂いがしてるな」

お菓子に関する嗅覚が鋭いのかな？　なんて、わたしがひそかに笑っていると、ルッツは顔を合わせるなり、目を細めて、わたしの顔を覗き込んできた。

「おい、マイン。お前、今日ちょっと無茶しすぎてないか？　熱が下がったからって、張り切りすぎただろ？　すぐに寝ろ。疲れから熱を出すぞ」

「え？　え？　嘘？　体調良いよ？」

自分の顔をぺたぺたと触りながら首を傾げたが、ルッツは眉根を寄せたまま首を振った。

「興奮して気付いていないだけだ。あんまり良くない」

「あら、でも、魔術具を使って身食いの熱は落ち着いたはずだし、今日はお菓子を作って、一緒にお風呂に入っただけですわよ？」

フリーダもわたしを援護するように、今日したことを並べた。

「……そうか。アンタは身食いがなければ、健康な人なんだな。マインは身食いがなくても虚弱なんだよ。身食いで倒れたのか、疲れて倒れたのか、慣れてないヤツには区別するのが難しいくらいにいつだって突然倒れるんだ」

こめかみを押さえた溜息混じりのルッツの言葉にフリーダとわたしは思わず顔を見合わせる。

「マイン、そうでしたの!?」

「フリーダは虚弱じゃないの!?」

お互いが勝手にわかったつもりになっていたようだ。フリーダは身食いの熱さえとれれば大丈夫と思っていて、わたしはフリーダも身食いで虚弱だから一緒に活動しても大丈夫だと思っていた。

「フロっていうのがオレにはよくわからないけど、どうせ初めてのところだから、いいところを見せようとして張り切って色んな作業したんじゃないのか？」

「うぅ……。それほど作業はしていないけど」

ずっと緊張感に包まれてはいたし、フリーダが大丈夫なら自分も大丈夫だろうと、甘く考えていたのは事実だ。

「今日は動きすぎの顔になってる。自分の弱さを甘く見るなよ。本当にひ弱なんだぞ？」

「そんなに弱い弱いって連呼しなくてもいいじゃない」

「本当のことじゃないか。だいたい、明日が洗礼式で家に帰る日なんだろ？　これで熱を出したら、家族に怒られるなんてものじゃないぞ？」

身食いの熱を何とかしてもらったお礼として、勝手に色々としでかして熱を出してぶっ倒れたなんてことになれば、恩を仇で返すことになってしまう。元気に帰ることを楽しみにしている父さんが怒って、フリーダ宅に多大な迷惑をかけたと母さんに叱られて、トゥーリに「どうしてマインはおとなしくしていられないの？」って呆れられるに決まっている。

「あわわわわわ……」

「そうですわね。お預かりしておいて、体調を崩させるわけにはいきませんもの。マイン、今日はもうお休みなさい。ね？」

心配そうなフリーダにもそう言われて、わたしは大きく頷いた。

「そうする。ありがと、ルッツ。教えてくれて。……フリーダ、悪いけどルッツにこの『カトルカール』を分けてもらっていい？」

「えぇ、もちろんよ。ユッテ、マインを部屋まで連れて行ってあげてちょうだい」

客間に案内されて、ベッドに横になると、自分がかなり疲れていたことがよくわかった。全身がぐったりしていて、体がほんのり熱いのは、久し振りにお風呂に入ったことだけが原因ではなかったようだ。失敗できないプレッシャーの中でお菓子を作るのも、いつもの行水ではなく、お風呂にだっぽりと入るのも、マインの体では初めてだったから加減がわからなかったのだろう。

……さすがルッツ。一目で見抜くとは……。

柔らかな布団が自分のぬくもりで温まる頃には、わたしの意識は完全に落ちていた。

フリーダの洗礼式

わたしが起きた時には、部屋の外がとてもにぎわっていた。

ユッテではない別の下働きの女性がドアのすぐそばの椅子に座って、わたしが起きるのを待っていた。二十歳になっていないくらいのかなり年若い、人懐っこい雰囲気の人だ。ベッドから下りて、意外と重い天蓋のカーテンをよいしょっと退けて部屋に出たわたしに、彼女はニコリと笑った。

「おはようございます。体調はいかがですか？」

「熱はないけど、絶好調とは言えないから、今日は家族が迎えに来るまでおとなしくしておきます」

クスリと彼女が笑った。

「昨日の夕食の席は大騒ぎでしたわ。デザートに出たお菓子をお嬢様とマインさんが作ったという話になって、ご家族皆様がマインさんに会いたがっていらっしゃいましたよ。ぜひ、ウチの店で働いて欲しいっておっしゃって、盛り上がってらっしゃいました」

……いやいや、おねえさん。笑い事じゃないよ？　もしかして、わたし、寝てたから命拾いした？

今日は部屋に籠もっていた方が良いってこと？

ウチの店で働けば将来安泰ですよ、なんて言い出した彼女まで、囲い込みの手先に見えてしまい、少しばかり警戒してしまう。

「あの、ずいぶん部屋の外が騒がしいけれど……」

話題を逸らすためにドアの方へと視線を向けると、あぁ、と彼女は笑みを深めた。

「朝食を終えたお嬢様が洗礼式のために身支度中なのです。着替えたら食堂へ案内いたしますね」

夕飯抜きなので、正直お腹は空いている。しかし、フリーダ達から推測できるアクの強そうな家族に囲まれて朝食なんて、考えただけで胃が痛い。食べられる物も食べられなくなりそうだ。

「あの、朝食をこの部屋に運んでもらうことってできませんか？　本調子じゃないから、たくさんはいらないし、初対面の人と食べるのって緊張するんです。ご飯が喉を通らなくなるので……」

「ふふっ、わかりました。ここへ運びましょう」

彼女はわたしにフリーダのお古の服を渡して着替えさせた後、部屋を出ていった。一人になると同時に、わたしは頭を抱えてうずくまる。

……まずい。何か変な展開になってない？　ギルド長とフリーダに目を付けられているのはわかってたよ。でも、家族にまで目を付けられるって何？　カトルカールが原因？　でも、砂糖があるんだからお菓子くらいあるよね？　前にここで薄焼きピザの上にナッツの蜂蜜かけみたいなお菓子も出してもらったもんね？　ものすごく考えたくないことだけど、実は砂糖もまだ出回り始めたところで、お菓子文化が発達していない……なんてことないよね？

頭を抱えて悶えていると、朝食を持った彼女が戻ってきた足音がした。わたしは即座に立ち上がって、何事もなかったような顔で、彼女を迎える。

「では、ごゆっくりどうぞ」

昨日の朝食で完全に好みを把握されているようで、白パンにジャムと蜂蜜が添えられ、甘い果物のジュースがついていた。スープはやや少なめだが、ベーコンエッグはしっかりと一人前のっている。この観察眼では、あっという間に弱点も洗い出されそうだ。

朝食が終わったら、家族が迎えに来るまで体調不良を理由に部屋に引き籠もっていた方が良い気がする。ギルド長とフリーダだけでも十分脅威なのに、その家族なんて、とても一人で相手できない。切実にベンノとルッツをこの場に召喚したい。

この後の対処法について考えながら、一人でゆっくりと朝食を食べているとユッテが部屋に飛び込んできた。

「おはようございます、マインさん。体調はいかがですか？」

体調伺いにしてはずいぶん慌ただしい。ユッテは必要なこと以外はあまり口をきかないイメージがあったので、パンを落としそうになりながら馬鹿正直に答えた。

「熱はないよ？」

「準備を手伝っていただいてよろしいですか？　髪飾りのつけ方を教えていただきたいのです」

髪飾りはわたしが作った物なので、つけ方を教えるのはアフターサービスの範囲内だろう。やりすぎだったり、変な目を付けられたりするようなことにはならないはずだ。

比較的急ぎ目に朝食を終えて、わたしはユッテの案内でフリーダの部屋へと向かう。フリーダの部屋は三階にあった。ユッテの話によると二階はギルド長の世代の家で三階が息子と孫世代の家になっているらしい。けれど、中の階段で繋がっているし、食事は一緒に摂っているので、特に別世帯という感覚ではないようだ。

「お嬢様、マインさんをお連れしました」

フリーダの部屋はドアに近いところに衝立があった。その衝立をくるりと回れば客間と同じような作りで、部屋の一角に天蓋の付いたベッドがあり、ベッドの反対側にライティングデスクと思われる棚があった。部屋の中央には小さな机があり、椅子が数脚ある。カーテンやベッドの天蓋は赤やピンクのような色で女の子らしいけれど、人形や小物がないとてもシンプルな部屋だ。

テーブルの上に髪飾りや櫛などがいくつも並べられていて、フリーダは椅子に座って、髪を梳かれていた。ふんわりとした桜色の髪が下ろされて、丁寧に髪を梳かれているフリーダの姿が等身大のお人形のように見える。

「おはよう、マイン。体調は良くなった？」

「おはよう、フリーダ。熱は出てないけど、絶好調ではないと思う」

無茶振りをされないよう、わたしは正直に自分の体調を中告しておく。フリーダは少し顔を曇らせて、目を伏せた。

「そう。呼びつけてごめんなさいね。お姉様の飾りを作ったのがマインだから、もしかしたら、お姉様の髪を結ったのもマインではないかと思ったの」

「そうだけど？」

「わたくしも同じ髪型にしていただいてもよろしくて？」

トゥーリの髪型は両サイドから中央に向かって編み込みをしたハーフアップの髪型だった。フリーダに似合わないわけではないが、せっかく二つ髪飾りを作ったのだし、ツインテールが可愛いので、わたしとしてはツインテールにしてほしい。

「うーん、飾りを二つ作ったんだから、全く同じ髪型じゃなくて、二つにしようよ。編み込みはしてあげるから、ね？」

「ぜひ、教えてくださいませ」

目をぎらつかせるユッテに櫛でフリーダの髪を半分に分けてもらって、右側の耳の上くらいまで編み込みの仕方を説明しながら編んでいった。

「ここからすくって、これと併せて、こう捻って編む」

左側はユッテがわたしのやり方を見ながら、編み始めた。やはり手慣れた人は上手だ。わたしの手は小さくて、決して器用ではないので、どうしても髪がぼろぼろと手から零れてしまう。トゥーリの髪はうねうねの天然パーマだったお陰で、多少ガタガタしても、ところどころ緩くても、それなりに豪華な雰囲気になったけれど、フリーダの髪質では粗が目立って仕方ない。

「やり方さえ覚えたら、両側ともユッテが結った方が良いと思う。わたしの手、小さいから髪をまとめにくいの」

「マインさんほど手が小さいと大変そうですね。では、わたしが編み込んでしまいますよ」

一度指が覚えてしまうと、ユッテはすいすいと編んでいく。触り慣れている髪だからだろう、変なボコボコもない。櫛で綺麗に分けられているので、わたしが結ったトゥーリの時と違って、分け目もスッキリしている。

……うぅ、自分の不器用さを見せつけられるようで辛い。

「これで、もう少し練習時間があればよかったのですけれど……」

編み上がったフリーダの頭を見て、心底悔しそうにユッテが呟いた。感情の発露が激しいユッテにわたしが目を丸くしていると、フリーダが困ったような表情で苦笑した。

「ユッテはね、昨日の夜のうちにマインに相談して、一晩中練習するつもりだったんですって」

「あぁ、わたしが疲れて早々に寝ちゃったから……ごめんね」

虚弱なせいで迷惑をかけてしまったか、とわたしが謝ると、ユッテはぶるぶると首を振った。

「とんでもございません。それは体調ですから仕方ありませんわ。ただ、もっと早く知っていれば、お嬢様をさらに飾り立てることができたのに、と」

……なるほど。ユッテの趣味はフリーダを飾り立てることとか。等身大のお人形みたいに可愛いもんね。わかるわ。わたしもつい髪飾りに熱を込めちゃったし。

そして、耳の上で編み終えて、ユッテが髪をくくった紐の上から、力作の髪飾りを挿し込んで、落ちないようにする。深い赤のバラが四つ配置されているので、前から見ても、横から見ても、後ろから見ても、バラの花が一つは見える。淡いピンクの髪の上に白いかすみ草をイメージした小花が白いレースのように見え、バラの赤を際立たせている。ところどころから見える葉っぱの緑がイイ感じのアクセントになっていた。

「うん、予想以上！　フリーダにピッタリだね」

「とても可愛らしいですわ、お嬢様」

身支度を手伝っていた下働きの女性が褒めていると、ユッテはフリーダの前に今日の衣装を持ってきた。フリーダが立ち上がると、下働きの女性によって椅子がさっと退けられる。即座に皆が着替えをさせるための態勢に変化し、わたしは慌ててその場を飛び退いた。

フリーダが腕を上げれば、ざっと開かれた衣装の袖が通され、反対側の腕を上げれば、同じように通される。数人がかりでボタンが留められ、紐が締められ、フリーダは立っているだけで衣装が整っていく。映画や本で描かれているお嬢様の着替えを間近に見て、わたしはハァと溜息を吐いた。

……長年の経験がないと、これ、絶対にうまくいかないよ。わたしだったら、腕の上げ下ろしで見えない位置にいる誰かを叩きそうだもん。

「マイン、よかったら、この部屋から洗礼式の行進を見てみない？　わたくしが外を眺められるように、ここの窓は外がよく見えるようになっているの」

わたしに宛がわれた客室のガラスは波打っていたが、フリーダの部屋の窓は外の景色がよく見える真っ平らなガラスだった。洗礼式の行列が神殿に入っていく様子がよく見えるこの部屋の窓は特等席だと言っても過言ではない。

「いいの？」

わたしが窓とフリーダに視線を往復させると、フリーダがニッコリと笑った。

「えぇ、もちろん。一人が不安ならユッテも付けますわ」

「ぜひ、ご一緒させてください」

パァッと顔を輝かせたユッテは、多分この窓からでもいいから、お嬢様であるフリーダの晴れ姿が見たくて仕方ないのだろう。フリーダがわたしに付けておくと宣言すれば、堂々とここから見ることができる。部屋の主が留守中に部屋にいるというのが少しばかり居心地悪いと思っていたので、フリーダの提案は渡りに船だった。

「ユッテがいてくれると助かるな」

そんな話をしているうちに、ブーツを履く作業まで終わったようだ。フリーダの足元に屈んでいた女性達がザッと立ち上がって一歩後ろに引く。

完璧に仕上がったフリーダが、その場でくるりと回った。暖かそうなファーに首元を囲まれた白い衣装で、刺繍は赤やピンクの明るい色。これが髪の色や髪飾りにもよく合っている。

「おかしなところはないかしら？」

「えぇ、とても可愛らしいです」

「すごい、すごい。フリーダ、とっても似合ってるよ」

「お嬢様、ご家族の皆様をお連れしました」

褒めちぎっていると、フリーダの準備が終わったことを知らされた家族がやってきた。衝立の向こうから一番に入ってきたのは、ギルド長だ。

「おぉ、フリーダ！　これは素晴らしい。この冬の洗礼式にこれほど見事な花をまとうとは、まるで春をもたらす芽吹きの女神のようだ。実に可愛らしい」

「おじい様にいただいた髪飾りも似合うでしょう？」

そっと髪飾りに指を添えてフリーダが笑うと、ギルド長も相好を崩した。

「あぁ、とてもいい。お前の嬉しそうな笑顔には何よりの価値がある」

ギルド長が褒めちぎるのを待っていたように、フリーダの家族が次々と部屋に入ってきた。

「わぁ、フリーダ。よく似合ってるよ」

「僕が知っている女の子の中で一番可愛い」

少し年が離れているのだろう、十代前半くらいの少年二人がフリーダを褒めちぎる。

……あれ？　前にフリーダは褒められ慣れていないと思ったんだけど、お兄ちゃん達は普通に褒めてるよね？

首を傾げるわたしの前で、フリーダは褒められているとは思えないような顔で二人を見上げた。

「……お兄様方、どうしてここに？」

「どうしてって、今日は土の日なんだから、皆でお祝いするって言ったじゃないか」

「確かに伺いましたけれど、今までその言葉が実現したことがなかったので、本当にいると思っていませんでした」

……うわぁ、兄弟に約束を守ってもらえたことがなかったんだ。そりゃ、不安にもなるし、褒め言葉も上っ面だと思い込むよ。

お兄ちゃん達もフリーダの不信感に気付いたのか、顔を真っ青にして色々と言い訳を始める。そんな子供達を見下ろしながら、実にマイペースな夫婦がフリーダの髪飾りに注目した。

「すごいな。この髪飾り」

「えぇ、わたくしも欲しいですわ。なんて見事なんでしょう」

皆が自分の主張をしていて、他人の話を聞いていないカオスな家族関係を呆然と見ていると、わたしの目の前にずずいっと屈み込んだギルド長の顔が近付いてきた。

「おぉ、マイン！」

……しまった！　わたし、今日はこの家族と顔を合わせないように、部屋に引き籠もる予定だった！　忘れてた！

うひっ、と後ずさるのも構わず、ギルド長がガシッと手を握って、感動に目を潤ませ始めた。

「よくやってくれた。礼を言うぞ、マイン。わしが贈った物を身につけて、あそこまで嬉しそうなフリーダは初めてだ。お前の言った通り、驚く顔より喜ぶ顔の方が何倍も価値がある」

「わ、わたしも頑張りましたから、喜んでもらえて嬉しいです」

……ひぃぃぃぃぃっ！　助けて、ベンノさーん！

「この感動を分かち合える相手にはなかなか巡り合えない。今度からフリーダに贈り物をする時はマインに相談することにしよう。時にマイン、聞きたいことがあるのだが……うぐっ⁉」

ぐいっとギルド長が退けられて、助かったと一瞬喜んだが、それはほんの束の間のことだった。ギルド長の代わりにたくさんの顔が一斉に寄ってきた。

「君がマインちゃんか。フリーダや父から話は聞いていたよ」

「はい、あの……」

フリーダのお父さんにきちんと挨拶をしようと思ったら、くるりと別方向に体を向けられて、瞬きしている間に正面にはフリーダのお母さんがいた。

「フリーダと仲良くしてくれてありがとう。ここ数日、とても楽しそうで、笑顔が増えたの。母としてお礼を言いたいわ」

「こ、こちらこそ……」

お礼を言おうと思ったら、お兄ちゃん達二人がグイッと顔を寄せてくる。

……お願い！　返事する隙間くらい与えてください！　って、顔、近い！　顔、近い！

声に出せないくらいのパニック状態で、目を白黒させながら固まっているわたしをお兄ちゃん達は遠慮なく突いたり、頭を撫でまわしたりする。

「これがマインか。話ばかりは聞いていたけど、本当にいたのか。作り話じゃなかったんだな」

「もう何日もいたはずなのに、初めて見るんだもんな？　マイン、口がパクパクしてるぞ？」

……本当にいたのかって、わたしは遭遇率の低い珍獣か⁉

「お兄様方、そろそろ時間でしょう？　下に行きましょう。マインを離してあげて」

「そうそう。遅れちゃ大変だし、早く行った方が良いですよ？」

フリーダの差し出してくれた救いの手に縋り付き、わたしがじりじりと後退していると、お兄ちゃんの一人が右腕をガシッとつかみ、もう一人が即座に左手をつかんだ。

「マインも一緒に行こうよ。フリーダの洗礼式を祝ってやって」

「我が家の客だし、一緒に行っても問題ないよ。お祝いは人数がいた方が楽しいから」

捕獲されたわたしは、両脇を抱えられながら、「わたしはここから見ています」とぶるぶる首を振ったが、強引な家族は断り文句を聞いていない。

……これは血⁉　ギルド長の一族は人の話を聞かない遺伝子でも持ってるの⁉

「お兄様方、構いすぎたら体調を崩すと、わたくしの時も叱られたのでしょう？　マインにも構いすぎないで。ご家族が午後には迎えに来るのに、熱を出したり、倒れたりしたら困るもの」

わたしの心中などお構いなしで微笑ましげに周りが見守る中、フリーダだけが溜息を吐いて、お兄ちゃん達を諫《いさ》めてくれた。今日のフリーダは本当に神の使いに見える。

「でも、せっかくだから、仲良くなりたいじゃないか」

「マインはまだ体調が良くはないから、この部屋の窓から洗礼式を見ることになっているの。外には出られないのよ。本当はマインだって外に出たいのに……」

身食いのせいで、いつ倒れるかわからなくて外に出ることができず、窓から羨ましそうに外を見ていた昔のフリーダを思い出したらしい。お兄ちゃん達は急にしんみりとした雰囲気になって、つかんでいた腕を離してくれた。

「さぁ、そろそろ鐘が鳴りますわ。外でお嬢様のお披露目をしなければ」

ユッテの言葉に、フリーダを取り囲むようにして、一斉にわらわらと外に出ていく。わたしは台風が去っていくのを見つめる気分で見送った。やはり一緒に食事しなくて正解だったようだ。あんな勢いで次々に質問されたり、構い倒されたりすれば、数日間は確実に寝込む。

「大丈夫ですか？　悪い方達ではないのですが、少し押しが強いところがありますから」

……少しじゃないよ！　めちゃめちゃ押しが強いよ！

ユッテへのツッコミは心の中に納めておいて、わたしは窓辺へと近付いた。暖炉に火をくべて暖められていても、窓辺は冷える。ユッテが出してくれたショールをまとって、眼下を見下ろした。よく晴れているが、時折チラチラと雪が舞うという天気で、わたしの吐息で曇るガラスを見れば、外がものすごく寒いことがよくわかる。

窓の向こうでは、外に出たフリーダがご近所さんに絶賛されていて、女王様のように目立っていた。家族に周りを囲まれて、今までで一番嬉しそうな顔をしている。こうして上から見ていると、飾りを付けている子が少ない中、わたしが作った髪飾りは非常に目立って見えた。窓から見つけたというフリーダの言葉にも納得だ。

……トゥーリもきっと目立って見えたんだろうな。トゥーリは可愛いから、見つけた皆がきっと噂したんだろうな。

フリーダの洗礼式を見下ろしながら、頭に浮かぶのは何故かトゥーリの洗礼式のことばかりだった。父さんが会議に行きたがらなかったことや一張羅を着て笑っていた母さんのことが次々と浮かぶ。何だかすごく家族に会いたくなってきた。

「マインさん、顔色が優れませんが、どうしました？」

「家族と一緒で嬉しそうなフリーダを見てると、わたしも家族に会いたくなっちゃったみたい。午後には迎えに来てくれるのにね」

「マイン、寂しかっただろう？　父さんは寂しかったぞ」

お昼の鐘が鳴るのを待ち構えていたように、家族が迎えに来てくれた。いつもはちょっと暑苦しい父さんの愛情が心に染み入ってくる。

「ちょっとね。ちょっとだけ、寂しかった」

フリーダの家族に昼食を一緒にどうかと誘われたが、「これ以上お世話になるわけにはいかない」と母さんが固辞し、「久し振りに母さんが作ったご飯が食べたい」とわたしがねだったことが決定打となって、強く引きとめられることもなく家に帰ることができた。

「わたしもご馳走が食べたかったのにぃ……」

ぷくぅと頬を膨らませるトゥーリにわたしは小さく笑う。

「ごめんね、トゥーリ。わたしはフリーダの家の豪華なご飯より、母さんのご飯が食べたいの」

「エーファのご飯はうまいからな」

ご機嫌の父さんに肩車されて、家族皆で家に帰った。たった数日間、留守にしただけのボロくて貧しいウチだけれど、緊張感が皆無の家に心底ホッとする。

フリーダの家には贅沢なご飯に、豪華なお風呂、ふかふかのお布団と素敵な物がぎゅぎゅっと詰まっていた。一つ一つは魅力的でとても心惹かれるけれど、緊張して疲れてしまう。綺麗で便利なはずなのに、何故か、ずっと暮らしたいとは思えない。

……あぁ、いつの間にか、わたしのウチってここになっていたんだなぁ。

そんな自分の中の変化に驚いたフリーダの家での滞在だった。

冬の始まり

家に帰ってきてホッとした次の日、わたしはルッツと一緒にベンノの店へ向かった。チラチラと雪がちらつく天気だったけれど、雪が積もる前に回復の報告とお礼に行かなければ、家から出られなくなってしまう。

「ベンノの旦那、マインがギルド長から何かふっかけられていないか、引き抜きに遭って困ってないか、すっげぇ心配してたぞ」

「あ～、もしかして、心の中で何度も助けを求めたから、通じたのかな？」

フリーダの家族に囲まれた時、わたしは心の中で何度かベンノに助けを求めた。変な電波でも出ていたのかもしれない。わたしの言葉にルッツが不満そうな顔でわたしを睨んだ。

「オレに助けは求めなかったのか？」

むすぅっとした顔のルッツを見て、何とも言えないくすぐったい笑いが込み上げてくる。思わず笑ってしまったわたしに、ルッツがさらに口をへの字に曲げた。

「なんで笑うんだよ⁉」

「だって、ルッツはちゃんと助けてくれたじゃない」

鳩が豆鉄砲を食ったような顔で「え？」と目を瞬くルッツに、わたしは声を立てて笑う。

「動きすぎで熱を出すぞって、フリーダに言ってくれたでしょ？　おかげでゆっくり寝られたし、夕食の席に着くこともなかったから、引き抜きの話も聞かずに済んだし、すごく助かったんだよ」

「へへ、そっか」

得意そうに笑ったルッツが、わたしと繋いだ手に少し力を入れた後、半歩前に出る。わたしに当たる風が少なくなって、顔に当たる雪が減ったような気がした。


「こんにちは」

「あぁ、マイン。元気になったようで何よりです」

ベンノの店の中は活気に満ちて暖かい。店に入ってホッと息を吐いたわたし達を見つけて、マルクが早足で近付いてきた。雪が降り始めているのに、ベンノの店は少しも出入りする人が減っていないような気がする。気が早い工房はもう閉めてしまっているところもあるというのに。

店の中を見回して、そんな感じのことを呟いたら、マルクがニッコリと笑った。

「この店は冬が売り時ですから」

冬は吹雪の日が増えて動けない日が多くなるので、引き籠もってなるべくお金を使わないように生活するものだと思っていたが、違うらしい。

「雪に閉ざされて暇になる貴族の方々は、暇が潰れて、目先が変わる物のためならば、意外と財布の紐が緩むのです」

「なるほど、娯楽用品かぁ……」

ゲーム機なんて作れないけれど、トランプ、カルタ、花札、すごろくなど、遊び慣れたカードゲームが頭の中を回る。余裕があれば作ってみても良いかもしれない。そんなことを考えていると、ルッツがくいっと袖をつかんだ。

「何か思い浮かんだのか？」

「……紙があった方がいいものなんだけどね」

カードゲームも薄い板ならできるかもしれないが、木をカードのようになるべく同じ大きさや厚さで、薄く切るには技術がいる。木工技術を持っている人に依頼するのは簡単だけれど、「わたしが考えて、ルッツが作る」という前提を、せめて洗礼式が終わるまでは崩したくない。

……薄い板作りって、ルッツにできるかな？

それに、わたしはまだこの世界で絵具を見たことがない。染料があるのだから、あるところにはあるのだろうけれど、トランプなどの色付けはウチの中ではできそうにない。

……リバーシや将棋なら、板とインクで自分達でも何とかなるかもしれないけど。遊ぶ種類の多さはトランプが一番なんだよね。

う～ん、と唸っている間に奥の部屋へ案内されていたようで、ハッとした時にはベンノから間近で顔を覗きこまれていた。

「マイン、回復したんだよな？」

「ぅあ⁉　は、はい。ご心配おかけしました」

目を瞬きながらそう言っても、ベンノは疑わしそうに眉根を寄せるだけで、わたしの顔をじろじろ見るのを止めてくれない。

「旦那、大丈夫だ。マインは何か考えていただけで体調が悪くなったわけじゃないから」

ルッツの言葉にやっと納得したのか、ベンノがパッとわたしから手を離す。暖炉のそばにあるテーブルの席にわたし達を座らせながら、ハァ、とベンノは深い息を吐き出した。

「あのじじいが孫のために集めた物だからって、結構しつこくうだうだ言っていたから、魔術具を本当に使ってくれるかどうかは賭けだと思っていたが……」

「あ、わたしをギルド長の店に引き抜きたかったみたいです。払うお金が足りなかったら、借金のかたに店を移ることになっていたんでしょう？」

「借金のかた……。まぁ、そうだな。だが、金は渡してあっただろう？」

ニヤッと得意そうに笑ったベンノに頷きながら、わたしはギルド長達が裏で色々罠を張っていた事実を暴露する。

「はい。ベンノさんには魔術具の値段を小金貨一枚と大銀貨二枚と伝えたって言ってましたけど、実際は小金貨二枚と大銀貨八枚だったみたいで……」

「あんのくそじじい！」

「わたしが持っているお金でギリギリ足りて、ホッとしました。フリーダとギルド長は足りると思わなかったみたいで、驚いてましたよ」

ガシガシとベンノが悔しそうに頭を掻いて怒鳴った直後、わたしが言葉を付け足すと、ベンノは一瞬呆気にとられた後、「そういえば、情報料を上げたな」と呟き、ニヤッと笑った。

「ヤツらに一泡吹かせたならそれでいい。だが、あの一族には気を抜くな。お前みたいに危機感の薄いぼへっとしたヤツはすぐに食われるぞ」

危機感の薄いぼへっとしたわたしがやらかしてしまったかもしれない失敗についても、ベンノに報告しておいた方が良いだろう。そうは思っていても、叱られるのを少しでも後に回したくて、言い方がついつい遠回しになるのは止められない。

「えーと、ベンノさん。質問があるんですけど、この辺りではお菓子って、どんなものが普及しているんですか？」

「どういう意味だ？」

じろりとわたしを見る赤褐色の目にビクッとしながら、わたしは言い訳も加えて説明する。

「わたしの周りでは甘い物なんて滅多になくて、蜂蜜とか果物とか、冬のパルゥくらいなんですよ。……それで、ですね、ベンノさん。つかぬ事をお伺いいたしますが、フリーダの家には砂糖があったんですけど、それって珍しいものですか？」

料理に使うための砂糖がウチにないことから考えても、普及しているのは富裕層くらいだとは思っている。それでも、流通に詳しい人から確実な答えが欲しいし、できれば、ウチが貧乏だから買えないだけで街の大半の人は買ってるよ、くらいの答えだったらいいなと思う。

もちろん、そんなわたしの願望の詰まった答えが返ってくるはずがなかった。

「この辺りではまだ珍しいな。外国から最近輸入され始めて、王都辺りや貴族の間ではかなり人気が高いって……お前、まさか、また何かしでかしたのか⁉」

色々しでかした前科があるので、ベンノはすぐに気が付いたようで、眉尻をグッと上げた。

貴族階級に砂糖自体は普及し始めているが、まだお菓子文化というほどは色々なお菓子がないらしい。カトルカールはシンプルでオーソドックスなケーキだが、間違いなくやりすぎた。

「その、『カトルカール』ってお菓子を作ったら、食いつかれたみたいで……」

「あぁ、あれか。すっげぇうまかった。しっとりしてて、口の中ではとろけるようで、初めて食べる甘い味の……って、マイン！」

カトルカールを食べたルッツからも睨まれて、かなりまずいことをしてしまったことを実感する。

「お前はどうして肉食獣の前でそう無防備に茂みから頭を出すんだ⁉　あっという間に食われるに決まってるだろうが！」

カトルカールでここまで激昂されるのだから、ショートケーキなんて作らなくてよかったと自分をこっそり慰める。秤や薪オーブンに不安があったせいだが、結果的にはセーフだ。

「フリーダとはお菓子を作る約束をしていたし、自分にできるお礼……」

「お礼なんて、金を払ったんだから十分だ！」

ベンノの言葉がフリーダの言葉といちいち重なる。ここの商人にとっては、対価を払っているので、それ以上は不要だったらしい。

「うぅ、フリーダにもそう言われました」

「またか⁉　商談相手に言われてどうするんだ？　負けてもいい相手かどうかはよく見極めろって前にも言っただろう⁉　この考えなし！」

……のおおぉぉぉ！　わたし、学習能力なし。でも、命の恩人にできるだけのお礼をしたいと思うのは普通じゃないの？

「一応命の恩人だしって思って……」

「つまり、くそじじいに騙されたことはコロッと忘れていたわけか」

「ぅぐぅ……」

それを言われると言葉に詰まる。結果としてお金を持っていたから、命を助けてもらったとしか考えていない。けれど、これでお金が足りなくて強制的にベンノの店からギルド長の店に所属が替わっていたら、もっと心境は複雑だっただろう。

「ったく、向こうはお前が身食いだから、時間的にもたいしたことはできないだろうと高をくくって、放置してくれているんだ。ヤツらが本気になれば、お前なんて気が付く前に所属が替わっているはずだ。わざわざ捕まりに行くようなことをするな」

なるほど、と少しだけ納得した。色々と罠を張る割に引き抜きは緩いな、と思っていた。どうやら身食いという病気自体に潰されるか、すぐにでも貴族と契約する相手だから、ちょこちょこ突くくらいで済んでいるらしい。

「えーと、気付く前に所属が替わるって、どんなことをされちゃうんでしょう？」

「一番簡単なのが、お前の親に近付いて外堀を埋めることだな。娘の命の恩人に頼まれれば断れるわけがない。今後も面倒を見ると言って洗礼後の所属を親から攻めてきたり、あそこの息子が知らないうちにお前の婚約者になっていたりする可能性もあった。あと一年持つかどうかわからないマインを相手にそこまでする意味がないからしないだけだ」

「何それ、怖いっ！」

ひいいぃぃぃっ！　と鳥肌の立ってしまった自分の腕をガシガシと擦っていると、ベンノが呆れたような顔でわたしを見ていた。

「今頃わかったのか。危機感がないにも程がある。……それで、そのお菓子はできた現物を渡しただけか？」

ベンノの質問の意図がわからなくて、わたしは首を傾げながら、皆で一緒に作った話をした。

「いえ、わたしにお菓子作りなんて腕力を使うことできるわけないので、フリーダの家の料理人さんに作り方を教えながら、作っていただきました。真っ白の小麦粉がたくさんあって、砂糖もあって、薪オーブンが自分の家にあるんですよ。すごいですよね」

「あぁ、すごい、すごい。つまり、レシピは丸々向こうが握ったわけか……」

頭を抱えるベンノの姿に、かなり不安になってきた。お礼に作っただけのお菓子がここまで波紋を広げることになるとは全く考えていなかったのだ。

「うっ、何かまずかったですか？」

「貴族相手に売れそうなもんを無償でやるなんて、馬鹿だろう？」

何が貴族に売れて、何が庶民的なのか、正直わたしにはわからない。ただ、ケーキのレシピはお金になることがわかった。今度から気を付けよう。

「うぅ……。だったら、こっちも料理人に作らせて売ればいいじゃないですか。まだ向こうだって売り出したわけじゃないし……」

「砂糖の入手がまだ難しいんだ」

先に売ってしまえばいい、と提案してみれば、ベンノはハッキリと嫌な顔をした。しかし、嫌な顔をされても、砂糖の入手はわたしの領分ではない。商売をしているベンノの仕事だ。

「じゃあ、諦めるしかないですね。砂糖とオーブンをうまく扱える料理人がいたら、『カトルカール』のレシピは無料でベンノさんにも公開しますよ」

「……その言い方を聞けば、他にもありそうだな」

ベンノはすぐに気付いてわたしを見たが、砂糖がなければどうしようもないレシピばかりだ。公開しても意味がない。お菓子のレシピはお金になると先程教えてもらったわたしは、胸を張って、ふふんと笑って告げる。

「それ以上は有料です」

「その強かさは向こうに使え」

もっともな言葉にわたしは「……善処します」としおれた。善意でやったことをお金で計算されるのは、どうにも慣れないけれど、それが商人の世界だというなら慣れるしかない。

「報告はそれで終わりか？」

「いえ、これはかなり私的な報告なんですけど、わたし、冬の間は基本的に外に出ないので、春になるまでお店に来ることはないですが、心配しないでください」

何しろここには、目の前でわたしが倒れたことで過保護になっているマルクとベンノがいるのだ。わたしが店に来なくても店の運営には何の問題もないだろうが、また体調のことで心配させるのも悪いので、先に宣言しておくことは必須だろう。

「あぁ？　オットーの手伝いをすると言っていなかったか？」

どうやら、ベンノは冬の間はほぼ門に行くと考えていたらしいが、それは違う。そんな暴挙をウチの家族が見逃してくれるわけがない。

「えーと、吹雪じゃない天気で、わたしの体調が良くて、父さんの仕事が朝番か昼番の時って条件付きなので、冬の間に十回も行けないと思ってます」

「……お前、洗礼式の後、本当に仕事ができるのか？」

「それは、わたしも常々不安に思っているんですけど」

ものすごく不安そうにベンノが聞いてきたが、むしろ、聞きたいのはこちらだ。わたしにできる仕事があるのだろうか。

「仕事の仕方は追々考えた方が良さそうだな。それで、冬の間の手仕事の納品はどうする？　春の洗礼式に向けて、多少品物があると店としては助かるんだが」

当初は春になったら全て納品することになっていたが、それでは春の洗礼式に間に合わない。冬の洗礼式に向けて大急ぎで作った分もほとんど売れて在庫がない、とベンノが言う。

「オレが天気を見て持ってきます。晴れたらパルゥ採りだから、店に来るのは曇りの日かな？」

「あぁ、パルゥか。懐かしいな。パルゥジュースは、子供の御馳走だからな」

フッとベンノが懐かしそうに笑った。ベンノも昔はパルゥ採りに行ったのだろうか。戦利品をコリンナと分ける幼いベンノを想像してわたしが少し笑うと、隣のルッツもパルゥ採りに思いを馳せて、にへっと笑った。

「オレ、今年も絶対にパルゥケーキを食べるんだ」

「……パルゥケーキ？　何だ、それは？」

ベンノが怪訝そうな顔になる。わたしはパルゥケーキのレシピが流出した時のことを考えて、たらりと冷や汗が流れるのを止められなかった。

「あ～、ルッツ。レシピは秘密にしておいた方が良いよ？　パルゥが手に入らなくなるから」

パルゥの搾《しぼ》りかすは人間が食べるものではない。家畜の餌だ。そう思われているから、ルッツの家では卵と引き換えにたくさん手に入れることができる。けれど、その利用価値を知られたら、パルゥの搾りかすに高い値段が付くようになるかもしれない。そうすれば、冬の家畜の飼料として当てにしている人達全員に迷惑をかけることになってしまう。

「そっか。オレ達だけの楽しみだから、秘密だな」

話を終えて、ベンノの店を出て帰途に就く頃には、通りの端に少しずつ雪が積もり始めていた。外に出ることもできなくなる本格的な冬の到来を見せつけられて、わたしは軽く溜息を吐く。

「お外に出られない日が始まりそうだね」

ルッツが積もりかけの雪を忌々しそうに見ながら、小さく頷いた。家の雰囲気が良くない、と母親のカルラが言っていたくらいだ。当人であるルッツはもっと険悪な雰囲気を感じているに違いない。家に籠もらなければならない冬は、ルッツにとって辛い季節だろう。

「ねぇ、ルッツ。三日に一度は勉強道具と仕上がった簪部分を持って、ウチにおいでよ」

わたしがルッツに提供できるのは、ほんのちょっとの息を抜く時間だけだ。毎日では余計に家族の風当たりが強くなりそうだし、理由がなければルッツもウチに来にくいので、簪が少しできたくらいを見計らうのが良さそうだ。わたしの提案に、ルッツはほんの少し顔を綻ばせた。

「あぁ、そうする。悪いな」


吹雪の日が増えて、通りを歩く人が減っていく。人々は寒さをしのぐために、外に出ることを控えて、家の中で過ごすことになる。父さんは兵士で門に詰めるので、冬だからと言って仕事が休みにならないのは去年と一緒だ。吹雪の日でも仕事があり、家にいることは少ない。

ウチの中ではトゥーリが暇を見つけてはせっせと髪飾りを作っている。確実にお金になることを知っているので、去年の籠作りより真剣だ。母さんは手仕事に関心を示しながらも、家族の服を作る方を優先させなければならない。今年はわたしの洗礼式があるので、まず晴れ着だ。

「母さん、去年のトゥーリの晴れ着をお直しするんじゃダメなの？」

トゥーリは一年でまた背が伸びた。もう夏に着ていた晴れ着が少しきついはずだ。だったら、ほとんど袖を通していない晴れ着をお直しした方が、手間もかからないのではないだろうか。

「トゥーリとマインじゃ大きさが違いすぎて、お直しも大変なのよ」

母さんは困ったようにそう言って苦笑した。普通は晴れ着なんて、何度も作るものではない。姉妹なら着回すのが普通だ。しかし、わたしとトゥーリは体の大きさが全く違う。七歳になったばかりの洗礼式で八～九歳くらいに見られるトゥーリと四～五歳に見られるわたしが同じ服を着るのは正直不可能なのだ。竈の前で着てみたものの、肩も脇もずるずるだし、膝丈のワンピースは足首までの長さになっている。

「うーん……。でも、この裾なんて、こうやって摘まんで丈を誤魔化せば、ひだもできて可愛いと思うよ？　摘まんで縫うところにこんな感じの小花を飾るのはどう？」

「マイン、それってお直しじゃないよ。すごく豪華になっちゃう」

裾にひだを作って摘まんだわたしの提案にトゥーリが笑った。

サイズが完全に違う場合、糸を全部解いて、わたしのサイズに布を裁って、縫い直すことをお直しと言うらしい。ちょこちょこ摘まんで飾りで誤魔化せばいいんじゃない、と言うわたしの考え方は異端なようだ。これはもう余計な事を言わない方が良いパターンに違いない。

「そっか。豪華に見えすぎるなら、止めた方が良いのかもしれないね。摘まむだけのお直しなら、この部分を外せば、わたしが大きくなっても使えると思ったんだけど……」

余分な布が使えるのは、生活に余裕がある者だけだ。ひだのある服なんて基本的には金持ちしか着ないし、余計な飾りを付けることもできない。だからこそ、トゥーリはピッタリサイズの晴れ着だった。お直しのためとはいえ、わたしがひだのある服なんて着たら目立って仕方ないかもしれない。そう思って、口を噤《つぐ》んだのに母さんが妙にやる気になってしまった。ガシッとわたしの両肩をつかんで、ニッコリと笑う。

「……マインの言う通りにやってみましょう。ダメなら普通にお直しすればいいもの。ね？」

……あ、ヤバい。母さんが燃え始めた。これ、普通のお直しでいいよって言っても止まらないよね？　わたしも自分の髪飾りを作ったり、ルッツの家庭教師をしたり、料理番をしたり、去年よりは忙しいんだけどな。

もちろん、やる気になってしまった母さんから逃げ出すなんてできるはずもない。竈の前とはいえ、夏の晴れ着を着ただけの状態で、母さんと色々なところを摘まんでタックを作る話をしているうちに、虚弱なわたしはしっかり風邪を引いた。ふぇくしょんっ！

晴れ着の完成と髪飾り

熱を出して二日後、やっと熱が下がった。

晴れ着のお直しもなかなかリスクが高い。この分ではお直しが終わる頃にもう一度熱を出しそうだ。そんなことを考えながら、わたしはベッドから下りて母さんの姿を探した。台所の竈の前にテーブルを寄せて、母さんとトゥーリがせっせと手仕事をしている姿があった。どうやら、わたしが熱を出していた間、晴れ着のお直しはできないので、手仕事に精を出していたらしい。

「あら、マイン。熱は下がったのね？　じゃあ、今日はお直しの続きをしようかしら？」

母さんは少しばかり名残惜しそうに手仕事を片付けて、晴れ着を広げ始める。

「父さんは？　朝番？」

「昼番だけれど、雪が深いからもう出たわ」

兵士は大通りの雪かきにも駆り出される。雪かきのために特別手当のようなお金がもらえるらしいが、割に合わない重労働だ、と父さんがよくお酒を飲みながらぼやいている。

「さぁ、マイン。晴れ着を着てちょうだい」

ピッと広げられた半袖の薄い生地を見て、わたしはひくっと頬を引きつらせた。母さんが言うまに着ていたら、竈の前に立っていてもまた熱を出しそうだ。

「母さん、一枚でもいいから、長袖のシャツを着てていい？」

「それじゃピッタリの服にならないわよ？」

「いいよ。夏までに大きくなるから」

母さんは頬に手を当てて、ものすごく怪訝そうな表情で首を傾げた。色々と思い返すように視線を巡らせた後、溜息を吐く。

「マインの気持ちはわかるけど……それは難しいんじゃない？」

……せめて、期待してる、くらいは言って欲しかったよ、母さん！

また熱を出したくはないので、わたしは長袖のシャツを着た上から晴れ着を着て、お直しをする許可をもぎ取った。

「一番サイズが合わないのは肩ね。これはどうするの？」

母さんの言う通り、トゥーリの晴れ着を着て一番ずるずるでみっともないのは肩の部分だ。なので、肩幅部分を全てぎゅっと寄せてまとめてしまう。すると、肩にドレープが寄ったオフショルダーのドレスのようになるのだ。

「そうして、首に近いこの辺りに適当な布か紐で肩紐を付けるの。この晴れ着を作った時の布の切れ端が残っているなら、それでも良いよ。なかったら、青系の布かな？　刺繍やサッシュと合うなら大丈夫だと思うんだけど」

「切れ端が残っているわ。肩紐にするだけなら十分でしょ」

母さんがごそごそと布入れから、切れ端を持ってきた。切れ端を紐のように丸めた後、肩紐として縫いつける。肩の出そうなずるずるワンピースが、キャミソールのような肩紐が付いたオフショルダーのようなデザインのワンピースになった。

「あぁ、これなら肩が落ちないわね」

母さんは満足そうに頷いた後、眉根を寄せて、服の脇を指差した。肩の生地をぎゅっとまとめたことで、波打つ生地が脇の方に集まっている。

「マイン、いくら何でもこの脇の布がみっともないわ。これはどうするの？」

「どうせ幅広のサッシュで結ぶんだから、脇に少々生地が寄っていても問題はないんじゃない？」

「ダメよ。みっともないもの」

「じゃあ、こうやって、ちゃんとひだにして縫えばどう？　手間はかかるけど、可愛くなるでしょ？」

みっともないと言われた布を丁寧に等間隔で折って、胸元から脇に向かってタックを三つほど作って見せた。縫うのは面倒だろうけれど、余った布はなくなるし、胸元が装飾的になる。

うーんと唸っていた母さんが「それならいいわ」と頷いた後、わたしに向かって手を差し出した。

「さすがにこれは脱いでくれないと縫えないわ」

わたしは晴れ着を脱いで、母さんに渡した。そして、即座に服を何枚も着こんで、ホッと息を吐く。正直寒かった。晴れ着が完成する頃にはまた熱が出そうだ。

「いいなぁ、マインは。すごく豪華な晴れ着になって」

母さんがチクチクと縫い始めたタックを見つめて、トゥーリが羨ましそうに溜息を吐いた。確かにひらひらした部分がたくさんあるので、豪華に見える。けれど、それはトゥーリとわたしの体格が違いすぎるせいだ。普通の姉妹ならこんなお直しは必要ないので、わたしとしては、母さんに手間をかけて申し訳ないと思ってしまう。

「トゥーリとは大きさが違いすぎるからね。作り直すのが大変だから、こんなお直しをしてるだけだよ。元々この晴れ着はトゥーリのために作られたものでしょ？　新しい服はいつもトゥーリの。わたしはトゥーリのお下がりばっかりだよ？」

「あ、そっか」

新しい服が着られないのは下に生まれた者の宿命だ。普段着は上のトゥーリもご近所から回ってきた服がほとんどで、滅多に新しい服なんて着られないのだけれど。

「母さんが縫ってるうちに、自分用の髪飾りでも作ろうかな」

タックを縫い終わるまでの時間で、わたしは自分の洗礼式のための髪飾りを作ることにした。せっかく作るのだから、既製品とは少し違うものを作りたい。

「母さん、自分用の髪飾り作りたいから、ウチの糸使っていい？」

「マインの晴れ着を作る必要がなくなったから、髪飾り分なら使ってもいいわ」

去年は髪飾りを作るということが理解されなかったので、糸をもらうのも苦労したが、今年は何をするのかわかっているので、拒否されずにもらうことができた。相互理解の大切さを感じながら、わたしは生成りの白い糸を手にとった。

「確か、こんな感じ……」

記憶を引っ張り出しながら、細いかぎ針でスズランのような丸みを帯びた形の小花を編んでいく。手仕事の髪飾りを一つ完成させたトゥーリがわたしの手元を覗き込んできた。

「マイン、これは？　フリーダちゃんの小花とも、手仕事の小花ともちょっと形が違うけど？」

「これはね、わたしが洗礼式で使う簪に付ける飾りになるの」

「せっかく作るのにフリーダちゃんみたいな飾りにしないの？　豪華で綺麗だったのに」

バラの形の花を気に入っていたトゥーリが、スズランのような小花を指先で転がしながら、唇を尖らせる。フリーダのために作った緻密で艶のある赤いバラを思い出して、わたしは軽く溜息を吐いた。同じように作っても、あれほどのバラにはならないだろう。

「糸の品質が違うから、同じようにはならないと思うんだよね」

「同じじゃなくても良いなら、わたしが作るよ。マインが作ってくれたみたいに、わたしもマインに作ってあげたいの」

トゥーリの気持ちが嬉しくて、わたしはバラの部分をトゥーリにお願いすることにした。大きくて目立つバラはわたしより上手なトゥーリに任せた方が、綺麗に仕上がるに違いない。

「ありがと、トゥーリ。じゃあ、この糸でフリーダに作った大きい方の花を、もうちょっと大きく作ってくれると嬉しいな。作り方は覚えてる？」

「マインじゃあるまいし、ちゃんと覚えてるよ。任せて」

……覚えの悪い妹でごめんなさい。

トゥーリにバラの花作りを任せて、わたしはせっせと小花を作っていく。わたしがせっせと作ってもそれほど速くはないので、三個作り終わる頃には母さんがタックを縫い終わっていた。

「マイン、晴れ着を着てみてちょうだい」

わたしはまた長袖一枚になって、晴れ着を着た。上半身にタックの入ったオフショルダーのワンピースになった。タックが入ったことで、袖のひらひらが自然なドレープに見える。

「母さん、サッシュを取って。付けてみる」

母さんに取ってもらった幅広の青いサッシュをぎゅぎゅっと締めれば、スカート部分がバルーンのようにふわりとした広がりを持った。

「縫っている間はそれほど思わなかったけど、こうして見るとすごく可愛いわ」

「わたしが可愛いから？」

「あら、わたしの腕が良いからよ」

二人で顔を見合わせて、ぷぷっと笑った後、母さんはぐるりと肩を回した。

「あとは裾だけね。そのままでも形は可愛いのだけれど、長すぎるわ」

トゥーリの膝丈ワンピースはわたしの足首丈になる。誰が決めたのか知らないが、この辺りでは十歳までの子供のスカート丈は膝までと決まっている。ちなみに、ミニスカートなんてものは存在しない。強いて言うなら、一～二歳の子がおむつでお尻が大きくなっていて、膝丈にしたつもりのスカートがミニスカートに見えるくらいだ。

そして、面倒なことに、短いのもダメだが、長いのもダメだ。脛《すね》くらいの長さは十～十五歳で成人するまで。成人したら足首も見えない長さが好ましいらしい。だが、そんなずるずるした長さのスカートが穿けるのは働く必要のない家の女性くらいだ。立派な労働階級である母さんやご近所の奥様方のスカート丈は足首くらいである。

「裾も肩と同じように摘まんでひだを作ればいいかしら？」

「前に二カ所、後ろに二カ所くらい摘まめば良いと思うんだけど、母さんはどう思う？」

「そうね。ちょうど良いと思うわ」

裾は四カ所ほどを膝丈になるように摘まんで上げると、まるでバルーンカーテンのようなドレープができる。糸で縫いつけた後、糸が目立たないように髪飾りと同じ小花で飾った。そして、裾にされていた刺繍が綺麗に見えるようにドレープを整えれば、晴れ着は完成だ。

「お金持ちのお嬢様みたいな晴れ着になったわね」

胸元にタックが入り、袖はひらひらと波打っていて、裾はバルーン状のドレープになっている。布をたっぷりと使った装飾的な晴れ着は、どこからどう見ても貧民の晴れ着ではない。

ずるずるとしたみっともない部分を摘まんで、縫って、誤魔化したつもりの晴れ着は、富裕層でも珍しいデザインになってしまった。明らかに我が家には分不相応だ。

「予想以上に手間がかからなかったから、わたしは楽だったけれど、これ、かなり目立つわよ？」

母さんの言葉を耳にしたトゥーリが軽く肩を竦めて、作り途中の髪飾りを指差した。

「そんなの今更じゃない？　髪飾りだって目立つんだから、大して変わらないよ」

編み込みをして、周りの人が誰も付けていない髪飾りをしていただけのトゥーリでさえ、フリーダの目に留まるくらい目立っていたのだ。わたしが新しく作る簪だって目立つに決まっているのだから、注目されるということに変わりはない。注目された方が髪飾りの宣伝にもなるとフリーダだって言っていた。もういっそ開き直った方が良さそうだ。

「せっかくできたし、可愛いし、注目されても良いよ。わたし、これで行く！」

熱を出して、我が身を犠牲にしてまで完成した晴れ着だ。それに、麗乃の高校時代に文化祭で強制的に着せられたふりふりのミニ丈メイド服に比べたら、断然おとなしいデザインだし、膝丈まであるのだから恥ずかしくもない。

「マインがそれでいいなら、構わないわ。それで、髪飾りはどんなものにするの？」

母さんが興味津々の目でトゥーリの作っているバラの花を覗き込んでくる。

「トゥーリが大きい花を作ってくれているから、わたしはあと十個以上こういう小花を作るの」

「わたしもやるわ。マインへのお祝いだもの」

フフッと笑いながら、母さんが裁縫箱からかぎ針を取り出した。

「じゃあ、お祝いに青の糸と水色の糸ももらっていい？　小花を三つずつ作れる分くらい」

「仕方ないわね。いいわよ」

「やった。ありがと、母さん」

皆でちまちまと編んで、髪飾りを作っていく。三人で作ると速い。大きな白いバラの花が三個、青い小花が三個、水色の小花が三個、白い小花が十五個。一日のうちに全て揃った。

「これはどうやって、飾るの？　小花が多すぎない？」

「できてからのお楽しみ。こっそり作るから見ないで」

ニッと笑ってそんなことを言ってみても、作る場所なんて一つしかないのだから、丸見えだ。見ないふりをしている二人の視線がこちらにちらちらと向かっているのがわかって、質問したいけれど見ていないことになっているので口を噤んでいるのもわかって、ちょっと面白い。

「ただいま。あぁ、今日も疲れた。雪と酔っ払いの面倒を見るだけで一日が終わったぞ」

そんなことを言いながら、父さんが帰宅した。家に入る前に一応雪を払い落としてきたようだが、まだ少し残っている。それをトゥーリと二人でパタパタ払いながら、わたしは尋ねた。

「父さん、わたしの洗礼式用の簪ってできてる？」

「あぁ、ちょっと待ってろ」

得意そうに笑った父さんが物置から、丁寧に削られて磨かれた簪を持ってきてくれた。手間暇かけて磨かれていたことがわかる滑らかな手触りに、口元が自然と綻んでいく。

「すごく綺麗。するするしてて、引っ掛かりが一つもないよ。父さん、ありがとう」

父さんが作ってくれた簪の穴に、白いバラの花を三つ縫い留めた小さな布を縫い付けた。

そして、その布に針を通して、下に垂れて揺れる藤の花のように小花を等間隔で結びながら連ねていく。バラの花に一番近い小花は青、その次は水色、そして、生成りの白が五個連なる。ちょっとしたグラデーションで小花が七個ずつ連なった飾りが三本揺れる形になった。麗乃時代に持っていた浴衣の髪飾りを参考にしたが、予想以上に良い出来だ。

「わぁ、この揺れるの、すごく可愛い！　マイン、付けてみて」

「せっかくだから、晴れ着も着てみせてくれ。父さんだけ見ていないぞ」

「そうね。長袖の上からじゃなくて、実際に着たらどうなるかを母さんも見ておきたいわ」

家族に押されて、わたしは晴れ着に着替えた。そして、今の簪の横に、洗礼式用の飾りを挿し込む。小花が揺れて髪に当たるのがわかった。

「おぉ、マイン。すごいな！　皆、どこかのお嬢様だと思うに違いない。この間見たフリーダちゃんの衣装より、ずっと手が込んでいて可愛いぞ。トゥーリのお下がりを直したとは思えない出来だ。さすがエーファ」

わたしを褒めながら、妻の裁縫の腕を褒めちぎるという器用な事をしながら、父さんは感心したように晴れ着を眺める。母さんは父さんの言葉に苦笑しながら、少しばかり言葉を咎めた。

「さすがにフリーダさんの衣装と比べるのは、質が違うから失礼よ。でも、簡単に直った割に、すごく豪華で可愛い仕上がりになったわ。やっぱり布に余裕があると違うわね」

「質が同じなら、エーファの方が良い出来になると言っているんだ」

「もう、ギュンターったら」

何か両親が二人の世界に入っていってしまった。いちゃいちゃとしか表現できない二人のやり取りを目の前で繰り広げられるのが、精神的にきつい。麗乃時代から恋人などできたことがないわたしに、そういう姿を見せつけるのは止めて欲しい。

置いてきぼりをくらった気分になったわたしを現実に戻してくれたのは、後ろの髪飾りに注目していて、わたしの視界に入っていなかったトゥーリだった。

「うん、可愛い！　とっても可愛いよ、マイン！　服も豪華で可愛いけど、髪飾りがすごくいい。ゆらゆら揺れる飾りには目が引かれるし、マインの髪は夜の空みたいな濃い青だから、白い花がとても目立つよ。作ってる時はちょっと花の飾りが大きすぎないかな？　って、思ってたけど、こうして実際に付けてみるとそうでもないみたい」

……さすが、トゥーリ。わたしの天使。

助けの声に従って、わたしは両親にくるりと背を向ける。いちゃいちゃする二人の姿が視界から消えただけで、ホッとした。

「トゥーリのふんわりした髪と違って、わたしの髪は量感がないから、髪飾りで華やかにしないと服と比べて寂しくなっちゃうんだよ」

そんな話をしているだけでも、夏の薄い晴れ着では寒くて身震いが止まらない。全身に鳥肌が立って、背筋が嫌な感じにぞくぞくし始めた。

「ふぇっ……くしゅん！」

くしゃみに驚いた母さんが父さんを押し退けるようにして、わたしの方へとやってくる。

「マイン、晴れ着はもういいから、早く着替えて寝なさい。また熱が出るわよ」

「ふぁ……くしょん！　母さん、ちょっと遅かったみたい。背筋は寒さにぞくぞくしているのに、首筋がちょっと熱くなってきちゃった」

慌てて寝間着に着替えさせられ、ベッドに放り込まれたけれど、熱が確実に上がっていくのがわかる。ちょっとチクチクする藁の布団に潜り込みながら、わたしはハァと溜息を吐いた。

……まぁ、また熱が出るだろうなとは最初から思ってたし、予定調和ってやつなんだけど。わたしの体、もうちょっと強くならないものかな？

ルッツの家庭教師

手仕事の髪飾りを作っていると、トントンと玄関のドアをノックする音が聞こえた。顔を見合わせた後、トゥーリが様子を窺いに行く。

「はい、どなた？」

「オレ、ルッツだけど。簪部分、持ってきた」

トゥーリが鍵を開けてギギッとドアを開けると、ひやりとした外気と一緒に雪を落としきれていないルッツが入ってきた。

「うわぁ、寒そう。吹雪はひどいの？」

「井戸への道が結構塞がってたけど、今はまだマシ」

そう言いながら、ルッツは入ったばかりのところで、完全に雪を落としてしまう。

「これ、簪部分。兄貴達が三個ずつ作ってたから、九個ある」

ルッツが髪飾りの簪部分をテーブルの上に並べた。ずらりと簪部分が並べられると、トゥーリが立ち上がって、できあがっている髪飾りの部分を持ってくる。

「早速完成させちゃおうか？　そうしたら、簪部分がいくつ足りないかわかるでしょ？」

わたしが熱で寝ている間に、どうやらたくさんできていたようだ。テーブルの上に並んだ飾りを見て、わたしはルッツに問題を出す。

「飾り部分が十二個。ルッツが持ってきた簪部分は九個。足りない簪部分は何個でしょう？」

「あ？　えーと、三個」

「正解。よくできました。よく勉強してるね。髪飾りを作るのはトゥーリと母さんでお願い。わたし、ルッツの勉強を見るから」

ルッツの片手に石板と計算機の入ったバッグがあるのを見つけて、わたしがそう言うと、トゥーリは目を何度か瞬いた後、首を傾げる。

「門で計算してるって聞いたけど、本当にマインに教えられるの？」

「文字や計算を教えるくらいできるもん」

あまりの信頼のなさにわたしがむぅっとむくれて見せると、ルッツが横で苦笑した。

「トゥーリ、マインはさ、文字や計算はすげぇんだよ。まぁ、力のなさもすげぇけど」

……どうせなら、前半だけで止めておいてよ。

ルッツを睨んでみても、母さんもトゥーリも笑っているので、全く意味がない。

バッグからルッツが石板と石筆を取り出したので、わたしも失敗作の紙から使える部分だけを切り出して束ねたメモ帳と煤鉛筆を自分の木箱から取り出すために寝室へと駆け出した。ルッツに勉強を教えるという名目で、本作りをしようと考えたのだ。普段、母さんとトゥーリがせっせと手仕事をしている横で本作りをするのは、自分だけさぼっているようで居心地が悪いけれど、ルッツに教えながらならば、二人とも書いているという動作に違いはないので、それほど目立たないはずだ。

……さぁ、本作りの続きだ。

暇を見つけては時々書いているので、少しずつ束ねられたメモ帳に母さんの物語は溜まってきたが、まだ本と言えるほどは書けていない。うきうきでメモ帳と煤鉛筆と石板と石筆を抱えて、わたしが台所へと戻ろうとした時、母さんの声が聞こえてきた。

「ねぇ、ルッツ。カルラも家族も商人になるの、反対してるでしょ？　このままでいいの？」

いきなり始まった真面目な話に息を呑んで、わたしは足音を立てないように気を付けながら、そぉっと台所に戻る。質問をする母さんの隣には固まって動けなくなっているトゥーリが、正面には強張った顔で母さんを見るルッツがいた。

わたしがルッツの隣に座ると、母さんはルッツとわたしを交互に見ながら、口を開いた。

「わたしはね、ルッツが商人になると言い出したのはマインのせいじゃないかと思ってるの。マインがなりたい商人に面倒見が良くて優しいルッツが付き合っているんじゃないかって」

「そんなことない！　オレが商人になりたくて、マインに紹介してもらったんだ。オレがマインを巻き込んだんだよ、エーファおばさん」

ルッツが即座に否定した。ルッツが旅商人になりたいと思っていて、話を聞いて、市民権という存在を知って、街の商人になることを決めた。その決心した過程にわたしは正直関係ない。

母さんは小さく頷きながら、ルッツを静かに見つめる。

「商人になりたいのはルッツなのね。でも、マインと同じところに見習いに行けば、今までと同じようにルッツはマインの面倒を見ようとするでしょう？　マインの面倒を見ながら、仕事ができるほど見習いという立場は甘くないわ。マインに気を取られて仕事が中途半端になるわよ」

思いもよらぬことを言われたとばかりに、ルッツが息を呑んだのが隣に座っていたわたしにはわかった。同時に、母さんの言葉はわたしの胸にも刺さった。その言葉は間違いではない。わたしが奥歯を噛みしめていると、ルッツがグッと頭を上げた。

「……オレ、どうしても商人になりたいって思ってる。マインがいたから、商人になれるようになったんだ。だから、できる限りマインの役に立ちたいと思ってるけど、オレが商人になりたいのはマインのためってわけじゃない」

「では、ルッツはマインがいなくても、例えば、体が弱って仕事を辞めることになっても、商人を続けられるのね？」

テーブルの上でグッと強く両手を組み合わせたルッツが、母さんの目をじっと見つめたまま、ゆっくりと頷いた。

「続けるよ。当然だ。母さんも父さんも職人になれ、としか言わないけど、やっと自分で切り開いた道だから諦めたくない。今、マインに止めろって言われても、オレは商人になる」

そう、ルッツには自分の夢がある。自分がやりたい事のためには職人ではなく、商人の方が都合良くて、ベンノやマルクと接することでどんどん心を固めていった。わたしと一緒に行動するのが、商人になるためには一番近道だったけれど、ルッツはわたしのために商人になるわけではない。

「そう。……だったら、いいの。カルラから話を聞くだけで、ルッツときちんと話をしたことがなかったから、気になっていたの。きちんと話してくれてありがとう」

ルッツの母であるカルラにとっては、わたしがルッツを付き合わせているように見えるのだろう。わたしの体調の都合で振り回しているのは確かだから、完全に間違えているとは言えない。だからこそ、ルッツの話は半分くらいしか聞いていないのかもしれないし、厳しく言えばルッツは意思を曲げると思い込んでいるのかもしれない。

……この間、「止めてくれ」って言われたけど、断っちゃったし……。

「エーファおばさん、オレも聞きたいことがあるんだ」

「何かしら？」

ルッツの声に母さんは少し首を傾げた。静かにルッツを見つめる目は、真面目に答えることを約束しているのがわかる目だ。安心したように、小さく息を吐いたルッツが口を開いた。

「エーファおばさんは、どうしてマインが商人になることを反対しないんだ？　父さんや母さんが言うように、本当に商人が周りの人に嫌われる嫌な職業なんだとしたら、何故？」

「……手数料を取って、利益をピンはねしていくのが商人だから、職人からはあまり良く思われていないのはわかるけど……。周りの人に嫌われる職業って言い方は、ちょっとひどくない？」

わたしの心の声が聞こえたように、母さんはわたしを見て困ったように眉尻を下げた。

「商人に対する印象は人によって違うから、職業については何とも言えないわ。でも、そうね……。反対しないのは、マインはずっと体が弱かったから、かしら？」

わけがわからないと言うように、首を傾げるルッツを見て、母さんは小さく笑った。

「正直、マインに仕事ができるなんて思っていなかったの。他の人がマインを必要とすることがあるなんて、考えられなかった。だから、マインが得意なことで誰かの役に立てるなら、その仕事をマインが一生懸命できるなら、わたしは反対なんてしないわ」

母さんの言葉に胸がぎゅっと締めつけられる。自分に向けられた母親の愛情を感じて、じんと目の奥が熱くなってきた。

「そっか。……オレも一生懸命頑張るから、許してもらえねぇかな」

隣で零れた苦い響きの言葉にわたしはルッツの手を握る。

「許してもらえると良いね」

「あぁ」

「そのためには、まず、お勉強だよ」

ルッツが笑ったことで、ふっと雰囲気が緩んだ。真面目な話をしていた空気が霧散していき、息を詰めて座っていたトゥーリがハァと息を吐いた。裁縫箱を手にとって、髪飾りを簪部分に縫い付けていく。それを横目で見ながら、わたしはルッツの石板をトントンと軽く指先で叩いた。

「最初は基本文字の復習からね。全部覚えているか、書いてみて」

「わかった」

ルッツに課題を出した後、わたしはメモ帳に母さんから聞いた物語を書き留めて、本作りの続きに着手した。煤鉛筆は擦ると鉛筆より真っ黒になるけれど、インクと違ってお金がかからないところがいい。物語の続きを書きながら、時折ルッツの石板に視線を向ける。ためらうことなく、文字を書いている姿が見えた。

ルッツの勉強は順調すぎるくらい順調だ。勉強できる機会が限られていて、これからベンノの店で一緒に仕事をすることになる見習いの中で、ルッツが一番不利な状況であることを理解しているので、食らいつくように知識を呑み込んでいる。ギスギスしていて、商人になることを許してくれない家庭での雰囲気から、ルッツは最悪の場合、家を出ることさえ考えている。だからこそ、一層焦って少しでも知識を詰め込もうとしているのがわかる。

「基本文字はもう完璧に全部覚えたね。字も丁寧に書けてる。すごいよ、ルッツ」

「マインのお手本がいいんだ」

何度も線を引いて、書き慣れなければ、文字を綺麗に書くことは難しい。前世の記憶があるわたしとは違う。そう考えると、ルッツの努力には本当に頭が下がる。

「基本文字が書けるようになったから、次は単語を覚えていこうね。一番よく使いそうな発注書の書き方で練習しよう」

わたしは自分の石板に、材木の発注書を書いてみた。紙を作る時にわたしは何度も発注書を書いたので、すらすらと書ける。書きながら、その過程で知ったベンノがお付き合いしている工房の名前や親方の名前も一緒に教えていく。

「これが材木屋さんの名前ね。ここが発注する人。わたし達の時はベンノさんが買って、わたし達に届けてくれていたから、ベンノさんの名前が入ってたの。これが材木の名前……」

ルッツはわたしの石板を見ながら、一生懸命自分の石板に書き写していく。

「春になって、紙を作るために注文する時はルッツが発注書を書けるように練習してね」

「えっ⁉　オレが？……わかった。やってみる」

目標を定めるとかなりやる気が出るようで、ルッツは真剣に綴り間違いがないか確認しながら練習し始めた。その様子をしばらく見た後、わたしは再度メモ帳を広げて、母さんの物語を書き留めていく作業を始めた。物語集が完成するまでにはまだまだ時間がかかりそうだ。

「次は計算の練習をしようか？」

物語を一つ書き終えたわたしは大きく伸びをして、隣のルッツに声をかける。石板に何度も単語の練習をしていたルッツが顔を上げて頷き、石板を片付けて計算機を取り出した。

わたしは石板に問題を書いていく。今日は三桁の足し算と引き算だ。八問書いた後はルッツが計算機を使う様子を見ていた。前と違って、迷いなくルッツの指が計算機を弾いていく。

「計算機を使うの、速くなったね」

「マインが覚えろって言った、一桁の足し算を覚えたら、かなり楽に使えるようになった」

「うん、覚えてるわたしより速いよね……」

ルッツに教えているような簡単な計算では、わたしの場合、どうしても暗算ですぐに答えが出てしまうので、計算機を使う指のスピードがなかなか上がらない。計算機を使うより、筆算の方が速いのは相変わらずだ。

……ルッツの練習のために計算機を貸しっぱなしだから仕方ないんだもん。

自分に言い訳をしてみる。触る時間が短いので、上達しないのは仕方ない。自分の手元に計算機があったからといって、真剣に練習するのかと聞かれれば、ちょっと答えられないけれど。

「足し算も引き算も大丈夫そうだね。桁が大きくなっても、やり方は一緒だから」

「数字が大きくなるとちょっと混乱するけどな」

ルッツは頬を掻いてそう言うけれど、計算機を使い始めて一月くらいなのだから、十分な成果だ。

「掛け算や割り算のやり方はわたしも知らないから、どうしようもないんだよね」

計算機の使い方がわからないので、ひとまず、掛け算や割り算の考え方と九九を教えてみることにした。九九の読み方は「いんいちがいち」ではなく「いちいち　いち」のようにこちらの数字の読み方を当てはめる。多少言いにくくても、数字が並んだ時に答えがさっと出てくれれば問題ない。

大きい数字も読めるようになったし、お金に換算することも間違わずにできるようになってきた。ルッツの吸収力なら、新人教育の間に頑張れば何とかなると思う。

……でも、わたしはどうしようかな？

ルッツが仕事をする上で、わたしは間違いなく足手まといになる。体力がなくて、腕力がなくて、基本的には役立たずだ。商品開発には多少役に立てるだろうけれど、こちらの常識がいまいちわかっていないので、事情を知っているルッツがいないと困ることが多い。

……そういえば、ベンノさんにも心配されたな。

この体調で本当に働けるのか、と聞かれたことを思い出し、わたしはうーんと考え込む。思い悩む時間だけはたっぷりある冬の間に、きちんと考えておかなければならない。ルッツの、そして、店の皆の足手まといにならずに仕事ができるのだろうか。

オットー相談室

次の日になっても良い答えが出なくて、考えながらかぎ針を動かしているわたしに父さんが声をかけてきた。

「マイン、体調が良いなら、門に行くか？　今日は吹雪が止んでいるんだが」

わたしは「うん、行く！」と顔を上げると、すぐに出かける準備を始めた。トートバッグに石板と石筆を入れて、寒い外に出るために何枚も服を着込む。

門にはオットーがいる。オットーなら、商人の視点で、そして、身内ではない第三者の視点で、厳しい意見をくれるに違いない。わたしがこのままギルベルタ商会の見習いになっても大丈夫かどうか、オットーに相談してみよう。


外に出るとあまりにも積もっている雪に唖然とした。冬の間は基本的に引き籠もりなので、わたしが外に出ることはほとんどない。自分の身長より高く積もっている雪を見ると、どうしてもポカーンとしてしまう。大通りに出る細い路地までは雪かきされていて、人がどうにか通れる程度の道ができているが、横に積もっている雪が崩れてきそうで怖い。

「マイン、ほら」

父さんが屈んで両手を広げてくれたので、わたしはおとなしく抱き上げられて、父さんの首にしがみついた。この雪の中をわたしが歩いていたら、交代の時間までに門に着けないだろう。

父さんに抱き上げられると、雪より上に顔が出た。冷たい風が吹くと、一面に広がっている白いきらめきが海のように波立ったのが見える。

これだけ雪が積もっているのだから、大通りを行き交う人は少ないとわたしは思っていたが、足早に行く人々が予想以上に多かった。

「こんなに雪が積もっているのに、外へ出てる人が多いんだね」

「たまの吹雪が止んだ時間帯だからだろう？　吹雪いている時はさすがに少ないぞ」

そんな会話をしているうちにチラチラと雪が降り始めたので、父さんはやや急ぎ足になった。

「降り始めた。急ぐぞ、マイン。しっかりつかまれ！」

「ふきゃあ！　落ちるぅ！」

わぁわぁ騒いでいるうちに門に着いた。パタパタと雪を払いあった後、早速宿直室に向かう。

軽くノックしてドアを開けると、暖炉の前には机があり、大量の資料を積み上げながら計算をするオットーの姿があった。

「オットー、待望の助手を連れてきたぞ。暖炉の前を空けろ」

「班長、ありがとうございます！　待っていたよ、マインちゃん」

ざざっと机の上の資料を片付けながら、オットーはわたしが仕事をする分のスペースを空けてくれる。ものすごい笑顔で歓迎されたことから考えても、かなり仕事が積み上がっているに違いない。

トートバッグから石板と石筆を取り出して、わたしは椅子によいしょっと座った。

「じゃあ、マインちゃん。この部署の計算が合っているかどうか、確認を頼むよ」

まず、この仕事の山を片付けないと相談どころではないようだ。ドンと積まれた資料を見て、わたしは石筆を構えた。しばらく、黙々と計算を続ける。オットーが計算機を弾く音とわたしが石筆を動かす音だけが響いていた。

コンコンとノックの音が響いた後、若い兵士が入ってくる。

「失礼します。オットーさんに質問がありまして……」

「マインちゃん、質問だって」

計算機と資料から目を離さず、オットーがわたしを指名した。

「え？　わたしですか？　ちょっと待ってください。この計算だけ……」

わたしは筆算を終えると、答えの確認をした印を付けて、顔を上げた。若い兵士は鬼気迫る迫力で計算機を動かしているオットーとわたしを見比べた後、軽く溜息を吐いて羊皮紙を取り出す。

「何ですか？……あぁ、貴族の紹介状ですね。今って士長はいますか？」

「いえ、今日は夜番だったと……」

「では、部長の印章をもらって、早目に城壁へ向かえるように手配してください。この雪の中の長旅だったら、普段は温厚なお貴族様でも気が立っている可能性があるので、処理は迅速に。もし、待たせるようであれば、すぐに火に当たれる待合室に入ってもらって、温かいお茶でも出してあげた方が良いかもしれません」

「わかりました」

敬礼をして、若い兵士が部屋を飛び出していった。わたしも敬礼を返すと、計算の続きに取り掛かる。

「ホント手慣れてきたねぇ」

「対処の仕方は同じですからね」

計算する手を休めずにオットーに言われ、わたしも石筆を動かしながら答える。門の仕事はお役所仕事だ。一度マニュアルを覚えれば、よほどの例外でない限りは対応できる。

しばらく計算していると少し疲れてきた。計算確認のできた分をまとめて、ん～っと大きく背中を伸ばしていると、オットーもきりが付いたようで資料をまとめ始めた。

「さすがに疲れたな。一度休憩しようか？」

オットーが食堂から熱いお茶をもらってきてくれた。それを少しずつ飲みながら、わたしはオットーに仕事についての悩み事を相談し始めた。

「……それで、母さんが言ったんです。マインの面倒を見ながら、仕事ができるほど見習いという立場は甘くない。マインの面倒を見ることに気を取られて仕事が中途半端になるわよって」

オットーは当たり前だという顔で頷いた。

「その通りだろう？　半人前以下の見習いが他人の面倒を見ながらなんて、中途半端になるだけだ。ルッツが本気で商人を目指すなら、マインちゃんの面倒なんて見ていられないはずだ」

「……やっぱりそうですよね」

今は見習いではないから、店でやる仕事はなく、商品を持ち込んでいるだけだ。だから、ルッツはわたしの体調を見ながら一緒に行動できる。見習いになって、仕事をするようになれば、とてもわたしの体調を気遣う余裕なんてないし、そんな重荷を背負わせるわけにはいかない。

どうしよう、と考えていると、オットーが静かな目でわたしをじっと見ながら聞いてきた。

「なぁ、マインちゃん。君は本気で商人になるつもりなのか？」

「今のところ、その予定です。商品になりそうな物がいくつか思い浮かんでいるので……」

商業ギルドに属していないと売買ができないので、商売に係わっていくことだけは決定事項だ。

「商品の売買はともかく、ギルベルタ商会に入るのは止めておいた方が良いよ」

「どうしてですか？」

一応わたしの見習いはベンノが決定したことだ。今、わたしは仕事をすることに関して不安を感じているけれど、オットーがベンノの店は止めろと言う理由が知りたい。

「あの店は急成長している店だ。誰も彼も躍起になって仕事をしている。激務すぎて、マインちゃんの体力でできると思えない」

軽く肩を竦めて述べられた理由は、わたしが不安に思っていることで、先日、ベンノからも指摘されたことだった。

「……実はベンノさんにも言われました。本当に仕事ができるのかって」

「計算ばかりしたり、書類の確認ばかりしたりする仕事もあるけれど、商人の仕事は納期もあるから、いつ体調を崩すかわからない子には任せにくい」

ベンノはわたしが持っている情報をいかに商品化するか、利益を得るかということを考えて、わたしを他の店にやりたくないと思っていることはわかる。けれど、実際に店で働く事を考えると、わたしの体力、腕力のなさは致命的だ。毎日仕事に来られるかどうかがわからないくらい健康状態に不安がある社員なんて雇ってもらえないと思う。わたしが経営者でも、そんな社員はいらない。

「本来なら子供に言うようなことじゃない厳しい意見になると思うけど、聞きたいかい？」

オットーが少しばかり首を傾げてわたしの反応をじっと窺う。オットーに相談したのは、過保護に接する人からは出てこない客観的な意見が欲しかったからだ。何を言われても良いように机の下でグッと両手を握りしめて、わたしはゆっくりと頷いた。

「お願いします」

「マインちゃんが店に入らない方が良いと思う一番の理由はね、人間関係だ。店の中の人間関係がめちゃくちゃになる。入って来たばかりの見習いが体調を崩して休んでばかり、体力的に楽な仕事ばかりでは、どう考えても他の人の不満が溜まるだろう？」

体力的に問題があるとは言っても、そんな贔屓を目の当たりにするのは面白くないし、すぐには表に出なくても間違いなく問題になる。ルッツの就職を決めるために必死になっていたので、自分が見習いになった後のことをよく考えていなかった。

「それに……給料面でも問題が出てくると思うよ？」

「へ？　給料ですか？」

給料に関する問題については、今まで全く考えたことがなかったので、妙な声が出てしまった。首を傾げるわたしに、オットーが軽く溜息を吐いた。

「店に莫大な利益をもたらすマインちゃんと、ただの見習いを同額で雇えるわけがないだろう？」

「給料自体は同じで、商品の利益を別枠で払ってもらうことになると思いますけど」

職の安定のために紙の利益はもらわない契約にしてあるが、その後に出す商品についてはきっちり利益を取るつもりだ。無料で全ての情報を渡すつもりなんてない。

「別枠で利益を渡すにしても、入ったばかりの見習いが勤続十数年のベテランより下手したら給料が高くなるんだ。正直面倒なことになると思う」

「ぅあぁぁ」

お金が係わると確かに人間関係はこじれやすい。オットーの指摘はもっともだ。そして、人間関係が崩れると、店自体が立ち行かなくなる可能性も高くなる。店を作るのは結局人だ。

「確かに、どういう方向から考えても、わたし、店にいない方が良いですね」

オットーの意見はいちいちもっともで、反論の余地がない。わたしが見習いとしてベンノの店に入ることはもめごとの種にしかならない気がしてきた。

「あとさ、俺にはもう一つ懸念があるんだけど」

ここまで色々な事柄を並べられたら、後はもう何でもこい、という気分で、わたしは先を促した。

少しばかり顔を寄せて、声をひそめて、オットーが口を開く。

「結局、マインちゃんの病気は身食いだったんだろう？」

「オットーさん、知っていたんですか？」

わたしがぎょっと目を見開くと、オットーは軽く頭を振って否定する。

「いや、俺は知らなかったけど、もしかしたらって話はベンノから聞いてた。はっきりわかったのはコリンナが、身食いって病気知ってる？　って聞いてきたから」

「コリンナさんが？」

「この間、珍しく取り乱したベンノがそんなことを言っていたらしい。身食いの症状が出て、店で倒れて死にかけたんだって？　あの数日間は班長の取り乱しようもひどかったんだ。コリンナの話と班長の態度で、身食いで倒れたのが君だと判断した」

予想以上に広範囲に話がいっているようだ。ベンノの店で倒れてギルド長の家に運ばれたのだから、かなり目立ったことに違いはないだろう。

「班長は治ったと思っているみたいだけど、ベンノの話では身食いって治らないらしいね？」

魔術具で身食いの熱を減らしてくれたけれど、これはまた増えていくものだ。フリーダからもまた溢れそうになるまでに一年ほどだと言われている。わたしは無言で小さく頷いた。

「治らないってこと、班長に話した？」

「いいえ、まだです。治ったと喜んでいる家族には言いにくくて……」

魔術具の値段や命の期限など言いにくいことが満載で、身食いについてはそれとなく話題を逸らし続けているのが現状だ。わたしも体の中の変な熱が勝手に増えて、溢れると死ぬくらいしかわかっていないので、詳しい話がしにくいというのもある。

オットーは厳しい顔でゆっくりと首を振った。

「ちゃんと報告した方が良い。班長は治ったと思っているから、仕事に就いても大丈夫だと考えていると思う。現状認識をきちんとした上で、仕事についても相談した方が良い。適当に行動すると、色々なところに迷惑をかける結果になる」

今まで思いついたまま、行き当たりばったりで行動して周囲に迷惑をかけてきたわたしとしては、オットーの言葉を粛々と受けるしかない。

「それからさ、生きるために魔術具が必要で、貴族に渡りをつけたいなら、マインちゃんはギルド長のところへ行った方が良い。ギルベルタ商会は大きいけど、まだ新興だ。ベンノがいくら頑張っても、歴史と伝統っていうのは重いし、そう簡単にひっくり返るようなものじゃない」

「それはそうですけど……」

わたしが言葉を濁すと、オットーは軽く眉を上げた。

「ベンノの店じゃなければ困るようなことがある？」

「ベンノさんのお店じゃないと困ることはないんですけど、わたしが苦手なんです。ギルド長の押しの強さや商人としてのやり方が」

強引なのは商人として必要な素質なのかもしれないが、命がかかっている魔術具の値段を安く言って、騙そうとするような行動がどうしても好きになれない。感謝はしているが、お近付きにはなりたくないのだ。

「そんなのベンノだって同じだろ？」

「うーん、ベンノさんも強引なところはあるし、お金にがめついし、すぐに人のことを試そうとするんですけど、悪いところに気付かせて、成長させようとしてくれているのがわかるんですよ」

「へぇ」

ニヤニヤと嫌な感じの笑みを浮かべるオットーにわたしはうっと小さく息を呑んだ。この会話はベンノに筒抜けになると思って間違いないだろう。

「それに、貴族に飼い殺しにされながら生きたいかどうか、まだ決心できていないんです」

やっと家族を家族と認識して、ちょっとこちらの生活に馴染んできて、皆で一緒に生活していたいと思い始めたところなのだ。どういう扱いをされるかわからないような貴族と契約して、飼い殺されても生きたいとは考えられない。フリーダが言っていたように、家族と生きて朽ちるか、貴族に飼い殺されても生きるかを選ぶなら、今の時点では家族を選びたいと思っている自分がいる。

「それじゃあ、まずは、マインちゃんが自分の生き方を決めなきゃ話にならないな。貴族との繋がりを求めてギルベルタ商会に入るんじゃないんだったら、尚更、店に入る以外の選択肢を考えた方が良い。俺は正直なところ、マインちゃんが考えて、ルッツが作るなら、権利や利益の取り決めだけをきっちりすれば、マインちゃんが店に入る必要はないと思ってる」

オットーの言葉にわたしは大きく頷いた。確かに、一緒に行動して働くことしか考えていなかったが、わたしにできることが考えることだけなら、店に入る必要はないかもしれない。

そっか、と小さく頷くと、オットーは爽やかすぎて逆に胡散臭く見える笑みを浮かべた。

「そうだな。家の中で自分の体調に合わせてできる手紙や書類の代筆みたいな仕事をしながら、商品の開発だけするのはどうだい？　商品はベンノに売りつけて、体調が良い時にここの仕事を手伝うような、今までの生活と変わらない仕事形態にした方が、体のためには良いと思うよ」

……オットーさんの言う通り、わたしの体のためには現状維持が一番でしょうけど、その胡散臭い笑顔の意味が非常に気になります。

「まぁ、ご家族とよく話し合うことだね。じゃあ、休憩はおしまい。続きやろうか」

オットーによってコップを片付けられたわたしは、石板を取り出してカツカツと筆算で計算間違いがないか確認していく。

……家族と話かぁ。寿命があと一年だなんて知ったら、父さんが発狂しそうで怖いんだよね。

「マイン、帰るぞ」

「あ、お迎えだ。今日はありがとう。本当に助かったよ、マインちゃん」

交代を終えた父さんが宿直室に迎えに来てくれた時には計算のしすぎで、頭がくらくらしていた。目を閉じていても数字が頭に次々浮かんでくる。だが、ずっと計算機を使っていたオットーは実に元気で、計算だけをする事務仕事でもわたしには無理かもしれないと思わざるを得ない。

「父さん、これじゃあ寒くない？」

少し吹雪いている帰り道、父さんはわたしを抱き上げた状態でコートを着て歩いている。父さんのコートに包まれているので、わたしは暖かいが、父さんは隙間がいっぱいですごく寒いのではないか。しかし、父さんは笑顔で首を振るだけだ。

「マインがいるから、寒くない。むしろ、あったかいぞ」

家族大好きで、親馬鹿な父さんに、身食いの話をしたらどんな反応をするだろうか。この笑顔が凍りつくような気がする。怖いが、これ以上避けて通れない話題だ。

「どうした、マイン？　何か暗くないか？　オットーに苛められたのか？」

「……ううん、違う。父さん、話があるの。わたしの病気のことで」

その言葉だけで、父さんの笑顔も足取りも凍りついた。口元を引き締めて、普段見たことがない真面目な顔でわたしをじっと覗き込む。

「家に帰ってから聞こう。母さんやトゥーリも交えてな」

軽く一度目を伏せた後、父さんは何かから逃げるように足早に歩き出した。何を予感したのか、わたしを逃がすまいとするように、ぎゅっとわたしを抱き上げている父さんの腕に力がこもった。

家族会議

「おかえり、二人とも」

笑顔でドアを開けてくれたトゥーリがドアを開けたままの状態で、パチパチと何度か目を瞬いて、少し不安そうに眉を寄せた。

「……どうしたの、父さん？　なんだか怖い顔になってるよ？　外が寒かった？　それとも、マインが重かった？」

「トゥーリ、ひどい」

わたしがぷくぅっとふくれてみせると、父さんが苦笑しながら「マインは軽すぎる。もっと大きくなれ」と言ってわたしを下ろした後、頭をぐりぐりと撫でた。父さんの緊迫した雰囲気が少し和らいで、トゥーリが安心したように小さく笑う。そして、「ごめん、ごめん」と謝りながら、わたしの頭に残っていた雪をパタパタと払ってくれた。

「帰りはちょっと吹雪になり始めてて、すっごく寒かったんだよ」

一瞬で雰囲気を変えたトゥーリに心の中で拍手しながら、唇を尖らせて外の寒さを口にすると、トゥーリもわたしの真似をして唇を尖らせた。

「父さんに抱っこしてもらって、コートにまで入っていたんだから、寒くなかったでしょ？」

トゥーリが「わたしじゃできないよ」と言うと、父さんは「できるさ」と言って、トゥーリを抱き上げた。門まで歩くのは無理そうだね、と笑いながら、わたしはトートバッグとコートを片付けに寝室へと向かう。台所では、母さんが夕飯の準備をしていた。

「おかえりなさい。……先にご飯にしましょうか？」

何を口にするより、父さんの緊迫した雰囲気と表情から何かあったことは察したようだ。一瞬だけ眉根を寄せた後、母さんは微笑みながら配膳を始める。

「さぁ、召し上がれ」

母さんに促されて、普段に比べてずっと口数が少ない夕飯を食べ始めた。まだ話をしたわけではないのに、眉間に皺を刻んでいる父さん。目を伏せている母さん。困ったように様子を窺うトゥーリ。すでに雰囲気が重い。三人の様子を窺いながら、わたしは熱いスープを口に運ぶ。

……本当に話しちゃって大丈夫かな？　あと一年なんて言ったら、父さん、暴走しない？　どうやって話を進めたらいい？　魔術具にかかったお金は伏せておきたいんだけど……。

食事が進むにつれて、食後の話にばかり気がいって、心臓がバクンバクンと音を立て始める。

「ごちそうさまでした」

食器が一度下げられて、母さんの手によって鎮静効果のあるハーブを煮出したお茶がコトンコトンとテーブルの上に置かれた。

「何があったか、話してくれるんでしょう？」

父さんの隣に座りながらそう言った母さんに、父さんは緩く首を振った。薄い茶色の瞳がぴたりとわたしに向けられる。いつものでれっとした笑みが欠片も見られない父さんの真剣な目は怖いほどで、わたしはゴクリと息を呑んだ。

「話があると言ったのは、マインだ」

父さんの言葉と共に家族全員の視線がわたしに向かってくる。家族と話すだけなのに、緊張して喉がカラカラに渇いてきた。何から言えばいいのだろうか。何と説明すれば、わかりやすいだろうか。そんなことばかりが頭を回っているのに、肝心の説明するための言葉は全く出てこない。妙な汗が出てきて、焦れば焦るほど頭が真っ白になってくる。

「えーと、わたしの病気のことなんだけど、その……」

わたしが言葉を探して口をはくはくさせていると、父さんがすぅっと目を細めた。

「病気は、ギルド長のお宅に数日間いて、治ったから帰ってきた。そうじゃないのか？」

「あの、結論から言うと、治らないの」

頭が真っ白になったわたしは、全ての説明をすっ飛ばして、結論だけを述べてしまった。家族にとってはかなり大きな爆弾になったようで、一瞬の沈黙の後、家族全員が目を剥いて、大きく息を呑んだ音が響いた。

直後、父さんが椅子を蹴倒すような勢いで立ち上がり、テーブルをドンと叩く。

「……どういうことだ⁉　治すと言ったギルド長が俺達を騙したのか⁉」

「治ったんじゃなかったの、マイン⁉」

正面の父さんと隣のトゥーリに詰め寄られて、わたしは二人を何とか落ち着かせようと、手をパタパタ振って、座らせる。

「ちょっと、落ち着いて座って。わたしも知ってることが少ないし、どう説明したらいいかわからないから、思いつくままに喋る感じになっちゃうんだけど……」

歯ぎしりの音が聞こえそうなほど奥歯を噛みしめた父さんがドカッと座った。母さんは何とか落ち着こうとしているのか、震える手でコップを手にした。コクリと一口飲んで、先を促す。

「えぇ、ちゃんと話してちょうだい」

隣のトゥーリもコップに手を伸ばしたのが見えて、わたしもコップを手にとって、コクリと一口飲んでから、口を開いた。

「わたしの病気ね、身食いって言うんだって。すごく珍しい病気らしいの」

「聞いたことがないな」

父さんはわたしの言葉に頷いたけれど、トゥーリはコップを握りしめたまま、小さく呟いた。

「……わたし、前にマインから聞いた。治すのにすごくお金がかかるって」

今度は目を剥いた母さんがガタッと立ち上がった。顔色が悪い。間違いなく、ギルド長に対して、自分達がお金を払っていないことに気付いたのだろう。できれば、金額については伏せておきたかったが、そういうわけにもいかないようだ。

「母さん、説明していくから聞いて」

物言いたげにわたしを見ながら、母さんがゆっくりと座り直す。全員がこちらに向いているのを感じて、わたしはまず身食いについての説明を始めた。

「身食いってね、体の中に勝手に動く熱があって、それがどんどん増えていくの。ものすごく怒ったり、死にたいくらいがっかりしたり、そういう時に熱が勝手に体の中で暴れ回って、自分が食べられていくような感じがする病気なの」

「食べられるって……」

トゥーリが真っ青になりながら、わたしを見つめる。指先や髪の先を見て、本当に食べられているところがないか、確認している。

「身食いの熱も普段は自分の意思で動かせるんだよ。真ん中の奥の方に閉じ込めておく感じにしていると、大丈夫なんだけど、どんどん増えていくんだよね」

「ふ、増えたらどうなるの？」

震えながらトゥーリがぎゅっとわたしの手を握った。

「閉じ込めておけなくなって、バーンと飛び出して、体から溢れそうになるの。溢れる前にわたしが呑み込まれちゃうんだけど……今回もそんな感じで、熱が溢れて、溺れて食べられそうになったの。ギルド長は魔術具を使って、熱を吸い取ってくれたんだよ。いっぱい吸い取ってくれたんだけど、これはまた増えていくから、完全に治るってことは絶対にないんだって」

う～っと唸って、今にも泣きそうな潤んだ目でトゥーリがわたしを睨んだ。睨んでいるというよりは泣きそうなのを必死に我慢している顔と言った方が良いだろうか。トゥーリを見ていたら、もらい泣きしてしまいそうで、目を逸らしたわたしはもう一度コクリとお茶を飲む。

「あとね、その変な熱がわたしを少しずつ食べているから、あんまり大きくならないんだって、フリーダは言ってた。身食いを治すには、魔術具が必要で、お貴族様しか持ってないから、すごく高くて、貴族階級とお付き合いがあるギルド長のようなお家じゃないと手に入らないんだって」

「だったら、マインが助かったのは……やはりギルド長のおかげで間違いはないんだな？」

感情をぶつける先を見失い、力が抜けたような父さんの掠れた声にわたしは小さく頷いた。

「うん、ギルド長がフリーダのために集めていた魔術具を一つ、譲ってくれたの。だけど、もうないから、この先をどうするか自分で決めなさいって言われた」

「この先？　何か治る方法があるのか⁉」

身を乗り出す父さんの目に希望の光が見て取れる。今にも泣きそうだったトゥーリの目も輝いた。家族の期待に満ちた目が痛いと感じながら、ただ生きるだけの方法である選択肢をわたしは家族に伝える。

「貴族と契約して飼い殺されるか、家族と暮らしてこのまま朽ちるか、二つに一つだって……」

「飼い殺される？　どういう意味だ？」

父さんの表情が理解不能と言わんばかりに歪んだ。言葉の意味がよく理解できなかったのか、トゥーリがきょとんとした顔で首を傾げる。母さんは蒼白になったまま、きつくコップを握りしめている。力を入れすぎて、その指先が白くなっていた。

「フリーダは貴族と契約しているから、魔術具を譲られて元気なの。家が裕福で力のある商人だから、条件の良い貴族と契約できたって言ってた。わたしは貴族と付き合いもないから、契約して命を繋いでもどういう扱いになるかわからないって」

「……それは、生きてるとは言えんだろう」

力ない父さんの呟きにわたしも深く頷いた。麗乃としての人生を歩んだからこそ、わたしは貴族の言いなりで、自分の自由にならない生き方を許容できない。

「マイン、お金はどうしたの？　譲っていただいた魔術具だって、無料ではなかったのでしょう？」

我慢できないとばかりに母さんが口を開いた。わたしはやはり流してくれなかったか、と心の中で呟きながら、頷いた。

「わたしが払ったから、大丈夫」

「いくらだったの？」

「高かったけど、命の値段だと思えば、まぁ……」

「だから、いくらだったの？　話をするんでしょう？　隠し事はなしよ」

わたしが言葉を濁すと、母さんがキッと目を吊り上げて怒り出した。うっと小さく呻きながら、わたしは少しばかり視線を逸らして、値段を呟く。

「……小金貨二枚と大銀貨八枚」

父さんの年収の二年半分に相当する金額に、皆が目を剥いて口をポカーンと開けた。

「小金貨二枚と大銀貨八枚⁉　そんな大金、どうやって……」

「……ベンノさんが『簡易ちゃんリンシャン』の権利を買ってくれたの。作るのも、売るのも、値段を付けるのも全部ベンノさんの権利にする代わりに、身食いを……」

「えぇぇ⁉　カンイチャンリンシャンってそんなに高かったの⁉」

いつも油を搾って作っていたトゥーリが驚きの声を上げた。森で採ってきた収穫物を搾るだけだから、労力はかかっているが、元手はゼロだ。それを大金で買うという感覚がトゥーリには全く理解できないらしい。

「うん、お貴族様に売れれば、かなり稼げるみたいだよ。もう工房があってね……」

わたしがトゥーリにリンシャンの工房ができた話をし始めると、父さんが厳しい顔で首を振って、じろりとわたしを睨んだ。

「もう終わった話はいい。聞きたいのはこれからの話だ。再発は確実なんだな？」

「うん」

「……どのくらいもつんだ？　マインの話しぶりではもうわかっているんだろう？　話を必死で逸らしていたのも、それを聞かれたくなかったからだな？」

「なんでわかっちゃうかなぁ」

意外と鋭い父さんにわたしは思わず溜息を吐いた。身食いが治らないと聞いただけで、椅子を蹴倒して、テーブルを叩くくらい激昂した父さんに残された時間なんて言えない。そう思っていたが、こう言われては逃れるのも難しいだろう。

「わかるのは俺が父親だからだ。……こら、話を逸らそうとするな」

薄い茶色の目が睨みを利かせて、わたしを見ている。絶対に誤魔化されもしなければ、答えるまで逃がすこともないと決意している目に観念して、わたしは口を開いた。

「……だいたい一年。次の命の危険まであと一年くらいだからよく考えろ、って言われてる」

しんと静まりかえった重い沈黙が満ちた。激昂するかと思った父さんがぐっと眉間にきつい皺を刻んで、俯く。沈黙を破ったのは、トゥーリの嗚咽だった。

「っく……マイン、死んじゃうの？　あと一年で？……そんなのってないよ！」

泣くのを我慢するのを止めたように、わぁぁぁ、と派手に泣き始めたトゥーリが椅子を飛び降りて、わたしをきつく抱き締める。わたしはトゥーリの背中に腕を回して、なだめるために背中を軽く叩いた。

「トゥーリ、落ち着いて。本当だったら、もう死んじゃってたんだよ。フリーダとギルド長が魔術具を譲ってくれたから、あと一年生きられることになったの」

落ち着かせるつもりで言ったわたしの言葉は、火に油を注ぐ結果になったようで、トゥーリはボロボロと涙を流しながら頭を振った。

「えぅっ……もう死んじゃってたなんて言わないで！　たった一年なんて！　そんなの嫌！　ひくっ……せっかくちょっと元気になってきたのに！　一緒に森に行けるようになってきたのに！　マインが死んじゃうなんて嫌！」

麗乃の時は急な地震で死んだから、家族の嘆きを見ることがなかった。こんなふうに悲しませて泣かせてしまったのだろうか。きっと泣かせただろう。そして、また得られた家族も、泣かせてしまった。どこまで生まれ変わっても親不孝者の自分が情けない。

「泣かないで、トゥーリ。ねぇ、お願い。魔術具じゃなくても、身食いの熱を何とかできる方法がないか、探してみるから」

「見つからなかったら、どうなるの⁉　マイン、死んじゃうんでしょ⁉　そんなの嫌だよ！」

きつく抱き締められて、泣いてすがられて、胸がきつく締め付けられる。目の奥が熱くなってきて、我慢するつもりだったのに、わたしまで涙が溢れてきた。

「トゥーリ……泣かないでよ。泣きたいのはわたしの方なのに……」

「ひくっ……ごめんね、マイン。わたしも探す。マインの病気を治す方法がないか、探すから……。ぅえっ……でもっ……泣き止まなきゃって思っても止まらない」

わたしも涙を零しながら、泣き止もうと努力しているトゥーリの背中を何度もポンポンしていると、父さんが静かな声で問いかけてきた。

「マインはどう考えている？　フリーダさんのように生きていく方法もあるんだろう？」

「ぐすっ……わたし、貴族にどう扱われるかわからない状態で、家族と離れて生きたいなんて思えない。ひっく……フリーダは契約した貴族が許してくれたから、成人まで家族と暮らせるって言ってたの。じゃあ、契約した貴族が許してくれなかったら？」

答えなんてわかりきっている。

「すぐに連れていかれちゃうってことだよね？　多分、待ってくれる貴族の方が少ないと思う」

「……そうだな」

身食いの子供を貴族が一体どんな風に利用するつもりなのか、全くわからない。けれど、契約し終わった者に時間をくれる方が珍しいと思う。契約が終わると同時に連れ去られると思えば、契約した方が家族といられる時間が短くなるのだ。

「だからね、このまま家族で暮らして死ぬならそれでもいいかなと思ってる。ぅえっ……わたし、今、家族と離れるの、嫌だもん」

「マイン……」

母さんの目にも涙が浮かんでいた。子供達に見せまいとするように少し顔を背けて、目元を拭う。父さんは表情らしい表情を浮かべず、じっとわたしを見つめていた。

「まだ一年あるから。だから、自分がやりたいことを精一杯やって、悔いが残らないように生きるつもり。……わたし、家族と一緒にいていい？　やっぱり、貴族と行っちゃった方がいい？」

「マインはわたしと一緒にいるの！　いなくなっちゃダメ！」

トゥーリが皆の声を代弁したようで、両親はその言葉に頷いただけだった。ここにいても良いと許されたことが嬉しくて、わたしは涙を拭って、へにゃっと笑う。

「それで、相談したいのはここからなんだけど……」

「まだあるの？」

母さんがバッとわたしの方を向いてそう言ったけれど、わたしの病状については現状を知ってもらうための話で、相談ではない。病状を認識した上で、相談に乗って欲しいのだ。

「わたしの、お仕事のこと」

「商人になるんだろう？」

父さんが訝しげに眉根を寄せた。激昂することも暴れることもなく、落ち着いて話を聞いてくれる父さんに安心感を抱きながら、わたしは口を開いた。

「そのつもりだったんだけど、わたしも先の見通しが甘かったというか、考えていられなかったというか。……わたしの体力で仕事なんてできないでしょ？　オットーさんもそう言ってたの。店に迷惑じゃないかって」

「オットーのヤツ……」

父さんが苛立ちと怒りを含んだ声で小さく呟いた。オットーは正直に客観的な意見をくれただけなのに、八つ当たりをされたら大変だ。わたしは慌ててオットーが出してくれた案も付け加えた。

「だから、手紙や書類の代筆みたいな仕事を家でしながら、今まで通り、ベンノさんに商品を売ったり、門でお手伝いをしたりする方が体には良いんじゃないかって提案してくれたの」

「そうだな。オットーの言う通り、マインは家にいるのが一番だ。無理はしない方が良い」

フッと口元に笑みを浮かべながら、今度は少し嬉しそうに言い切った。父さんの意見に賛成するように、わたしにしがみついたまま嗚咽を漏らすトゥーリも母さんも何度も大きく頷く。

「わたし、ベンノさんの店に入る約束をしているんだけど、反故にするのってできるかな？」

この街の仕事に関して大した知識がないわたしが両親に聞きたかったのはこれだ。約束を破ることになるけれど、問題はないのだろうか。

「まだ正式に入ったわけではないし、仕事中にいきなり倒れると先方も困るわけだから、きちんと話をすれば、大丈夫だろう」

「そっか。せっかく見つけた仕事先はもったいないけど、体調優先でお仕事を探してみるよ」

在宅でできる仕事があるか、まずベンノに相談してみるのもいいかもしれない。詳しい話は春になってからだ。

「ふわあああぁぁぁ……」

長々と話し込んでいたため、話が途切れた瞬間、わたしの口から大きな欠伸が出た。それを見た母さんがパンパンと軽く手を叩く。

「話がそれで終わりなら、もう寝なさい。遅いわ」

「うん、おやすみなさい」

「ぇっく……ぅくっ……おやすみ、なさ……」

まだえぐえぐと泣いているトゥーリと寝室に向かって、一緒にベッドに入る。

「トゥーリ、泣かないで。笑ってる方が可愛いよ。明日から一緒に色んなことしようね」

「うん、うん。いっぱいマインと遊ぶ。一緒にいるからね」

わたしはトゥーリをなだめながら、布団に潜り込む。すぐにトゥーリがわたしの布団に潜り込んできて、どこにも行っちゃダメだとガシッと抱きついて眠り始めた。安心するならいいかな、とわたしもそのまま目を閉じる。

父さんがもっと発狂したり大騒ぎしたりするかと思っていたが、予想と違って、真剣で言葉少なに話を聞いてくれた。きちんと話ができてよかった、と安堵の息を吐いているうちに意識はゆっくりと落ちていく。


トゥーリが安心できるように好きなようにさせておいて寝ていたが、トゥーリに首を絞められて、目が覚めた。あまりの息苦しさに慌ててトゥーリの腕を解いて、その場から脱出する。

……死んじゃうから。息ができないと身食いじゃなくても死んじゃうから。

首を擦りながらわたしは目を瞬いた。普段、夜中に目が覚めたら真っ暗のはずの寝室に光の筋が入ってきている。まだ眠たい目を何度か擦ってみたけれど、間違いでも夢でもないようだ。

ドアが半開きで、まだ竈の火が消されていないことがわかる。話し声は聞こえないので、両親が起きているというわけでもないらしい。暗いベッドを見ると、母さんはすでに眠っているようで、こんもりとした塊が見えた。

……母さんが消し忘れたのかな？

わたしはするりとベッドを下りて、トゥーリを起こさないように足音を忍ばせて、台所へと近付いた。

竈の炎しかない薄暗い台所で父さんが一人で酒をあおっていた。記憶にある陽気な酔っ払いの姿はどこにもなく、無言で杯をあおりながら、一人静かに泣いている。

声にならない慟哭が聞こえるようで、わたしはそっと目を逸らし、静かにベッドに戻った。

ルッツへの報告

家族会議の次の日は、皆どことなくぎくしゃくしていた。父さんの笑顔がなんとなく寂しそうだったり、母さんが何度も抱き締めてきたり、トゥーリがいきなり泣き出したりしていた。

だが、日が経つにつれて、家族会議以前と特に変わらない普通の生活にだんだん戻っていく。

「マインはやらなくていいよ。わたしがやるから」

「えぇ？　わたしだってやるよ。やらなきゃできるようにならないってトゥーリが言ったのに」

自立のためにわたしのお手伝いを奨励していたトゥーリが、やたら仕事を取り上げようとし、わたしに対してさらに過保護になった以外は元通りと思って間違いない。


「うわぁ、晴れた！　今日はパルゥ採りに行かなきゃ！」

今朝はそんなトゥーリの声に起こされた。まだ薄暗い空だけれど、雲がほとんどないらしい。わずかに入ってくる光を見て、トゥーリが天気の確認のために窓を開けたので、外の冷たい空気が一気に入ってきた。

「トゥーリ、寒い」

「あ、ごめん、ごめん」

窓を閉めて、トゥーリは早速朝食に取り掛かる。わたしもバタバタと慌ただしい家族の中で朝食を食べた。朝食をさっさと食べ終わった父さんも母さんも籠やら薪やら準備をしている。玄関に色々と並べ始めた父さんが、もしゃもしゃとパンを咀嚼するわたしを振り返る。

「マインはどうする？　門で待っているか？」

「うーん、わたしもパルゥ採りに行ってみようかな？」

トゥーリの話から察するに、パルゥという木は綺麗系の不思議植物らしい。きらきら光ってぐるぐる回ってとても綺麗って表現がよくわからなかったので、ちょっと実物を見てみたい。

そんな純粋な興味から口にしたわたしの言葉に家族全員が目を吊り上げた。

「ダメだ！　マインは家で留守番か、門で助手をするかどちらかだ」

「パルゥ採りは大変だから、マインには無理よ。絶対に熱を出すわ」

「そうだよ！　木登りが下手だし、雪の中を歩けないのに無理だよ」

冬の森に入るパルゥ採りへの同行は家族全員から却下された。確かに、雪の中を歩いて門まで行けないわたしには、雪の森で採集なんてできるわけがない。

「わかった。パルゥ採りはお昼までなんでしょ？　だったら、門でお手伝いして待ってるよ」

トートバッグを準備して、わたしは門へ行く準備をした。父さんが休みならオットーも休みではないかと思ったのだが、この時期オットーはほぼ毎日門に顔を出しているらしい。

少し大きめのそりにパルゥ採りに使う荷物とわたしを乗せて、家族は出発する。街中の人達がパルゥを採りに行っているというのも間違いではないくらい多くの人が南門を目指して、そりを引いていた。空気は肌に刺さるほど冷たいけれど、パルゥ採りへの期待に胸を膨らませている人々の雰囲気はお祭りのような高揚感があって、わたしまでわくわくしてしまう。

「悪いが、マインを頼む。昼までオットーの手伝いだ」

「はっ！」

わたしは門でそりから降ろされた。「皆、頑張ってパルゥを採ってきてね」と森へと向かう家族を見送った後は、顔なじみの門番さんに挨拶しながら、宿直室へと向かう。

「オットーさん、おはようございます」

「あれ？　マインちゃん？　班長は休みだよな？」

不思議そうに目を瞬くオットーに、わたしは小さく笑いながら頷いた。

「今日は晴れているので、パルゥ採りです。わたしは門でお留守番しつつ、お手伝いです」

「あぁ、なるほどね。じゃあ、お昼までか」

すぐに事情を察したらしいオットーがニッコリ笑って、計算確認をする資料を横に積み上げ始めた。お仕事をするための場所を空けてくれているオットーに、わたしは相談のお礼を言う。

「オットーさん、先日はありがとうございました。家族に身食いの話もして、ウチでできる仕事を探すことにしました。春になったら、ベンノさんにも相談しようかと思って……」

「うん。まぁ、マインちゃんの体調が大事だし、ベンノの方に心当たりがなかったら、こっちから在宅の仕事をお願いすることもできるから、いつでも言って」

「はい！　よろしくお願いします」

少し黒いものを感じさせる笑顔がやはり気になるが、きちんとお礼を言えたので、すっきりした気持ちでわたしは計算に取り掛かった。

お昼を過ぎるころに家族が森から帰ってきたので、わたしはまたそりに乗って家に帰る。今日は三人で採ったので、パルゥが六つも採れたらしい。去年と違って、搾りかすにも利用価値があるので、母さんが張り切った結果だ。

母さんがお昼ご飯の準備をしている間にわたし達はパルゥ搾りをする。トゥーリが薪用の中から一番細い枯れ枝に暖炉の火を点けて、パルゥにツンと押しつけた。次の瞬間、その部分だけ、プチッと皮が破れる。

「マイン、出てくるよー!」

とろりとした白い果汁を零さないように器へ取っていく。甘い匂いにうっとりしながら、パルゥの汁を取り終わったら、トゥーリが父さんに汁を取り終わったパルゥを渡した。

父さんは実を潰して、油を取る。圧搾用の重りが使えるので、父さんに任せておけば、あっという間に油が搾れるのだ。パルゥの搾りかすは料理の役に立つので、四つ分はウチに置いておき、あとの二つ分をルッツの家に持っていって、卵と交換してもらうことにした。

昼食の後、搾りかすと一緒に新作パルゥレシピも持っていく。せめて、オーブンがあれば、グラタンやピザができるけれど、鉄板と鍋しかない状態ではできる料理が限られてくる。

「こんにちは、ルッツ。卵と交換してください。ついでに、新作レシピはいる?」

「新作は嬉しいけど、人手がないから、すぐに作るのは無理だな。入って待ってろよ」

せっかく新作レシピを教えるつもりできたけれど、お兄ちゃん達は不在らしい。

「お兄ちゃん達はどこに行ったの?　晴れてるし、そり遊び?」

「兄貴達は小遣い稼ぎの雪かきに行ったよ」

わたしは参加したことがないから知らないけれど、重労働な雪かきは子供達の良い小遣い稼ぎの場にもなっているらしい。

「なんでルッツだけ残ってるの？」

「パルゥを搾らなきゃ、このまま放っておいたら溶けるだろ？」

確かにパルゥも放っておけないけれど、小遣いが手に入らない家の手伝いをルッツに押し付けたようにしか見えなくて、少しもやもやとした気分になった。ルッツとおばさんが何も言わないなら、部外者のわたしが口出しすることではないけれど。

せめて、パルゥ搾りを手伝いたいけれど、搾るのは基本的に力仕事で、わたしの出番はない。ダンダンとハンマーで潰していくルッツと、搾っていくカルラを見ているしかできない。

ぼんやりと作業を見ていたわたしは、ルッツに家族会議の報告をしていなかったことを思い出した。ベンノの店に入らないと決めたことはルッツに報告しておかなければならないことだ。

「あのね、ルッツ。わたし、ベンノさんのお店に入るのを止めることにしたの」

「はぁ⁉　なんでだよ⁉」

ハンマーを振り上げたまま、ルッツが目を見開いてこっちを向いた。カルラも軽く目を見張ってこっちを向いた。

「母さんも言ってたでしょ？　ルッツの足手まといになるって。それに、わたしの体力じゃあ、どう考えても仕事にならないもん。オットーさんに相談したら、他にも色々指摘されたんだよ」

「色々って何だよ？」

ダンダンとハンマーを再び動かしながら、ルッツが視線で続きを促した。

「入ったばかりの見習いが熱を出して休みまくるのって、一緒に働く周りの人にどう思われる？」

あぁ、と納得したような声を出しながら、ルッツはパルゥを叩く。カルラはぎゅっときつくパルゥを搾りながら、目を細めた。

「あまり休まれると周りに迷惑だし、教育の時に休んで困るのは自分だからねぇ」

「そうなの。……それに、わたし、まだ色々な商品作るつもりだから、その利益をもらっていたら、結構な金額になるでしょ？　休みは多いのに、給料をいっぱいもらう見習いって、お店の人間関係を壊すんじゃないかって」

「……それもそうだな」

ルッツは納得したように頷いたが、カルラは少しばかり目を丸くする。

「まぁ、このお給料に関しては、ルッツにも関係してくると思うんだけど、真面目に仕事していれば、多少は違うと思う。詳しくはベンノさんにも相談してみた方が良いんだけど」

「あぁ、春になったら、きちんと相談しようぜ」

給料と利益を別々にして、こっそりもらうくらいのことはできると思う。今だって、ギルドカードを合わせるだけで、お金をもらえるのだから。

「店に行くのを止めるなら、マインは洗礼式の後、どうするんだ？」

「わたしは病気がどうなるかもわからないから、家で手紙や書類の代筆をしながら、商品を作ったり、門のお手伝いしたり……今までとあまり変わらない生活にしようって、家族と話したの」

「そっか。マインの体にとってはその方が良いかもしれないな」

ルッツが賛成してくれたので、わたしはホッと安堵の息を吐いた。それと同時に、カルラの表情も明るくなる。

「マインが行かないなら、ルッツも行く必要がなくなったじゃないか。これで職人になれるね」

わたしがベンノの店に行くのを止めるのと、ルッツが止めることにどんな関係があるというのだろうか。首を傾げたわたしと違って、ルッツは心底ホッとしたと言わんばかりのカルラの声に、キッと眉を吊り上げた。

「ハァ⁉　何言ってんだよ、母さん⁉」

「何ってなんだい？」

全くわけがわからないという表情のカルラに、ルッツは軽く舌打ちしながら怒鳴った。

「オレが商人になりたいんだよ！　マインは関係ない！　むしろ、今までオレがマインを巻き込んでいたんだ！」

ルッツの言葉にカルラはぎょっとした顔で、信じられないとばかりにルッツを凝視する。

「なんだって⁉　じゃあ、まだ商人になるつもりかい？」

「当たり前だろ！　本当は旅商人になりたかったけど、マインに紹介してもらった元旅商人から市民権の話を聞いて、街の商人になることにしたんだ」

「ルッツ、アンタは今までそんなこと言わなかったじゃないか！」

「言ったさ！　オレの話を聞いてなかったか、覚えてないんじゃないか⁉」

本当に話が通じていなかったみたいだ。カルラは、まるで初めて話を聞いたような顔で、ルッツを見ている。親子の会話を邪魔しない方が良いだろうと、わたしは口を噤んだ。

「……アンタが旅商人になりたいというのは聞いていたさ。でも、そんなのは子供の戯言じゃないか。夢物語と一緒でなれるわけがない、全く現実味のない話じゃないか。まさかルッツが本気で目指しているとは考えていなかったよ。そのうち、ちゃんと現実を見るようになると思っていたんだ」

カルラがおろおろしたようにわたしとルッツを見比べて、弱々しく頭を振った。自分の予想と違うところに真実があって戸惑っているように見える。

カルラの言葉も無理はない。森や最寄りの農村に行く以外、街の外に出ることさえ滅多にないのが街の住人だ。旅商人なんて、ぶらりと立ち寄る異邦人で、将来の目標にするような対象ではない。早く現実を見ろ、と思ったカルラの思考は、ここでは普通の考え方である。

「……オレは本気で旅商人になりたかったんだ。この街を出て、知らない街に行ってみたい。話でしか聞いたことがない物を実際に自分の目で見てみたいと思っていたし、今でも思ってる」

「ルッツ、お前……」

カルラが座っていたお尻を浮かして、何か言おうとした。表情から考えても批判するような何かを。しかし、ルッツはカルラが口を開くより先に言った。

「でも、旅商人だった人に言われたんだ。市民権を捨てるのは馬鹿のすることだって。旅商人に見習いなんてないから、オレには無理だって」

「それはそうだろうよ」

少し安心したようにカルラが息を吐いて、ドスンと座り直す。

よほど、旅商人というのは忌避される職業らしい。色んなところに行けるのも楽しそうだな、と呑気に思っていたわたしには、やはりここでの常識が全然足りていないようだ。

「旅商人の見習いになるんじゃなくて、自分で一から旅商人になろうかと考えていた時に、マインが言ってくれたんだ。旅商人にはなれなくても、街の商人になることはできる。商人になって、他の町に買い付けに行くくらいはできるようになるかもしれないって。それは何をどうすればいいのか全くわからない旅商人になるより、現実的で実現可能な将来だった」

「まぁ、旅商人よりはね……」

「だから、オレは見習いにしてほしいって商人に頼んだんだ。マインの知り合いの知り合いだから、最初は断られかけたけどさ」

「……だろうね」

疲れたような声でカルラはそう言って、肩を竦めた。まさか本気で息子が旅商人になるつもりだったとは思っていなかったようで、軽くショックを受けているらしい。

この街の見習い制度から考えると、ルッツが商人見習いになれる確率はほとんどなかった。だから、多分、商人になりたいと言っても、カルラは適当にしか聞いていなかったのだろう。下手したら、商人見習いになれるとルッツが報告した時も話半分にしか聞いていなかったのかもしれない。

「でも、条件を出されて、条件を達成すれば見習いにしてくれるって約束してくれた。オレはもうマインと一緒に条件を達成したたし、見習いになる許可ももらってる。マインがいてもいなくても、オレは商人になる。もう、なれるんだ」

自分で自分の道を作り始めたルッツに気付いたらしい。ようやくきちんとルッツの話に耳を傾けたカルラは、少し厳しい目でルッツを見据えた。

「……ルッツ、お前、見習いの許可をもらったところで、親の反対を押し切って、本当に商人になれると思ってるのかい？」

「住み込みの見習いになってもオレは商人になるって決めてる。マインと一緒に頑張って、やっと商人見習いになれる道が拓けたんだ。諦めるつもりなんてない」

「住み込みの見習いだって……？」

住み込みの見習いは最悪の生活環境になる。まず、見習いは週の半分しか仕事ができないので給料が低い。そして、頼れる家族がいない。子供がいきなり一人暮らしで家事全般をするなんて、体力的にも時間的にもかなり難しい。住むところは最上階の屋根裏部屋になり、夏は暑くて、冬は寒い。雨漏りをすることも珍しくはない。荷物を運ぶのも、水を運ぶのも大変だ。ルッツの家のように屋根裏部屋のスペースで鳥を飼っていることも珍しくないので、ひどく臭いこともある。

家族向けに貸すための部屋と違って、煮炊きするような場所はなく、店の人に頼んで借りるか、外食が基本になる。当然、そんな生活で金が手元に残るわけなんてなく、前借りをして借金ばかりが貯まっていく。死なない程度には店が面倒を見てくれるけれど、一人前になるまではほとんどただ働きになるのが住み込みの見習いだ。

「ルッツ、よく考えておくれ！　そんな生活ができるわけがないだろう⁉」

息子にそんな厳しい生活をさせたいと思うまともな親はいないだろう。カルラが悲鳴のような声を上げた。けれど、ルッツは軽く肩を竦めただけだった。

「できるさ。そのための準備はとっくに始めてるんだから」

ルッツの場合は、紙作りで春のうちにお金が貯められる。今まで倉庫に溜めてある白皮や黒皮を使えば、洗礼式までに結構な金額のお金が貯まる。商人見習いになるための服などの準備物を揃えても、ある程度のお金が余る計算だ。

そして、見習い期間中は週の半分が休みになるが、その休みを利用して新しい商品をわたしと開発すれば、利益が手に入る。そうなれば、間違いなく見習いの給料より利益の方が多くなるに違いない。余裕のある生活はできないだろうが、極貧生活というほどではないはずだ。部屋が借りられるほどの余裕はないと思うので、住環境のひどさはしばらくの間どうにもできないけれど。

「……準備を始めているって、本気なんだね？」

「本気だ」

しばらくの沈黙の後、カルラが深い溜息を吐いた。ルッツの本気を知って諦めたような、まだ諦めきれないような複雑な顔で肩を落とす。

「浮き沈みの激しい商人より堅実な仕事をする職人の方が安定していて良いと思うけどね」

「……親父の言うまま職人になったら、ずっとこのままじゃないか」

不満そうに唇を尖らせたルッツに、カルラは顔をしかめた。今の生活に不満があると言われたも同然で、カルラの雰囲気が尖った。

「このままって、どういう意味だい？」

「兄貴達に良いように使われて、オレの分は兄貴達の気分で何だって取り上げられて、オレの手元には何も残らないってことだよ」

「そりゃあ……兄弟だから、取られることもあるけど、もらえるものだってあるだろう？」

カルラは困ったように眉根を寄せた。そんなカルラの主張をルッツは一蹴する。

「何言ってるんだよ。食べ物は食べられたら戻ってこないし、もらえるものは壊れかけのお下がりばっかりじゃないか。あんまりお下がりがひどいからって、たまに新しい物をもらえば、すぐに誰かに取り上げられるんだからさ」

下だから何もかもお下がりなのはわたしも同じだ。けれど、わたしはトゥーリに助けてもらってばかりで、ルッツは男兄弟の宿命か、助け合うよりも支配されてしまう。この差は大きい。

「商人の仕事を目の当たりにして、マインと一緒に色々頑張って、自分の成果が自分の手に残ることを知ったんだ。オレはこのまま邪魔されずに自分の力を試してみたい。職人になりたいなんて、これっぽっちも考えていないんだ」

ずっと頭を押さえつけられていたルッツは家族に支配されない環境を見つけてしまった。自分の夢を叶えられそうな場所を確保できた。カルラはガックリと項垂れながら呟く。

「ルッツがそこまで本気だとは思ってなかったよ。ただ振り回されているんだとばかり……」

「それで一生の仕事を決めるなんてしないさ」

「そう考えていたから反対していたんだよ、わたしは」

ハァ、と深い溜息を吐きながら、カルラは目を伏せる。しばらく考え込んでいたカルラは、ゆっくりと頭を上げて仕方なさそうな笑みを浮かべた。

「そこまで考えて、本気で家を出る準備までするほど、やりたいことなら、やれるだけやってみればいいさ。父さんは反対するだろうけど、ウチの中でわたしくらいは味方してあげるよ」

「ホントか⁉　ありがとう、母さん！」

バッとルッツの顔が輝いた。家族に理解されることを諦めていたルッツは、信じられないとばかりに目を見開いた後、やった、と飛び上がって喜ぶ。先ばかりを見据えて努力していたルッツの年相応な子供っぽい姿に、わたしは頬を緩めた。家族の中に一人でも味方してくれる人がいれば、気分は全く違うだろう。

お兄ちゃん達が帰って来てからも、ルッツはご機嫌なままだった。皆で協力しながらわたしの新作レシピを作っていく。

「ザシャお兄ちゃん達は鉄板を温めてね。ルッツはパルゥの搾りかすにすりおろしたチーズをたっぷり入れて。それから、ラルフはレージの葉を小さく刻んでくれる？」

仕事を振り分けながら、わたしはルッツがチーズをすりおろしているボウルの中に、パルゥの油と塩を加えた。ラルフが刻んでくれたバジルっぽいハーブを入れた後はよく混ぜて焼くだけだ。

「鉄板は温まってきたぜ」

「じゃあ、これを焼いて。パルゥケーキみたいに」

溶けたチーズがカリカリになるまでよく焼いて食べる。お好み焼きっぽい見た目だけど、すりおろしたチーズがよく効いていて、味は洋風だ。麗乃時代に茹でて余ったそうめんやスパゲティを小さく刻んでよく作った余り物活用レシピだ。

「簡単だし、腹にたまるな」

「小さく刻んだハムや野菜を入れてもおいしいよ」

「そうすれば、パルゥケーキと違って、ご飯にもなりそうだな」

皆がおいしそうに笑いながら、同じ料理を食べている。そんな中、おかわりをしたルッツの分をラルフが横から取ろうとして、カルラから拳骨を食らった。

「他人の物を取るんじゃない。意地汚いね。もう一つ焼けばいいだろう？」

拳骨を食らったラルフもルッツもちょっと目を丸くする。その後、ラルフは自分で焼き始め、安心したように食べ始めたルッツを見て、カルラが頬を緩めた。

ルッツの家庭問題も母親という強力な理解者ができたことで、ひとまず落ち着いたようだ。


わたしは手仕事とルッツの家庭教師と門のお手伝いと風邪を引いて寝込むのをぐるぐると繰り返し、ルッツは簪部分をウチに運んで勉強して、たまにギルベルタ商会に完成した髪飾りを持っていく生活を繰り返す。

そのうちに、吹雪は少しずつ弱まっていき、引き籠もり生活だった冬は終わりを告げた。

紙作りの再開に向けて

雪が解け始めて、よく晴れた日が続き始めた。まだ寒い日が続いているけれど、ギルベルタ商会までなら構わないという家族の許可が出たので、ルッツと一緒に店へ行って、冬の手仕事の精算をすることにした。手仕事をした全員から預かってきた髪飾りとお金を入れるための袋をバッグに入れて、店に向かう。

大通りの真ん中は雪がないけれど、路地の片隅に解けきっていない雪だるまがあったり、脇に退けられてカチカチに凍っている雪の山があちらこちらに見えたりと、冬の名残があった。

春を迎えた人々の表情は明るく、道を行く人々の足取りは軽く、大通りを行き交う荷馬車や荷車がグッと増えている。ギルベルタ商会も出入りする商人が増えているようで、比較的人が少ない午後を狙ってきたのに、非常に忙しそうだ。

出直そうか、とルッツと話していると、マルクがこちらに向かって歩いてきた。顔見知りになってきた店員がわたし達の姿を見つけて、声をかけてくれたらしい。

「こんにちは。お久し振りです、マルクさん」

「あぁ、ルッツとマイン。雪解けに祝福を。春の女神が大いなる恵みをもたらしますように」

マルクは胸の前で右手を拳にして、指を揃えた左の手のひらに付けながら、軽く目を伏せた。マルクが一体何をしているのかわからなくて、わたしは目を丸くして、マルクを見つめる。

「え？　なんて？」

「……春を寿《ことほ》ぐ挨拶ですが？」

何故わからないのかわからない、と言いたげなマルクの様子に、この辺りでは当たり前に交わされる挨拶なのだと知った。

「初めて聞きました。ルッツ、知ってる？」

「いや、オレも初めて見た」

「……もしかして、商人独特の挨拶ですか？」

「我が家ではずっとしていたので、あまり深く考えたことはありませんが、仕事上お付き合いがあるのが商人ばかりなので、そうかもしれませんね。雪が解けることで取り引きが増えますから、雪解けに祝福を。春の女神が大いなる恵みをもたらしますように、と挨拶をするのですよ」

マルクはそう言って、わたし達に商人の挨拶を教えてくれた。春に会った最初の日だけの挨拶らしい。明けましておめでとう、のようなものだろう、とわたしは勝手に解釈しておく。

マルクがしていたように、胸の前で右の拳を左の手のひらに当てて、挨拶の練習をしてみる。

「雪解けに祝福を？」

「そうです」

「春の女神が大いなる恵みをもたらしますように、ですね」

何度か口の中で呟いてみるが、明日には忘れている自信がある。こんな時にこそメモ帳が欲しい。

バッグの中に石板は入っているが、メモ帳はない。

「旦那様はただいま商談中ですが、お二人はどのような御用件ですか？」

マルクの質問に、わたしは今日やることを指折り数えた。

「えーと、冬の手仕事の精算です。それから、そろそろ紙作りを再開したいので、細工師さんに大きめの簀桁《すけた》ができているか、確認してください。あと、見習いのことでベンノさんにお話があるんですけど、商談中なんですよね？」

「わかりました。では、手仕事の精算から行いましょう。その間に終わるでしょう」

店の中のテーブルに案内される。わたしとルッツが並んで座り、マルクが正面に座った。

「手仕事の髪飾りはこれで全部です。確認してください」

ルッツが慣れない丁寧語を使いながら、髪飾りが入ったバッグを差し出した。マルクがそれを出して数えていく。

「ここに二十四個。冬の間にお預かりした分と足して、百八十六個で間違いないですか？」

「はい、大丈夫です」

自分達が板に刻みつけた数とマルクが言った数がきちんと合っているので頷いた。髪飾り一つにつき、中銅貨五枚。その中からわたしとルッツが取ることにした中銅貨一枚分ずつの手数料分はギルドに預けておく。そして、それ以外のお金を配りやすいように持参した別の袋に入れてもらう。

ルッツの兄弟は喧嘩しないように、ルッツを除いて三人で均等に作っていたので、大銅貨六枚と中銅貨二枚ずつでわかりやすい。ウチは、母さんが八十三個、トゥーリが六十六個、わたしが三十七個と作った数がバラバラなので、ちょっと面倒だ。母さんの分が小銀貨一枚と大銅貨六枚と中銅貨六枚、トゥーリの分が小銀貨一枚と大銅貨三枚と中銅貨二枚、わたしの分が大銅貨七枚と中銅貨四枚になる。

「これだけの数があれば､次の冬までもつでしょう。髪飾りはなかなか売れ行きが良いですよ。色々な色があるので、お客様は楽しそうに選んでいらっしゃいます」

マルクの言葉に髪飾りを選ぶ親子を想像して、わたしは口元を綻ばせた。

「そうなんですか？　嬉しいです。わたしも自分の洗礼式用に髪飾り作ったんですよ」

「どのような飾りですか？」

「当日まで秘密です」

んふふっ、と笑うと、マルクが軽く眉を上げた。

「おや、では、当日見るのを楽しみにしております。それから、紙作りの再開でしたね？」

「はい。ルッツが森に行って、川の様子を見てからじゃないと再開できないんですけど、春になったので、そろそろ作りたいとは思っています」

ベンノの投資がもらえるのは初夏にある洗礼式までだ。できれば早目に再開したい。

「わかりました。細工師に聞いておきましょう。注文していたのは、契約書サイズの簀桁が二つで間違いありませんね？」

「はい、よろしくお願いします」

おおよその話が終わったところで、奥の部屋でも商談が終わったようで、数人の商人が出てきた。

「旦那様に報告してまいります。少々お待ちください」

マルクが一度奥の部屋に入っていった後、奥の部屋に招かれる。春一番にベンノに会うことになるので早速覚えたての挨拶をしようと、わたしは胸の前で右の拳を左の手のひらに当てた。

「ベンノさん、お久し振りです。雪解けに祝福を。えーと、春の女神の……大いなる恵みの？　あれ？　あれれ？」

ついさっきのこともメモ帳がなければ覚えていられないわたしを見て、呆れたようにルッツがわたしの前に出た。すっと胸の前で右の拳を左の手のひらに当てる。

「雪解けに祝福を。春の女神が大いなる恵みをもたらしますように」

「そう、それ！　雪解けに祝福を。春の女神が大いなる恵みをもたらしますように」

ルッツのおかげできちんと思い出したわたしは、挨拶をし直す。ベンノが笑いを堪えたような顔で、挨拶を返してくれた。

「あぁ、雪解けに祝福を。春の女神が大いなる恵みをもたらしますように。……それにしても、へったくそな挨拶だな。ちゃんと言えるようになれ」

笑いながらベンノがトントンとテーブルを指差す。わたしとルッツはテーブルの席に着いて、春の寿ぎの話をした。

「さっきマルクさんに教えてもらったところなんですよ。家では聞いたことがなかったから、初めてにしては上出来、って言ってくださいよ」

「……そうなのか？　だったら、上出来だったな、ルッツ。それで、見習いのことで話とは？」

ベンノに褒められたのはきちんと挨拶ができたルッツだけだ。むぅっと膨れながら、わたしは今日の本題を口にした。

「わたし、洗礼式の後、ここの見習いになるのを止めます」

「は？……ちょっと待て。どうしてそうなった？　褒めなかったからか？　きちんと言えていなかったが、マインも頑張っていたぞ？」

ベンノがこめかみを押さえながら、取ってつけたようにわたしの挨拶を褒めだした。

「違います！　挨拶は関係ないし」

「関係ないなら何故だ？」

「えーと、わたしって体力ないでしょう？」

「呆れるほどな」

ベンノの合いの手がサクッとわたしの胸に刺さる。

「うっ……。ベンノさんも仕事ができるのか不安がっていたじゃないですか。見習いが体調不良でよく休んだり、体力的に楽な仕事に就かせてもらったりするのって、店の中の人間関係を考えるとよくないんじゃないかって」

「それだけか？　他にもあるだろう？」

じろりと赤褐色の目で睨まれて、わたしはオットーに言われた懸念事項を思い出す。

「えーと、それに、商品の利益をもらっていたら、勤続十数年のベテランよりお金をもらうことになる可能性もあるんですよね？　お金は一番人間関係が壊れやすいんです」

「それは誰に言われた？　お前が考えたわけじゃないだろう？」

探るように目を細めたベンノにわたしは大きく頷いた。麗乃時代から自分のやりたい読書だけをやってきたわたしは基本的に視野が狭い。今回だって自分の体力のことしか考えていなかった。オットーに指摘されて初めて、人間関係に思い至ったのだ。

「オットーさんです」

「ほぅ、そうか。オットーが……」

……あれ？　何だか声が一段低くなった気がするような……。ついでに、肉食獣っぽい雰囲気になっているような……。気のせい？

雰囲気が獰猛になってきたベンノの様子に首を傾げながら、わたしは自分が一番不安に思っていることを口にする。

「あと、わたしの身食いのこと、ベンノさんは知ってますよね？　一年でどうなるかわからない社員を雇うのは、止めた方が良いと思います」

わたしにかける教育費は無駄になる可能性が高い。商人ならそんな無駄はできないはずだ。

ベンノは眉間をぐりぐりと押さえながら、眼光の鋭くなった目でわたしを見つめる。

「それで、ウチの店に入らずにどうするつもりだ？」

「家で手紙や書類の代筆をして、新商品の開発をルッツが休みの日にやって、時々門のお手伝いに行く……今までとあまり変わらない生活をするつもりです。体に負担がかからない方が良いって、冬の間に家族と話し合ったんです」

「わかった。見習いからは外そう」

ベンノの目と肩から力が抜けた。こめかみを押さえながら「どうするかな……」と何やら考え始める。ぶつぶつと言い始めたベンノにわたしは声をかけた。

「あの、ベンノさん。在宅のお仕事でわたしに回してもらえそうなものってありますか？」

その途端、ベンノの赤褐色の目がギラリと光った。一見穏やかそうな表情の中に、肉食獣の笑みが口元に浮かんでいる。

「マインは字が綺麗だからな。代筆があれば回そう。だから、ルッツと一緒にたまに店に顔を出すように。わかったか？」

……何故だろう？　肉食獣に捕まった気がする。

自分の要求がするりと通ったので、深く考えるのは止めて、わたしはもう一つ質問をした。

「あの、その場合、ギルドカードってどうなるんでしょう？　ルッツを通して売るつもりなんですけど、わたしのカードはベンノさんのお店の見習いカードじゃなくなりますよね？　露店のものになるんでしょうか？」

洗礼式の後はギルベルタ商会で見習い登録をする予定だったが、見習いでなくなれば、わたしのギルドカードはどうなるのだろうか。洗礼式の後だから、仮登録というわけにはいかないだろう。しかし、所属している店はないし、登録しなければ取引はできない。

「どのくらい品物を作るつもりなのかは知らんが、今使っている倉庫をマイン工房ということにして、工房長のカードにすればいいんじゃないか？　ウチと専属契約を結べば、今と大して変わらない状態で取り引きできるぞ」

「工房長⁉　カッコいいですね。今までと変わらないなら、そういう感じでお願いします」

わたしが手を打って喜ぶと、ベンノも嬉しそうに笑って何度か頷いた。

「それから、マルクさんにもお話ししたんですけど、川の様子を見て、紙作りを再開します。洗礼式までは二人で作るんですけど、その後はルッツも見習いのお仕事が始まるし、わたしは見習い自体を止めるので、ベンノさんが選んだ工房に紙作りを丸投げしたいんですけど、いいですか？」

「丸投げって、作る相手を決めるのはマインだっただろう？　それでいいのか？」

契約魔術はわたしとルッツがベンノの店で安心、安定して働けるように決めたものだ。新しい事業になるので、利益を取るベンノにとっては作る相手や工房が重要かもしれない。けれど、わたしにとっては給料も上乗せする利益もないので、紙が大量に流通するようになってくれれば、正直誰が作ってもいいと思っている。

「だって、わたし、全然工房には詳しくないし、紙を作りたがっている知り合いもいませんから。ただ、木の皮を川にさらす工程があるので、工房は川が近い方が良いかもしれません」

「川の近くか……難しいな。お前達はどうしているんだ？」

ベンノの言葉にルッツが軽く肩を竦めた。

「道具を担いで森に行って、川原で作業してるけど、毎日の仕事にするには、ちょっと道具運びがきついと思う……思います」

「大量生産しようと思ったら、道具も大きくなるから運ぶのは無理だと思います。でも、その辺りを考えるのは、ベンノさんと工房の人の仕事ということで」

「……なるほど」

ベンノが納得してくれたようなので、工房選びや道具の設置は全部任せることにする。

「工房の選択と設備の設置、材料の購入先決定などは洗礼式までに終わらせてください。作り方は洗礼式が近くなったら、ルッツが教えに行きます」

「オレかよ⁉」

ルッツが目を大きく見開いて、口をパクパクとさせる。わたしはニッコリ笑って頷いた。

「だって、わたしはできない工程もあるじゃない。ルッツがやって見せるのが一番だよ。これから、春の間に何度も作れば嫌でも覚えるし、不安なら一緒に行ってあげるから大丈夫」

「お前、本当に丸投げだな」

ベンノから面白がるように笑われて、わたしはすいっと視線を逸らした。自分でもひどい具合の丸投げだということはわかっている。しかし、配分もある程度改良して、紙の大量生産の目途が立った以上、わたしは次の過程に進みたい。紙作りだけにこだわっていては、いつまでたっても本が作れない。春のうちに自分が使える分の紙を作ったら、印刷にも手を出していきたいのだ。

タイムリミットのある自分の野望を胸に、わたしはベンノの店から出た。


仕事が早いマルクは、次の日には新しい簀桁を倉庫に運んでくれたらしい。それを聞いたルッツが雪解けでぬかるんだ森に採集に行くついでに、川の様子を見てきてくれることになった。

「ルッツ、どうだった？　紙作りできそう？」

「雪解け水で水量が増えているけど、大雨でもない限り、皮が流されていくことはないと思う」

ルッツがそう判断したので、紙作りを再開することにした。

次の日の朝早く、ルッツに鍵を取りに行ってもらって、早速倉庫へ向かって歩く。コートがなければまだまだ寒い路地を歩きながら、今日の作業に思いを馳せた。

まずは倉庫に行って、秋の終わりに刈り取って黒皮にした状態で放置しているトロンベが大丈夫かどうか確認する。大丈夫そうなら、これを白皮にする作業を始める。同時に、保存してあるフォリンの白皮を使って、紙作りを始めていきたい。

「体調を考えると、本当はもっと水が温まってからの方がいいんだけどね」

「あ～、まぁな。でも、金を貯めることを考えると、早目にやらねぇとな」

紙作りの援助があるのは洗礼式までだ。それまでにできるだけたくさん作って稼いでおきたい。

「トロンベの黒皮、大丈夫かな？」

「あれから干しっぱなしだもんな。カラカラに乾燥してるはずだ」

「天日干ししてないから、カビとか生えてないか心配なんだよ！」

「トロンベに生えるカビなんて、そうそうないさ」

ルッツは軽く肩を竦めたが、天日干しという過程を完全にすっ飛ばしているので、わたしとしては気が気ではない。冬の間中放置していたのだから、乾燥しているのは間違いないだろうが、自分達が望んだ乾燥状態になっているかどうかが問題だ。

倉庫に着いて、鍵を開けた。ギギッと音を立てて、倉庫のドアが開く。薄暗い倉庫の棚から黒いワカメや昆布のような物が大量にぶら下がっている様子は、埃っぽい倉庫の背景と相まって、ひどく不気味に見えた。

「本当に大丈夫かな？」

「さすがにちょっと心配になってきたな」

つんつんと黒皮を指先で触ってみると、完全に乾燥してかぴかぴになっている。黒皮だからなのか、カビが生えているのかどうか、色だけでは判別できない。

「森に持って行って、ひとまず川にさらしておこうか」

「今日持っていくものは何だ？」

ルッツが倉庫に置きっぱなしにしていた背負子の埃を払いながら、声をかけてきた。

「えーと、ルッツは鍋と灰かな？　あと、盥《たらい》ほどの大きさはいらないけど、桶を一つ持っていくと良いと思う。森で薪が取れなかったら困るから、少し薪も持っていった方が良いんじゃない？　わたしはこの黒皮と保存してあるフォリンの白皮と『菜箸』を持っていくから」

「桶がよくわからないけど、マインがいるって言うなら持っていく」

わたしは倉庫に干しっぱなしだったトロンベの黒皮とフォリンの白皮を準備して、鍋の中を掻き回すためにルッツに作ってもらった菜箸と雑巾を数枚、籠に入れる。

二人で荷物を背負うと、森に向かう子供達の集合場所へと急いだ。

皆と一緒に森に着き、採集のために散らばると、わたし達は川原へと向かう。川のすぐそばでルッツツは鍋の準備を始めた。石を組んだ竈に鍋を置いて、桶で水を汲んでいく。

「これなら確かに川につからずに水が汲めるな。さすがマイン」

直接鍋に水を入れようとすれば、川の中に入らなければできないのだが、ルッツはそこまで考えていなかったようだ。鍋に水が入れば、持ってきた薪に火を点ける。お湯が沸くまでの間に、黒皮をできれば川にさらしたい。

雪解け水が流れる川を睨みながら、「すっげぇ冷たそうだな」とルッツが呟いた。川の中に石を円く組んで、黒皮が流れていかないようにしなければならないのだが、秋に作っていた石の円は半分ほどしか残っていない。流れていかないように、石の円を組む作業から始めなければならない。

「うひぃっ！　冷てぇ！」

「頑張れ、ルッツ！」

氷水のような川の水にルッツがぎゃあぎゃあ言いながら、入っていく。わたしが入ったら、熱を出すのは確実だし、しばらく家族が家から出してくれなくなるに決まっている。できるのは基本的に応援だけだ。

川で頑張るルッツのために川原に落ちている薪を拾って歩いていると、川からルッツの呼び声が響いてきた。

「マイン、黒皮取ってくれ！」

「はーい」

黒皮を入れ終わると、ルッツは川から飛び出して、竈の前で火に当たった。真っ赤になった手足を火にかざしてゴシゴシ擦る。わたしは鍋から桶に一杯分のお湯を取って、ルッツの前に出した。

「これに手足をつけて。よく揉んでおかないと、しもやけになるよ」

「……あったけぇ。これ、気持ちいいな」

手足をお湯につけたルッツが、ホッと息を吐いた。すぐにお湯は冷めてしまったようだけれど、足湯ができたことで、少し体も温まったようだ。

ぐつぐつと沸いてきたお湯に灰と白皮を入れて煮込み、煮込んだ白皮を川にさらして、灰を流す。川の冷たさに泣くルッツの頑張りによって今日の作業は終了した。

既得権益

次の日は、皮の取り入れと黒皮を剥いで白皮にしなければならないので、板と鍋と桶を持っていった。火に当たりながら、時々はお湯に手をつけて温めながら、皮をナイフで剥いでいく。

「ハッキリ言って、夏以外はやりたくないね。指先がジンジンする」

「そうだな。川に入るのはきついよな」

愚痴を零しつつ、手はしっかりと動かして、トロンベの白皮を完成させていった。白皮になっても、特にカビらしい斑点は見当たらず、わたしは安堵の息を吐く。

「……特にカビも生えてなかったみたいだね。よかった」

「フォリンはともかく、トロンベは大丈夫だって言っただろ？」

「危険植物だもんね？」

皮を剥き終わったら、森で採集だ。この時期でなければ採れない薬草もあるそうなので、ルッツに教えてもらいながら一緒に歩く。その途中、森に落ちている、大人の親指の第一関節くらいの大きさの赤い実をルッツが避けて通ることに気付いた。もしかしたら、危険な毒の実かもしれない。わたしは触らないように指差した状態で、ルッツに尋ねてみる。

「ねぇ、ルッツ。この赤い実は拾わないの？　毒？」

「あぁ、タウの実は触らなくて良い。これは、中がほとんど水なんだよ。食べられないし、持って帰ったら、水がなくなってカラカラになるだけで、今は使い道がないんだ」

今は、という言葉に引っ掛かりを覚えて、ルッツを見上げると、説明してくれる。

「夏になったら、拳くらいに大きくなっているんだ。タウは何かにぶつかったら水が弾けるから、ぶつけ合いをして遊ぶんだよ」

自然にできる水風船みたいなものだろうと見当を付けてみた。家に持って帰っても枯れるだけで、このまま土の上に放置しておかないと、大きくならないらしい。変な実だ。

「街中で大人も子供もごっちゃになってぶつけ合うんだよ。ほら、星祭りの時がすごいだろ？」

もう一年以上いるはずなのに、そんなお祭りは全く記憶にない。

「ねぇ、ルッツ。星祭りなんて聞いたことないんだけど、夏にお祭りなんてあったっけ？」

「前の星祭りの時は、死にかけてたじゃないか。誘いに行ったら、熱が全然下がらないって、エーファおばさんが言ってて、祭りの後、オレは竹を取りに行ったんだぜ」

ルッツの言葉で、いつの死にかけだったか判明した。木簡を焼かれて、身食いに呑み込まれそうになる感覚を初めてハッキリと自覚した時のことだ。何日も意識が戻らなかったらしいし、その後もしばらく寝込んでいたので、祭りがあっても、それどころではなかった。

「トゥーリも遊びたいはずなのに、わたしのせいで行けなかったよね？」

もしかしたら、わたしはトゥーリの子供時代の楽しい思い出を奪っているのかもしれない。そう考えて項垂れると、ルッツは肩を竦めて首を振った。

「いや、マインのことはエーファおばさんが見てたから、星祭りにトゥーリは参加してたぜ。ラルフと二人で先を争うようにして、森でタウを拾ってたし」

「あ、そうなんだ。よかった」

「今年はマインも一緒に参加できると良いな」

今年はなるべく体調に気を付けて、星祭りに参加する約束をルッツとして、採集を終えた。約束してみたものの、水をぶつけ合うような祭りに両親が参加を許してくれるかどうかはわからない。


その次の日からは倉庫前での作業だ。水が冷たくて、お湯に何度も手を付けながらの作業になったが、契約書サイズの簀桁で、フォリン紙を漉いていく。

数日かけて乾かしながら、その間にトロンベの白皮を使った紙も作り始めた。

「フォリン紙は乾いたね。今日はよく晴れてたから」

「トロンベは明日丸一日自然乾燥だよな？」

作業工程を確認し合いながら、できあがったフォリン紙二十六枚をルッツと半分に分けた。十三枚手渡された紙を持って、ルッツが困ったように眉を寄せる。

「なぁ、どうしてここで分けるんだよ？　旦那に渡した後、お金を半分に分ければ良いだろ？」

「だって、わたし、現物が欲しいんだもん。ベンノさんに原料を買ってもらって、自分の分にするのはダメだけど、原料を自分達で準備した分なら、わたしがもらっても良いでしょ？」

ベンノに売った後で紙を買おうとすれば、手数料の三割分を取られることになる。それならば、最初から売らなければいい。

「マインは売らないってことか？」

「わたしが売るのは半分だけにする。紙を集めていって、本を作るの」

配合もきちんと決まった上に、少しずつ手慣れてきたことで、紙の失敗作が少なくなってきたのだ。それでは失敗作を使って本を作りたいのに困る。わたしは正直お金よりも紙が欲しい。最近は母さんが色んな話をしてくれるから、書き留めるのが大変なのに、紙がないのだ。


作業が終わったので、倉庫の鍵を返すついでに、できあがった紙をベンノのところへ持っていく。

「お、できたか」

ベンノはフォリン紙をわたしとルッツからそれぞれ受け取って、枚数を数えていった。ルッツが十三枚で、わたしが六枚。あからさまに違う枚数に眉をひそめる。

「マインの分が少ないな。どうした？」

「紙が欲しいので、現物をもらいました。原料を買ってもらったものならともかく、今は原料も自分で採っているからいいでしょう？」

「……そうだな。原料を自分達で採った分に関しては構わんが、一体何に使うつもりだ？」

少しばかり警戒した表情でベンノに問いかけられた。

「本を作るんです。だから、紙が欲しかったの」

「本？……そんなものを作ってどうするんだ？　売れんぞ？」

「え？　売りませんよ。自分で読むんですけど？」

ベンノと二人で顔を見合わせながら、お互いに首を傾げた。商品にならない物のために高価な紙を使うことが理解できないベンノと、利益なんてそっちのけで、ただ本が欲しいわたしが理解し合えるはずがない。

「何を考えているのか、よくわからんが、考えるだけ無駄な気がしてきた。精算するぞ。この大きさの紙一枚で大銀貨一枚が販売価格。手数料が三割。お前達の取り分はいくらだ？」

ルッツはまだ割合がよくわかっていない。ルッツが慌てる横でわたしは即座に答えを出した。

「小銀貨七枚です」

「ハァ!?　小銀貨七枚!?　ちょ、おま……え!?　もらいすぎじゃないのか？」

ルッツはどうやら全く予想していなかったようで、金額を聞いて口をパクパクさせる。

「……ルッツ、落ち着いて。今はもらいすぎって気がするかもしれないけど、わたし達が利益をもらえるのは洗礼式までだよ？　ベンノさんがこれから先ずっと紙を売って手に入れる利益に比べたら、微々たるものだから気にしなくて良いから」

「気にしなくて良いって、お前……」

わたしはルッツを落ち着かせるつもりだったのに、ルッツは信じられないとばかりに余計に目をぐるぐるさせ始めた。

「今日はルッツが十三枚売ったから、大銀貨九枚と小銀貨一枚。わたしは六枚売ったから、大銀貨四枚と小銀貨二枚」

「いや、大銀貨九枚って、どう聞いても微々たるものだなんて思えねぇからな？」

「え？　じゃあ、販売価格を下げる？」

怖じ気づいたようなルッツを見て、わたしが少しばかり首を傾げて提案すると、正面でベンノが苦い顔をして首を振って却下した。

「販売価格を下げるのはダメだ。既得権益と無用な軋轢《あつれき》が生じる。今は同じ値段でいい。ある程度流通するようになってから、販売価格については俺が考える。大金が怖いなら、俺が手数料を上乗せしてやろうか？」

最後はルッツに向かってベンノがニヤリと笑った。

「値段の変更については、わたし達に決定権がないですから、ベンノさんにお任せしますけど、手数料の変更は認めません。ねぇ、ルッツ。お金いらないなら、わたしがもらってあげようか？」

「どっちにも渡すか！　大金すぎてちょっとびびっただけだ！」

自分のギルドカードを抱きしめるようにして、ルッツが吠えた。ギルドカードは血で本人認識をさせているので、本人以外が使うことはできない。かなり安全なお金の預け場所だ。

「大丈夫。ギルドに預けておけば、自分で現金を見ることなんてないんだから、怖くないよ？」

「くそぉ、変なところで図太いマインが羨ましい」

麗乃時代に貯金していたし、こちらの世界ですでに小金貨をもらったり、それがほとんどなくなるような魔術具に払ったりしていたので、大きな数字の金額が移動することに慣れていただけだ。決して図太いわけではないと、わたしは声を大にして言いたい。

わたしは、むぅっとむくれたまま、大笑いするベンノとカードを合わせて精算する。大銅貨五枚分を家族に渡すことにして、現金でもらった。ルッツも同じように家族に渡す分と、貯金分を分けて精算を終えた。


それから、数日後、倉庫の鍵を借りに行っていたルッツが手紙と大きな包みを持って帰ってきた。正確には手紙ではなく、板に書かれた招待状だ。そして、包みの中身は上から被って着るポンチョにフードが付いているような上着だった。

色違いのポンチョを持って、ルッツが「何だ、これ？」と首を傾げる。わたしは招待状に目を通す。待ち合わせ場所とその理由が簡潔に箇条書きされていた。

「服を買いに行くから四の鐘に中央広場で待ち合わせたいって」

「はぁ？　服？」

「……わたし達が作った紙のことで、文句を言いに来ている人達がいるんだって。対処方法について話し合いたいけど、相手がわたし達の存在に気付かないよう立ち回りたいみたい。わたし達の恰好はあの店じゃ浮くから、これを着て来いって」

「え？　何だよ、それ⁉　何か危ないことでもあるのか？」

二人とも上から被って着るポンチョのような物を着てみる。とても暖かいし、服がほとんど隠れる。ひとまず、ボロ服が隠れれば良いようだ。フードを被れば、髪も顔も隠れがちになるので、出かける時はフードを被ることにする。わたしの簪はとても目立つらしいので。

「危ないかどうかはまだわからないけど、マルクさんに会うんだったら、ついでにトロンベ紙も売れるように、早目に取り入れちゃおうか？　あ、でも、気付かれたくないって事は持ち歩かない方がいいのかな？　どっちだろうね？」

そう言いながらトロンベ紙の出来具合を確認するわたしに、ルッツがくわっと怒った。

「マイン、なんでそんなに呑気なんだよ⁉」

「え？　でも、新しいことを始めたら既得権益とぶつかるのは予想の範囲内だったもん。思ったより反応が速いとは思うけど……」

「既得権益？　既得権益って何だ？」

ルッツが理解不能という顔になって、あまり馴染みがない言葉を舌の上で繰り返す。

「すでに利益を得る権利を持っている団体のこと。ベンノさんが言ってたでしょ？　値段を下げると既得権益とぶつかるって。今回は多分、羊皮紙を作ってる人達だと思う」

「羊皮紙を作ってる人が何だよ？　オレ達の紙は木から作るから関係ないだろ？」

作り方から考えれば、全く関係がなさそうに見えるかもしれないが、用途や客層は完全に同じだ。今までは自分達の利益を脅かす存在が全くなかったはずなので、相手は見知らぬ紙の存在にパニックに陥っていると思う。

「今までは自分達しか紙を作れなかったから、どんなに高くても契約書の時は羊皮紙を買うしかなかったでしょ？　でも、別の紙が出てきたら、そっちにお客さんを取られるよね？」

まぁ、そうだな、と納得したようにルッツが頷く。用途が同じ品物が出れば、当然そちらに目を向ける客がいるのは当たり前だ。

「そうしたら、今までと同じ売り上げにはならないでしょ？　それが嫌なんだよ。それにね、たくさん売られるようになったら、物の値段って下がっていくものなの」

「へ？　そうなのか？」

わたしは石板に一つの図を描く。X軸とY軸の二本の直線と、二本の曲線で表した簡潔な需要と供給のラインを引いて、関係性を説明する。

「これね、『需要』と『供給』の関係を示してるの。こっちが『需要曲線』で、こっちが『供給曲線』ね。『需要』は商品を欲しいって思っている人で、『供給』は商品だと思ってね」

「あぁ」

「欲しい人が多くて、売ってる商品が少ない場合は、商品の値段は上がるの」

二本の曲線の先頭を示して言うと、ルッツは「品薄の時は何でも高くなるもんな」と理解を示した。わたしは頷き、指を曲線に合わせて、動かしていく。

「それで、売ってる商品が増えたら、欲しいと思っている人はどんどん手に入れていくから、欲しいと思っている人が減ってくるでしょ？　だから、値段が下がっていく」

説明しながら、わたしは二つの曲線が交差する場所まで指を滑らす。

「欲しいと思う人より商品が多くなると、今度はいくら商品を準備しても売れなくなるでしょ？　そうすると値段はどんどん下がるよね？」

どんどん指を動かしていくと、需要曲線と供給曲線の上下関係は完全に逆転する。

「わかる？　わたし達が紙を作れば作っただけ、こんなふうに紙の値段は下がっていくの。羊皮紙を作っている人は羊皮紙の値段を下げられたくないし、今までの利益はきっちり確保しておきたいから、新しい紙に文句をつけに来るんだよ」

「なぁ、それってまずくないか？」

不安そうなルッツにわたしは笑って首を振った。

「ベンノさんがわたし達を隠そうとするってことは、その人達の相手はベンノさんに任せておけばいいってこと。ルッツが心配しなくても大丈夫だよ。詳しい話は聞いてみないとわからないけどね」

招待状で指定された待ち合わせの時間までにトロンベ紙が二十四枚できたけれど、相手の出方を見るためにも倉庫に置いておくことにした。

「一応ルッツもフードを被って、髪の色や顔立ちがわからないようにしていてね」

ベンノが警戒しているということは、危険な事に巻き込まれる可能性もないわけではない。

少しばかり緊張しながら中央広場で待っていると、四の鐘が鳴った後でマルクがやって来た。

「お待たせしました。お約束通り、見習いに必要な服を買いに行きましょう」

「はい、よろしくお願いします」

わたしは見習いにならないから服は必要ないけれど、ベンノさんの店に出入りするのに、目立たないような服を買った方がいいかもしれない。それが無駄遣いになるのかどうか考えながら歩いていると、体調が良くないと勘違いしたマルクにひょいっと抱き上げられてしまった。

「マルクさん、わたし、自分で歩けますけど⁉」

「何やら唸っていたので、不安になってしまっただけです。私の安心のためにこうさせてください」

「ちょっと考え事をしていただけです。健康上は何の問題もありませんから！」

笑顔を崩さずに、マルクは少しだけ歩くスピードを上げる。「どうぞ、存分に考え事をなさってください」と言うマルクには、わたしの意見を聞き入れる気は全くないようだ。

「ルッツ～！」

「その方が速いから、そのままいろよ」

ルッツに助けを求めても却下されたので、わたしは抵抗を諦めた。

……むぅ、四面楚歌って感じ！

三人で洋服を扱う店に入ると、店主がにこやかに出迎えてくれた。店員も客も上品できちんとした服を着ている。わたしとルッツだけで来たら、門前払いされそうな店だ。

「あら、マルクさん。いらっしゃい。見習いさん？」

「えぇ、そうです。ギルベルタ商会の見習い服を二人分、お願いします」

見習いの服はここで誂《あつら》えているのか、マルクの簡潔な注文に店主は微笑んで頷いた。

「え？　二人分って、わたしも？」

ルッツはともかく、わたしは見習いになるわけではない。しかし、マルクは笑みを崩さずにニッコリと頷いた。

「その恰好で出入りすると、どうしても目立ちますから。申し訳ないですが、マインにも作っていただきます。これからも関係者として店に出入りするのですから、一つ持っておくと便利ですよ」

正式な見習いにはならないけれど、ギルベルタ商会を後ろ盾としたマイン工房で新しい商品を開発したり、利益のことや在宅仕事のことでベンノに相談に行く頻度は今までと大して変わらないはずだ。それなのに、ルッツは見習いの綺麗な服で、わたしはボロというのも悲しい。今のわたしには出せるお金があるのだから、服を作っておいた方が良いかもしれない。

わたしより先に店の奥へと引っ張っていかれたルッツは下着姿になるまで服を剥かれて全身を測られ始めていた。わたしも別の部屋へと引っ張られ、服を剥かれていく。あっちもこっちも測られただけで、すごく疲れた。

「前金は小銀貨一枚になります」

見習いが着ている服を上から下、靴まで注文して、ギルドカードで小銀貨一枚の前金を払った。ベンノの言っていた通り、最終的に払う値段は小銀貨十枚弱。それでギルベルタ商会の見習い服が揃うらしい。安いのか、高いのかさえ、今のわたしにはわからない。

服の注文を終えた後、マルクによってわたし達はベンノのところへ連れていかれた。ちょっとだけ難しい顔をしたベンノが紙を睨んでいたが、わたし達を見て表情を和らげる。

「おぅ、来たか。突然悪かったな。面倒なことになったみたいだから、やりすぎかとも思っているが、警戒しているんだ。お前達もなるべく警戒だけは怠らないでくれ。利権が絡むと何をするかわからんヤツはどこにでもいる」

ベンノにとっても過剰警戒らしいが、利権が係わるだけに油断はするな、と言った。わたし達は洗礼前の子供だから、見習いの服を着ていれば、店の周りをうろついていても目を付けられることはないと思う、と付け加える。

「板に書かれてた既得権益って、やっぱり羊皮紙関係の人ですか？」

「そうだ。羊皮紙協会から商業ギルドに文句が入ったらしい」

「商業ギルドに？」

羊皮紙協会と商業ギルドの関係性がよくわからなくて首を傾げると、ベンノは既得権益を守ったり、新しい事業との軋轢を解消したり、仲立ちするのも商業ギルドの仕事だ、と説明してくれた。

「昨日の夕方に羊皮紙協会に加入せず、金も払わずに自分達以外で紙を作っているヤツがいる、って商業ギルドに文句が入ったらしい。勝手な事をする無法者を取り締まれ、って要請が入ったと連絡があったんだ」

「はぁ、それで？」

ベンノがおとなしくやられているはずがない。適当な落とし所を見つけているはずだ。大した心配もせずにわたしが続きを促すと、ベンノは勝ち誇る肉食獣のように唇の端を上げた。

「きっちり反論はしておいた。これは動物の皮で作った紙じゃねぇから、羊皮紙協会には一切関係ない。引っ込んでろ、ってな」

あまりにも好戦的なベンノの態度にさぁっと血の気が引いた。落とし所を見つけるどころか、既得権益に正面から喧嘩を売っている。物騒な展開になれば、ベンノのせいだ。

「え？　えーと、落とし所を探り合うとか、しなかったんですか？」

「馬鹿。最初から下手に出たら、舐められるだろ？　実際、向こうの作り方を盗んだわけでもなければ、技術料を払ういわれもない。動物の皮から作る紙と植物で作る紙が同じようにできているわけがないし、上下関係があるわけでもない。ヤツらは、ただ、紙に関する全ての権利を独占して、できれば、こっちの利益も吸い取りたいだけだ」

ここにはここの、ベンノにはベンノのやり方があるので、文句を言っても仕方がないとは思っているが、もう少し穏便にはできないのだろうか。

「うーん、羊皮紙は動物の皮が原料だから、どうしてもいきなりの増産はできないと思うんです。商業ギルドが間に入ってくれるなら、正式な契約書の紙は羊皮紙に限る、という取り決めをして、今までの販路と利益をある程度確保させてあげればどうですか？」

「お前は、相変わらず甘いな」

ベンノはフンと鼻を鳴らした。販路と利益を確保してあげて、羊皮紙が正式な紙だと認定されれば、大人しくしてくれると思うのだけれど、ダメだろうか。

「無駄な争いは嫌いなんです。それに、わたし、できれば、紙の流通量を増やして、色んなことに紙を使えるようになってほしいんですよ。契約書じゃなくて、本とかメモ帳とかお絵かき帳とか折り紙とか……子供でも気楽に使えるようなものにしたいんです」

「それは、予想以上に壮大な夢だな」

ベンノが呆れたように目を見開いて呟いた。

「え？　壮大ですか？　大量に作れるようになれば、実現すると思いますけど。だから、フォリン紙は思い切って羊皮紙よりも安い値段にして、契約書以外のことに使うようにすればいいんじゃないかと思うんです。例えば、そこの報告書。紙にすればかなり運びやすいし、保存もしやすいですよ。板よりも書きやすいし……」

「なるほど、紙によって用途を分けるか……。一応提案してみよう」

今度は甘いとは言われず、ベンノは何かを企むように目を細めた。何かが心の琴線と脳内の利益計算に触れたらしい。

「紙によって用途を分けるなら、トロンベ紙は高級路線ですね。羊皮紙より品質が良いでしょ？」

「そうだな。トロンベは羊皮紙よりも値段設定はかなり高くするつもりだ」

「え？　かなり？」

ベンノの言葉を聞き咎めてわたしが目を見開くと、ベンノは逆に軽く目をすがめて、わたしとルッツを交互に見る。

「……お前ら、もしかして気付いてないのか？」

「え？　何に、ですか？」

「ルッツ、トロンベの特徴は？」

いきなりの質問にルッツはビクッと体を跳ねさせた後、トロンベの特徴を並べ始めた。

「へ？　えーと、いきなりものすごい勢いで生長していく木で、燃えにくい」

「あ、もしかして！……トロンベで作った紙って燃えにくいんですか？」

そういえば、父さんもトロンベで作った家具は燃えにくくて火事でも残っていることがあると言っていた。若くて柔らかい木は家具にはならないと言っていたが、紙にはなっている。

「そうだ。普通の紙に比べて、圧倒的に燃えにくい。さすがに全く燃えないわけではないが、国家機密や国レベルの公的文書に使うのが望ましい紙だ。高価に決まってる」

それは確かに特殊な紙だし、高価になって当たり前だ。麗乃時代を思い返しても、全ての紙が同じ値段なわけではなかった。手がかかっていたり、希少だったり、特殊だったりすると、一枚が驚くくらい高価な紙もあった。

「納得しました。……で、トロンベの紙はいくらですか？」

「契約書サイズで大銀貨五枚にする」

「うわぁ……」

あまりに強気な値段設定にわたしは頭痛さえしたし、ルッツは声も出せないくらい驚いていたけれど、ベンノは「燃えにくい上に滅多に採れない希少価値のある紙なら、こんなものだ」と当たり前の顔で言いきった。ある程度在庫が確保できるまでは市場に出さないそうだ。

「それから、羊皮紙協会との話し合いが終わるまで、しばらくは店に顔を出すな。お前達を隠したいのには理由があるんだ。紙の作り方が漏れて妙な流通をすると、下手したら死人が出る」

「え？　死人ですか？」

いきなり物騒な話になって目を瞬いていると、ベンノはわたしがすっかり忘れていた契約魔術の話を出してきた。

「契約魔術で紙を作る相手はマインが決めて、ルッツを通して売ることになっているはずだ。契約の存在を知らないヤツが勝手に作って勝手に売ったら、何が起こるかわからない」

「え⁉　契約魔術って、そんなに危険なものなんですか⁉　何も知らない人も範囲に入るんですか？」

想像もしていなかった事態にわたしは頭を抱える。自分達の職の安定を求めた契約魔術が、まさかこんな危険な方向に作用するとは思わなかった。

「貴族相手に権利を確約するものだぞ？　契約を知らないヤツでも違反した時点で何かの罰が下る。だから、ルッツやマインの存在は隠しておいて、ウチが作って売るという契約魔術があるというふうに商業ギルドには宣言しておいて、羊皮紙協会を牽制しておくんだ」

もしかしたら、職の安定ではなく、自分達への危険を呼び込む契約魔術だったのかもしれない。植物の紙を作る相手を決められる権利を持っているわたしも、売る権利を持っているルッツも、実はかなり危険な立場にあるのではないだろうか。

「権利を持っているのがお前達だということは隠しておきたい。倉庫の鍵は預けておくから、しばらく店に出入りするな。話し合いが解決したら、オットーを通じて連絡する」

頼もしいベンノの言葉に、わたしとルッツは一も二もなく頷いた。

……わたしが安定を望んだ契約魔術のせいで、人死になんて出ませんように。

既得権益と会合の結果

契約魔術に関する危険性はわたしにとって恐怖だった。ルッツと自分の職業上の安定が欲しかっただけで、誰かに危害をもたらしたかったわけではない。ガクガクブルブルしながら、わたしはルッツと一緒に家に帰った。鉛でも呑み込んだように胃の辺りが重くて、ぐるぐるしている。

「そんなに心配しなくても大丈夫だって。旦那が何とかしてくれるさ」

ルッツの慰めに頷きながら帰ったけれど、知らない人がいきなり死んだり、何か罰を受けたりしていないか、考えるだけで、不安で、不安で仕方がない。胃がキリキリする。何が怖いって、何も知らない人を巻き込むのが怖い。

本当は家の中で引き籠もっていたかったけれど、「じっとしていたら、変な事を考えそうだ」というルッツに半ば無理やり外に引っ張り出された。紙を作ったり、森に行ったりしながら、ベンノからの連絡を待っていることしかできない現状がもどかしい。

しかし、数日たって森に行くために門を通っても、オットーから何か言われることはなかった。

不審な死を遂げた人の話も聞かない。わたしの周りはあまりにもいつも通りだった。

さらに何日かたつと、恐怖よりベンノに対する不信感が募り始めた。本当に人死になんて出るのだろうか。ベンノが大袈裟に言っているだけではないだろうか。そんな風に考えながら、ベンノの言葉を思い返してみたり、表情や態度を思い返してみたりする。

「……よく考えると変じゃない？」

「何が？」

簀桁《すけた》を傾けて、フォリン紙を作っていたルッツが、わたしの言葉に顔をしかめた。紙床《しと》に漉《す》けた紙を重ねた後、わたしはルッツを振り返る。

「契約魔術を知らない人にも効力があるってところ」

「なんで？　魔術なんだから不思議じゃないだろ？」

軽い口調でそう言いながら、ルッツが漉き終わった紙を重ねに来たので、今度はわたしが紙を漉き始める。船水をすくって揺らしながら、わたしは唇を尖らせた。

「魔術だから不思議じゃないってところが、わたしにとっては変だよ。だいたい、基本的な技術とか、ありふれた商品に契約魔術がかかっていたら、あっちこっちで被害が出るでしょ？　遠くの街で契約魔術が使われていても、こっちには全然わからないわけだし……」

わたしは紙を漉きながら考える。契約魔術に特許権のようなシステムが組み込まれるとしたら、特許庁のように管理する場所があるはずだ。この商品にはこういう契約魔術が付いてるよ、と皆に知らせなければ、危険すぎる。

「わたし達が知らないだけで、契約魔術にも範囲や条件があると思うんだよね。それに、そんな危険な魔術ならもっと厳しく取り締まりとかありそうじゃない？」

「遠回しに色々言っているけど、結局、マインは何が不安なんだ？」

ルッツの言葉に思わず紙を漉く手が止まった。ルッツが横からわたしの簀桁を取り上げて、続きを漉き始める。

「マインが自分の気持ちを誤魔化したい時は、早口になるんだ」

ルッツはくっと顎を上げて、「溜めこまれてもオレにはわからないから、全部吐き出せ」と促した。

「……契約魔術を知らない人が危険に巻き込まれるのが怖いの。ベンノさんの冗談か嘘だって思いたい。今は誰も危ない目に遭ってないよね？　わたし達を怖がらせようとしただけだよね？……そう思いたい」

「旦那の冗談だったらいいけど、何のために？　旦那がオレ達を騙して一体何の得があるんだよ？」

「うっ……。い、今までだって、いっぱい騙されてきたもん。またベンノさんに誤魔化されたり、隠し事をされたり、試されたりしてるような気がする」

わたし達を遠ざけて、何かするつもりなんじゃ……と言いかけたところで、背後から聞き覚えのある声が聞こえた。

「あれ？　ベンノって意外とマインちゃんに信用されてないんじゃないか？」

誰もいないと思っていた倉庫の中で、背後から声が聞こえたことに驚いて、わたしとルッツがバッと振り返る。軽く片方の眉を上げ、おどけた顔をした私服のオットーが軽く手を振っていた。

「オットーさん⁉　どうしてここに⁉」

「ベンノからの伝言を持ってきたに決まってるだろ？」

確かにベンノからはオットーを通じて連絡すると言われていたが、門を通りかかった時にでもそっと連絡されるのかと思っていた。こんなふうに倉庫にやってくるとは思っていなかった。

「やっと終わったってさ」

そんな簡単な伝言では何もわからない。少ない情報の中で胃をキリキリさせていたわたしは情報を求めてオットーに飛びついた。

「何が終わったんですか⁉　どう終わったんですか⁉」

「それはもう、色々大変だったみたいだよ」

「色々って何があったんですか⁉」

オットーは軽く肩を竦めるだけで、答えらしい答えをくれることはなかった。本当に知らないのか、知っているのに知らないふりをしているのか、全くわからない。

「ベンノは説明してなかったのか？」

「ほとんど聞いてません。契約魔術を知らない人が勝手に紙を作って売ったら大変なことになる。製法を伏せるためにも羊皮紙協会との話が終わるまで店に出てくるなってことだけです」

わたしがベンノから聞いたことを説明すると、オットーは軽く顎を撫でた。

「ふーん、一応必要最小限は聞かされているんじゃないか」

「契約魔術のせいで、知らない誰かに被害はなかったですか？　それが一番心配で……」

「そうならないように、製法を伏せたんだろう？　被害は全く出てない。それ以上はベンノに直接聞いた方が良いだろうね。作業が一段落したら、一緒に行くかい？」

「はい！」

被害者はいなかったという言葉に胸のつかえが取れた。一気に体が軽くなった気分で、わたしはせっせと紙を漉き始める。

「これで紙が作れるの？　これ、何？」

「秘密です」

「何かドロドロしてるけど、何が入っているの？」

「秘密です」

興味深そうに紙漉きを見ては色々と質問してくるオットーに少しも答えず、作業を続ける。

「俺とマインちゃんの仲だし、教えてくれてもいいじゃないか」

「ほいほい喋ったらベンノさんに怒られるんです。ね、ルッツ？」

わたしがルッツに水を向けると、ルッツは肩を竦めてニッと笑った。

「マインは考え無しだって、よく言われてるからな。ちゃんと口は閉じておいた方が良いんだ」

「ハハハ……。考え無しに喋っているんだ？　青筋を立てて怒るベンノが目に浮かぶな」

「青筋っていうよりは、呆れ果ててるって感じの表情が多いですけどね」

道具の片付けを終わらせた後、三人でベンノの店に向かう。路地を抜けて通りに出るより早くオットーがこめかみを押さえながら、わたしを見下ろした。

「なぁ、マインちゃん。いつもこんな速さで歩いているのか？」

「……そうですけど？」

「すごいな、ルッツ。ちょっと尊敬する。俺には耐えられない。……というわけで、ちょっと失礼」

「ひゃあっ！」

耐えられないと言ったオットーに、よいしょっと担ぎあげられた。オットーはそのままスタスタと歩き出す。そういえば、ベンノにもマルクにも最近は抱き上げられてばかりだ。どうやら、大人にとってわたしのスピードは、抱き上げずにはいられないほど遅いらしい。


ベンノの店に着くと、マルクが出迎えてくれた。

「マイン、ルッツ、こんにちは。それから、この度はお世話になりました、オットー様」

「たまにはいいんだよ。面白かったし。ベンノ、奥にいる？」

頭を下げるマルクに軽く返して、オットーはさっさと奥に入っていく。片手でわたしを抱き上げたまま、もう片手で奥の部屋のドアを開けた。

「ベンノ、水の女神の到着だよ」

意味不明のことを言いながら、オットーが部屋に入った瞬間、ベンノから殺気を含んだ実に迫力のある眼光が飛ばされる。オットーに抱き上げられているせいで、とばっちりを食らったわたしの方がビクッとした。

「黙れ、オットー。コリンナと離縁させられたいのか？」

コリンナの父親代わりであるベンノには離縁させる権限があるらしい。オットーは婿同然だと言っていたし、ベンノが一族の長のような立場なのだろう。ベンノの眼光と低い声に本気成分がかなり含まれていると判断したのはわたしだけではなかったらしい。コリンナを世界の中心に据えているオットーは慌てて弁明し始めた。

「うわぁっ！　嘘だって！　ちょっとした冗談じゃないか！」

「笑えない冗談は冗談じゃないんだ」

じゃれついているのか本気なのか判別しにくい表情で、ベンノがギリギリとオットーの頭を締め付け始める。オットーに落とされそうで怖いので、止めて欲しい。

「ベンノさん、なんかご機嫌斜めですね？」

ベンノは「こいつのせいだ」とオットーをじろりと睨むが、オットーは気にした様子も見せずにわたしをそっと床に下ろしてくれた。

「ベンノって、意外と信用されてなかったよ。マインちゃんがぶーぶー文句言ってたぜ。またベンノさんに誤魔化されたり、隠し事をされたり、試されたりしてるような気がするって」

ベンノが怒っているのがわかるような気がする。絶対にオットーが余計な一言を言ったのだ。相手が怒ることをわかって言っているに違いない。

「オットーさんは余計なこと言わないで！」

オットーの言葉を聞いたベンノが気を悪くするかと思って、わたしはそっとベンノの様子を窺う。しかし、気分を害した様子はなく、ベンノはわたしを見て、疲れたように溜息を吐いた。

「ハァ……。マインは勘が良いのか？　それとも、疑い深いのか？　性格が悪いのか？　せっかく俺がわざわざ面倒事から遠ざけてやったんだから、おとなしくしていればいいのに……」

「でも、他人の言葉を鵜呑みにしないっていうのは商人として大事だから、言葉や行動の裏を読もうとするのは正解だろ？」

　オットーがニヤッと笑って、親指をぐっと立てた。

「まぁ、いい。質問には答えてやろう。座れ」

　いつものテーブルに着くと、わたしは開口一番、気になっていたことをベンノに尋ねた。

「契約魔術って、本当に関係のない人も巻き込むんですか？」

「内容によっては巻き込むこともある。今回は巻き込む可能性があった。そう説明したはずだが？」

　確かに、そう言われた。説明はされたけれど、納得できなかったのだ。

「でも、基本的な技術とか、ありふれた商品や技術に契約魔術がかかっていたら、あっちこっちで被害が出るでしょ？　余所の町で契約魔術が使われていても、こっちには全然わからないわけだし……何か効力を発する条件とか、範囲があるんじゃないですか？　あと、契約魔術を管理しているようなところとか……」

　わたしが考えたことを述べると、ベンノは軽く目を見張った後、頷いた。

「あぁ、契約魔術が効くのは、基本的に契約を交わした街だけだ。街の中で起こった小規模な魔術が街を囲む外壁に張り巡らされた魔術結界を通り抜けることはない」

「魔術結界!?　何ですか、それ!?」

初めて聞くファンタジーな設定に胸が弾んで、思わず身を乗り出して質問したけれど、じろりとベンノに睨まれてしまった。

「街の基礎だが、今はどうでもいい。今回のことに関する質問と説明は終了でいいのか？」

「あぁ、ダメです！　契約魔術って、本当に知らない人にも影響があるなら、すごく危険なものじゃないですか。そんなものをほいほい使えるなんておかしいじゃないですか」

不愉快そうにベンノが眉を片方だけ上げて、わたしを睨んだ。

「契約魔術はほいほい使えるようなものじゃない。必要な魔術具は認められた商人にしか与えられない上に、目玉が飛び出るほど高価だ。それに、お前も考えたように、契約者以外にも影響を及ぼす契約魔術は必ず領主様へ報告が必要になる。報告なしに被害が出たら、罰せられるのはこっちだ」

「え？　じゃあ……」

報告を忘れていて、被害が出そうになって慌てていたのか、と思った瞬間、ベンノにビシッとデコピンされた。

「ふきゃん！」

「勘違いするなよ。領主様にはとっくに報告済みだ」

口に出す前にバレた。わたしが額を押さえて唸っていると、ベンノはフンと鼻を鳴らして、勝ち誇ったように唇の端を上げる。

「領主様に報告した時に、新しい商品に関する契約魔術として商業ギルドにも報告と登録をしておくように言われた」

「……ということは、商業ギルドにも報告はしたんですよね？」

「もちろんだ。契約魔術の報告と登録。それから、協会の新規立ち上げの許可を取りにな」

……協会の新規立ち上げって何ですか？　何するつもりですか？　もしかして、ものすごく余計な事をしようとしてませんか？

あまりにも予想外な言葉に、わたしは軽く目を見張って首を傾げる。そんなわたしを見て、ベンノは腹が立つようなしたり顔で得意そうに胸を張った。

「植物紙は一大事業になりそうな商品だろう？　だから、羊皮紙協会のように植物紙協会を作って、他の街にも事業を広げていくことにした」

「……初耳ですけど？」

ひくっと顔を引きつらせたわたしに、ベンノは当たり前だと頷いた。

「今初めて言ったからな」

「ちょ、ちょっと待ってください。それって、既得権益に正面から喧嘩売ってるじゃないですか⁉　話し合いなんて穏便に終わるわけがないですよ！」

なんでここまで強気で行けるのか、全くわからない。ベンノのやり方には、根回しとか、譲り合いとか、落とし所がどこにも見当たらないではないか。

「穏便に終わらなかったのは、俺のせいじゃない。あのくそじじいのせいだ」

わたしが「責任転嫁ですか？」と、ベンノを睨むと、隣に座っているオットーが腹を抱えて笑い始めた。どこに笑いのツボがあったのかわからないので、ベンノと二人で一瞥しただけで放置する。

「責任転嫁でもない。登録するために商業ギルドへ行ったんだが、契約魔術を結んだ時点では現物がないので、登録不可能だと言われてな。試作品ができた時点で、登録に行ったんだ」

「はぁ」

「だが、俺が新しい協会を作るということが気に入らないギルド長がうだうだ言いやがって、申請したのに最終的な処理が季節を越えても終わってなかったらしい」

そういえば、自分達の仮登録にもギルド長が口出ししていた。髪飾りの取り引きがしたいギルド長が仕方なさそうに仮登録の許可をくれたけれど、かなり渋々だった記憶がある。

「わたし達の仮登録の時もそうでしたけど、ギルド長の私的な理由で登録を引きのばしたり、却下したりできるんですか？」

「当然もっともらしい理由がつけられる。仮登録の時は俺の血縁ではないことが理由で、今回はすでに羊皮紙という紙があるから、植物紙の協会を新たに作る必要が感じられないそうだ」

心底嫌そうなベンノの顔に、二人が顔を合わせていた時の雰囲気が脳裏に蘇ってきた。険悪で、始終揚げ足の取り合いをしていたような気がする。

「何か二人のやり取りが想像できました」

「秋に申請済みだったから、まさか登録されていないなんて考えずに今回紙を売ったんだ。確かに俺の注意も足りなかったが、これは責任転嫁か？」

じろりと睨まれて、わたしは慌てて首を振った。

「えーと、商業ギルドの怠慢だと思います」

「そうだ。登録されていない紙を売ったことで、羊皮紙協会が文句を付けてきたんだ。くそじじいも自分の所業を棚に上げて、最初から向こうの肩を持ちやがって……」

どうやら、ベンノの敵は既得権益の羊皮紙協会ではなくて、ギルド長だったらしい。

「商業ギルドに登録するように領主様から言われていたのに、契約魔術の登録が終わっていない状態で、知らない人に被害が出た場合、どうなると思う？」

言われていたのにやっていないのは、かなり心証が悪いだろうし、重罪になると思う。

「領主様からすごく怒られると思います」

「あぁ、契約魔術に必要な魔術具は取り上げられるし、以後、貴族との取り引きは制限されるし、領主様から契約者に対して罰が与えられる。そうなったら、くそじじいに絶好のネタを与えることになるからな。登録が終わるまでは紙の製法を知られるわけにはいかなかったんだ」

ギルド長に対する警戒だったとすれば、あの厳重さにも頷ける。

「だが、面倒すぎる大人の駆け引きにお前達を巻き込むわけにはいかんだろう？　何より、マインは周囲への影響を深く考えずに、顔見知りで命の恩人だから、と大した警戒もせずにぺらぺらと重要な情報を喋りそうだからな」

「えぇ!?　わたし、そんなに信用ないんですか!?」

「今までの積み重ねだ。自分の所業を思い返せ」

「ぅぐぅ……」

ギルド長の家でやらかしたあれこれを思い出して、わたしは言葉に詰まった。確かに、ベンノの立場で考えれば、何をしでかすかわからないわたしは、隔離しておくのが一番だ。

「だいたいの背景はわかりました。それで、羊皮紙協会との会合は大変だったんですか？」

「そっちは根回しだけしておけば、大したことない。面倒なのは、あのくそじじいだけだ」

……ギルド長がラスボスか。まさか既得権益がベンノさんにとって雑魚だったとは。

胃を痛めながら紙を漉いていた時には思いもよらなかった展開だと、考えていると、それまでおとなしく話を聞いていたオットーがニヤニヤ笑いながら、口を開いた。

「俺も連れ出されて、その会合に行ったんだけど、羊皮紙協会は妥協案で最終的に合意したよ」

「妥協案？」

「紙の用途を分けるってヤツだ」

ベンノの言葉に自分が提案したことを思い出して、わたしはポンと手を打った。

これで妥協してくれたということは、一応羊皮紙の領分を守りながら、広く紙を普及させることができるということだ。これはわたしの本作りにとっても一歩前進ではないだろうか。流通する紙が増えて値段が下がれば、それだけ本が作りやすくなる。やっと紙の心配をせずに本が作れるようになるのだ。ベンノが工房を作って大量生産が始まれば、紙の心配がなくなる。

次はインクと印刷について考えなければ、と思考を飛ばしているわたしの前では、オットーも何やら楽しそうに口元を歪めた。

「それで、今まで譲ることがなかったベンノの気を変えたのは誰だ⁉　とうとう水の女神がベンノにも現れたかって噂になったんだよ」

会合の小難しい話から横道にそれ、雰囲気が柔らかくなったことで、ルッツが口を開いた。

「水の女神って何だ……いや、何ですか？」

「雪を解かす春の先触れ。長い冬に終わりをもたらす女神だよ」

オットーの言葉にわたしはふっと我に返った。そういえば、ここの神話は全く知らない。新春の挨拶に神が出てくるくらいなのだから、生活の中に潜んでいるのかもしれない。

「……その水の神様って、新春の挨拶に使っていた春の女神とは別の神様なんですか？」

「別っていうか……雪を解かす水の女神や芽吹きの女神や春に関係する女神を全部まとめて春の女神って言うんだよ？」

「へぇ」

多神教というだけで、少し馴染めそうな気がするのはわたしだけだろうか。少なくとも馴染みのない一神教を強要する世界ではないようだ。洗礼式に対する緊張が少し解けた。

「へぇって……それだけ？」

きょとんとした顔でオットーがそう言った。せっかく色々話してくれたのに、「へぇ」の一言では確かに失礼だったかもしれない。

「えーと……女神様についてわかって嬉しいです。今度ぜひ他の神様の話もお願いします」

「そういう意味じゃなくて、ベンノの……」

「オットー、追い出されたいのか？」

もどかしそうなオットーにベンノの低い声がかかった。

何となくわたしの察しが悪かったのが原因だったような気がするが、ベンノの怒った顔を見る限りでは、わからなくて正解という感じがひしひしとする。

「そういえば、なんでオットーさんが会合に参加したんですか？」

コリンナと別れさせると言い出したベンノを止めるために、わたしはオットーに助け船を出してみた。ベンノの意識をこちらに向けることには成功したようだ。パッとオットーから手を離して、こちらを向いたベンノの隣で、オットーが「助かった」と目で合図してくる。

「植物紙協会が動き始めたら、手伝ってもらうつもりだからだ」

「え？　それって、オットーさんが商人になるってことですか⁉」

コリンナとの結婚のために商人の道を諦めたオットーが再び商人になれる日がやってきたということだろうか。喜ばしいことだと思ったわたしに、ベンノは軽く頭を振った。

「いや、オットーはあくまで兵士。それ以外の時にこき使うだけだ」

「えええぇぇ⁉　ひどくないですか⁉」

兵士の仕事を終えてから、商人としてこき使われるのはさすがに可哀想だ。声を上げたわたしの横でルッツも頷いている。しかし、ベンノはフンと鼻を鳴らして、オットーを見るとニヤリと笑う。

「コリンナのために家賃分働くのは当然だ。なぁ、オットー？」

「家賃分以上働かされていると思うけど？」

黒い笑顔で睨み合う二人の視界にわたしとルッツは入っていない。いつまで続くかわからない睨み合いに飽きて、わたしはトントンと机を叩いた。

「ベンノさん、続きが聞きたいです。ギルド長とは結局どうなったんですか？」

ベンノはオットーから視線を外して、こちらに向き直った。そして、肩を軽く竦めた後、勝利の笑みを浮かべる。

「妥協点を出すことで、羊皮紙協会が植物紙協会の設立に合意したんだから、文句の言い様がない。渋々ギルド長も認めたさ」

「認めさせた、の間違いだろう？」

オットーの横やりが入ったけれど、これは多分オットーが正しいと思う。なるほど、と頷いたわたしとルッツを見て、ベンノがチッと舌打ちした。

「きっちり揃えた書類の数々、羊皮紙協会との和解、被害者も何も出ずに済んだのに、このまま登録を長引かせるのは、商業ギルドの怠慢だ」

「あぁ、それはそうだねぇ。でも、耄碌《もうろく》して書類が読めなくなっているなら、そろそろ引退を考えた方が良いんじゃないか？　とか、なんだったら俺が代わってやろうか？　っていうのは、全く必要ない言葉だったと思うよ？」

オットーの暴露にわたしはひぃぃっと息を呑んだ。

「そういうことを言うから！　生意気だと目を付けられて、面倒なことになるんですよ！　ギルド長、怒ってたでしょう？」

「顔を真っ赤にして怒ってたよ。人の顔ってあそこまで赤くなるんだね」

呑気な声でオットーは追加情報をくれたけれど、全く嬉しくない情報だった。ベンノも「あれは見物《みもの》だった」なんて言って、オットーと頷き合っている。

「あんなくそじじい、いくらでも怒らせておけばいい。今回はアイツの嫌がらせで、しなくて良い苦労をしたんだからな」

今回のことで、ギルド長とベンノの間の溝はさらに深く、そして、広くなったようだ。

「とにかく、今度こそ登録完了が確認できた。これからは紙をどんどん作って、がっつり売る。まずは、この街の工房を決めないとな」

ややこしい問題が解決したので、紙を量産する工房を決めたいとベンノが言い始めた。

「夏の洗礼式に合わせて工房での大量生産を始める」

「なんで？」

オットーが不思議そうに首を傾げた。

「綿密な利益計算の結果、洗礼式が終わってルッツが見習いになった後の方が良いと判断した。二人に払う金が必要なくなる。それに、どうせ工房を決めて、道具を作らせて、原料を確保して、作り方を学んで、と準備していたら、洗礼式の頃になる」

わたし達も道具の確保が大変だった。大量生産するための大きな道具をいくつも準備するのは、ベンノの言う通り時間がかかるに違いない。

「そういうわけで、工房を決めるための参考に、紙の作り方を洗いざらい吐いてもらうぞ」

どうやら、ベンノにとっての本題はここからららしい。

わたしはルッツと顔を見合わせて、疲れた溜息を吐いた。

工房選びと道具

ベンノが偉そうに「工房の場所や大きさを決めるために、紙作りについて話せ」なんて言うけれど、これはリンシャンの時のように情報料を取っても良い案件ではないだろうか。

わたしはベンノの様子を窺いながら、口を開く。

「植物紙協会の利益はわたし達に全く回ってこないんですから、紙の作り方に関しては情報料をいただきますよ？」

「……仕方がない。いくら欲しいんだ？」

ニヤッと笑いながらベンノがトントンとテーブルを叩いた。わたしは紙の情報料をいくらにすればいいのか、一体どれくらいが適正価格なのか、正直全くわからない。

「えーと、ベンノさんはいくら払いますか？」

「お前の望むだけ払ってやろう。いくらだ？」

ベンノはそんなわたしの心境を知っているのか、ニヤニヤ笑いながら、そう返してきた。

わたしの中にある情報料の基準はリンシャンの時の小金貨三枚だ。紙は新しく協会まで作るくらいだから、かなり手広く儲けることができるとベンノ自身は考えているに違いない。

「うぅっ……リ、リンシャンの倍はいただきますよ？」

「わかった、ほら、来い」

ベンノがギルドカードを手にして、振って見せる。ニヤニヤ笑いを全く崩さないまま平然とベンノに受け入れられてしまった。もっとふっかけてもよかったのだろうか。やっぱり相場がわからない。釈然としないままギルドカードを出して、ベンノのカードとカチンと合わせる。

うぬぅっと考え込んでいると、オットーが腕を組んでベンノを見た。

「工房はマインちゃんの話を聞いて、道具の量や大きさ、規模、立地を考えて決めるとしてもさ。道具は倉庫にあったヤツを最初のうちは流用すればいいんじゃないの？」

オットーの言葉にわたしはひぃっと息を呑んだ。

「あれはマイン工房の備品です！　取られたら、わたし達の紙作りができなくなっちゃうじゃないですか！　ダメですよ！」

「……倉庫自体、旦那の物だけどな」

ルッツのツッコミに、むぅっ、と唇を尖らせながら、わたしはベンノに視線を向けた。流用なんてされて、道具を運び出されてしまったらわたし達が非常に困る。それだけではなく、あの道具は大量生産向きではない。

「でも、本当にダメなんですよ。マイン工房の備品は大量生産には向きませんって」

わけがわからないとばかりに片方の眉を上げたベンノにわたしは説明し始めた。

「あそこの道具は試作品を完成させることを第一目的にして、わたし達が使いやすように軽量化、小型化、簡素化してあるので、大量生産には向かないんです。ベンノさんの先行投資にあまりお金をかけさせるのも悪いと思って遠慮して、代用品で済ませたものもいくつかありますし」

「え？　なんで他人がせっかくお金を出してくれるって言ってるのに、遠慮なんてしたんだい？

最高の設備を揃えてやればいいだろう？」

オットーが「バカじゃないのか」と驚いたように言ったけれど、他人のお金で最高の設備を揃えるなんて考えてもみなかった。あの頃、釘一つを手に入れるのも難しかったわたしは、いつだっていかに安く済ませられるかばかり考えていたのだ。

「そこまで図々しくなれなかったんです。今ならもうちょっと図太くなれると思いますけど」

「お前は俺に対してこれ以上図太くならなくて良い。それで、マイン工房の物が大量生産に向かないっていうのはどういうことだ？」

ベンノの言葉にわたしはベンノに一番わかりやすい例を考える。

「体格が違うので、効率が悪くなるんです。例えば、わたし達が使っている簀桁は契約書サイズですけど、大人の男の人ならもっと大きな簀桁で紙漉きができます。一回で四枚分くらい取れるような大きさの簀桁が使えるのに、ちまちまと小さい物をたくさん作るのは時間の無駄ですよ」

「確かに、お前達と同じ道具を使う必要はないな」

「あとは、わたし達は扱いきれないから、大きめの盥を使っているんですけど、簀桁に合わせて船《ふな》水《みず》を作るための船も大きいものが必要になるでしょう？　馬鍬《ませ》も今はルッツが作ってくれた菜箸を束ねてるだけですけれど、本格的にするならばきちんと準備した方が良いです」

「聞き覚えがない道具ばかりだな」

発注していない道具もあるので、当然だ。ベンノはこめかみをトントンと叩きながら、わたしをじろりと見た。睨まれても今の道具は渡せない。

「うーん、どんな道具が必要で、今はどんなふうに代用しているのかってことは、マイン工房で作り方を見せながら、説明しないとわかりにくいと思います」

「それなら、明日。視察しよう。俺はお前達の作業場を見たことがないから、ちょうどいい」

さらりと予定を決められ、慌ててわたしは紙作りの予定を頭に思い浮かべる。

「視察って言われても、今日、紙漉きが終わったところなんです。だから、明日は乾燥させるだけで、特に作業することがないので、原料を採りに森に行こうと思っていたんですけど」

「ほぉ、それは一から作業するということか？」

「そうですね。木を切って、蒸して、皮を剥ぎます。そして、工房で干すところまでします」

わたしの言葉を聞いて、ベンノは何度か頷いた。

「よし、マルクを行かせる」

ベンノの言葉にわたしは、マルクがわたし達と一緒に森へ行く姿を思い浮かべてみた。

……森で木を切ったり、一緒に河原で黒皮を剥ぐマルクさん？　似合わない。却下だ。

「マルクさんはピシッとした服が似合う素敵紳士だからダメです。木を切ったり、皮を剥いだりするなんて似合いません。……ベンノさんが作業着を着てくるならいいですよ？」

「どういう意味だ、こら！」

「仕事内容を把握しておきたいのはベンノさんだから、ベンノさんが行く方がいいです」

「さっきはそうは言ってなかっただろう」

嫌な顔をしつつも、確かに一通りの作業内容を知っておきたいな、と言ったベンノは一緒に行動することに決めたようだ。いつの間にか、明日は森で一緒に作業することになっていた。


次の日、ルッツが倉庫の鍵を取りに行くと、すでに作業着を着たベンノがいたらしい。迎えに出てくれたマルクが困ったような顔で、ベンノが暴走しないか、しきりに心配していたと、ルッツがこっそり教えてくれた。

「よくこんな狭いところで作業ができるな」

マイン工房に入ったベンノはぐるりと中を見回して、そう言った。広くて大きな店で仕事をしているベンノから見れば、子供二人がうろうろできるだけの倉庫は狭くて仕方がないだろう。

「わたし達だけなら平気ですけど、ベンノさんが入るとすごく狭くなりますね。まぁ、作業のほとんどを外でするので、中でやることは少ないですよ」

原料を採る時に使う道具をいつも通りに準備して森に向かう。鍋に蒸し器、桶、薪を少し。今日のわたしは籠の中に菜箸とお皿代わりの板とカルフェ芋とバターしか持っていない。

ベンノがルッツの荷物を半分持とうかと声をかけたが、ルッツは緩く首を振った。

「慣れたから平気、です。オレの荷物を持ってくれるより、マインを担いでくれる方が助かる」

「これをいつもはルッツが全部運んでいるのか？　かなりきついだろう？」

ベンノはフンと鼻を鳴らしながら、籠を背負ったわたしを肩車した。

「ひゃあ!?」

「きちんとつかまれ。ルッツはその大きな木枠だけでも寄こせ。潰れそうで見るに堪えん」

蒸し器をベンノが片手で持って、歩き始めた。大股で歩くベンノの肩の上はぐらんぐらんと大きく揺れる。びくびくしながら、わたしはベンノの頭にしがみついた。

「えーと、わたし達はルッツに運べる大きさで鍋の大きさを決めたんですけど、鍋が小さいと一度にできる量は少なくなります。鍋を大きくするか、小さめの鍋をいくつも設置するか、考えどころですよね？　川の側に工房があれば、鍋じゃなくて材料だけを運べるから、かなり楽なんですよ」

「ふぅむ……」

今日は大人のベンノが一緒なので、洗礼前の子供達と一緒に行動する必要はない。集合場所には向かわず、倉庫から直接南門へと向かった。

門を通る時、父さんとオットーが何か話しているのが見えた。

「父さん、オットーさん。いってきます」

わたしが二人に向かってベンノの肩の上から大きく手を振ると、二人が目を軽く見張ってこちらに駆け寄ってきた。父さんがベンノを目を細めて見る。

「マイン、誰だ？」

「いつもお世話になっているベンノさんだよ。ベンノさん、わたしの父です」

父さんとベンノが挨拶している横で、オットーが小刻みに肩を震わせていた。

「オットーさん、どうしたんですか？」

「いや、君達が一緒だと、ベンノが父親にしか見えなくて……」

「黙れ、オットー。俺は独身だ」

ゴン！　と怒りにまかせた拳をオットーの頭に落として、ベンノはやや大股で歩き始めた。

……へぇ、ベンノさんって独身だったんだ？　結構いい年なのに。

ここは結婚年齢が低いようで、わたしの父さんでも三十二歳だ。父さんと同じくらいに見えるベンノが結婚していないのは不思議な感じがした。

「ベンノさん、結婚しないんですか？」

「……あぁ、多分しない」

「なんでって聞いたら、怒りますか？　純粋な興味なので、言いたくなかったら無視してくれても良いんですけど」

わたしがそう聞くと、ベンノが苦笑しながら「別に秘密にしているわけじゃない」と言った。

「俺が結婚したかった時は、家族を支えるのに手一杯だった。母が死んで、コリンナが結婚して、支える家族がいなくなった時には、嫁にしたかった女が死んで、もういなかった。アイツ以上の女がいないから結婚しない。それだけだ」

……それだけって、かなり重い話だと思うんですけど。

わたしはゆっくりと息を吐く。ベンノにとって大事だった人が死んでしまっている話なので、これ以上蒸し返すことも、茶化すこともできない。

わたしが無言でベンノの頭を撫でていると、ベンノが苦笑した。

「何だ、急に？」

「いえ、何となく。ベンノさんは大きな店の旦那様だから、結婚だ、跡取りだ、と周囲はうるさいだろうな、と思っただけです」

「まぁな。だが、最近は静かになった。跡取りはコリンナの子供を鍛えるから問題ない。それが二人に結婚を許した条件だからな」

……うわぁ、オットーさん。頑張れ。

心の中で応援しているうちに、暗いトンネルのような門を出た。それと同時に石畳から土がむき出しになった道へと変わる。空気がおいしくなって、視界が開けて、解放感に包まれた。

「あぁ、森に行くのも久し振りだな」

「そういえば、パルゥを採ったことがあるって言ってましたね。商人の子は森なんて行かないと思ってました。フリーダもピクニックくらいでしか行かないようなことを言ってたし……」

毎日がピクニックみたいと言われた時の衝撃は忘れられない。ベンノはクッと笑った後、懐かしそうに目を細めた。

「見習いの時期の、仕事が休みの日に家を抜け出して、こっそりな」

「こっそりって……」

「見習いとしてウチに来た同年代は皆採集に行ったことがあるんだぞ？　興味を持つのは当然だろう？　今でもいるんじゃないか？」

「……あぁ、そういえば見習いが一緒の時って時々見かけない顔がいるもんな」

洗礼式を終えた見習い達も仕事が休みの時は森で採集や狩りをする。洗礼前の子供と違って、自由に森と街を行き来できるようになるので、勝手に森へ行く子も多い。時々集合場所へ見習い先でできた友人を連れてくる子もいる。そういう子と一緒にベンノも森へ出たらしい。

「商人の子って、子供のころはどうやって過ごすんですか？」

「ウチは基本的に勉強だったな。客が来たら接待の勉強。市場に行ったら、値段を見て計算させられたり、余所者の見分け方を教えられたり、商品の良し悪しを判断させられたり……」

一つの行動全てが商売に繋がるような生活は、言葉にされてもすぐには理解できない。ただ、自分達とは全く違う生活があるのだということがわかるだけだ。

「それは、確かにわたし達の生活とはずいぶん違いますねぇ」

「小さい店の子供はまた違う生活をしているだろうがな」

川原に荷物を運ぶと、ルッツが竈を確認して、鍋を設置した。川から水を汲んで、鍋にザザッと入れると、その上に蒸し器をセットする。今日もカルフェ芋を放り込んでみた。

「オレ、木を切ってくるけど、旦那は……」

「ルッツ、お前は店に入るんだから、旦那様と呼べるようになれ。それから、リンシャンを作っていいから、身だしなみはきっちりと整えろ。薄汚れた状態で店に出入りするな」

「わかった。旦那様はどうする？　マインとここで待ってるのか、一緒に木を切りに行くか……」

「どんな木を採るのか興味があるから、行こうか」

ルッツとベンノが木を探しに行く。わたしは鍋の辺りで薪を拾いながら、お留守番だ。

木を刈ったルッツとベンノがたくさんの枝を抱えて戻ってきた。鍋の傍で座り込んでいるわたしを見て、ベンノが軽く眉を上げた。

「マインは何もしないのか？」

「ベンノさんはわたしに何ができると言うんですか？　ここでじっとしているのがわたしの仕事ですよ。倒れたら連れて帰ってくれる人なんていないんですから」

ルッツが傍にいない時は、極力動かないように言われている。わたしが勝手に動きまわると迷惑をかけることの方が圧倒的に多いのだ。

「……ルッツはビックリするくらい忍耐強いな」

「そうですよ。ルッツはすごいんです」

「マイン、やめろって。オレ、もうちょっと薪を探してくる」

恥ずかしそうにルッツがわたしを睨んだ後、この場から逃げ出してしまった。その背中をベンノと二人で笑って見送ると、わたしはナイフを取り出す。ルッツが取ってきたフォリンと薪を選別し、フォリンを蒸し器に入る大きさに切りながら、ベンノにルッツについて話をした。

「ルッツは本当にすごいんですよ。わたし、ルッツがいなかったら生きてなかったんです。初めて身食いに呑み込まれそうになった時に助けてくれたの。それにね、こんなふうにやってることがお金になる前から、ルッツはわたしの面倒を見て、一緒に色々作ってくれてたんです」

「……あぁ、聞いたことがあるな。だから、お前はルッツに肩入れするのか？」

冬の手仕事にしろ、紙作りにしろ、自分だけで利益を独占することもできたのに、ルッツを巻き込んで権利と利益を分けるのが、商人であるベンノから見ると不思議らしい。

「そうですね。ルッツのおかげで助かってるから、わたしにできるだけのことをルッツにしてあげたいと思ってます。新しい商品を考えるくらいしかできませんし、それだって、ベンノさんが売ってくれるからお金になるんですけどね」

「……なるほど。だったら、何が何でもルッツはウチの店で確保しておかないとな」

「よろしくお願いします」

わたしの頭にベンノが手を置いた。任せておけ、という言葉が聞こえたようで、ホッとする。

フォリンを同じくらいの長さに切り終わるころには、ルッツが戻ってきた。鍋に水を足して、蒸し器にフォリンを入れる代わりに、入っていたカルフェ芋を菜箸で取り出していく。

「ルッツ、すぐにバターを挟んで！」

「わかってる！」

バターを挟んで、じゃがバターにする。皿代わりになっている板の上に並んだじゃがバターを見たベンノは、最初のルッツと同じようなうんざりとした顔で芋を見下ろした。

「旦那様、マインの料理はうまいんだよ。ただの芋なのにさ」

へへっと笑いながらルッツが芋にかぶりつくのを見て、ベンノも仕方なさそうに口へ運ぶ。

「……うまいな」

「うふふん、蒸すことでおいしさがギュギュッと詰まってますし、寒い外で食べるホクホクのお芋は別格ですからね」

じゃがバターを食べた後はベンノに鍋を見ていてもらって、わたしとルッツは採集を始めた。薬草を少しと山菜を採った。最近は毒物を引き当てる確率が下がってきた。良い調子だ。

皮が蒸せたら、水にさらして、すぐに皮を剥き始める。皮剥きをベンノにも手伝ってもらったが、手作業に慣れていないせいか、意外と不器用で、皮がボロボロになっていく。ベンノに手伝ってもらったら、黒皮がどんどん減っていきそうだ。

「ベンノさん、皮剥きはいいです。ルッツと一緒に片付けをしていてください」

黒皮を剥き終わったので、工房に帰って、皮を干していく。棚に打ち付けられた釘に干していくのを、ベンノが鼻に皺を寄せながら手伝ってくれた。わたし達と違って、背が高いので、いちいち台を使わなくて良いのが羨ましい。

「この黒皮ももっと量があると干せなくなります。本当はこんなふうに木を組んで、干すんです」

わたしは石板に絵を描いて、ここにはない道具の説明をしていく。ベンノは頷いたり、質問をしたりしながら、道具に触っている。

「この黒皮をカラカラになるまで天日にさらして干すんです。きちんと干しておかないとカビの原因になります。干した皮は川にさらします。丸一日以上川に放置です」

「盗られそうだな」

「そうですね。一番心配なところでもあります。作り方さえ知っていれば、お金の元ですからね。だからこそ、川の近くに工房があった方が良いと思うんです」

わたしはそう言いながら、倉庫の端にある灰の袋をポンポンと叩く。

「川にさらした皮の黒い部分をナイフで剥ぎ取ったら、灰と煮込んで、また川に丸一日以上さらします。灰で煮ることで繊維が柔らかくなるんです」

「ほぉ」

「その後は、皮の繊維についている傷や汚れを取り除いて、この角棒で綿みたいになるようにガンガン叩きます。これもルッツに合わせてあるので、大人の男の人ならもっと大きくて重いのでやった方が効率的ですね」

叩くための角棒と台を指差すと、ベンノが角棒を持って振り始めた。「確かに何かを潰すなら、もっと重みが欲しいな」と呟く。

「そして、ふわふわになった繊維とトロロというネバネバと水を合わせて、船水を作ります。わたし達はこの簀桁に盥を使ってますけど、大人ならもっと簀桁も大きくして、船も簀桁に合わせた方が漉ける紙の数は多くなります。船水をかき混ぜるのも、わたし達はルッツが作ってくれた菜箸を束ねたものでできますけど、船が大きくなると全体に混ざらなくなるから、大きな櫛みたいな道具を使って混ぜるようになります」

説明しながらわたしが石板に絵を描くと、ふぅんと言いながらベンノは顎を撫で始めた。

「それから、簀桁を使って、こうやって振ったり傾けたりしながら、均等な厚さの紙を漉いて、紙床に重ねていきます。それで自然乾燥させているのが、これです。明日はこの上に重石を置いて、さらに乾燥させます。これでトロロのネバネバが取れるんです。その後はあの板に一枚ずつ張り付けて、天日で乾燥させます。剥がしてできあがりです」

ざっと全行程を説明し終わったわたしにベンノは感心したような溜息を吐いた。

「予想以上に時間と手間がかかるんだな」

「乾燥しながら、別の作業をするので、時間がかかっている気はあまりしないんですけどね。量を作ろうと思ったら結構忙しいですよ。それに、この時期は川に入るのが大変なんです」

今日、川での水汲みを手伝ってくれたベンノは深く頷いた。「冬は閉鎖するタイプの工房になるな」と呟く。冬は川が凍って入れないし、木が堅くて紙作りに向かない。

「川がないと作れないので、工房の立地はよく考えてくださいね」

「あぁ、わかった。これは忙しくなりそうだな」

忙しくなりそうだと言う割には楽しそうなベンノに、わたしは「頑張ってくださいね～」と軽く応援していた。

この時は完全に他人事のように思っていたが、実際に少し紙作りの体験をしたベンノが張り切って工房を選び始めると、忙しくなったのはわたし達だった。マルクが紙作りの合間を縫って、わたしとルッツを連れ回しては道具作りを職人に依頼して回るのだ。この働きも情報料のうちだ、と言われれば、動くしかない。

道具を作って、人を集めて、作り方を教えて、工房がある程度の形を整える頃には、季節は夏になろうとしていた。

ルッツの見習い準備

「マイン、今日はどうする？　天気が悪いぞ」

　窓から見えるどんよりとした曇り空は紙作りには向かない天気だった。森に採集に行っても良いけれど、途中で雨が降れば、わたしはかなり足手まといになるので留守番しておいた方が良い。

　この春は、天候に恵まれた時は紙作りに没頭してお金を稼ぎ、少し天気が悪い日はマルクと一緒に街の中をうろうろして工房作りに助力してきた。

　けれど、工房はほとんど完成したし、作り方も教えた。先日、できあがった試作品を確認したところで、わたし達がやることは終わったと考えていいだろう。

「わたし達の洗礼式は次の火の日だって、ベンノさんが言っていたから、最後の紙作りをしたかったんだけど、天気ばかりはどうしようもないね」

「最後の紙が仕上がらなくても、今のオレって、自分でもビックリするくらい金持ちだもんな」

　現金としてもらうのは小銀貨一枚で、紙を売る度に家族へ渡している。ほんの少し食糧事情が改良されただけで、生活に大した変化はないが、ギルドに預けてあるお金はすごい金額になっている。

　天気が良くて、紙作りが比較的順調だったことと、トロンベ紙の値段が高かったお陰だ。

　先日の買い取りで、わたしの貯金額は大金貨二枚を越えた。ルッツももうじき大金貨二枚だ。どう考えても洗礼前の子供が持っている金額ではない。

……まぁ、洗礼式が終わったら、しばらくは稼げなくなっちゃうんだけどね。

洗礼式までにしておくことで忘れていることはないかな、と考えていたわたしはハッとした。

「ルッツ、今日はベンノさんのところに行こう。すっかり忘れてた」

「え？　旦那様とは何も約束してないぞ？」

「洗礼式が次の火の日でしょ？　見習いになるために準備するものがないか、確認しておいた方が良いよ。……ルッツの両親は商人じゃないから、親が仕事道具を準備してくれないでしょ？」

「……あ！」

洗礼式の後は見習いとしての仕事が始まるので、洗礼式のプレゼントは仕事着と仕事道具と決まっている。これから、頑張れ、という意味を込めて、同じような道を進むことになる子供達に先達である親が道具を選んでプレゼントするのだ。針子見習いをするトゥーリの時だって、洗礼式の日に両親から仕事用の服と裁縫道具一式が贈られていた。

けれど、ルッツは親に準備してもらえない。理由としては、未だ父親から反対されているから。そして、親が商人ではないから準備する道具がわからない。それに加えて、商人見習いの準備にどれだけお金がかかるかわからないというのもある。ベンノから服が必要だとは言われたし、注文もしているが、それだけで大丈夫だとは思えない。商人にも服以外の道具が必要な可能性は高いのだ。

幸いなことに、資金は貯まっているので、必要な物は自分で買える。ベンノかマルクに聞けば教えてくれるはずだ。

「服以外の道具がよくわからないんだよね。新人教育で勉強をするから、石板や計算機がいるとは思うんだけど、他に何がいるんだろうね？」

「今なら大抵の物は買えるもんな。マインの言う通り、金を貯めててよかったぜ」

カルラがルッツの味方をしてくれるようにはなったけれど、商人になることに対して何かができるわけではない。商人と繋がりがあるわけでもないし、おじさんの意見は相変わらずだ。お兄ちゃんがひどいと叱ってくれる分、少し楽になったとルッツは言っている。

「ルッツが見習いになって、後見人をしてくれるのはベンノさんだから、ベンノさんに聞きに行くのが一番だよ」

トートバッグを持って、わたしとルッツはどんよりとした天気の中、ベンノの店へと向かった。


「おや、紙ができるのは数日先ではなかったですか？」

わたし達の予定を大体把握しているマルクがわたし達の姿を見つけて、軽く目を見張った。

「ベンノさんに相談があってきました。……先にマルクさんに言った方がいいのかな？」

確か、マルクはこの店で見習い教育の責任者をしていたはずだ。

「見習いに必要な道具を教えてほしいんです。ルッツの両親は商人じゃないので、洗礼式の時に贈る仕事道具がわからなくて、必要な物は自分で準備しなきゃいけないんです」

「あぁ、そうですね。思い至りませんでした」

マルクは軽く目を見張った後、少し目を細めてこめかみに手を当てた。

「もうじき洗礼式ですけど、間に合いますか？　ベンノさんが後見人になるなら、相談はベンノさんにした方が良いんでしょうか？」

「そうですね。旦那様に相談した上で、行動した方が良いでしょう」

いつものように奥の部屋に通されると、机の上に板や紙を積み上げて、忙しそうにベンノは何やらガシガシと書いている。

「旦那様、ルッツとマインが相談に訪れています」

「どうした？」

板に書き込んでいる手を休めずに、ベンノが尋ねる。わたしは、そっとルッツの背中を押して、自分で言うように促した。

「旦那様、見習いが準備する道具について相談したくて来ました」

切りの良いところまで書き終わったのか、ベンノがペンを置いて顔を上げた。意味がわからないと怪訝な顔をしているベンノにわたしが説明を加える。

「普通は親が準備するものだと思うんですけど、ルッツの両親は商人じゃないので、必要な物がわからないんです。見習いになる時に必要な物って何ですか？　服だけじゃないですよね？」

「あぁ、そうだな。マルクと買い物に行って来い。前に注文した見習い服ができているという報告も来ていたから、取りに行くついでに着替えを数着作っておけ」

「わかりました」

頷くわたしの隣でルッツが緩く首を傾げた。

「着替え？　数着？」

「当たり前だ。何日も同じ服で仕事ができるわけがないだろう？　よれて臭って大変なことになる」

貴族も相手にする店なので、見た目はかなり大事だ。よれた服や薄汚れた服で客の前に出るわけにはいかない。実際、この店で働いている従業員は皆小綺麗な恰好をしている。

「毎日着替えるんですか？……マジで？」

トゥーリもそうだが、おそらくルッツの家も、仕事着を洗うのは週に一度だ。母親が休みの日の仕事になる。仕事着を毎日着替えるという概念はない。普段の服だって数がないので、洗濯した服が乾くまでは同じ服を着続ける。洗濯をすれば、少しずつだが生地が傷んでいくので、下着以外はよほど我慢できなくなるまでは極力洗濯しない家だって多い。

下働きがいるようなベンノと違って、家庭内ヒエラルキーが最下層であるルッツが毎日着替えて洗濯してほしいなんて母親には頼みにくいだろう。しかし、仕事をする以上必要な事だ。

「カルラおばさんに言えないなら、ルッツが自分で洗うようにすれば？　見習いの間は休みの日があるんだし」

「うぅ……」

「住み込み見習いだったら、どうせ自分でやらなきゃいけないことだよ」

今までの自分の常識と違うので、驚いているのがわかる。けれど、これから自分が属する社会の常識なんだと呑み込んでいくしかない。

「違う常識にぶつかったら、ビックリするのはわかるけど、慣れるしかないよ。お客さんが不愉快な気分にならないように必要な事だからね。職人と商人の違いってことだもん」

ルッツが「そうか」と頷いているとベンノもカルチャーショックを受けたような顔をしていた。緩慢に目を瞬いて呟く。

「本当に生活が基本的なところから違うんだな」

「だから、ちょっとでもおかしいと思ったら、指摘してください。本当にわからないんです」

「あぁ、気を付けよう。……マルク、二人を頼む」

「はい、旦那様」

マルクの仕事が一段落するのを待って、三人でできあがった服を取りに行く。マルクに抱き上げられて移動するのは、工房準備の間に仕様となってしまったので諦めている。

「いらっしゃいませ」

店員が迎えてくれて、マルクとわたし達を見て、すぐに用件がわかったようだ。わたしとルッツは店員に促されて、奥の部屋へと連れていかれる。

「さぁ、着てみてください」

店員に差し出された服はシンプルなブラウスとスカートに加えて、マルクと同じようなベストだ。きっちり計って作ってもらったのだから、当然ピタリと合う。継《つ》ぎ接《は》ぎのない新しい服というだけで、テンションが上がってきた。腕を上げ下げして、しゃがんだり立ったりして、着心地を確かめるけれど、とても着心地が良くて、だぶついたり、きつかったりするところがない。

「すごい。着ていて気持ちが良いです」

「そう、よかったわ。今日はこれを着ていくとマルクが言っていたから、こちらの服を包むわね」

わたしが試着している間に、ルッツは同じサイズの同じデザインであと二つ追加注文していたようで、店員と話をしていたマルクとルッツがわたしに気付いてこちらに向く。

「とても可愛らしいですね。服を変えただけで良家の子女に見えますよ」

「あぁ、お嬢様に見えるぞ」

二人に褒められてテンションが上がる。スカートの端を摘まんでみた。

「本当⁉　可愛い？　お嬢様っぽい？　服だけじゃなくて？」

「大人しくしていて、喋らなかったらな」

「むぅ。……でも、ルッツも最近姿勢が良くなってきたから、ちゃんとお坊ちゃんに見えるよ」

ルッツはベンノから身だしなみについて言われているので、なるべく汚れを落として、リンシャンで時折髪を洗うようになった。ルッツの金髪は艶々のキラキラだ。マルクの姿勢の良さにわたしが感心してお手本にするように言った頃から、姿勢や動きに気を付けるようになってきたので、服を変えるとお坊ちゃんに見えるようになってきた。服に着られている感じはあまりしない。

「これで他の店に買い物に行けるようになりましたね」

服装で門前払いを食うことも珍しくない。ギルドカードを合わせて支払いを済ませた後、マルクは服装を整えたわたし達を連れて、次の店へと向かう。

着いたのは文房具の店だった。ペンのマークが付いている木製のドアを開けると、ほぼ正面にカウンターがあり、柔和なおじいちゃん店主が、何かを磨いているのが見えた。

壁際に棚があり、商品が並んでいるが、店に出ている物は少なく、棚に一つずつ見本が置かれているだけだった。この街では普通の店構えだ。小さいのは接客スペースだけで、ほとんどが倉庫になっている店である。盗難を防ぐためには仕方がないのかもしれないけれど、商品を見比べることができないのは残念だ。

「マルクさん、何が必要なんですか？」

「そうですね。インク、ペン、雇用契約を結ぶための羊皮紙でしょうか。石板、石筆、計算機は持っていましたね？　あとは、木札がいくつかあれば大丈夫です」

マルクの言葉を聞いて、軽く溜息を吐いた。これはルッツの両親に買える値段ではない。わたし達には買えるようになったけれど、インクも羊皮紙も、わたし達の生活圏ではそう簡単に買えるものではないのだ。

「わたしも！　わたしもインクとペンが欲しいです」

ルッツに便乗して、わたしもインクとペンを買うことにした。高価で手が届かなかったはずのインクが自分で買えるようになっていることに感動する。

おじいちゃん店主がわたしの分のインクとペンをカウンターに並べてくれた。ギルドカードを合わせて精算した後、インクとペンを手に取った。

「やったぁ！　わたしのインクとペン！」

買ったインクと木製のペンを持って、満面に笑みを湛えてくるくる回って喜ぶわたしと違って、ルッツの表情は苦笑いだ。

「貯めてあった金がどんどん減っていくな。……商人ってこんなにお金がかかるのか」

小さい商店ならそれに見合った道具の準備になるはずだ。雇用契約のための羊皮紙なんて買わされない。木札で済ませるだろう。

「お金がかかるのは、ベンノさんの店が大きいからだよ。お金はまだまだ余裕があるでしょ？」

「でも、今日一日ですごく減ったから、ちょっと不安になってきた。親に頼れるわけがないし、洗礼式までにできるだけたくさんの紙を作りたい」

「もうあんまり時間がないから、晴れてくれればいいね」

店に戻って、買い物が終わったことを報告する。ベンノはわたし達に「今度から店に来る時はその服で来るように」と言った。ちゃんと見習いらしい姿に見えると太鼓判を押してもらった。

「ねぇ、ルッツ。この荷物、どこに置いておく？　工房？」

「それが一番安全だよなぁ……」

ちょっと面倒だけれど、倉庫の鍵を借りて買った品物を置いてくるかどうかという話をルッツとしていると、ベンノが軽く肩を竦めた。

「別に倉庫になんて置かなくても、自分の部屋に置いておけばいいだろう？」

「ウチに自分の部屋なんてないですから。自分の物は木箱に入れられるだけしか持てません」

生活水準の違いを指摘するとベンノは目を丸くした。コリンナの家を見ても部屋の数には余裕があった。どうやら大きな店の跡取りとして育ったベンノは、自分の部屋がないような知人が周りにはいなかったようだ。

「ウチはマインの家より、もうちょっとひどいです。自分の木箱に入れてあっても、勝手に漁られて取り上げられるから」

「はぁ？　どういうことだ？」

ベンノの目が驚きに染まっていく。理解不能とばかりに目を瞬くベンノにわたしはルッツの生活状況を説明した。

「四人兄弟の末っ子なんです、ルッツ。だから、上のお兄ちゃん達に好きなようにされることが多くて大変なんです」

「いくら何でも、兄弟の物を盗るか？」

「弟の物だから平気なんですよ。弟の物は兄の物。兄の物は兄の物って感じですね」

ルッツの家庭環境を聞いて、ベンノはこめかみを押さえた。多分、生活水準が違いすぎて、想像できないに違いない。父親を亡くして、家族を支えた苦労人とはいえ、ベンノは家族に荷物を漁られたこともないし、物の置き場所に困ったこともないのだろう。愕然とした顔をしている。

「だったら、荷物は上に置いておけばどうだ？　住み込み見習いの部屋を一つ格安で貸してやろう。せっかく揃えた物が洗礼式前になくなったり、仕事に必要な物を盗られたりしたら、これから先の仕事に支障があるし、取りに行くにも倉庫は遠すぎる」

「……ありがとうございます」

ベンノの計らいで、ルッツは最上階の見習い部屋を一つ、格安で倉庫代わりに使うことができるようになった。ここに買い揃えた物を置いて鍵をかけておけば、他の人に盗られる心配はない。

「今度からお店に行く時は、ここで着替えてから行く?」

初めて自分だけのスペースを持ったルッツが「そうする」と満面の笑みを浮かべる。わたしも帰るまでの間、買った荷物を置かせてもらうことにした。「時間があるなら、商業ギルドに行くぞ」とベンノが言ったので、すぐには帰れないのだ。

「商業ギルドのことは先に教えておかないと、お使いの仕事もできないからな」

商家の子供達は親の手伝いで何度も商業ギルドに出入りするので、書類を出しに行く手伝いは日常的に行っているらしい。店に入ってきた見習いが最初からできる仕事が、商業ギルドへのお使いなのだ。ところが、ルッツはフリーダの髪飾りを納品した時以来、商業ギルドに行ってないので、そんなお使い仕事も当然できない。したことがない。

「他に何かあったかな?」

商人の子供が当たり前にできることを思い浮かべながら、ベンノはいくつかの申請書類をルッツに持たせて商業ギルドに向かう。わたしも書棚の木札を読むつもりで一緒に出かけることにした。


「うわぁ……」

「これはひどいな」

中央広場に面する商業ギルドの前にはいくつかの荷馬車が並んで順番を待っていたり、同乗者に荷馬車を任せて申請に向かう旅商人の姿も見えたりして、混雑が目に見えるような状況だった。

「二階は人が多そうですね」

「洗礼式が近くて、市が立つ日も近いからな」

外に並んだ荷馬車から予測されたように、二階の人出はすごかった。ルッツはもみくちゃにされながら、奥の階段までベンノの後ろをついて歩く。わたしはいつも通りベンノに抱き上げられているので、もみくちゃにされることはない。

階段前の番人にギルドカードを提示して階段を上がり始めた途端、喧騒がふっと消えてなくなった。きっとあの柵には音を通さないような魔術もかかっている気がする。

「お使いも結構大変な仕事だよな」

ベンノの先導なしに自分であの人波を掻き分けなければ、お使いはできない。人波を掻き分けて歩いていたルッツはハァと大きな溜息を吐いた。

「書類を盗られたり、人に揉まれてなくなったりすることもあるから、気を付けろ。……では、まず、この書類だが……」

ルッツに説明しながら、ベンノはわたしを下ろしてカウンターに向かっていく。わたしはベンノに背を向けて書棚に向かおうとしたが、ペシッと頭を叩かれて首根っこをつかまれた。

「どこに行く気だ、こら」

「……書棚がわたしを呼んでいるんです」

「気のせいだ。呼んでない。工房長になるんなら、お前もちゃんと聞いておけ」

ベンノにギルドの使い方を教えてもらう。受付の仕方、書類を出す場所などを細かく教えられた。

「ここで申請すれば、登録されている契約魔術を閲覧することができる。特にマインは新しい商品を開発するんだから、登録されている契約魔術を知らなきゃまずいことになる」

「あら、マイン」

カウンターの奥の方から、淡いピンクのツインテールが駆け寄ってきた。見間違えるはずがない。ギルド長の孫娘、フリーダだ。明らかに仕事をしている見習い姿だ。こんなところで会うと思わなかったわたしが驚いていると、フリーダが手を腰に当てて、不満そうに唇を尖らせた。

「春が終わろうとしているのに、マインは全然遊びに来てくれないのね」

「あ、ごめんね。かなり忙しくて……」

……紙作りと工房作りに忙しかったのは事実だけれど、ごめんね。お菓子作りは終わって約束は果たしたし、もういいかなって思ってました。行ったら勧誘がすごいし、会話のどこに罠が張られているのかわからないし、落ち着かないんだもん。

わたしが謝ると、フリーダはいいのよ、と頭を振って、ニッコリと笑った。

「明日はわたくし、お休みですし、我が家へ遊びにいらして」

「え？　でも、天気が良かったら明日は……」

肩に乗せられているベンノの指先に一瞬だけ力が入った。「残っている紙を作ってしまいたい」と言いたかったが、わたし達が紙を作っていることは極力伏せておくように言われていることを思い出して、慌てて途中で口を閉ざす。

フリーダはベンノの手に視線を向けた後、ニコリと笑った。

「明日が雨なら、迎えをやりますわ。天気が良かったら忙しくても、雨ならわたくしと一緒に遊んでくださるでしょう？　春になったら、と約束していたのにそろそろ春が終わってしまうもの」

「うっ……」

そう言われると断りにくい。確かに天気が悪かったら紙作りはできないので、余裕はある。悩むわたしをフリーダはどんどん追い詰めていく。

「わたくし、身食いのことについてもお伺いしたり、お話ししたりしたいことがありますの」

「あ、わたしも聞きたいことがあったかも」

周囲で一番身食いに詳しいのはフリーダだ。聞きたいと思っていたことがあるので、話ができる機会があるのは助かる。その言葉にフリーダはパァッと顔を輝かせて、両手をパチンと合わせた。

「雨だったらで、結構ですの。カトルカールを作って、待っているわ」

「そうだね。雨だったら……」

カトルカールに心惹かれて承諾した瞬間、肩にぐぐっと力が加わる。ベンノがこめかみに血管を浮き立たせながら、笑っていた。

「マイン」

「明日が雨だったら、の話ですわ、ベンノさん」

「そうそう。明日が雨だったら、の話だよ？」

ニッコリと笑って助け船を出してくれたフリーダにわたしはガッと乗っかった。肩に食い込もうとする指をペチペチ叩いてベンノを見上げると、ベンノは低い声で「この阿呆」と唸った。

「明日は雨だ」

「え？」

フリーダは笑みを深め、ルッツはハァ、と溜息を吐く。どうやら天気予報などなくても、皆には明日の天気がわかるらしい。

夕方から降り始めた雨は次の日になっても止まなかった。

フリーダとの契約

……のおぉ、雨です。見間違えようもない雨ですよ。

窓の板戸にパタパタと当たる雨粒の音に肩を落としながら、朝食を食べる。フリーダがニッコリと笑った通り、ベンノが低く唸った通り、ルッツが溜息を吐いた通り、雨が降ってしまった。

仕方がない。フリーダの家に行くことが確定してしまった以上、少しでも有益な情報が手に入るように頑張りたいと思う。

……ルッツも一緒だから、大丈夫だよね。

咀嚼《そしゃく》しにくい雑穀パンを、夕飯の残りのスープでふやかしながら、もしゃもしゃと噛みしめる。パンで皿を拭うようにして、朝食を終えたわたしはぐるりとウチの中を見回して、溜息を吐いた。

「手土産、持っていきたいけど、あの家に持っていける物なんてないんだよね……」

貴族の屋敷にある物をいくつも取り入れているような、何でもあるフリーダの家に手土産として持っていける物がウチにはない。トゥーリがクピッと水を飲んだ後、首を傾げた。

「カンイチャンリンシャンは？　前に持って行って喜んでもらえたんでしょ？」

「ん〜、リンシャンは売り出しを始めるから、自分で使う分を作るくらいならともかく、安易に配るなって、ベンノさんに言われたの」

「そっか。雨だから花も摘みにも行けないし、困ったね」

トゥーリは水瓶から少しだけ水を使って、皿を洗いながらそう言った。皿を洗った後は仕事に出かける準備で忙しく動き始める。もう母さんは仕事に出かけてしまったし、父さんは夜勤だったので寝てしまった。わたしもあまり大きな音を立てないように水瓶の水を使って皿を洗う。

「何日か前に約束が決まってて、晴れてる日があったら、果物を摘むくらいはできたのになぁ……」

ベンノはルッツにも部屋を貸してくれたり、わたしに新商品を考えるためのマイン工房を提案してくれたり、何かと便宜を図ってくれるので、極力怒られそうなことは避けたいと常々思っている。よくポロッと喋ってしまったり、自分の欲求に負けて作ったりすることはあるが、わざとではない。怒られたくてしているわけではないのだ。

ただ、ベンノの怒りを回避しようとすると、リンシャンはダメ。紙に関するものもダメになる。新しいお菓子のレシピでも教えてあげれば、フリーダもイルゼも喜んでくれるし、わたしもおいしいお菓子が食べられると思うけれど、ベンノには絶対に怒られると思う。

……見習いになるのは止めたから、お菓子のレシピをどこに流そうが、わたしの自由だとは思うんだけど、面倒な事にはなるだろうなぁ。

うんぬぅ、と手土産について考え込んでいると、コンコンと誰かがドアを叩く音がした。油や蝋を塗り込んで、できるだけ防水加工した厚手の帆布のようなマントを羽織って、仕事に出ようとしていたトゥーリが顔を上げて、ドアのところへと向かう。

「はーい、どなた？」

ちょっと早いけれど、ルッツが来てくれたかなと思いながら、わたしが洗った皿を片付けていると、トゥーリのビックリした声が家中に響いた。

「フリーダちゃん⁉　どうしたの⁉」

思わぬ言葉に驚いて振り返ると、ドアの向こうにはフリーダが、従者を従えて立っていた。雨だというのに余所行きの服を身にまとって着飾ったフリーダときっちりとしたお仕着せを着ている従者と貧しい我が家の背景があまりにもちぐはぐで、正直ウチの貧しさが際立って見える。

「わたくし、起きた時から楽しみで、待ちきれなくて、マインを迎えに参りましたの」

ニコリと笑って言われた言葉が「逃がしませんよ？」と聞こえて、ぞくっとする。回れ右をしたいけれど、トゥーリを置いて逃げるわけにもいかない。トゥーリは「雨の中、わざわざ迎えに来てくれるくらい楽しみにしてくれてるよ」なんて、嬉しそうに笑いながらわたしを振り返った。

……トゥーリ、マジ天使。その純粋さを失わないで。

「雨の中、体の弱いマインに外を歩かせるわけには参りません。大通りに馬車を待たせてあります」

熱を出すから雨の中を出歩きたくない、と拒まれると考えたのだろう。フリーダの手回しの良さに感心するばかりだ。

「わぁ、馬車だって!? いいなぁ、マイン」

仕事に行くための荷物を持って、無邪気に羨ましがるトゥーリを見たフリーダが首を傾げた。

「あら？ マインのお姉様はお仕事ですの？」

「そうなの。そろそろ行かなくちゃ」

残念だけど、とトゥーリが言うと、フリーダは何かを考えるようにほんの一瞬視線を上に向けた後、パンと手のひらを合わせて意味ありそうな笑みを浮かべた。

「でしたら、途中までお送りしますわ」

「え!? わたしもいいの!? 馬車に乗れるの!?」

パァッとトゥーリの顔が輝いた。馬車なんてわたし達みたいな貧民は一生乗れないような乗り物である。トゥーリのテンションが上がるのは理解できる。急いで外出の準備をするしかなさそうだ。

「トゥーリ、ルッツを呼んで来なくちゃ」

「あ、そうだね。わたし、行ってくるよ」

「あの、でも、ルッツさんが来られると、お姉様の乗る場所が……」

トゥーリが荷物を置いて駆け出そうとしたところを、申し訳なさそうにフリーダが止める。わたしが外出する時は、ルッツのお目付が付くことになっている。ルッツが来てしまうと、トゥーリが乗れなくなるなら、トゥーリは身を引くしかなくなる。

「え？　え？……じゃあ、わたし、ダメなの？」

一度期待を持っただけに失望は大きくなる。今にも泣きそうな顔でトゥーリがしょぼんと項垂れた。何と言って慰めればいいのかとあわあわしているわたしの前にフリーダの手が入ってくる。そのままトゥーリの手を取って、それは、それは、優しそうな笑みを浮かべた。

「マインのお姉様、今日はわたくしが責任を持って、ルッツの代わりにマインを送り迎えいたしますわ。マインが倒れないように気を付けると約束します。ですから、馬車で一緒に参りましょう？」

「馬車で移動すれば、マインは疲れないし、雨にも濡れないよね？　ルッツがいなくても大丈夫？」

……大丈夫じゃないよ！

そう言いたかったけれど、トゥーリのすがるような視線に、わたしは負けた。ルッツがいないと困るから、トゥーリは歩いて行けなんて言えない。馬車に乗れるとはしゃいでいたトゥーリの顔を見ているだけに、無碍《むげ》になんてできない。一人でフリーダの家に行きたくないけど、断れなかった。

「……大丈夫。トゥーリ、一緒に行こう」

「ありがとう、マイン。わたしがルッツに伝えてくるから、マインは準備してね」

トゥーリがうきうきで足取り軽くルッツの家へ出ていった。トゥーリの足音が小さくなってくると、聞こえるのは雨の音だけだ。

うまくトゥーリを使ってルッツを排除したフリーダをわたしはじとっと睨む。

「フリーダ……」

「お姉様、嬉しそうでしたわね？」

「そうだね。……ハァ、仕方ないなぁ。選んだのはわたしだから」

トゥーリを切り捨てられなかったのはわたしだ。フリーダをこれ以上責めても仕方ない。ルッツとベンノにまた考え無しだと怒られそうだと思いながら、トートバッグを準備する。

「実はね、手土産が準備できてないんだよ」

「今日一日、マインの時間をいただくのですもの。わたくしとお話してくださるだけで十分よ？」

嬉しそうにふんわりと笑った顔はお友達が遊びに来るのが嬉しくて仕方ない幼女のものだが、フリーダが無邪気なだけの幼女でないことはよく知っている。

「マイン、カルラおばさんに伝言してきたよ。さぁ、行こう。遅れちゃう」

足取り軽く飛び込んできたトゥーリの笑顔で、相手の出方を窺う重苦しい雰囲気が霧散する。

「では、行きましょう」

戸締りをして、外に出る。厚手のマントとつばの広い帽子がここの雨具だ。もちろん、完全に雨を防げるわけではなく、大雨や長時間当たっていると染み込んでくる。今のように細い路地を抜けて大通りの馬車に入るまでなら、染み込むような心配はないけれど。

「さぁ、早く乗って」

大通りで待機している馬車に急いで乗り込むと、マントと帽子を取って端の方に置いた。従者は御者の隣に座るので、中に入ったのはわたし達だけだ。

「へぇ、馬車の中ってこんなふうになってるんだ？」

「出発しますから、座って。中央広場の近くでよろしいの？」

「うん、職人通りの中でも一番中央広場に近いんだよ」

馬車の中を見回してはしゃぐトゥーリにフリーダが座るように促し、わたしを真ん中に並んで座る。大人が二人乗れるように作られた馬車も子供なら三人座っても少し余裕があった。

馬車が動き出すとやはり結構揺れるけれど、ギルド長やベンノと乗った時と違って、きちんと席に座れているので、席から飛び出すほどではない。

「もうじき洗礼式でしょう？　マインはどんな衣装かしら？」

「マインの衣装はわたしのお直しだけど、お直しとは思えないくらい豪華なんだよ」

フリーダの言葉にトゥーリが自分のことのように胸を張って答える。冬にお直しをしてからも時々トゥーリと母さんが手を入れているようで、ちょっとずつ装飾が増えていた。

「……豪華？」

「普通のお直しじゃなくて、変わった感じになってるの。母さんが頑張ってくれたから、可愛いよ」

我が家の貧しい状態を見た後では、豪華な衣装を思い浮かべるのは難しいのだろう。フリーダが不思議そうな顔をしているけれど、嘘は言っていない。ここでのお直しと、わたしが提案したお直しが違うので、説明するのも難しいだけだ。

「フリーダちゃんの衣装もすごくふわふわしていて素敵だったよね。わたしもあんな服着てみたい」

「まぁ、ありがとうございます。では、新しい髪飾りも作ったのかしら？」

トゥーリの言葉に嬉しそうに笑ったフリーダが髪飾りに話題を向けた。フリーダに作った髪飾り以外は、どれも色が違うだけでデザインは同じだ。けれど、わたしが自分のために作るのが他と同じだとは思えなくて、気になるのだろう。

「マインへのお祝いだからね。わたしが頑張って作ったんだよ。フリーダちゃんに作ったのと同じ大きい花を三つね」

「では、マインの髪飾りはわたくしとお揃いということかしら？」

フリーダが少し疑わしそうにわたしを見ながら首を傾げる。トゥーリは何と説明すればいいのかわからないようで、困ったようにわたしの袖をつかんだ。

「大きな花は同じだけど、色も白だし、揺れるし、お揃いとはちょっと違うよね、マイン？」

「生成りの糸だから、クリーム色っぽいけど遠目に見ると白だね。小さな小花を付けたけど、フリーダの髪飾りとはまた違う感じだよ。どんな髪飾りかは当日のお楽しみ。ね、トゥーリ」

「全部話しちゃうと当日の楽しみがなくなっちゃうもんね」

トゥーリがそう言って口元を覆うと、秘密だよと悪戯っぽく笑った。フリーダもつられたように笑顔を零す。

「まぁ、本当に楽しみね。わたくし、外まで見に行くわ」

洗礼式の話をしているうちに、工房が立ち並ぶ一角にあるトゥーリの仕事場が見えてきた。馬車を止めてもらったトゥーリはマントを羽織って、帽子を被る。道具の入ったバッグを持って、ちらりと心配そうにわたしを振り返った。

「ご心配なく。マインはわたくしが責任を持ってお預かりいたしますわ」

「トゥーリ、お仕事頑張ってね」

「馬車に乗せてくれてありがとう、フリーダちゃん。迷惑かけちゃダメだよ、マイン」

大きく手を振って、工房へと駆けていくトゥーリを見送ると、馬車はまたゴトゴトと動き始めた。


「いらっしゃい、マイン。カトルカールを焼いて待っていたよ。ぜひ、感想を聞かせておくれ」

フリーダの家に着くと、料理人のイルゼが待ち構えていた。応接室に通されて、お茶とカトルカールがすぐにテーブルに並べられる。一口食べて、わたしは相好を崩した。しっとりとした生地に程よい焼き色で、オーブンの癖をつかんだのか、以前よりずっとおいしくなっている。

「おいし〜。前よりずっとおいしくなってる。焼き加減が絶妙ですね」

「そう言ってもらえてよかったよ。何か改善できるところがないか、気になっていたんだ」

「改善点？……うーん、十分おいしいと思うけど？」

パクリと口に放り込んで、甘いお菓子を味わいながら、わたしは考え込んだ。

皿に盛った時の見た目を豪華にするとか、ドライフルーツを入れたり、柑橘系の皮をすりおろして混ぜて、違う味を楽しむとか、思い当たることはあるのだが、これがベンノに怒られる情報提供になるのかどうかわからない。

……うーん、何してもベンノさんには怒られそうだし、シンプルに食べてもおいしいから黙っていても問題はないんだけど、やる気になっている職人さんは応援したくなるんだよね。

「改善点って程でもないんだけど……お砂糖一袋と引き換えなら、教えるよ？」

前に厨房で見た一キロくらいの砂糖が入っている袋を思い出して、わたしがそう交渉すると、イルゼは決定権を持つフリーダに視線を向けた。

「砂糖一袋……。マインに渡してしまってもいいですか、お嬢様？」

「えぇ、いいわよ」

「お嬢様からの許可はいただいたよ。さぁ！　さぁ！」

食らいついてくるようなイルゼの迫力に、うひっと息を呑みながら、わたしは口を開いた。

「フェリジーネの皮をすりおろして生地に加えると香りと味が変わっておいしくなります。他にも何か入れることで味は変わります。何をどんな比率で入れたらおいしくなるかは、自分で研究してみてください。これはおまけ情報ですけど、もし、お貴族様相手に出すようなことがあるなら、よく泡立てた生クリームや飾り切りした果物を添えると、見た目が豪華になりますよ」

「わかった。やってみよう」

イルゼは息を呑んだ後、すぐさま立ち上がって部屋から出ていった。残されたわたしとフリーダは何度か瞬きした後、苦笑する。

「ごめんなさいね、マイン。お客様にあんな姿を見せてしまって。イルゼも普段は冷静なのだけれど、新しいレシピには目がなくて……」

「研究熱心なのはいいことだよ。イルゼさんが頑張ってくれたら、おいしいものが増えるもんね？」

勉強熱心で感心だ。世界においしいものが広がるのは、わたしにとっても嬉しいことなので、ぜひ色々と研究して新しい甘味を作っていってほしい。

「そういえば、フリーダはどうして商業ギルドで見習いなんてしているの？　将来は貴族街でお店を持つんでしょ？　職員にはならないのに、見習いなんてなれるの？」

成人したら、貴族のところに行くことが決まっているのに、商業ギルドでフリーダが見習いをしているとは思わなかった。はむっとカトルカールを口に入れながら問いかけると、フリーダはコクリとお茶を飲みながら、答えてくれる。

「わたくしがおじい様にお願いしたの。貴族街で店を持つための勉強と人脈作りよ。貴族街で店を開く時にはわたくし一人ですもの。全て一人でできるようにならなければならないし、人脈をできるだけ広げておかなくてはね」

「全部一人？　誰か、その、ユッテさんみたいな側仕えの人は？」

「わたくし以外に貴族街での滞在は許されてないのよ。あちらに行ってから、先方が用意してくださる側仕えはいるから、生活する上で一人というわけではないのですけれど」

それでも、貴族街に行ってから付けられる側仕えが経済や経営に明るいとは思えない。いくら何でも成人したばかりの少女にいきなり味方のいないところで一人で店をしろ、というのは、あまりにも酷ではなかろうか。相談相手の一人くらいは付けられないのだろうか。

「お店でも完全に一人というわけでもありません。商品の納入等で家族は貴族街に出入りすることを許可されているもの。ずっと一緒にいてくださるわけではないけれど、心強いでしょう？」

「……そうだね」

とても心強いなんて思えなかったけれど、真っ直ぐに前を見て自分の運命と戦っているように見えるフリーダに肯定以外の言葉をかけることはできなかった。大人びた物言いと考え方はフリーダが身に付けている武器であり、防具だ。ひたすら、磨きをかけて、見知らぬ世界で生き抜いていかなければならない。

「わたくしが貴族街で店を始めた後、何が起こっても一通りの対処ができるように、今はギルドの見習いと我が家のお店のお手伝いを交互にしているの」

「フリーダは偉いね。先々のことまですごく考えてるのが、よくわかるよ」

わたしの言葉にふっとフリーダの顔が厳しくなった。真面目な眼差しで静かにわたしを見据えて、口を開く。

「わたくしもマインに聞きたいことがあるのだけれど、よろしい？」

あぁ、本題がきた。そう思った。フリーダに聞かれることなんてわかりきっている。わたしはニコリと笑ったまま、「いいよ」とフリーダを促した。

「一体何を考えているの？　マインは、本来ならベンノさんのところを早々に見限って、こちらに付くべきでしょう？　わたくし、今までずっと待っていたのよ。マインが伝手を求めて、わたくしのところへ来るのを……」

生きるために貴族への伝手を求めるなら、ベンノよりもギルド長とフリーダを頼った方が良い。それは、オットーにも指摘されたことだった。誰だってそう思うだろう。貴族との繋がりが長く深い店の方が、少しでも有利に交渉できるに決まっている。

「もう夏が来るというのに、マインは何も行動していない。先のことを本当に考えているの？　なるべく早く貴族に渡りをつけなくては、このままでは……」

歴史と権力に基づいた自信を持って勧誘するフリーダの口調が少しずつ熱を帯び、瞳は何とも言えない焦りのようなものが見えた。フリーダの訴えは同じ身食いであるわたしを心配しての言葉だとわかる。貴族に渡りを付けてもすぐに契約できるとは限らない。早く、早くと急く気持ちがフリーダの強引さに繋がっているのだとすれば、心配されているのが少し面映ゆいくらいだ。

フッと笑って、わたしもフリーダを真っ直ぐに見詰めた。

「あのね、フリーダ。わたし、自分なりに考えた結果、家族と一緒にいて、朽ちる方を選んだの」

大きく目を見張って、口を軽く開いたまま、フリーダは固まった。小さく震えた唇から、信じられない、と微かな呟きが漏れる。

「半分はもう諦めてるの。トゥーリが泣くから、生きられる方法を探すよって言ったけど、身食いは貴族と契約する以外に生きていく方法がないんでしょ？」

何か方法がないか、フリーダを助けるためにギルド長は、権力もお金も伝手も使える物は全て使って死に物狂いで探したはずだ。いくつも魔術具をかき集め、時間を稼ぎながら、契約以外に少しでも有効な手段がないか、調べただろう。そのギルド長が知らないなら、何も手段がなかったと諦めるしかなかったなら、より良い条件を持つ貴族を選び出し、フリーダが契約するしか選べる道がなかったなら、答えは決まっている。

「……わたくしは知りません」

「本音としては、どこかでもう一個くらい魔術具が手に入らないかな？　とは思ってるけど、貴族と契約したいとは思ってない。魔術具以外に身食いを何とかできる代用品ってないんでしょ？」

「わたくしが知っていれば、とっくに使っているわ」

苛立ったようにじろりと睨まれて、わたしは軽く肩を竦めた。

「今日ね、わたしがフリーダに質問しようと思ってたのは、貴族以外の人から魔術具を買うことってできないのかなってことなの。もしくは、魔術具を自分で作るとか……できないんだよね？」

ないなら作ってしまえばいいじゃないと思ったけれど、残念ながら、麗乃時代に読んだ本の中に魔術具の作り方はなかった。ファンタジー小説やゲームの中で、そんな言葉が出てきたけれど、実際の参考になるはずがない。そして、魔術具を作る工房が、この街にはない。

「魔術具を作るためには魔力が必要なので、魔力を持つ貴族以外には作れないそうよ。ですから、魔術具の作り方を知っている人が城壁よりこちらにいないの」

「そう。……作り方がわかったら自分で作ろうと思ったんだけど、やっぱり無理みたいだね」

魔力を持つ貴族にしか作れないなら、魔術具の工房は高い城壁の向こうにしかない。作り方がわかれば、資金は潤沢にあるので何とかなるかと期待したけれど、やはり甘かったようだ。

「……自分で作るというのは考えつきませんでしたわ」

「フリーダはお嬢様だからね。わたしは欲しいと思った物は自分で作らないと手に入らない環境で生きているから、一番に思ったのは自分で何とか作れないかな……だったよ」

クスクスと小さく笑い合う。リンシャンも、髪飾りも、紙も、煤鉛筆も、菜箸も、わたしが作ったものは必要にかられたから、できたものばかりだ。

「マインはそれほど家族が大事？　このまま熱に呑まれて死ぬことが怖くはないの？」

ぽつりとフリーダが尋ねた。

「うーん、なんでだろう。死にたくないとは思うけど、あまり怖いとは思わないんだよね」

一度死んだ記憶を持つわたしにとって、マインとしての人生は神様がくれたおまけのようなものだった。やっと生きることが楽しくなってきたけれど、根本的なところは多分変わっていない。

「……今は周りに本がないから、家族の他に大事なものがないの。死ぬことを選んだんじゃなくて、家族といることを選んだだけなんだよ」

「本？」

「そう。お金が結構貯まったから、一冊くらい買えないかな？」

わたしがおどけたように笑いながらそう言うと、フリーダは困ったように笑った。

「本が欲しいなら、貴族街に行けばいいではありませんか。あちらにはあるでしょう？」

「あ〜、契約条項に本読み放題ってあれば、ホイホイついて行ったかもしれないけど、身食いを飼い殺しするようなお貴族様が、貧民のわたしにそんな貴重な本を読ませてくれると思う？」

「マインの生活環境から考えると難しいでしょうね」

貴族から見れば、識字率が低いこの街の貧民がわたしだ。わたしが文字を知っていても、自分が持つ高価で貴重な本に触らせたくないと思うのが普通だ。勝手に読んだら、殺されても仕方がない。

そして、わたしは自分をよく知っている。本を前にして理性が保てるはずがない。今まで周囲になかった本を見つけた瞬間に飛びついて、殺される自分が容易に想像できてしまう。

「……だから、死ぬまでに何とか本の量産体制を作ろうと思っているけど、難しいだろうね。身食いについては寿命だと思って、半分は諦めてる。家族に迷惑いっぱいかけてるから、今のうちにたっぷり稼いで、少しでもお金を残してあげたいとは思うけどね」

わたしが冗談めかしてクスッと笑うと、フリーダはきらりと茶色の目を光らせた。

「では、わたくしがカトルカールのレシピを買いましょうか？」

完全に商人の目になってしまったフリーダを見て、わたしはうーんと唸った。カトルカールは基本的なお菓子なので、期間限定の独占販売くらいなら別に構わないが、ベンノのリンシャンのように全ての権利を独占されるのは困る。お菓子の発展を阻害するに違いない。

「……小金貨五枚で一年間はフリーダが独占販売する権利なら売るよって言ったらどうする？」

「もちろん、買いますわ」

迷いなど一瞬も見せない即答だった。

「……もちろん、なんだ？　もしかして格安ってこと？」

「まぁ、そうですわね。カトルカールや植物紙のように前例のない物の独占販売権は大金貨を越えることは珍しくないもの。それだけの利益が簡単に得られるでしょう？」

「大金貨……？」

……どうやら、わたし、ベンノさんに激安価格で知識と情報をバラまいていたようです。

「どうします？　値段を吊り上げます？」

「ううん、いいや。一年間だからね。独占販売権を小金貨五枚で売るよ」

一度出した値段を吊り上げていく気にはなれず、わたしは首を振った。

「では、契約書を作りましょう」

「え？　もしかして、契約魔術⁉」

また血を見たり、知らない人の安否を気にしたり、怖い展開になるのだろうか。わたしが思わず体を震わせると、フリーダが呆れたように溜息を吐いた。

「……マイン、契約魔術というのはそう簡単に使うものではないの。魔力や権力を持つ相手で、自分が圧倒的に不利な状況にある場合に、高額の魔術具を使ってでも利益を確保するために使うものなのよ。わたくし達の間では、正式な契約書である羊皮紙で普通の契約をすれば十分でしょう？」

「そうなんだ」

最初の契約が契約魔術だったので、わたしの感覚が少しおかしくなっているようだ。

しかし、フリーダの言うことが正しいなら、魔力や権力を持つ相手でもないわたし達を相手に、何故ベンノは契約魔術を使ったのだろうか。不思議だ。

「それにしても、滅多に使うものではないのに、マインはいつどこで契約魔術なんて知ったの？」

「……ベンノさんに怒られそうだから、秘密」

「あら、少しは学習してるのね」

ふふっと笑いながら、フリーダが棚の上にあるベルに手を伸ばした。チリリンと鳴らすとユッテがほとんど音を立てずに入ってくる。

「契約書の準備をお願い」

ユッテが準備してくれた羊皮紙にフリーダが羽ペンを使って契約内容を書き込んでいく。わたしが買った木製のペンより、豪華で見栄えはするけれど、使いにくそうに見えるのは気のせいだろうか。契約書作りは商業ギルドで見習いをしているフリーダにとっては、普段している作業で、わたしにとってもここしばらくの間に見慣れたものだった。

内容に間違いがないか確認した後、フリーダとギルドカードを合わせて精算する。

「一年というのはどうしてですの？」

「一年あれば、カトルカールの元祖はフリーダの店って皆がわかるでしょ？　それに、他の人にも砂糖が行き渡っているかもしれないから、新規参入の余地は残しておきたいの」

「新規参入？」

「レシピを公表すれば、色々挑戦する人も増えて、どんどん新しいお菓子ができるでしょ？　おいしいお菓子は幸せな気持ちになれるから、色んな人が作って、いっぱい広がるといいと思ってる」

「ハァ……。自分の利益を度外視するマインは商人に向いていませんわよ」

公式の契約書となる羊皮紙に、わたしとフリーダがサインする。これで、わたしがフリーダにカトルカールの一年間の独占販売権を与えるという契約が成立した。

「でも、まぁ、レシピ公表は一年後にわたしがいたら、の話かな？　いなかった時はレシピの公表はフリーダに任せるよ」

「わたくしは自分の利益を最優先しますから、一年後、必ず自分で公表してくださいな」

ツンと顔を逸らしたフリーダの顔は泣きそうに見えた。

洗礼式の行列

洗礼式の朝は忙しい。主に母さんが。

朝食を終えて、片付けて、両親も一張羅に着替えるのだから、寝坊したり、もそもそと朝食を食べたりしていると怒られて急かされる。わたしは喉を詰まらせそうになりながら、朝食を終え、母さんが片付けをしているうちにトゥーリと二人、寝室で着替えていく。

母さんとトゥーリによって、少しずつ手を加えられていた衣装は、余った部分を摘まんでひらひらしているだけではなくなっていた。冬の手仕事で培った小花作りを利用して、あちらこちらに小花が飾られて、装飾過多になっている。冬の手仕事で余った糸をベンノがくれたのでなければ、こんな余裕はなかっただろう。

わたしはひらひらのワンピースをTシャツと同じようにバサッと被って着た後、青いサッシュを腰に巻いて、ギュッとリボン結びにした。だらーんとサッシュの先が脛の辺りで揺れている。

「マイン、サッシュは二重にするんだったでしょ？」

トゥーリがむぅっと唇を尖らせた。わたしは一度サッシュを解いて、お腹の周りに二重に巻いてみた。しかし、冬には何とか結べていたのに、少し長さが足りなくて、綺麗に結べなくなっている。

「あれ？　食べすぎた？　お腹ぽっこりしちゃった？」

「違うよ。マインが大きくなったんだよ。衣装の裾も、膝下に合わせて作ったのに、膝の真ん中くらいになってるもん」

なんと冬から夏の間に成長していたらしい。普通の子供なら当たり前だけど、やたらと成長の遅い身食いのわたしは成長を実感できることが少ない。すごい、と感動に打ち震えるわたしと違って、トゥーリは現実的だった。青いサッシュの端をじっと見ながら、着付けについて考えている。

「……長さが中途半端だね。ちょっとだらしないくらいになっちゃう。いっそ切る？」

「ダメだよ、もったいない。今日の洗礼式の間だけ、それなりに見られればいいんだから、サッシュを切る必要ないって。二重にすればいいんだよ」

「できなかったじゃない」

「お腹じゃなくて、リボンを二重にするの」

青いサッシュを自分のお腹のところで、ギュッときつく二重蝶々結びにする。着物の帯と同じように、前できちんと結んだ後、リボンの部分をシュシュッと背中に回せば完成だ。

「どう？　長さ大丈夫？」

「可愛い！　すごい！　どうやるの⁉」

トゥーリに二重蝶々結びの説明しようとしたら、母さんが寝室に入ってきた。

「着替え終わったなら、マインは早く髪を整えなさい。わたしも着替えるから」

「はぁい。トゥーリ、後でね」

わたしとトゥーリはさっさと台所へと移動する。昨夜のうちにリンシャンをしたので、家族全員の髪がつるつるだ。昨日は珍しく父さんも仲間に入れてほしそうに見ていたので、洗ってあげた。どうしていきなりそんな気分になったのか聞いてみたら、コリンナと洗いっこしたことを自慢したオットーのせいだった。相変わらず妙なところで張り合っている。

「マイン、わたし、髪飾りでぐるぐるってするのはできないから、櫛《くし》で梳くくらいはやらせて」

櫛で髪を梳いていると、トゥーリが目を輝かせてやってきた。トゥーリの洗礼式の時はわたしが髪を結ったので、今度は自分がやりたいらしい。「じゃあ、お願い」と櫛を渡すとトゥーリが鼻歌交じりに梳いてくれる。とても機嫌が良いようだ。

「マインの髪は真っ直ぐでとっても綺麗だよね。それに良い匂い」

「トゥーリも同じ匂いだよ？」

梳いてくれたトゥーリに礼を言って、わたしはゆらゆらと揺れる髪飾りを握りつぶさないように持つところに気を付けながら、いつものようにハーフアップにする。凝った髪型をしようと思っても、紐で綺麗にまとめることができず、するりと解けてしまうのだ。

「よいしょっと」

飾りが付いていても、やっていることはいつものことなので、すぐに髪を整え終わる。

いつもより簪が重くて、少し首を振ると連なった小花が揺れているのが自分でもわかった。ちょっと楽しくて頭を揺らしていると、トゥーリが手を叩いて喜ぶ。

「わぁ、可愛い！　マインの髪の色にすごく似合ってるよ！　動くたびにゆらゆらするのが素敵」

「とても似合ってるわよ、マイン」

「本当にどこのお嬢様だ？　今日の洗礼式ではマインが一番可愛いぞ」

着替え終わった両親も寝室から出てきて、わたしの晴れ姿を褒めちぎる。こんなふうに手放しで褒められると嬉しいけれど、ちょっと照れくさい。

「父さん、それ、トゥーリの時も言ってたよ」

「当たり前だ。ウチの娘が一番可愛い」

そう言って父さんが片腕ずつでトゥーリとわたしを捕まえる。きゃあきゃあ騒いで腕から逃れようとするわたしとトゥーリを、父さんはケラケラ笑いながら逃さないように捕まえ直した。

「きゃー！　髪が崩れる！」

「もう！　ふざけるのはそれくらいにして外に行くわよ」

母さんの言葉に父さんはパッと手を離したが、もう遅かったようだ。少し息の切れているわたしの髪を見て、母さんが溜息を吐いた。

「マイン、もう一度整えないと崩れているわ」

肩を竦めて「すまん」と謝る父さんの姿を笑いながら、わたしは一度簪を抜いて、挿し直す。凝った髪型にできない髪だけれど、癖が付かないので、少し乱れても手櫛ですぐに戻るのだ。

「もう下に集まってきてるみたいだよ」

玄関扉へと駆けていったトゥーリが大きく扉を開け放って手招きした。階段を下りて井戸の広場に出ると、ご近所の人達がすでにたくさん出てきているのが見える。

「あそこにラルフ達がいるよ。やっぱりルッツもラルフのお下がりだね」

トゥーリが指差す方向を見ると、ルッツがラルフのお下がりの晴れ着を着て、大勢の人に囲まれているのが見えた。わたしはラルフの洗礼式を見ていないので、お下がりかどうかもわからなかったけれど、ルッツの晴れ着は、白いシャツに白いズボン、そして、水色のサッシュだ。多分、一番上のザシャの洗礼式から使われているのだろう。サッシュも刺繍もザシャに合わせたものだった。

「ルッツ」

「まぁ、マイン⁉　どうしたの、その衣装⁉　まるでお金持ちのお嬢様みたいじゃない！」

ルッツのところに行く前にカルラに捕まった。カルラのよく響く大きな声に周囲の注目が集まって、ご近所さんが近付いてくる。説明するまでルッツのところには行けなそうだ。

「この晴れ着、トゥーリのお下がりなの」

「これがお下がりだって⁉」

「そう。肩のところがずるずるだったから、ここでまとめた後、肩紐付けて、脇が余るから生地を寄せて縫って、裾を程よい長さにたくし上げて縫いとめただけの簡単お直しなんだよ」

直し方を簡単に説明していると、次から次へと奥さん方が集まってくる。わたしは同じ年頃の平均よりかなり背が低いから、上の方から腰をかがめるようにして何人もの大人に取り囲まれて見下ろされるとちょっと怖い。思わず背後にいた母さんのスカートをはしっと握る。

「へぇ、お直しには見えないねぇ。すごく豪華な衣装に見えるよ」

「どれどれ？　トゥーリとマインで体格が全然違うからできることだね。ウチじゃあ、無理だ」

「あははは、サッシュがずいぶん豪華だと思ったら、長すぎて二重になってるじゃない」

口々に好きな事を言い出す会話の合い間、合い間で「おめでとう」という祝福が入るが、何かおざなりにされている気がする。

「髪飾りもずいぶん凝ったものを持ってるじゃないか。これ、高いだろう？」

髪飾りとその値段に注目が集まると、母さんが笑って首を振った。

「自分達で作ったから、お金は別にかかってないのよ。晴れ着をお直ししたから、この子の晴れ着を作ろうと思っていた糸が必要なくなっちゃったんだもの」

「ウチの娘も洗礼式の時に買って欲しいって言ってるの。作れるなら作り方教えてくれない？」

「糸を編むための細い細いかぎ針がいるのよ。それがあれば、後は簡単」

まさか、わたしが口を出してできあがったとは思わないのだろう。質問の矛先は全て母さんに向けられた。母さんに質問が殺到し始めたので、わたしはそぉっとおばさま方の輪から離れていく。

……よし、脱出成功。

ホッと安堵の息を吐いた瞬間、今度は衣装と髪飾りに興味津々の女の子に取り囲まれた。わたしが森に行けるようになるまでに洗礼式を終えたおねえちゃん達で、トゥーリはともかく、わたしはあまり接点がない少し年上の少女達だ。

「きゃあ、ホントに可愛い！」

「見せて、見せて！　これ、トゥーリが作ったんでしょ？　すごぉい！」

トゥーリと交流があるらしいおねえちゃんが無遠慮に簪をつかんだ瞬間、するりと簪が抜けて、髪が落ちた。

「あ、ご、ごめんね。どうしよう……」

せっかくセットした髪を崩してしまったとおねえちゃんが簪を握りしめたまま青くなる。

「大丈夫。すぐに直せるから」

わたしは手を差し出して、ニコリと笑った。簪を返してもらって、わたしは髪を整え直す。スッと髪をすくって、簪にくるくると巻き付けて、捻って挿し込むだけだ。

「え？　え？　今のどうやったの!?　これってただの飾りじゃないの？」

「うふふ、飾りなのに、結えるの。ウチのマインはすごいんだから」

何故かトゥーリが胸を張って答えている。その後は、二重蝶々結びに感心され、衣装のあちこちを摘まんで観察され、それをトゥーリが得意そうに解説し始めた。きゃらきゃらと楽しそうにしているけれど、言ってることややってることはおばちゃん達と変わらない。

その輪も抜け出して、わたしは息を吐く。普段、これだけ知らない顔に取り囲まれることがないので、どっと疲れた。休憩できるところを探して、わたしはルッツのところへと向かう。

「ルッツ～」

「お、マイン。やっと母さんから逃れて……」

こっちへ振り向いたルッツがいきなり息を呑んで固まった。

「ん？　どうしたの？」

「いや、何でもない。その……」

口籠ったルッツを押し退けるようにして、ラルフが出てきた。

「どうしたんだ、その衣装？　トゥーリの時とずいぶん違うな」

「これね、トゥーリの晴れ着をお直しした……ひゃあっ！　ザシャお兄ちゃん、下ろして！」

ラルフに説明する前に、ザシャが両脇に手を入れてグンと高く抱き上げる。

「マイン、おめでとう。お前はちっこくて可愛いな。ルッツなんてもう生意気で可愛くないのに」

「おめでとう、マイン。その晴れ着、すげぇ似合ってるぞ！　でも、お前ホントちっこいな。洗礼式に参加するようには見えないじゃないか」

「ジークお兄ちゃんにはわからないかもしれないけど、ちょっと大きくなったんだよ！」

癒しを求めてルッツのところに行ったはずが、ルッツのお兄ちゃん達に振り回される。むーっ、と怒ってみせると、ルッツが血相を変えて、お兄ちゃん達を止めてくれた。

「兄貴達、ヤバい！　マインの顔色が！」

「おーい、マイン。しっかりしろ。洗礼式はこれからだぞ⁉」

ザシャに抱き上げられたまま、わたしはへろんと体の力を抜く。来年には成人するザシャはほとんど大人と同じような安定感がある。

「ルッツ、わたし、もうウチに帰りたいよ」

「まだ行ってもねぇし」


カランカラン……と神殿の三の鐘が鳴り響いた。幾重にもこだましながら、街中に広がっていく。

洗礼式への出発の合図だ。同じ井戸を使うご近所さんの中で、今回洗礼式に出るのはわたしとルッツだけだ。わぁっと騒ぐ大人達に取り囲まれた。

「マイン、出発だ！　大通りへ行くぞ！」

父さんがザシャの腕からグイッとわたしを取り上げるようにして抱き上げると、先頭に立って大通りへと向かい始めた。ルッツがその後を慌てて追いかけてきて、家族や大人達が後に続いてくるのが父さんの肩越しに見える。反対の大通りの方に顔を向けると、トゥーリの洗礼式の時と同じように、あちらこちらの路地から洗礼式へ出る子供達とその家族、そして、見物人が次々と出てきて、大通りの端を埋めていくのが見えた。

「マイン、大丈夫か？　このまま抱いて行くから、神殿に着くまでは休んでいろ」

「そうする。ありがと、父さん」

わたしは神殿まで父さんに抱き上げられて進むことになった。今のわたしでは行列と同じスピードで歩けないし、行列中にぶっ倒れたら、洗礼式が台無しになってしまうからだ。

遠くの方から、わぁっという歓声が段々近づいてくる。どうやら、行列が近付いてきたようだ。

白い衣装を着た子供達がぞろっと並んだ後ろに、家族が付き従う形になるので、父さんは子供の最後尾で親の最前列という位置を狙っているらしい。ただ、その位置にルッツが一緒に来ると、埋もれて人以外見えなくなる可能性が高い。

「ルッツは前に行っても良いぞ？」

「いや、離れたら神殿のところで探すことになるんだから、一緒にいるよ」

「じゃあ、せめてルッツは端の方を歩く？　ベンノさんのお店辺りが見えるように」

「……そうだな。そうする」

行列が目の前を通っていく。わたしは父さんに抱き上げられたまま、ルッツと行列に加わった。視点が高いので、行列に埋もれていたトゥーリの洗礼式の時と違って、周囲がよく見える。

大通りの両脇から人々が大きく手を振ったり、ピュイッと高く響く口笛を吹いたりして祝福してくれている。大通りに面した建物の窓は大きく開け放たれていて、鈴生りの人々が口々にお祝いの言葉を降らせてくれる。行列の子供達ははちきれんばかりの誇らしそうな笑顔で沿道の人々や、窓からのぞく人々に手を振り返しているのが見えた。

「マインもちゃんと手を振り返すんだ。ありがとう、というお返しだからな」

父さんに指摘されたので、しがみついていた手を片方放して、笑顔で手を振る。お手本として思い浮かんだのは、穏やかな笑顔で歓声に応える皇室の人々だった。

……そう、あんな感じで！　上品に！

決心したところで、いきなりできるような笑顔とお手振りではないが、お手本が決まればできるだけ真似してみればいい。どうせ、この街で「皇室の真似っこかよ⁉」なんて言われて笑われることはない。なるべく穏やかな笑顔を作って、あくまでも上品に優雅にゆっくりと手を振ってみた。

……うわぁ、指差されてるし、なんか注目されてる⁉

父さんに抱き上げられているせいで目立っているのか、やたらと注目されているような気がする。皆行列を見ているので、わたしだけが注目されているということはないのだろうけれど。

「マイン、腕がだるいから反対にするぞ」

中央広場で他の通りから来る行列を待っている間に体勢を変える。

ここで合流するまではトゥーリの洗礼式の時にも見た。中央広場で集まった後、城壁の手前にある神殿の門に向かって歩いて行くのだ。

中央広場から見える神殿は白っぽい石造りの建物で、外壁より高い城壁と同じだけの高さがある建物だ。大きくて立派な建物だけれど、高い位置に細く長い窓が並んでいたり、城壁から張り出すように建っていたりする位置関係から、もしかしたら、元々は砦や城壁の一部として使われていたのではないかと思う。

……うーん、でも、兵士が使っていたような建物を宗教に使うかな？　戦時の救護に宗教関係者も出ていたはずだけれど、日常的に使う宗教施設なら、お布施というか、寄付というか、信者から巻き上げたお金で建てるはずだし……。

わたしの考える基準はどうしても日本での知識に限られるので、いくら考えても正解であるとは限らない。ただ、今まで注目しなかった神殿という施設について、建築様式や見た目で似たようなものがなかったか、考えを巡らせることが楽しいだけだ。

余所の通りから来た子達が合流したので、神殿に向かって歩いて行く。この辺りから、街道に出ている人や加わってくる子供達の衣装が目に見えて変わってきた。お金がかかっていることがわかる生地、基本は白だが裾にはふんだんに刺繍がされている。

少し歩くとギルベルタ商会が見えてきた。ベンノ、マルク、オットー、コリンナと、四人を取り巻くように見覚えのある顔が店の前に並んでいる。ニコリと笑ったオットーが左手でコリンナの肩を抱いて、右手を振ってくれる。コリンナも柔和な笑顔で手を振ってくれた。

「ルッツ、ベンノさんとマルクさんが見える。オットーさんやコリンナさん、お店の人達までお祝いに店の前へ出てくれてるよ！」

「マジか？」

父さんと同じ目線から周囲が見えるわたしと違って、ルッツは行列の中なので、まだベンノの店は見えないようだ。ぴょんと何度かジャンプしている姿が楽しい。

ルッツがやっとベンノの店を見つけて笑顔で手を振り始めた時、スッと手を挙げたマルクの動作に合わせて、従業員が声を張り上げた。

「ルッツ、マイン、おめでとう！」

あまりにも目立ってビックリしたが、皆でお祝いしてくれる気持ちが嬉しくて、わたしとルッツは大きく手を振った。気分が高揚しすぎて、皇室らしさなんてもう欠片も残っていない。

「神殿の帰りに寄って、お礼を言おうな」

わたしと同じくらい嬉しそうな父さんが、傍らを歩くルッツの頭をガシガシ撫でながらそう言う。

もちろんわたしとルッツは大きく頷いた。

「なぁ、マイン。旦那様、呆れた顔をしてないか？」

「やっぱりルッツにもそう見える？」

満面の笑みで手を振ってくれる従業員の中で、ただ一人、ベンノだけはこちらを見ながら、こめかみを押さえて顔をしかめている。わたしが何かやらかして、頭を抱えている時の顔だ。

……うーん、ベンノさんったら、なんで余計な事をしちゃった時と同じような顔をしてるんでしょうね？　わたし、今日はまだ何もしてないよ？

いよいよ神殿が近付いてきた。遠目には白い大きな建物だった神殿の細部がだんだんはっきりと見えてくる。壁にはレリーフがずらりと並び、入口の両脇には四体ずつ石像が並んでいる。ここの神様の像なのか、ただの飾りなのか、わたしには判別できない。

行列が神殿に入っていくのを視界の端に捉えながら、フリーダの家の前を通る。ギルド長とその家族が総出で大通りを陣取っているのが見える。イルゼやユッテの姿まであった。

ギルド長が父さんに対抗するようにフリーダを抱き上げた。驚いたような顔をしていたフリーダが笑って手を振りながら、「マイン、素敵よ！」と叫んだ声が周囲の歓声の中、耳に届く。

「おめでとう、マイン！」

知っている人がこうして祝ってくれるのが嬉しくて、手を振りながら大きな声で呼びかけた。

「フリーダ！　皆、ありがとう！」

神殿に入る数段の階段の手前に仁王立ちしている門番らしき存在が見える。青を基調とした服に簡略化した鎧を付けている。細かい装飾が見え、よく磨きこまれて光っている鎧や艶のある綺麗な青の衣装から、彼らもまた儀式用の恰好をしているのがわかった。

大人の身長の倍以上ある大きな両開きのドアのようなぶ厚い木製の門にも細かい彫刻や細工がされている。開け放たれた門をくぐりぬけると、白い石畳の広場が横に長く広がっていた。

目の前に五階建てくらいの大きな建物があり、両側に少し小さな三階建ての建物があり、全て渡り廊下で繋がっている。どの建物も全て城壁と同じ白い石でできていて、真ん中の建物だけが彫刻やレリーフで飾られていた。

「さぁ、親はここまでだ。ルッツ、悪いがマインを頼む」

「あぁ、任せとけ」

父さんに下ろされて、わたしはルッツと手を繋いで、大きく開かれたドアに向かって行列の最後尾を歩く。あんなに興奮して大騒ぎしていた子供達も神殿に入っていく過程で一度口を噤むようで、周囲の喧騒の音量が下がっていく。だからこそ、ルッツの呼びかけが思ったよりよく響いた。

「なぁ、マイン」

わたしはルッツを見て、声をひそめて「何?」と聞き返せば、ルッツが内緒話をするように、耳元に顔を寄せてくる。前を向いて、耳を澄ませば、ルッツが声をひそめて囁いた。

「その服も髪飾りもすっげぇ似合う。可愛くてビックリした」

皆が褒めちぎる中で言われたら、普通の笑顔で「ありがとう」と返せたのに、こんな神殿に入る直前で、ぼそっと囁かれたら反応に困る。

「え？　え？　何、急に……」

思わずルッツを見上げると、わだかまりが解けたような、実にすっきりした笑顔をしていた。

「兄貴達にとられて言い損なったから、いないところで言おうと思ったんだ」

「あ、そ、そうだっけ？　うん、ありがと」

跳ねた心臓を片手で押さえながら、わたしはルッツと手を繋いだまま階段を上がっていく。

最後尾だったので、声は聞こえなくてもやりとりは広場に丸見えだったようだ。広場にいた大人達が手を繋いだまま神殿に入っていくわたし達を見て、「まぁ、可愛い。小さな結婚式みたいね」と騒ぎ、父さんが歯ぎしりしながら見送っていたことをわたしが知るのは、洗礼式の後だった。

静かに大騒ぎ

「うわ！　すげぇ！」

外にはあまり聞こえていなかったけれど、先に入った子供達の興奮した甲高い声が反響して、神殿の中はくわんくわんと頭の痛くなるような音がしていた。思わず足を止めてしまったわたしの手をルッツが軽く引っ張る。

「足元、段があるから気を付けろ」

わたしが足元に気を付けながら、数歩歩いたところで、ギギッと重そうな音を立てて、背後の扉が閉まっていく。いきなり足元が暗くなったことに驚いて振り返ると、灰色の衣装の神官が扉を閉めているのが見えた。

「あ、そっか。わたし達が最後だから……」

きっちりと閉められた扉の前にゆったりとした足取りで青い衣装の神官が歩いてくる。神官が不思議な色の石が付いた風鈴のようなベルを振って、チリンチリンと鳴らした。

次の瞬間、子供達の声が響き合い、さらに、声が反響していた神殿の中がこだまする音だけを残して、シンと静まった。

「何だ、これ？」

ルッツの声が出ていない。正確には、小声以上の声が出ていない。表情や仕草から察するに、普段ならもっと大声だったはずだ。ルッツは声が出ない自分に驚いたように喉に手を当てる。

「魔術具じゃないかな？　青い神官がベルを鳴らした瞬間だったから」

わたしもやはり声を出そうとしても、小声以上の声が出せない。しかし、神官がベルを振る瞬間を見ていたので、理由が察せられた分、落ち着いていられた。わたしの言葉にルッツもホッと体の力を抜く。自分だけでなく、理由があることだとわかって、落ち着いたようだ。

ずらりと並んでいる行列の最後尾で、わたしはハァ、と感嘆の溜息を吐きながら、視線を上げた。

神殿の中は吹き抜けのように天井が高く、奥行きがあり、両側とも壁際には複雑な彫刻が施された太い円柱が整然と並んでいる。四階くらいの高さに窓が等間隔で並び、光が真っ直ぐに差し込んでいた。壁も柱もところどころに装飾に金が使われている以外は白で、少しの光でも明るく見える。色彩が豊かなのは正面だけだった。

写真集や美術館で見られるキリスト教の教会とは違って、壁画やステンドグラスはない。真っ白の石造りなので、そもそも日本の神社やお寺とは雰囲気が違う。東南アジアの極彩色とも違う。

一番奥の壁は天井から床まで色とりどりのモザイクで複雑な文様が描かれ、横から入ってくる光で神々しく照らされている部分だけが、ちょっとだけモスクと似ていると感じたけれど、一番下から窓の高さほどまで四十段ほど階段が続いていて、その途中途中に石像が飾られているので、やはりかけ離れている。

……もしかしたら、あの階段って、天や神に届く階段を意識しているのかな？　何か段の上に石像が並んでいるのがお雛様っぽいけど。

階段の一番上には男女二体の石像が並べられていた。並べられた雰囲気から夫婦の神様のようで、一番上にいるから、多分最高神ではないかと思う。真っ白の石像なのに、男神はキラキラと反射している金を星のようにちりばめたような黒いマントを肩から掛けられ、女神は光を表現するように先の尖った細長い棒が放射線状に広がっているような金色の冠を頭に飾られている。

……光の女神と闇の神って感じ？　それとも太陽の女神と夜の神かな？　どっちにしても石像の冠とマントが浮いているんですけど。

そこから、数段下がったところにややふくよかで、柔和な雰囲気の女が宝石が煌めき黄金に輝く聖杯を腕に抱えている石像があった。そして、その下には杖を持った女、槍を持った男、盾を持った女、剣を持った男と石像が並んでいる。どの石像も白いのにそれぞれ一つだけ色彩のついたものを持っているのが不思議な感じだ。わざわざ持たせているのだから、何か意味があるのだろう。

……聖杯とか聖剣とか、そういうのかな？

それより下の段には花や果物、布など供物っぽいものが並べられている。見れば見るほど、お雛様のようだ。

「マイン、ぼーっとしてないで前向いて歩けよ」

「んぁ？　あ、ごめんごめん」

ルッツにくいっと手を引かれて、わたしは少し足を速めて行列の後ろについて歩いた。

真ん中は行列が歩けるように空けられていて、両脇に厚みのある赤いカーペットがだいたい一メートルくらいの間を空けて敷かれている。正面に机がいくつか並べられ、青い衣装を着た神官が何人か並んで、何か手続きをしているようだ。手続きを終えた子供達は、灰色の神官に誘導されて左右に別れて歩き出す。靴を脱いでカーペットに座っていくのが見えた。

行列は少しずつ前に進んでいき、何をしているのかが、ルッツには見えるようになってきたようだ。前の方を覗き込んでいたルッツが小さく「ぅげっ」と声を出したのがわかった。

「どうしたの、ルッツ？　前の方、何してるか見えたの？」

ルッツが「……あ～」と、言いにくそうに視線を彷徨わせた後、溜息を吐いて、こちらを向いた。

「マインの苦手な血判。……魔術具かな。皆、血判を押してる」

聞こえなかったことにしたかったけれど、回れ右をして逃げ出したかったけれど、ルッツがきつく手を握っていて離してくれない。

「諦めろ。何かに登録してるみたいだ。これが市民権ってヤツに繋がるんじゃないのか？」

「うっ……。だよね？　さすがにわたしもそう思う」

洗礼式を終えることで、街の住人として認められ、市民権を得られる、とオットーやベンノが言っていた。つまり、どんなに嫌でもこの儀式を終えなければ、市民権が得られないということだ。

「……なんで魔術具って血が好きなんだろうね？」

「さぁな」

魔術具と係わる時は、いつも自分の指を切って血を出すことになる。何度か経験したところで、痛い思いをすることは慣れるようなものではない。

わたしがビクビクしながら前の子の様子を窺っていると、ぶっきらぼうな態度の青い神官が針のようなもので、プツッと指先を突いて、その指を白くて平べったい石のような、メダルのようなものにギュッと力任せに押し付けているのが見えた。悲鳴の形に子供の口が開いたけれど、悲鳴が上がることはない。痛そうに指先を押さえながら、席に誘導される姿を見て、身震いした。

「はい、次。こちらへ」

人数が少なくなってきたので、空いている机から声がかかった。ルッツに押し出されて、わたしは呼ばれたところへ向かう。

青い神官がわずかに目を細めて、わたしを上から下まで一瞥し、手を差し出した。

「手のひらを上にして、手を出して。プツッとするが、それほど痛くはないはずだ」

痛くないと言われたことが本当に痛くなかった試しはない。針で刺された瞬間熱い物を押しあてられたような鋭い痛みがして、赤い血がぷっくりと盛り上がってくる。痛みと赤い血を見て、すぅっと自分の血の気は引いていく。

「これに血を付けなさい」

先程見た人のように力ずくで指を押し付けるような乱暴な神官ではなかったようで、小さなメダルのようなものを手渡してくれた。ちょんと血を付ければそれでよかったようで、予想していたほどの痛みではなかったことに安堵する。

……乱暴な人じゃなくてよかったけど、まだ指先がジンジンするよ。

もしかしたら、声を上げさせない魔術具はただお喋りが反響してうるさくなるのを防ぐためだけではなく、悲鳴を響かせないためなのかもしれない。

「君達が最後です。こちらに来てください」

成人したてのようで、まだ幼さの残る灰色の神官に声をかけられ、わたしとルッツはカーペットへと向かった。靴を脱いで上がるように説明されたので、脱いでカーペットに座る。

胡坐をかいたり、足を投げ出したりして座る子が多い中、わたしは一人体育座りをしていた。体育館のように広い場所で、同じ年の子供達が集まっているので、何となく体育座りをするのが一番正しい気がしたのだ。

「マイン、なに丸まってんだよ?」

「丸じゃなくて、三角だよ。三角座りとも言うんだから」

「は？　三角？　どこが？」

「ここ」

わたしが自分の膝を指差しながらそんな話をしているうちに、全員分の登録を終えた青い神官達がぞろぞろと机の前から退いて行く。青い神官が先程登録したメダルのようなものを入れた箱を持って退室していくと、次は灰色の神官達がわらわらと動いて次の準備を始めた。机が運び出され、代わりにもっと豪華な祭壇が階段の前に設置される。

一度退室していた青い神官が祭壇の両脇に並び、準備を終えたらしい灰色の神官はわたし達が座っている辺りの壁際にほぼ等間隔で並んだ。学校集会で生徒が騒がないように監視する教師のような配置に、わたしは体育座りをしている背筋を心もち伸ばした。

「神殿長、入室」

そう言って、青い神官が手に持っている棒を振った。たくさんの鈴が鳴ったような音が響き、横の扉が開いた。そこから、ずるずるした白い衣装に金色のタスキを斜めにかけ、同色の帯を締め、青の小物を付けたおじいちゃんの神殿長が、手に何かを持って入ってくる。

ゆっくりとした足取りで祭壇に着いた神殿長は、祭壇に持っていた物をそっと丁寧に置いた。

……あれ、もしかして、本!?

何度か目をゴシゴシ擦った後、何度も何度も目を凝らして見直す。神殿長がおもむろにページをめくり始めたのを見て、確信した。あれは本で間違いない。聖書とか聖典とかそんな感じの本だ。

「ルッツ、本！　本があった！」

床に座り慣れていなくて、もぞもぞと落ち着かない動きをしているルッツの肩をペシペシと叩きながら、わたしが興奮して祭壇を指差すと、ルッツもやや身を乗り出して前を見た。

「どこ？　どれが本？」

「ほら、今、神殿長が捲ってるの。あれ！」

革張りの表紙で、傷みやすい四隅を金細工で補強して装飾してある。小さな宝石も埋め込まれているように見える。

「あれが本？　すげぇ高そうだな。マインが作ってたのと全然違うじゃん」

「あんな芸術的価値までありそうな本と実用性重視のわたしの本を一緒にしないで。あそこの石像が持っている剣とルッツのナイフを比べるようなものだよ」

「あぁ、なるほど。それにしても、こんなところにあるなんてビックリだな？」

「……ビックリじゃない。よく考えたらわかって当然のことだった」

宗教に大して興味がない典型的な日本人だったせいで、敢えて神殿に近付こうなんてしていなかったけれど、宗教施設にはだいたい聖典とか、経典とか、聖書とか、それぞれの教えをまとめた資料がある。本がある。わたしが儘ならない体を動かして、お金のない状況で必死になって作らなくても、本はちゃんと存在した。

商業ギルドが情報の最先端なら、神殿は神学、数学、音楽、美術など神に近付くための学問や芸術の最先端だ。キリスト教もそんな感じで学問が発展していったし、日本にしても寺や神社は人が集い、指導する立場の知識人がいる場所で、学問の最先端だった。

「うわあぁぁぁん、もっと早く神殿に来ればよかった。なんで思いつかなかったの。わたしのバカバカ！　そしたら、苦労しなくても本が読めたのに！」

いくら叫んでも声が上がらないようになっていてよかったかもしれない。心のままに叫んでいると、隣のルッツが呆れたように肩を竦める。

「あのさ、マインはすっかり忘れてるみたいだけど、洗礼式まで子供は神殿に入れてくれないぜ？早くに思いついて神殿まで来ても、どうせ門番に止められて入れなかったから」

そういえば、そうだった。ここでは神殿に入れるのは洗礼式を終えた子供だけだ。

「でも、初めて神殿に来た洗礼式で巡り合えるなんて、運命の出会いだと思うの」

「七歳になったら全員神殿に行くんだから、運命でも何でもないだろ？」

「もう、ルッツ。いちいち落とさないでよ」

「本があって興奮してるのはわかったから、落ちつけって。ここで倒れられたら困る」

興奮するわたしを落ち着かせようとするルッツ。しかし、落ち着けるはずがない。

「え？　でも、こんな近くに本があるのに、興奮せずにいられる？　無理でしょ？」

「無理でも落ち着け。どうせマインが読ませてもらえるような本じゃないんだから」

「あ……そうだね」

本はあっても、自分に読める本ではない。革張りで宝石までついている本を読ませてもらえるわけがない。状況を理解したことで興奮がすぅっと引いて行き、しょぼんとして体育座りをし直した。


「君達は今日七歳となり、正式に街の住人として認められた。おめでとう」

年寄りのおじいちゃんなのに、神殿長の声には張りがあり、神殿の中によく響いた。お祝いの言葉から始まり、神殿長は聖典らしい本を朗々とした声で読み始める。

本に心の全てを持っていかれているわたしは、身を乗り出し気味にして耳をすませた。お話の内容はベンノがいつだったか言っていたように、創世神話と季節の移り変わりに関するものだった。子供にわかりやすいように簡単な言葉で語ってくれる。

「闇の神はずっとずっと、気の遠くなるような長い時間をたった一人で孤独に暮らしていた」

そんな始まりで、太陽の女神と出会い、色々あって結婚することになり、子に恵まれて、水の女神と火の神と風の女神と土の女神が生まれ、わたし達がいるこの世界を作り上げていきました、という話だ。色々あっての部分が、子供向けにオブラートに包まれていたが、昼ドラっぽい話だった。

……でも、神話ってそんなもんだよね。

わたしが知る限りの神話はどれもこれもカオスだ。ツッコミを入れた方が負けである。

新しい話というだけで十分に楽しいけれど、わたしは自分が知っている神話と比べながら聞いていたので、さらに楽しく聞けた。だが、あまり興味もなく、面白さがわからないらしいルッツは退屈そうに体を揺すりながら、わたしを羨ましそうに見た。

「マインは楽しそうだな。どこが楽しいんだ？」

「最初から最後まで全部」

わたしが満面の笑顔で答えると、呆れたようにルッツが溜息を吐いて首を振る。

「……そっか。よかったな」

「うん！　新しいお話が聞けて嬉しいよ」

創世の話の後は、季節の移り変わりに関する神話だった。

ベンノから「春は雪解けの水の季節で芽が息吹く。夏は太陽が一番近い火の季節で葉が茂る。秋はひやりとしてくる風の季節で実が実る。冬は命が眠る土の季節だ」と聞いていたが、実際の神話を聞くとかなり違って聞こえた。

「土の女神は太陽の女神と闇の神の末娘です。ある時、命の神が土の女神を一目見て好きになってしまいました。そして、父である闇の神に結婚を願い出ました。たくさんの子が生まれるだろう、命の神の求婚に喜んだ闇の神は二人の結婚を認めました」

そんな始まりだった季節の神話だが、ルッツは退屈そうに欠伸するような話だったので、わたしの解釈でダイジェストでお送りしたいと思う。

簡単にまとめると、あまりにも独占欲の強い命の神が、土の女神を氷と雪の中に閉じ込めて孕ませ、まだ生まれていない子供達にまで勝手に嫉妬。力を奪い取って生まれなくしたのが冬。

結婚してから全く姿を見せない土の女神を心配した太陽の女神が氷を溶かして、水の女神が、やりたい放題にして力が弱くなった命の神もろとも、氷と雪を押し流し、友人の女神達と一緒に子供達という名の種に力を加えて芽吹かせるのが春。

火の神が自分の友人達と共に力を与えて、芽生えた命がみるみるうちに成長していくのが夏で、すぐに実りの季節が来る。その頃には力が戻って、土の女神を求めて命の神がやって来る。風の女神が命の神を妹に近付けないよう頑張るうちに、力を合わせて収穫を終わらせる秋。

そして、兄姉神の力が弱ったところで、命の神の出番だ。また雪と氷に閉じ込める。いっそ命の神を殺してしまいたいけれど、これから先、命が生まれなくなったら困るので、それもできない。苛々とジレンマを抱えた兄姉神が力を溜まるのをじっと待つ冬。

そんなやりとりが永遠ループして季節が巡っているらしい。ちなみに、わたし達、夏生まれの守護神である火の神は熱血で情熱的。そして、導き、育てることに関して加護があるらしい。

神殿長が話を締めくくり、本を閉じた。

「では、礼拝の仕方を教える。神々に祈りと感謝を示すことで、よりよい加護が与えられるだろう」

真面目な顔をしてそう言いながら、神殿長がゆったりとした動作で祭壇の前へと出てくる。その間に灰色の神官がくるくると巻いてあるカーペットを青の神官の前に広げていく。

神殿長が十名ほど並んでいる青の神官の中央に立った。

「では、やってみるので、よく見ているように。……神に祈りを！」

そう言いながら、神殿長はバッと両手を大きく広げ、左ひざを上げ、天を仰ぎ見た。

「ぐふっ！」

わたしは吹き出しそうになったのを、自分の口を押さえて必死に堪えた。こんな神聖な儀式で、吹き出して笑うなんてダメだ。わかっている。でも、笑ってはダメだと思うほど、大声で笑いたい衝動が込み上げて来て、お腹がひくひくと動く。

……だって、グ◯コ！　真面目な顔で◯リコのポーズなんだよ⁉　何でグリ◯⁉　足上げる必要ないじゃん！　おじいちゃんなんだから、片足立ちなんて危ないよ。

ほんの少しもぶれずにビシッと完璧なバランスを取っているところが余計に笑える。多分、変なツボにはまってしまった。この先は神殿長が何をしても笑える自信がある。

太極拳のようにゆったりとした動きで手足を下ろすだけで、笑いを堪えていたのに、神殿長はわたしの腹筋に何か恨みがあるのだろうか。

「神に感謝を！」

流れるような優雅な動きで、グ◯コから土下座に変化した神殿長を見て、今度は口から堪え切れなかった変な息が漏れた。

「ぶふっ！」

「マイン、どうした？　気分でも悪いのか？」

「だ、大丈夫。……まだ大丈夫。耐えられる。これは神がわたしに与えた試練だから」

口元を押さえ、体育座りの膝に顔を伏せるようにして、わたしは心配するルッツに答えた。さすがに礼拝のポーズが面白すぎて、ツボにはまったなんて、説明してもわかってもらえるはずがない。この笑いの波はグ◯コを知っている者にしかわからないに違いない。

……これは宗教。これは宗教。真面目にしてるんだから、笑っちゃ失礼。

教室のドアを開けたら、アラーに祈っていたクラスメイトを思い出しながら、波打つ腹筋を何とか宥めていく。宗教の祈りなんて、他から見たら不思議なものだ。たまたまグ◯コっぽいポーズだっただけ。笑っちゃダメだ。ふーっ、ふーっと荒ぶる呼吸を整えて、普通の顔ができるようになったわたしが顔を上げるのと、神殿長が起立を促すのが同時だった。

「では、立って。一緒にやるように」

……一緒って、一緒って、勘弁して！

周りが皆立ち上がるので一緒に立ち上がったものの、口元はニヨニヨと動いているし、お腹はひくひくしていて、大笑いの前兆が見えている。笑っちゃダメだ。笑っちゃダメだ、と自分に言い聞かせれば言い聞かせるほど、逆に笑いが込み上げてくる。

「神に祈りを！」

そう言って、神殿長がグ◯コポーズをとった。

大丈夫。二度目なので、衝撃は少ない。笑いの波をやり過ごすことに成功し、わたしは自分の腹筋の勝利を確信した。次の瞬間、青い神官達が揃った動きでバッと手足を上げた。

「神に祈りを！」

前に十人ほどずらりと並んだ真面目な神官達による華麗なるグ◯コに、わたしの腹筋はあえなく敗北。手の角度、足の高さ、無表情まで完璧に揃ったポーズに腹筋崩壊して、わたしはその場に立っていられず崩れ落ちた。

「っ！……ふっ……ぐっ……」

……お腹痛い！　誰か助けて！

口元を押さえて必死に堪えていても、目には涙がにじんでくるし、笑いの息が漏れていく。もういっそこのまま転げ回って床を叩いて大笑いできたらスッキリするのに、できないもどかしさが更に笑いを誘う。

「マイン、やっぱり大丈夫じゃなかったじゃないか！」

必死で堪えるわたしの姿を心配したルッツがグ◯コポーズのまま、片足でケンケンしながら寄ってくる。ルッツに止めを刺された気分で、わたしはもがきながら床を叩いた。

「ごめ……ふぐっ……息、できな……」

「マイン！　なんでそんなになるまで黙ってたんだ⁉」

「ち、違……へ、平気……」

うずくまったまま、パタパタと手を振ってルッツにそう言っていると、異変を感じたらしい灰色の神官が「そこ、どうかしましたか？」と駆け寄ってきた。

「あの、マインが具合悪くなったみたいで、突然倒れたんです。元々虚弱で病弱なのに、洗礼式に興奮していたから……」

確かに興奮はしたけれど、わたしは別に具合が悪くなったのではなく、ただの笑いすぎだ。神官を呼ぶようなことではない。

「だ、大丈夫。すぐに治ります！　ほら！」

わたしは慌てて起き上がろうとしたが、突然の動きに体がついてこなかったのか、笑いすぎで酸欠状態だったのか、腕に力が入らず、ルッツと神官の目の前でベチャッと崩れ落ちた。

「ほら、じゃねぇよ！　これのどこが大丈夫なんだよ!?」

「うぅ、ちょっと失敗しただけ……ホントに大丈夫なんだよ？」

崩れたまま言っても、これほど信用できない「大丈夫」はないだろう。自分でもそう思うのだから、客観的に見て、ルッツの言葉の方が信用されるのは当然の成り行きだった。

「救護室へ運びます。洗礼式が終わるまで少し休んだ方が良いでしょう」

灰色の神官もわたしの言葉は信用できないと感じたようで、崩れ落ちたまま体に力が入らないわたしを抱き上げた。

……腹筋崩壊により、洗礼式をリタイア。決して他人には言えない苦い思い出になりそうです。

入れない楽園

わたしが灰色の神官によって連れていかれたのは、貧民でも利用できる救護室ではなかった。ちゃんとした内装の綺麗な部屋で、門にある待合室の設備から考えると、貴族に紹介されるような金持ちや商人に対する部屋だと思われる。

……原因はこの衣装だろうな。

衣装にどれだけの布を使えるか、刺繍に色や糸を揃えられるかで、おおよその家庭の収入具合が判断できる。普段の服ならともかく、今日のわたしの衣装は滅多にないひらひらのふわふわだし、刺繍は裾にしかないが、糸を編んで作った小花が縫い付けられていて、豪華だ。髪飾りも特別仕様なので、一見しただけなら、フリーダレベルの金持ちだと判断されると思う。

……でも……わざわざ貧乏人ですなんて訂正する必要ないよね？　勝手に判断したのは神官だし、手のひらを返されたら、どんな扱いになるか想像できないもん。馬鹿正直に全部喋る必要はないよね？

「失礼いたします」

眉根を寄せて考えていると、灰色の神官によって、わたしはそっと長椅子に座らされた。

ふらりとよろけそうになる体をひじ掛けにつかまることで固定するのとほぼ同時に、髪飾りをするりと抜かれ、丁寧な動作で靴を脱がされた。

……へ⁉

あまりにも自然で当たり前のような対応にぎょっとする。フリーダの家でユッテがあれこれと世話を焼いてくれた時のようだ。灰色の神官は明らかに人の世話をすることに慣れている。

固辞することも忘れて目を見開いていると、神官は立ち上がってベッドを整え、わたしをお姫様抱っこでベッドに運んでくれた。

「ぅあ、あの、本当に、大丈夫ですから」

「神の前で嘘はよくありません。ここは神殿です」

……嘘じゃないのに……。

寝台に寝かされ、丁寧に布団をかけられた。その後、神官は髪飾りをベッドサイドに置いて、寝台の前には靴を並べる。神官というより、まるで熟練の側仕えのようで、違和感が大きい。

「休んでいてください。後で様子を見に来ます」

パタンとドアを閉めて神官は退室していった。まだ体にあまり力が入らないのは事実なので、寝転がったまま回復を待つ。その間に家族への言い訳を考えよう。倒れた原因を家族に聞かれるに決まっているが、笑いすぎて倒れたとは言えない。心配してくれたルッツも怒るに違いない。そう思った瞬間、グ〇コで寄ってきたルッツの姿を思い出して、ププッと笑いが零れた。

少しゴロゴロしていると、体の力が戻ってきた。手を握ったり、開いたりして握力の確認をしてみる。困ったことに、トイレに行きたくなってきた。

ベッドのすぐそばにおまるはあるけれど、水場がどこにあるのかわからないのにやってしまうと後始末に困る。多分ここに泊るような人は、従者連れなので自分で後始末なんてしないのだろうけれど、わたしには従者なんていない。加えて言うならば、初対面の神官に後始末をされるのも嫌だ。

せめて、誰かに水場を聞いて、自分で後始末できる状態になってから、こっそりしたい。

のそりと起き上がり、手足を軽く振ってみる。いきなり倒れるほどではなさそうだ。ベッドサイドに置かれていた簪で髪をまとめた。フリーダの家ではベッドサイドに人を呼ぶためのベルが置かれていたが、ここにはない。

緊急事態だし、人を探しに行こう。人が見つかるまで一体どれくらい時間がかかるかわからないので、切羽詰まる前に行動しておきたい。寝台から降りて靴を履くと、わたしは部屋を抜け出した。

柱や壁に彫刻やレリーフがあっても、基本的には全て白い石造りの廊下が続いている。コツコツと歩く足音が壁に反響して大きく聞こえているが、自分以外の足音もしなければ、人の気配も全くない。ひとまず、洗礼式が行われていた場所に戻ろうと歩き始める。

……あれ？　曲がるところを間違えた、かな？

白い神殿内なのに、ところどころに色彩が見えてきた。彫刻や石像が少しずつ洗練されて豪華になってきているのは、もう気のせいではない。貴族が出入りする辺りに入り込んでしまったようだ。

ザッと血の気が引いていく。貴族に見つかったら、ひどく面倒な展開になるとしか思えない。

……まずい。早く戻らなきゃ！

くるりと踵を返して、びくびくしながら早足で来た道を戻り始めた。できるだけ早く貴族ゾーンから抜け出したい。道を間違わずに戻れるように、特徴のある目印を指差し確認しながら歩く。

……この彫刻は見たでしょ？　あの布も見覚えがあるし……。

宿泊室に戻るための曲がり角を探しているとカツカツという規則正しい足音が近付いてくるのが聞こえた。貴族ゾーンから抜け出した後だったら、諸手を挙げて歓迎したけれど、今は見つかりたくなくて、回避したい。神官ならばいいけれど、貴族だった時が怖い。

あわあわとしながら辺りを見回してみるが、廊下に隠れるところなどない。わたしはあっさり見つかり、捕まった。

「誰ですか⁉　ここで何をしているのです⁉」

厳しい声をかけてきたのは、髪をきちんと結いあげている女性の神官だった。仕事ができそうなキリッとした顔つきで、でも、どことなく色気のある秘書のような雰囲気の持ち主だ。

彼女もわたしを運んでくれた人と同じような灰色の、デザインが違う神官服を着ていた。男女でデザインが違うのか、儀式と普段使いで違うのかわからない。そういえば、洗礼式に女性の神官はいなかったな、とぼんやり思う。

貴族ではないことに安堵の息を吐いて、わたしは即座に貴族ゾーンに踏み込んだことを詫びた。

「ごめんなさい。洗礼式で倒れて、お部屋を借りていたマインと申します。従者もなく、人を呼ぶベルもなかったので、人を探していたんです。迷ってしまったようで、気付いたらここに……」

じっとわたしを上から下まで見ていた彼女は仕方なさそうに溜息を吐いた。頬に片手を当てて、物憂げに息を吐いているだけなのに、妙に目が離せない。

「こちらの用件を済ませたら、洗礼式のあった礼拝室まで送ります。少し待てますか？」

「はい、お世話になります」

わずかに目を細めた神官がカツカツと靴の音を響かせながら歩いて行く。わたしは小走りになりながらついて行くが、長距離移動されると倒れそうだ。彼女が移動したのは部屋一つ分くらいの距離だったお陰で、倒れずに済んだのは幸いだった。

「ここで少し待っていてください。用件を済ませてきます」

「は、はひ……」

ぜぇぜぇと荒い息を吐きながらわたしが頷くと、女性の神官は少し心配そうに眉を寄せてわたしを一瞥した後、ギッと扉を押して入っていった。

壁に手をつくようにして息を整えながら、開け放たれていた扉の奥、何気なく彼女が入っていった部屋の中を見たわたしは大きく息を呑んで固まった。

「……もしかして、図書室？」

それほど広くはない部屋だが、壁際にずらりと本棚が並んでいる。パッと見た範囲では紙や本札が詰め込まれた棚の方がほとんどだけれど、鍵付きで、中に何が入っているのかわからない棚もあり、貴重な本が納められているのだろうと推測できた。

部屋の中央には本が読みやすいように、天板が斜めになっている閲覧用の長机が向かい合わせに二つ設置されている。大学の講義室にあったような感じの長く繋がっている机と椅子で、五人くらいが並んで座れそうな長さがあった。そして、机の上部からは、ほぼ等間隔に頑丈で重そうな鎖が垂れていて、ぶ厚い本が鎖に繋がれて六冊並んでいる。

「……『チェインドライブラリー』だ」

外国の歴史ある図書館に行くのは麗乃時代の夢だった。外国ではなく、異世界の神殿図書室だが、これも夢が叶ったと思っても良いだろうか。外国の図書室、鍵付きの本棚、チェインドライブラリー、どれも本で読んで、図書館の歴史に触れた麗乃が実際に見てみたくて仕方がなかったものだ。

自分の胸元を押さえている指先が震えている。心臓が早鐘を打って、全身にすごい勢いで血が巡っていくのがわかる。ずっとずっと望んでいたものが目の前に存在するという奇跡を目の当たりにして、次から次へと熱い涙が溢れてきた。

「は、初めて見た……」

チェインドライブラリーも初めてだが、図書室が作られるほどの本も、マインとなってから初めて見た。それほど大きい部屋ではないが、一冊の本も見つけられない生活が続いていたわたしにとっては、幸せの宝庫だ。

……まさに、この図書室こそ神が作り給いし楽園。わたしの神はここにいる！

「神に祈りを！　神に感謝を！」

郷に入っては郷に従え。図書室、それも、チェインドライブラリーを発見したわたしは感動のまま、グ○コのポーズをとり、その後、土下座して、神に感謝を捧げた。ちょっとふらふらしたけれど、わたしの感激と感謝は伝わっていると信じたい。

服でゴシゴシ顔と手を拭いて、汚れていないか、何度も確認する。手が綺麗になったことを確認したわたしは、先に入っていった女性を追って、楽園に入ろうと意気揚々と足を踏み出した。

「失礼しま……ぶべっ!?」

開かなかった自動扉に激突したような感じで、顔面を強打した。かなり勢い良くぶつかったせいか、目の前がチカチカ点滅している。

「いったぁ……」

わたしはその場に座り込み、片手で顔を押さえながら、もう片手で入口辺りを探ってみた。ある一定以上奥には手が進まない。やはり、目には見えない壁があった。手のひらでテシテシと叩いてみたが、透明の壁に阻まれて中には入れない。

「え？　な、なんで？」

さっきの女性は普通に入っていった。どうしてわたしだけが拒まれるのかわからない。すぅっと目の前が暗くなっていくような気がして、わたしは力いっぱい透明の壁を叩く。見えない壁はびくともしなかった。楽園が目の前にあるのに入れない。これだけの本が見えているのに、読むことも触ることもできない。こんな残酷な拷問があっていいものか。

……ここまできてお預けなんて、ひどすぎる。神様のバカバカ！　わたしの感謝を返せ！

「やだ、入れて！　わたしも入れてよぉ！」

貴族しか持っていないくらい本は高価で希少だ。洗礼式で子供を黙らせるために魔術具を使っていたくらいだ。貴重な本を守るための仕掛けくらいあっても不思議ではない。わかっていても、むごすぎる。見えているのに入れないことに失望し、ぼろぼろと落ちる涙を拭うこともできない。

「読みたいよぉ……」

用件を終えたのか、いくつかの資料らしき紙の束を抱えて先程の女性神官が出てきた。床に座り込んで透明の壁に寄りかかる形で号泣するわたしを見下ろして、彼女はじりっと一歩後退りした。

「……何を、しているのですか？」

「うえええぇぇぇぇっ……なんで、なんで、わたしは入れないんですか？」

透明の壁を叩きながら質問すると、彼女は図書室を振り返って、「あぁ」と小さく呟いた。

「貴重な本があるから、中に入れるのは許しを得た神殿関係者だけなのです」

彼女の言葉にパァッと脳内に希望の光が差し込んできた。神殿関係者しか利用できないなら、神殿関係者になればいい。神はまだわたしを見放していなかった。命が尽きるまで約半年、わたしはここの本を読み尽したい。ぐいぐいっと涙と鼻水を拭って、わたしはビシッと手を上げる。

「質問です。どうしたら、神殿関係者になれますか？」

「……一番簡単なのは、神殿の巫女見習いになることかしら？」

どうやら、女性の場合は神官ではなく、巫女と言うらしい。ならば、目の前の彼女は成人しているので、女性神官ではなく、巫女だ。

「じゃあ、わたし、神殿の巫女見習いになります！　どうしたらなれるんですか？」

「神官長か神殿長の許しがあればなれますよ。さぁ、礼拝室に行きましょう」

話を打ち切ろうとした巫女にわたしはふるふると頭を振った。

「神殿長はどちらにいらっしゃいますか？」

「洗礼式が終わったので、今はお部屋にいらっしゃいますが、今から行くつもりですか？」

彼女がドン引きしているのは見ればわかるが、貴重な情報提供者を逃すわけにはいかない。

「はい！　このまま帰れません！」

「……一応神殿長に伺ってみます」

わたしの不退転の意思を汲み取ってくれたのか、衣装から判断して対応を決めたのか、わからないが、仕方なさそうに溜息を吐いて、彼女はわたしを神殿長の部屋へと連れて行ってくれた。

わたしはどうやら結構奥の方まで迷い込んでいたようで、神殿長の部屋はすぐ近くにあり、許可が取れるまで豪華なドアの前で待つことになった。

辺りを見回せば、高そうな装飾品や絵が飾ってあるようになり、宗教のお偉いさんはやはり金持ちなのだと実感する。

「神殿長、巫女見習いの希望者がいるのですが……」

「希望者？」

少し開いたままのドアから、神殿長と女性神官のやり取りが聞きとれた。就職面接のような緊張感がみなぎってきて、わたしはドアの陰でピッと姿勢を正し、手早く身だしなみの確認をする。服の一箇所が乾いた涙と鼻水でちょっとカピカピしている。

「はい、本日の洗礼式に来ていた子のようです」

「ふぅむ、一応会ってみるか」

「入っていらっしゃい」

スマートにすっと入室したかったけれど、予想以上にドアが重くて動かなかった。仕方がないので、重いドアに全体重をかけてぐっと押しながら、隙間に体を滑り込ませるようにして入室する。

「失礼します」

神殿長の部屋はフリーダの部屋とよく似た作りの部屋だった。ドアから比較的近い中央にテーブルと椅子があり、応接スペースになっている。ドアから一番遠い部屋の隅には重厚な天蓋のついたベッドがあり、反対側の隅には仕事をするスペースがある。

仕事スペースには重厚な机と書棚が二つ。それから飾り棚があり、三十センチくらいの神様の像と先程の洗礼式で見た聖典と蝋燭《ろうそく》が、聖典を中心にほぼシンメトリーに飾られていた。

神殿長と巫女が仕事スペースにいるので、わたしはなるべく姿勢良く、そこに向かって歩いて行く。神殿長の視線が痛いほどに刺さってくるのがわかった。わたしはゆっくりと深呼吸しながら、気合を入れる。これは就職の面接だ。あの図書室に入れるかどうかはこの面接で決まるのだ。

「名前は？」

「マインです。神殿長、お願いします。巫女見習いになりたいんです。どうか許可をください」

両手を胸の前で組んでお願いすると、神殿長は少し面白がるような笑みを見せて、ペンを置いた。

「では、マイン。何故巫女見習いになりたいなどと思ったのか聞かせてくれんか？」

「ここに図書室があるからです」

わたしが答えると、神殿長は予想外の答えだったのか、わずかに目を見張った。

「……図書室？　字が読めるのか？」

「はい、わからない単語は多いですけれど。本を読めば、知っている単語は増えていきます。だから、命の続く限り、ここにある本を読み尽くしたいと思っています」

神殿長はこめかみを押さえて溜息を吐いた。わざとらしいほどに肩を落として、首を振った。

「君は何か勘違いをしているようだ。神殿は、神に祈る場所。神官も巫女も神に仕えるものだ」

「その通りです。わかっています。神殿長が今日の洗礼式で読んでくださったあの分厚い聖典は神々について書かれたものですよね？　わたしにとって聖典は神そのものなんです。死ぬまでに神についての全てを読み尽くしたい。わたし、神の全てを知りたいんです」

「君は聖典原理主義者か？」

きらりと神殿長の目が光った。肯定した方が良いのか、否定した方が良いのかよくわからない。

少し悩んだけれど、一緒に洗礼式を受けた子供達がそんな言葉を知っているとも思えない。余計な事は口に出さずに、よくわからない時は流しておくのが一番だ。

「初めて聞く言葉なので、意味がよくわからないのですが、聖典を読みたい、神のことを知りたいと思う心には一片の曇りもありません。火の神の加護を受けるわたしの情熱を信じてください。巫女見習いになり、命が尽きるその日まで、ここにある本を全て読み尽くして神を知りたいと思うわたしの祈りと願いは、神殿長には通じませんか？」

畳みかけるように訴えると少しばかり引き気味の神殿長はわたしを上から下まで見て、ふぅむ、と何度か頷いた。

「君の情熱はわかった。希望すれば、確かに神殿巫女見習いになれなくはない。だが、君のような家庭の子供が神殿に入りたいと願うならば、その情熱に応じた寄付が必要になる。君はいくら寄付が必要か知っているのか？」

お金を持っていそうな衣装だから、足元を見てふっかけてやろう。神殿に入りたいなら相応の金を出せ、ということだろう。宗教が綺麗なものばかりで構成されているわけがないことくらいわかっている。金を出せば入れるなら、自分が自由になる範囲でお金を出せばいいだけだ。

そういえば、本を一冊買うにも小金貨がいくつも必要だと聞いたことがある。チェインドライブラリーを利用させてもらえたら、あの分厚い本が十冊ほどは確実に読める。

日本の貸本屋しか知らないが、貸本屋の相場を考えれば、本一冊分の金額で図書室にある本は読めると思う。そして、書棚に詰まった資料も死ぬまでおよそ半年間読み放題だと思えば、家族に残しておく金額を考えても、大金貨一枚までなら悩むことなく出せる。

「寄付の相場は知りませんけど……わたしが自由にできる範囲で、大金貨一枚までは出せます」

「だ、大金貨⁉」

神殿長が唾を飛ばしながら素っ頓狂な声を上げた。巫女も口元に手を当てて、目を丸くしている。

二人の反応に、どうやら高額すぎる金額を提示したことがわかった。

「あれ？　高すぎました？　でも、最高金額ですから、それ以上は出せませんよ？」

神殿長は巫女と顔を見合わせた後、取り繕うようにゲフンゲフンと咳払いをして、真剣な眼差しでわたしを見据えた。

「あ〜、君のような情熱の持ち主が巫女見習いになりたいと願うのは神殿側としては実に素晴らしく喜ばしいことだと思うが、洗礼式ということはすでに仕事が決まっているだろう？　どこかに所属しているのではないか？」

確かに、勤め先が決まっていたら、いきなり巫女見習いにはなれないだろう。だが、在宅予定のわたしに勤め先などない。

「一応商業ギルドに登録してますけど、仕事は決まってません。体が弱いので、在宅で仕事をする予定でした」

「在宅？　商家の娘か？　巫女見習いになるにはどこかに所属していては無理だ。商業ギルドを脱退し、巫女見習いになればいいが、親は何と言っている？」

「今日初めて図書室を見つけたので、親にはこれから相談しますけど……」

わたしはそこで一度言葉を切った。商業ギルドについては即答できない。物を売買するには加入が必須だったはずだ。

「脱退なんてできるのかな？　今まで貯めたお金やこれから先作る商品ってどうなるんだろう？」

考えをまとめようと思った独り言を聞き咎めるように神殿長が目を見張った。

「今まで貯めたお金？　商品？　親の仕事を手伝っているのではないのか？」

「違います」

神殿に入るための自己アピールのチャンスだ。わたしは面接の注意事項を思い出しながら、今まで自分が頑張ってきたことと、そこで得られたものを語った。約一分で。

「……ふぅむ、家事手伝いでの仮登録ではないなら、脱退するより、そのままの状態で見習いになれるよう、ギルド長と交渉してみた方が良いかもしれんな」

バッチリ手応えはあったようで、感心したように神殿長が笑みを浮かべた。上の人同士で話をつけてくれると、こちらとしては大助かりだ。わたしは、よろしくお願いします、と礼を言って、ギルド長との交渉は神殿長に任せることにする。

「わたし、まずは、巫女見習いになることを親に相談してみます」

「あぁ、親に反対されたり、悩みがあったりした時はすぐに相談に来なさい。本が読みたいなら、この部屋に来なさい。図書室には入れないが、ここにある聖典を読ませてあげることはできる」

「本当ですか⁉　やったぁ！　神に祈りを！」

バッとグ〇コのポーズをとった瞬間、ぐらりと体が傾いだのがわかった。すぅっと血の気が引いていく。自覚のないままに許容量を越えてしまったらしいわたしの体から一気に力が抜ける。代わりに、体の中で勝手に暴れようとする熱を感じた。

……しまった。興奮しすぎた。

ルッツがいなかったので、わたしの興奮と暴走を止めてくれる人がいなかった。

「……やっちゃった」

ぼてっ！　と倒れた後は動けない。体が動かないだけで、意識があるだけマシだと思おう。わたしは倒れた状態のまま、大した量ではない身食いの熱を集めて押し込める方に意識を向ける。

「何だ⁉　どうした⁉」

目の前で倒れて動かなくなったわたしに、神殿長が驚愕したように目を見開いて、椅子を蹴倒すような勢いで立ち上がった。巫女は呆然とした表情で崩れ落ちたわたしを見つめ、小さな声でポツリと呟いた。

「……そういえば、洗礼式で倒れたと聞いたような気がします」

首を傾げるようにそう言った巫女に神殿長が「何だと？」と目を吊り上げる。起き上がれないいま、わたしは二人に謝った。

「すみません、興奮しすぎました。動けないので、もうしばらくお待ちください」

反対と説得

神殿長の目の前でぶっ倒れたわたしは、神殿長に呼び出された灰色の神官によって宿泊室に戻され、勝手に出歩かないように巫女が監視として置かれた。

結果として、一人でこっそりトイレはできず、巫女の世話になってしまった。他人様に監視されながらの行為に涙目になり、後始末をさせてしまった申し訳なさと恥ずかしさに巫女とは顔を合わせることができず、頭まで布団を被ってゴロンゴロンとのたうちたかったけれど、体に力が入らない状態ではそれもできない。

でろんとベッドの上で伸びながら、できない尽くしの自分にがっかりしていると、洗礼式を終えたルッツが様子を見に来くれた。綺麗な部屋に監視が付けられている物々しい様子にルッツは目を剥いて、ベッドの傍らに駆け寄ってくる。

「何やらかしたんだよ、マイン⁉」

「えーと、水場を探して迷子になって……倒れた」

ベッドからのっそりと頭を持ちあげて、大まかに答えると、じっとりとした視線でわたしを見ていたルッツが腕を組んで、首を振った。

「それだけじゃないだろ？　全部言え」

「うぐっ……。えーと、図書室を見つけて、興奮して……」

「図書室って何だ？」

「神が作り給いし、この世の楽園。……つまり、本がいっぱいある部屋」

「あぁ……。もういい。全部言わなくても大体わかった」

ルッツは片手で額を押さえながら、もう片方の手をパタパタと振った。話が打ち切られてしまったので、わたしは帰り支度をしようとベッドサイドにある髪飾りを手に取る。

「大事な事を言っていないでしょう？　神殿長に直訴して倒れたのですよ、このお嬢様は」

くるくると髪をまとめていると、わたし達の会話を聞いていた監視役の巫女が呆れたような顔で肩を竦めた。気色ばんだルッツが、ぐにっとわたしの頬を摘まんで引っ張る。

「何やってんだ、バカ！」

「ごめん。さすがにちょっと興奮しすぎたなぁ、とは思ってるんだけど」

もうちょっと冷静に理性的に事が運べればよかったのだが、巫女になれそうな目途は付いたし、神殿長の部屋で聖典を読ませてもらえることにもなった。反省はしているが、後悔はしていない。

「これ以上、余計な事をする前に帰るぞ」

ルッツに背負われて、巫女の先導で神殿を出ると、神殿前の広場では父さんが苛々した様子でわたし達が出てくるのを待っていた。

「……迎えがいるのですね。では、わたくしはこれで」

「お世話になりました」

そのままわたしは父さんに背負われて家に帰ることになった。道中でルッツが父さんに本日あったことを簡単に報告しているのを聞きながら、揺れに任せていると眠たくなってくる。

「オレ、店で契約済ませてから帰るから」

ルッツの声にハッと意識が戻ると、ギルベルタ商会の前だった。さすがにこの状態では店に寄ることもできない。今日の報告と見習いとしての契約に行くルッツとは店の前で分かれることになる。わたし達に気付いたマルクが出迎えに来てくれた。わたしは父さんの背中から軽く手を振る。

「今日はありがとう、マルクさん。ちょっと店に寄るのは無理だから、また来ます」

「お大事に」

「ルッツ、契約、しっかりね」

「おぅ。ちゃんと休めよ」

見送ってくれるルッツとマルクに手を振りながら、わたしは父さんと一緒に家に帰った。

お祝いのためのちょっと豪勢な夕飯を終え、家族でお茶を飲みながら、わたしは父さんを見た。巫女見習いになりたい、という話をしなければならない。

「ねぇ、父さん」

「なんだ?」

ご機嫌な父さんがコップに口をつけて一口含む。

「わたし、神殿の巫女見習いになろうと思うんだけど」

そう言った途端、父さんの笑顔が消えた。

次の瞬間、ダン! と大きな音を立てて、コップがテーブルに打ち付けられた。ビクッと竦み上がったわたしと同じように、コップの中で飛び上がったお茶がパタパタとテーブルに落ちる。

「……何だと? もう一度言ってみろ」

父さんの凄むような低い声に驚いて、わたしは目を瞬いた。背筋が震えるほどの怒りと嫌悪感を剥き出しにされて、心臓が嫌な音を立てる。

「……神殿の、巫女見習い」

「ふざけるな! 俺は自分の娘を神殿になんか入れはしない」

「と、父さん。なんでそんなに怒ってるの?」

いきなり豹変した理由が全くわからず、わたしはただ戸惑うしかできない。反対はされるだろうと思ったけれど、父さんがここまで嫌悪感を剥き出しにして怒るとは全く考えていなかった。

「神官や巫女見習いは、孤児がなるものだ！　親がおらず、庇護する者がいない孤児が生きていくために、仕方なくなるものだ。マインがなるものじゃない！」

「孤児がなるもの、なの？」

「あぁ、そうだ。親が揃っているマインがなるようなものじゃない。二度と言うな！」

取りつく島もない父さんの態度にただ呆然とした。そして、その一方で父さんの言葉に納得もできた。ほんの少し引っ掛かっていたのだ。巫女見習いの希望者が存在することを考えていなかったような神殿長の反応や「君のような家庭の子供」という言葉に。

「ギュンター、マインは知らなかったんだから、そんなにきつく言わないで」

「……あぁ、そうだな」

苛立った感情を吐き出すように、ゆっくりと呼吸した父さんがわたしの頭をぐしゃりと撫でる。

そして、ポツポツとお茶が飛んだテーブルを軽く拭きながら、母さんが少し首を傾げた。

「それにしても、何故マインは突然巫女見習いなんかになりたいと言い出したの？」

両親の言葉の端々から神官や巫女に対する差別意識が透けて見える。神官や巫女はどちらかというと敬われる職業だと思っていたので、ビックリだ。

「わたしね、洗礼式で倒れた後、水場を探して迷子になったの」

「宿泊室にいたんだろう？　大体は部屋を出れば水場があるじゃないか」

ルッツから簡単に事情を聞いていた父さんが首を捻る。確かに、平民が利用する大部屋はすぐ近くに水場があることが多い。わたしは小さく首を振った。

「……わたし、晴れ着が豪華だったから、本当にお嬢様と間違われたみたいで、貴族の紹介状を持ってくる商人が泊るような部屋に通されたの。だから、すぐ近くになくて……」

「あぁ、あの服なら仕方ないな」

父さんが何度か頷いた。母さんもトゥーリも納得の表情だ。

「迷っている間に貴族の人が使うような場所に入り込んじゃったの」

ザッと両親が青ざめた。身分社会だからこそ、住み分けは徹底的にされている。ふらふらと迷子になって、貴族に難癖をつけられたら、人生そこで終了になる可能性は高い。

「巫女さんが見つけてくれたから、お貴族様と会うことはなかったんだけど、図書室があってね。いっぱい本があったの。読みたくて、読みたくて、堪らなかったのに、わたしは入れなくて……」

「本、だと？」

父さんの眉がピクリと動いた。

「どうしたら入れるか聞いたら、巫女見習いになれば入れるって言われたから……」

「それで考え無しに巫女見習いになろうと考えたのか。……ハァ。本は諦めなさい。今まで通り自分で作ればいい」

わたしが人生をかけている本を諦めろと言われたことが、すぐには信じられなくて、わたしは父さんを見つめた。父さんは笑みを一切浮かべていない真剣な表情でわたしを見据える。

「マインは家族と縁を切り、本を読むために孤児院で巫女見習いとして生きていくのと、家族と一緒に今まで通り過ごすのとどちらを選ぶんだ？」

家族と本とどちらかを選べ、と言われて、頭が真っ白になった。身食いで朽ちるギリギリまで家族と過ごしたい。その時間の中で少しでも本を作って、読んで満足したいと思っていた。

今日、図書室を見つけて、本が読めるかもしれないことに浮かれて、興奮した。巫女になって図書室で本を読みたいと思ったけれど、何故家族と離れることになるのかわからない。

「……家族と、縁を切るの？　なんで？」

唇が震えて、まともな声にならない。掠れた声で問いかけると、父さんは重々しく頷いた。

「巫女見習いは神殿で暮らすことになる。仕事はきついし、一緒に仕事をする相手は孤児ばかりだ。身食いのマインになれるはずがない。体調管理さえ自分でできなくて、洗礼式で倒れるのに、一体何の仕事ができる？　それに、本は高価だ。見知らぬ者が入らないように、魔術具か何かで守られているほど、希少な物なのだろう？　見習いになったところで、すぐに触れる物なのか？」

父さんの言葉はいちいちもっともで、反論の余地がない。巫女見習いになるのは無理だと、わたしの頭は答えを出している。けれど、あれだけの本を見せられて諦めることはしたくない。

泣きたい気分でグッと唇を噛みしめていると、トゥーリがわたしの手を取った。目にいっぱい涙を溜めて、わたしの手を離すまいときつく握る。

「マインはそんなに巫女になりたいの？　一緒にいるって、わたしと約束したのに、約束破るほど、巫女になりたいの？」

トゥーリの言葉がスコンと胸に当たった。体から力が抜けていくのを感じながら、首を横に振る。

「……ううん。わたしは目の前にあった本を何とかして読みたいと思っただけ。図書室に入りたいだけで、別に巫女になりたいわけじゃない」

巫女見習いはただの手段で目的ではない。家族を泣かせ、家族と離れてまでなりたいものではない。わたしの答えにトゥーリは顔を輝かせながら、それでも、一抹の不安を覗かせる。

「よかった。……マインは一緒にいてくれるよね？　約束したもんね？」

「うん。……体調が良くなったら、神殿長にお断りしてくるよ」

わたしの下した答えを聞いて、父さんは胸のつかえが下りたように安堵の息を吐いて、ぎゅっとわたしを抱き締めた。

「わかってくれてよかった。お前は俺の大事な娘だ。神殿なんかにはやらん」

家族を悲しませずに済んで良かったと、思う心は確かにあるのに、自ら図書室に繋がる道を閉ざした瞬間、身食いの熱が体の中で広がり始めた。

「マイン、熱が上がり始めたぞ？」

「一日に何度も倒れたんでしょ？　話が終わって緊張の糸が切れたのよ。もう寝なさい」

ベッドに入れられたわたしは、ゆっくりと身食いの熱が広がっていくのを感じながら、軽く目を閉じた。

……本を選ぶことができなくなるなんて、思いもしなかったな。

今まで、わたしの中に本を選ばないという選択肢は存在しなかった。麗乃時代なら即答で本を取って、家族と離れたはずだ。何を置いても、まず本だった。それなのに、今は即答で本が選べなくなっている。本が周りに存在しないから、家族が一番大事なのだと思っていたけれど、いつの間にか家族が本と同じくらい大事になっていたようだ。

……でも、せっかく見つけたんだもん。本、読みたい。

家族と本とどちらかを選ぶことができなくて、でも、本を切り捨てるなんてできるわけがない。

そんな状態で熱を押し込もうとしても、いつもと違ってうまくいかない。図書室に未練を残す不安定な精神状態を嘲笑うように、身食いの熱が勢いを増していく。思った通りに動かない熱に苛立ちを感じながら、わたしは家族と本の両立で自分なりの妥協点を探り始めた。

……巫女見習いにならずに本を読める方法はない？　寄付金の話をしたら態度が変わったし、もうちょっと稼いで、お金を積み上げて、図書室の入室許可を取ってみる？　お金で人の頬を叩くような真似は気が進まないけど、背に腹は代えられないよね？　差し当たり、神殿長の部屋に行って、聖典だけでも読ませてもらえば、ちょっとは満足できるかな？


結局、身食いの熱を抑え込むのに二日かかった。やっと熱が下がって起き上がれるようになったけれど、まだ体がだるい。身食いの熱が引いたので、今日一日寝ていれば回復するだろう。

様子を見に来てくれたルッツが、わたしの顔を見て難しい顔をした。

「まだ顔色悪いぞ。旦那様がマインと話をしたいって言ってたけど、今日は無理そうだな」

「ルッツ、明日の予定はある？　わたし、神殿に行って、その後、ベンノさんのお店に行きたいんだけど、一緒に来てくれない？」

わたしの問いかけにルッツは少し首を傾げた。

「神殿？　別にいいけど何しに行くんだ？」

「聖典を読みに。……ついでに、巫女見習いの話を断ってくる」

「はぁ？　巫女見習い？　どこから出てきた？」

そういえば、神殿長に直訴して倒れたとは巫女が言ったけれど、どんな直訴をしたのかは話をしていなかった。

「洗礼式で図書室を見つけたって言ったでしょ？　入れるのは神殿関係者だけだって言われたから、神殿関係者になろうと思ったんだよ。巫女見習いが一番簡単だと聞いて飛びついちゃったの」

「オレが旅商人になるより無謀だぞ？　ちょっとは現実見ろよ。一足飛びに突き進むんじゃなくて、実現可能な回り道を探せって、オレに教えたのはマインだろ？」

自分にとって都合のいい夢を見る少年から、地に足のついた夢を追いかける少年へと変わったルッツの言葉は痛いほど胸に刺さった。

「……最短ルートで本を読むことしか考えてなかった」

「本のことになるとマインは周りが見えてないからな。もう神殿に行くの、止めておいた方がいいんじゃないか？　期待と失望の連続で体に悪そうだ。身食いの熱が暴れ出すんじゃないのか？」

「せめて、聖典だけでも読もうって考えて、身食いの熱を抑え込んだところなの」

ルッツは何とも言えない顔でわたしを見下ろして、苦笑しながら頭をポフポフと叩いた。

「自分で折り合いつけたのか。本に関してマインが譲るなんて思わなかった。よく頑張ったな。……まぁ、神殿に通うだけで気が済むならいいけどさ。どう考えてもマインが神殿で生活するのは無理だと思うぜ」

「うん、わかってる」


次の日、わたしはルッツと一緒に神殿へと行った。ベンノの店に行くので、新しい見習い服を着ている。神殿長の部屋の辺りは豪華なので、普段の服よりこちらの方が良いだろうと思ったのだ。

門番に名前を告げて、神殿長に会いたいことを伝える。すでに話が伝わっていたようで、灰色の神官が現れて、神殿の中を案内してもらえることになった。

「ルッツはどうする？　一緒に来てもやることないでしょ？　ベンノさんのお店で色々勉強してきたら？　神殿での用件が終わったら、お店に行くよ？」

「五の鐘が鳴ったら迎えに来るから、待ってろ。勝手にフラフラするなよ？」

「わかった」

灰色の神官に案内されて神殿長の部屋に行ったけれど、神殿長は不在だった。代わりに青い服を着た神官長が出迎えてくれた。

ベンノと同じ世代くらいで、彫刻のように整った顔で、感情を全く感じさせないように見える。薄い金色の瞳に、薄い水色の髪は肩ほどまでだ。神殿長はちょっと恰幅が良いが、神官長はかなり背が高く、やせ形だ。実務レベルで人をまとめ、奔走しているやり手な人に見えた。

「君がマインか？　神殿長から話は聞いている。さぁ、入りなさい」

「ありがとうございます」

「神殿長が戻るまで、聖典を読んでやってほしいと頼まれている」

……神官長がわたしに読み聞かせてくれるらしいけど、神官長自らのおもてなしを受けるなんて、わたし、何かしたっけ？　あ、寄付金か。

高額寄付の相手だから、丁寧に接してくれているのだろう。どうやら、提示した寄付金の金額は相当インパクトがあったようだ。これなら、交渉次第で図書室への道が開けるかもしれない。

「では、そこで聞いていなさい」

部屋の中央のテーブルで神官長は読み聞かせを始めてくれたが、正面に座らされたわたしには本の表紙が見えるだけだ。どうやら本には触らせてはくれないらしい。わたしが一体何をするのか、何を考えているか、警戒しつつのおもてなしである。

「あの、神官長。話が聞きたいんじゃなくて、わたし、本が見たいんです」

「それは何故だ？　君は神の話を知りたいのではなかったのか？」

「話も知りたいけれど、知らない単語を覚えたいんです」

わたしの言葉に神官長は虚をつかれたような表情になった。少し考えた後、深く頷く。

「……なるほど。ただ、これは貴重な聖典だ。決して触らないと約束できるか？」

「します。絶対に触らないので、見せてください」

神官長はわたしを自分の膝に乗せて、聖典が見えるようにしながら、同時に、触ろうとしたらすぐに阻止できるような状態で読んでくれた。端の方やページを捲る時に触るところが黄ばんだ羊皮紙に、流れるような美しい字が綴られている。古い紙の匂いを胸一杯に吸い込んで、ほぅ、と感嘆

の溜息を吐いた。

やはり洗礼式の話はずいぶん簡単な言い回しに噛み砕いてくれていたようだ。かなり雰囲気が違って聞こえる。神官長に聖典を読んでもらいながら、新しい単語を覚えていく。ずっと知りたいと思っていた一般名詞や動詞が次々出てくるのが面白い。

聖典には触れないように気をつけながら、見覚えのある単語を指差しては読み上げていると、面白がった神官長が単語を教えてくれるようになった。

「君はずいぶんと覚えが良いな。これほど吸収が良いと教え甲斐がある。……君は貴族ではないのか？　両親どちらかが貴族の血を引いているという可能性は？」

「全くないと思います」

「そうか、残念だ」

何故神官長が残念がるのか全くわからない。ただ、この神官長はマルクと同じように神官や巫女の教育も受け持っているのではないかと思う。教師っぽいというか、人に物を教えることに慣れている雰囲気が、マルクと似ている。

「あぁ、来ていたのか。待たせたようだな？」

神殿長が戻ってきたので、わたしは椅子に戻るよう言われ、聖典は神官長によって丁寧に宝石の革の帯を締められて棚の上へと返された。

「神官長が聖典を読んでくださったので、とても楽しい時間を過ごせました。ご厚意に感謝します」

神殿長がゆったりとした動作で神官長が座っていた椅子に座り、神官長が傍らに立った。

「それで、親御さんは何と？」

「巫女は孤児がなるものだから、ダメって言われて叱られました」

期待に目を開かせて身を乗り出す神殿長にわたしはしょぼんと肩を落とした。神殿長はハァと溜息を吐き、頭を振った。神殿長の傍らから、神官長が口を開く。

「別に孤児がなるものだとは決まっていない。貴族の子もいる。確かに神官や巫女は孤児の確率が高いが、それは他の職業に就けないからだ。孤児はどうしても就ける仕事が限られ、神官や巫女見習いになるしか道がないのだ」

神官長の言葉にわたしは何度か目を瞬いた。

「どうして他の職業に就けないんですか？」

「紹介をしてくれたり、面倒を見てくれたりする人がいないからだ」

ものすごく納得した。親戚や身内の紹介で、見習いになれるかどうか決まるこの街の就職制度は確かに孤児には優しくない。親の紹介する仕事以外を選ぶだけで一苦労なのに、伝手を探すことさえできない孤児の苦労は想像もできない。

「孤児でなくとも巫女にはなれる。それは理解してほしい」

「でも、見習いは神殿に住むもので、虚弱なわたしには見習いの仕事もできないから無理なのです」

「体調が悪かったわけではなく、普段から虚弱なのか？」

神殿長が少し眉根を寄せながら、白いひげをなぞる。冬になったらサンタの衣装を着せてみたいと頭の隅で思いながら、わたしは大きく頷いて肯定した。

「はい。身食いという病気なんです」

ゆったり泰然とした動きをしている神殿長が目を見開いてガッと立ち上がった。立っていた神官長はバンとテーブルに手をついて、わたしに向かって身を乗り出してくる。

「身食いだと⁉」

「は、はい。それが何か？」

血相を変えた二人に詰め寄られて、わたしは反射的に体を引いた。何かまずいことを言ってしまったたろうか、と後ずさったわたしの前で、神殿長が小刻みに震える手で扉の方を指し示す。

「神官長、あれを持ってきてくれ」

「わかっています」

軽く頷いた神官長が長い脚を生かした大股でスタスタと歩いていく。一見優雅なのに、ものすごく速い。よほど慌てているのか、神官長が出ていったドアは開け放たれたままだ。

呆気にとられて見送るわたしの視界の端で、神殿長が聖典の飾ってある棚へと体の向きを変えた。

「神に祈りを！」

いきなりグ◯コの祈りを始めた神殿長につられて、わたしも一緒に手だけ挙げてしまった。

「神に感謝を！」

流れるような動きで土下座している神殿長の背中を呆然と見ながら、一体何が起こったのか、戦々恐々とする。明らかに何かまずい展開になった気がする。ここから逃げ出したいが、先程の剣幕から考えても、そう簡単に逃げ出せるとは思えない。

わたしは椅子に座って固まったまま、祈り続ける神殿長からゆっくりと視線を逸らした。

ドアの向こうからカツカツと足音がずいぶんと速いスピードで近付いてくると思ったら、神官長が布にくるまれた何かを持って戻ってくる。

テーブルの上に布を取られながら、丁寧に置かれたのは、礼拝室の石像が持っていた聖杯だった。

「この聖杯に触ってみなさい」

「え？　これってわたしが触っていいんですか？」

「あぁ、早く」

テーブルの上に置かれた聖杯に恐る恐る手を伸ばす。ギラギラとした目で、じっと見てくる二人が怖い。わたしはそっと手を伸ばす。指先が触れた途端、聖杯が眩しい光を放った。

「わぁ!?　何これ!?」

慌てて手を引いたら、すぅっと聖杯の光が消える。自分の指と聖杯を見比べるわたしの前で、神殿長と神官長が顔を見合わせて、頷き合った。

「マイン、君のご両親と話をしたい」

……父さん、母さん、ごめんなさい。なんか大事《おおごと》になったようです。

ベンノのお説教

神殿長と神官長、二人の目がギラギラしていることに、及び腰になってしまう。思わず顔を引きつらせたわたしに気付いたのか、「迎えが来るまで読んでやろう」と神官長が聖典を持ってきた。

さっきと同じように膝の上で色々と教えてくれるのは嬉しいが、妙な圧力を感じるというか、逃がすまいとする雰囲気がしている。非常に逃げ出したい。

「マインを迎えに来たという、ルッツと名乗る少年が門に来ています」

灰色の神官が部屋に入ってきたのは五の鐘が鳴り響いてから少したってからのことだった。待ちわびた迎えがやってきたことにわたしはホッと胸を撫で下ろす。

「ルッツが来てくれたなら、帰らなきゃ。神殿長、神官長、今日は長々とお世話になりました」

「では、マイン。これを君のご両親に渡してほしい」

手渡されたのは招待状だった。神殿長からの招待状なんて断ることができない召喚状と同じだ。示された日時は明後日の三の鐘だった。コクリと息を呑んで、わたしはその木札を受け取る。

「ルッツ～！　迎えに来てくれてありがとー！」

神殿を出たところで待っていてくれたルッツを見た瞬間、何とも言えない安堵感が広がっていく。

感情のままにギュッと抱きついて感謝感激を表現すれば、少しよろけたけれど、ルッツは転ぶこともなく持ちこたえてくれた。

ルッツの肩の辺りに頭をぐりぐり押し付けていると、ルッツは溜息を吐いた。

「もしかして、また何かやらかしたか？」

「……自分が何をやったかわからないけど、最大級の自爆っぽいことをやらかした気がする」

ポンポンとわたしの頭を軽く叩いていたルッツがニッコリと笑った。

「旦那様も血管を浮き立たせた笑顔で待ってるぞ」

「え？……もうウチに帰っていいかな？　今日は疲れちゃって」

「首根っこ引っつかんでも連れて来いって言われてるし、今のマインの顔色ならまだ大丈夫だ」

「あああぁぁぁぁ……」

神殿ですでに神経をすり減らしたのに、ベンノのお説教フラグに突っ込んでいくしかないなんて、味方だと信じていたルッツに裏切られた気分だ。ドナドナされる子牛の気分でギルベルタ商会へ連れていかれると、ベンノは待ち構えていたようで、すぐに奥の部屋へと通された。

いつもの席に座るように言われて座ると、正面にベンノ、ベンノの後ろにマルクが立ち、ルッツはわたしの隣ではなく、ベンノの隣寄りにいる。

「久し振りだな、マイン」

「……はひ」

「さて、言いたいことは山ほどあるが……」

これから出てくる話が非常に長くなりそうで、わたしは身を固くする。ベンノはゆっくりと息を吐いて、口を開いた。

「俺の話の前にコリンナからの伝言だ。洗礼式で着ていた晴れ着や髪飾りを見せてほしいと言ってた。ずいぶん変わった衣装だったな。人目を引いていたぞ。何を考えてあんな衣装にしたんだ？」

「トゥーリのお下がりをお直ししただけですよ。意味なんてありません。わたしは見せるくらい別に構わないんですけど、衣装の持ち出しに関しては作った母に聞いてみないとわかりません」

「そうか。なら、聞いておいてくれ」

ベンノは軽くそう言った後、テーブルの上で手を組んで、やや身を乗り出すようにして、じろりとわたしを見据えた。

「さぁ、洗いざらい吐いてもらおうか。神殿で何があったかによって、お前の今後の扱いを考えなければならないからな」

「え？　ルッツから聞いてるんじゃ？」

洗礼式から数日がたっている。とっくにルッツから話を聞いていると思っていたけれど、ベンノは聞いていないらしい。

「人伝《ひとづて》の情報はどうしても歪む。当人に聞ける機会があるのに、わざわざルッツに聞く必要はないだろう？　それに、敢えて隠している情報があるかもしれないからな」

獲物を見つけた猛獣のような目に、ぅひっと小さく息を呑んだ。これは追及の手が厳しそうだ。

「……どこから話せばいいですか？」

「洗礼式で倒れた後だ。ルッツと別行動になってからのことを、隠し事なく、話せ」

倒れて、水場を探して迷子になって、貴族スペースに入り込んでしまった。そこで巫女に拾われて、図書室を発見した話をすると、ベンノが驚いたように軽く目を見張った。

「図書室？　そんなものが神殿にあったのか……」

「ベンノさんも知らなかったんですか？」

「貴族が使う場所にふらふら迷い込むような危険な真似、普通のヤツはしないんだ。自分の間抜けさ加減を自覚しろ。自分から危険に踏み込んでどうする？」

「ぅぐぅ……」

確かに、普通の人が出入りする場所ではなかったので、ベンノの意見は完全に正しい。迷い込んだことで図書室を見つけたのだから、わたしとしてはかなり嬉しいことだったけれど。

「その巫女さんに神殿関係者以外は図書室に入れないって言われたので、手っ取り早く巫女見習いになろうと思って、許可を出してくれる神殿長に直訴しました」

「少しは頭を使え！　この考え無し！」

「いらい、いらいっ！」

身を乗り出したベンノに両の頬をぐにっとつねられる。マルクとルッツは当然の顔をして、助けてくれなかった。ひりひりする頬を押さえるわたしに、ベンノは不機嫌そうな顔で先を促す。

「それで？　許可は出たのか？」

「両親の許可と寄付があれば、見習いにしてくれるって言われました」

「寄付？　したのか？」

ベンノがくっと眉を寄せて、厳しい顔つきになる。わたしが考え無しに寄付をして、許可を得られなかったことを心配している顔だとすぐにわかった。

ベンノを安心させるため、わたしはグッと胸を張って答える。

「いえ、まだです。大まかな本の値段と自分が持っている貯金を考えた結果、図書室の利用料として、大金貨一枚までなら出せるかなぁって話をしただけで、まだ寄付はしてません。さすがに入れると決まっていないのにお金を払うほど、わたしだってバカじゃないんです」

安心させるつもりだったのに、ベンノを始め、マルクもルッツも頭が痛いと言わんばかりに頭を抱えて、肩を落とした。

「金額がバカバカしすぎて、言葉にならんぞ」

「お陰で扱いはよかったですけど……」

「当たり前だ！」

高額の寄付だろうとは思っていたが、どうやら、大商人が頭を抱えるくらい、わたしが提示した寄付の金額は高額だったようだ。

「それで、家に帰って話をしたら、巫女は孤児がなるものだからダメだって、すごく怒られました」

「それはそうだろう」

「神官長は貴族の子もいるって言ってたんですけどね」

父さんが怒る理由がよくわからなくて首を傾げていると、ベンノがガシガシと頭を掻きながら、神官について説明してくれた。

「神官や巫女には青い衣装と灰色の衣装がいただろう？　青い服を着ているのが貴族で、灰色が孤児だ。青色神官や巫女の従者や下働きとして、給料もなく奴隷のようにこき使われて、神殿で働いているのが灰色の神官や巫女だ」

思いもしなかった言葉にわたしは息を呑んだ。色の違いは見習いと正式な神官くらいの差だと思っていたが、まさかそんな違いだったとは思わなかった。

「貴族ではないお前が神殿に入るとすれば、灰色の巫女見習いになる。親が許すわけがないだろう」

わたしはコクリと頷いた。父さんが激昂した理由がわかった。それは間違いなくわたしにできる仕事ではないし、娘ラブな父さんが神殿入りを嫌悪するわけだ。

「それで、今日は断りに行くとルッツは言っていたが、お前、本当に断れたのか？」

「……えーと、身食いのことを話したら、礼拝堂の石像が抱えている金の聖杯みたいなものを持ってこられて、触ったら光ったので、両親への招待状をいただいてしまいました」

こめかみを揉みほぐすようにグリグリと指先で刺激しながら、ベンノが大きく溜息を吐いた。

「……これは完全に取り込まれるな。延命できる事を喜んでおくしかない。お前は運が良い」

神殿に取り込まれるのに運が良いと言われて、首を傾げた。意味がわからないわたしを放置して、ベンノは何やら考え込んでいる。ぐっと顔を上げたベンノが真剣な目でわたしを見据えた。

「マイン、契約魔術を交わす気はないか？　お前が作った物はこちらで取り扱う、と」

「……どうしてですか？」

いきなり契約魔術などという言葉が出てきて、わたしは思わず警戒してしまう。ベンノは顎を撫でながら、わたしを見た。

「今すぐのことにはならなくても、お前は確実に貴族に取り込まれる。貴族を牽制するなら、契約魔術は必須だ」

「……もしかして、最初の契約魔術の時から、貴族に取り込まれると思っていたんですか？」

「いや、あの時はただの保険のつもりだった。お前がどんな子供かもよく知らなかったから、きっちりと線引きしたいというのが一番強かった。……ただ、身食いかもしれない可能性はあったからな。マインが生き延びるには貴族と契約することになる。契約した貴族を黙らせるには効果的だとは思っていた」

とても対等とは言えないわたしやルッツと契約魔術を交わしたのは、貴族が出てくることを想定していたからだったらしい。

「わたし、貴族と契約なんてしませんけど？」

「今までは貴族と接触しなかったから、お前の意思だけで何とかなったが、神殿に取り込まれたら無理だ。取り込まれることを前提に行動しろ。これだけ商品を生み出せる身食いを取り込もうとしない貴族はいないはずだ。今は特に、な」

「今はってどういうことですか？」

これは最近になってようやくこちらに回ってきた情報だが、と前置きしながら、ベンノはわずかに声をひそめた。

「ここの領主は中立というか、我関せずという態度を貫いたから、余波は少なかったらしいが、もっとでかい領地は中央の政権争いに相当巻き込まれたそうだ。国のあちらこちらで大規模な粛清が行われ、貴族の数が激減したと聞いた」

いきなり物騒な話になった。歴史の知識を引っ張り出してみるが、そもそも今がどの辺りの時代になるのか、これから先にどのような展開が待っているのか、すぐに察することができない。情報もないし、俯瞰して見ることもできない渦中のわたしには全くわからないのだ。

「当然、激減した貴族の穴を埋めるために、傍系を探したり、養子縁組をしたり、結婚が増えたり、と新しい繋がりや利権を求めて、人も金も物も動き始めた。人数がいないんだから、今までは厄介者のように神殿に放り込まれていた青色神官や巫女が大量に貴族社会へと戻っていくことになる。そうなると、神殿がどうなるかわかるか？」

ベンノにじろりと睨まれて、わたしは首を傾げた。マルクやルッツに助けて、と視線を送ってみたが、マルクからは澄ました微笑み、ルッツからは同じように首を傾げる反応しか返ってこない。

「えーと、貴族がいなくなって困ることって、何かあるんですか？　神殿の仕組みや仕事さえわからないわたしには思い浮かばないんですけど。灰色の神官達をこき使う人が減るなら、別にいいんじゃないですか？」

「まず、寄付が減る。それから、孤児達を使うヤツが減るんだから、孤児が仕事にあぶれる。孤児達は生きることすら困難になる」

「大変じゃないですか！」

わたしが思わず叫ぶと、ベンノは溜息混じりに首を振った。

「もっと大変な事がある。お前が触らされたと言った聖杯。神殿のヤツらはあれを神具なんて言っているが、実際のところ魔術具だ。青色神官や巫女が魔力を注いで溜めこみ、春の祈念式で使うけれど、その力が溜まらなくなる。そうなったら、農作物の収穫が減る」

「えええぇぇ!?」

そんな重大事にあの聖杯が直結しているとは思っていなかった。光ったことに驚いたが、神の威厳を見せつけるためのお金のかかった飾りくらいにしか考えてなかった。農作物の収穫は生きるために絶対に必要な物だ。収穫量が減って一番に困るのはわたし達のような街に住む貧民である。

「政変前までは貴族の子が余っている状態だった。身食いなんて、魔力を独占したい貴族にとっては目障りな存在でしかなかった。だが、貴族が減って、魔術具を使うことが難しくなった今、身食いは神殿にとってかなり必要な存在になる」

「あの、身食いと魔力って何か関係があるんですか?」

わたしの質問に、ベンノは顎が落ちそうなほど驚いた顔をして、信じられないと頭を抱えた。

「お前、まさか知らなかったのか?　身食いは体の中の魔力が暴れる状態を言うんだ」

「えぇ!?」

「魔術具に魔力を移すことで、自分の力で制御できる状態にするんだ」

「初めて知りました」

……わたし、なんと魔女っ子だったらしい。溢れる魔力でバーンと敵を倒しちゃったり、派手な魔法を使ったりできるってこと。……ん？　敵って何？

　初めて知った情報に心を遠くに飛ばしていると、聞け、とベンノに軽く頭を叩かれた。

「貴族も上級貴族の方は魔力が強く、下級貴族は魔力が弱い傾向がある。そして、金もない貧乏貴族は生まれた子供全員のために必要な魔術具を準備できない。魔力の多い跡取りだけ家に残して、他の子供は神殿に預けるということも珍しくはないそうだ」

　つまり、今、神殿にいる青い神官は、育てられないと親に放り出された貴族達ということになる。いないと困るけれど、悲しい存在だと思う。

「今まではそれほど強くない魔力の貴族が人海戦術で溜め込んで神事をこなしていたのに、人数が激減すると一人一人の負担が重くなる。今は下手したら足りていない状態かもしれない。洗礼式で青の神官はどれくらいいた？」

「十人くらいです」

　華麗に揃ったグ〇コに腹筋崩壊させられた記憶はまだ新しい。

「常時二十人以上いるのが、十人だ。それも魔力のあるヤツから家に呼び戻されるのだから、残っている若いヤツの魔力は推して知るべし。強い魔力を持つ身食いは喉から手が出るほど欲しいに違いない。ただ、これはおそらく今だけだ。貴族の数が激減し、これから生まれた貴族が成長するまでのほんの短い期間だけだと思え」

「はぁ」

　短い期間だったら、神殿で魔力提供のためにお勤めしても良いかもしれない。魔力提供と図書閲覧の交換条件を出せば、呑んでくれるだろうか。むーん、と考えていると、いつの間にかわたしの背後に回ってきていたベンノが拳骨で頭をぐりぐりし始めた。

「俺の話を聞いているのか？」

「いだい！　いだい！」

「お前は魔力も金を生み出す商品も持っている。いい加減自覚しろ！　貴族にとって自分がどれだけおいしい獲物なのか」

真剣な声に思わず姿勢が伸びる。ベンノはハァ、と溜息を吐きながら、拳骨を頭から離して軽く手を振った。

「だからこそ、貴族に取り込まれる前に契約を済ませておいた方がお前のためだ」

「……何の契約ですか？」

「お前が作った物をルッツが売るという契約だ」

「え？　何のために？」

身食いと神殿とどういう関係があるのか、全くわからない。どさくさにまぎれて利益を得たいだけではないのか。首を傾げるわたしに、ベンノは椅子に座り直して、丁寧に説明し始めた。

「今の段階では、ただの保険だ。迂闊で短絡的で考え無しなお前が、貴族の策にはまって城壁の向こうに連れ去られた時、連絡が付くようにするためだ。それでなくとも、貴族と契約させられた場合のことを考えてみろ。城壁の向こうへと行くには許可がいる。それは知っているだろう？」

門の仕事もしていたので、城壁を越えるには許可が必要な事は知っている。わたしが頷くと、べンノは少しだけ苦い顔になった。

「ギルド長の孫娘は、城壁の向こうに行っても家族と会える。あそこの一族は貴族に認められた商人だからな。だが、お前の家族はどうだ？」

わたしは沈黙で答えるしかなかった。家族と会えなくなるから、貴族との契約を選ばなかったのだ。会えるわけがない。

「お前の家族が城壁を越えられるとは思えない。だったら、せめて、貴族に邪魔されない契約魔術を使って、神殿や貴族に取り込まれる前にルッツと繋がりを作っておかないか？　そうすれば、その契約を口実に俺はルッツを城壁の中に連れていくことができる」

ハッとしてベンノを見た。ルッツを見た。二人とも目が合うと小さく頷いてくれる。

「ルッツが仲立ちすれば、手紙なり、伝言なり、何がしかの連絡は取れる。お前も家族の状況を知ることができる。何より、ルッツを通じて状況を知ることができれば、お前を案じる家族にとって少しは安心できる材料にはなるだろう。俺と契約しておきたいなら、それでも一向に構わないが？」

「ベンノさんじゃあ家族の様子はわからないじゃないですか」

貴族に取り込まれるような想像はしたくないけれど、もし、そうなってしまった時にルッツと会える状況を作っておくのは、わたしにとっては悪くない。家族に会えるだけで心強いとフリーダも言っていた。けれど、それにルッツを巻き込んでもいいのだろうか。

「ルッツはどう思ってるの？」

「貴族街に行けるなら行ってみたいし、連絡係くらいなら別に構わないと思ってる。マイン一人にする方が心配だ。何をやらかすかと考えると頭が痛い」

ルッツ本人はすでに契約する気になっているようだが、貴族を牽制するための契約だ。契約相手であるルッツにかかる負担を考えると、簡単に頷くことはできない。

「契約しちゃうってことはそんなにお気楽な立場でもないでしょ？　危険な目に遭ったり、ルッツが嫌な思いをしたりするんじゃない？　それに、その契約だったら、ベンノさんの利益は少ないですよね？　ルッツが引き抜かれたら、それまでじゃないですか」

わたしが唇を尖らせると、ベンノは呆れたように溜息を吐いて、緩く首を振った。

「他人の心配をできるほど、呑気な状況じゃない。ルッツにも利益があるからそれでいいんだ」

「ルッツにどんな利益があるって言うんですか？」

「お前が知る必要はない。マインは自分の利益だけを考えろ。正直、すでに招待状をもらっているなら、先に手を打てる時間はほとんどないんだ」

情報が多くて、周りが見えているベンノが、当事者のわたしより焦っているよう見える。神殿に取り込まれる前にしておくことを並べ始めた。

「まずは、正式にマイン工房を作って、工房長としてギルド登録をし、商品の販路は確保しておけ。金で待遇が変わるなら、金を手に入れられる環境を作って神殿と交渉しろ。あっちも金は欲しいだろうから、交渉次第で何とかなる」

確かに大金は力の一つだ。高額の寄付を提示しただけで対応が丁寧だったのだから、自分を守るために、お金は持っていた方が良い。そして、商品を作っても、神殿に全て取り上げられたら、自分の手元には利益が全く残らないことになる。信頼できる販路は必須だ。ちょこちょこ騙されたり、試されたりしているが、ベンノは今のわたしが一番信頼できる相手でもある。

わたしが頷くと、ベンノも頷き返してくれた。

「貴族にとっては平民一人なんて大した価値はないと思って、用心しろ。生き延びる道、逃げ道は思いつく限り準備しておけ。保険になると思ったものは何重にも準備して自分を守れ」

普通に膝に乗せてもらって聖典を読んでもらったり、丁寧に対応したりしてくれたので、何となく良い人達だと思っていたが、保険も逃げ道も準備しておいて損はない。備えあれば憂いなしだ。ここでの常識や知識が足りなすぎて、何をどう準備すればいいのかわからないところが歯痒い。

ベンノはわたしをじっと見たまま、言葉を連ねる。

「今だって神殿には貴族が十人はいるんだろう？　その中から搾取されるだけでなく、利用し合える相手を探せ。貴族に掻っ攫われ、飼い殺されるだけから、少しだけ選択肢が広がるんだ。よく見て、選べ。考えろ。ぼんやり流されるな。生きるためにあがけ」

「なんでベンノさんが、そこまで……」

並べたてられた対策や注意事項は、かなり多くの情報を集めて、色々と考えなければ出てくるようなものではない。この店の見習いにもなれなかったわたしのためにそれだけの手間をかけてくれる意味がわからない。

「お前が生き延びたら、新商品ができる。ウチと繋がりがあれば、こちらの利益にもなる。お前はこうして情報を手に入れることもできるんだから、お前の利益にもなっているだろう？　おとなしく受け入れろ」

ムッとしたように眉を寄せるベンノの後ろでマルクがフッと柔らかい笑みを浮かべて苦笑した。

「旦那様は心配なだけですよ。いつだって危なっかしくて、思わぬことを引き起こすので、マインを見ているのは実に心臓に悪いのです」

「マルク、黙れ」

ベンノが振り返ってそう言ったが、マルクは薄く笑ったまま言葉を続ける。

「見習いに入る子供達は生家で基本的な教育を受けてお預かりする存在で、今まで旦那様の身近にはここまで面倒を見なければならない子供がいませんでした。我が子のように、とは申せませんが、親戚の子供程度には親身になって心配しているのです。もちろん、このマルクも」

「ありがとうございます。マルクさん」

感激してお礼を言うと、ベンノがふてくされたように「マルクかよ」と吐き捨てる。わたしとマルクは顔を見合わせて吹き出した。

「もちろん、ベンノさんにも感謝してますよ。……契約魔術とギルドへの工房登録、お願いします」

契約魔術と工房登録

「どうぞ、旦那様」

マルクによってテーブルの上に並べられていく契約魔術に使われる契約用紙と、特殊なインクが入った変わったデザインのインク壺には見覚えがあった。

ベンノはインク壺にペンをつけて、すらすらと契約内容を書いていく。インクが黒ではなく青いインクなのも記憶の通りだ。わたしはじっと契約書に書かれていく文字を見つめていた。

《マイン工房で作られた物を売る権利はルッツが有すること。

代理人を置く場合はマインとルッツとベンノの了承を得た上、商業ギルドに届け出ること》

「この一文は何ですか？」

わたしが契約書を指差すと、ベンノが軽く眉を上げた。

「保険だ。子供だけの契約なんて暴力や誘拐なんかで脅して破棄させようと考えるヤツも出てくる。少しでも不正を防ぐために俺とギルドを巻き込んでおけ。こういう契約をする時は自分の味方になりそうな第三者をなるべく巻き込んでおくんだ。覚えておくといい」

「……ありがとうございます」

こんな面倒な契約魔術を提案してくれるだけではなく、味方として自ら巻き込まれてくれるとは思っていなかった。マルクが差し出してくれたペンを受け取って、わたしが署名する。次にルッツが、最後にベンノが名前を書いて、血判を押していく。

「ルッツ、お願い」

堅く目を閉じて手を出すと、ルッツがピッとナイフで指先を切ってくれた。じわりとにじんでくる赤い血を自分の署名の上にぎゅっと押しつける。

血を吸い込んだ瞬間、青いインクが黒に変わっていくのは以前と同じだ。そして、前回の契約魔術と同じように、全ての署名を終えた後は、インクの部分が光って、燃えるようにインクの部分から穴が開いて広がっていき、契約用紙そのものが消えていく。燃えかすまでが光に解けるようにキラキラと消えていくのを見ながら、ベンノがゆっくりと息を吐いた。

「これでひとまず、マインが貴族街に連れ込まれても商品を売るために必要だという大義名分を得て、ルッツとマインが顔を合わせることができるようになる。そんなことにならないよう、マインは自衛することを覚えろ」

わたしは「頑張ります」とグッと拳を握って見せたが、ベンノにも、ルッツにも、マルクにも、ものすごく不安そうな顔で首を振られた。

「ただし、このやり方が通用するのは、マインの作り出す商品に価値を見出している者だけだ」

「え？」

「魔力のみを必要とする相手ならば、商品の売買など知ったことではないと言い放つだろう。……幸い、この街にいる貴族で、放っておいても大金が入る機会を無視できるほど裕福な貴族はほとんどいないと思う。それから、以前も言ったが、この契約魔術が効力を発揮するのは、この街だけだ。気を付けておけ」

その後、普通の羊皮紙で同じ内容の契約を交わした。商業ギルドに報告するためと、貴族相手には大した牽制にはならないが、余所で何かあった時にすでに契約していることを示すためらしい。

「今日のうちに手続きしてしまおう。このまま商業ギルドに向かうぞ。マイン工房を工房として登録して、マインを工房長にする。こうしておけば、商品の売買は問題ない。そして、神殿以外にも選択肢と金を稼ぐ術があると見せることで少しは強気に交渉に臨めるだろう」

商業ギルドは帰り道なので、寄って手続きを終えることができれば、ひとまず安心できる。

さっさとしろ、と急かすベンノに追い立てられて、ルッツが着替えるために物置にしている上へと駆けあがっていくのを見送った後、わたしはベンノを見上げて、問いかけた。

「どうしたら神殿相手に交渉を有利に進めることができますか？」

「まずは、自分にとって最善の結果を頭に思い浮かべる。そのために相手から引き出さなければならない譲歩が何か、こちらから出せるものは何か、相手が何を欲しがっているか、見極めるんだ」

ベンノの言葉を聞きながら、わたしは自分が欲しい物を思い浮かべてみる。欲しい物は図書室への入室と閲覧許可だ。そのためには労働必須の灰色の巫女見習いではない立場で神殿に入りたい。こちらから出せるのは魔力とお金。相手が欲しい物も、ベンノの情報が正しければ、魔力とお金だ。

……何とか交渉できそう、かな？

「そういえば、原則として神殿へ入るには他のギルドへ所属しちゃダメって、神殿長に言われたんですよ。ギルド長と交渉するそうですけど、わたし、工房長として登録できるんでしょうか？」

ふと神殿長の言葉を思い出したわたしに、ベンノがビシッとチョップする。

「おい、マイン。自分のことを他人に丸投げするな。きっちり間に入って自分の利益を確保しろ。どんな無茶な条件をつけられるかわからないだろう」

「そうですね。ぶっちゃけ、聖杯が魔術具で、延命できるなんて思ってなかったので、とりあえず本が読みたくて、それ以外に関しては、あと半年くらいならどうにでもなぁれって気分だったんですよ。投げやりだったのは認めます。何とか寿命を延ばすことはできそうだし、図書室が見つかったし、わたしのやる気はぐぐんと上がってるので、頑張りますよ」

「そのやる気が空回りしないように、頭を使え」

「善処します」

ルッツが階段を駆け下りてきた。ぜいぜい言っているので、相当急いだようだ。七階という高い位置を見上げて、わたしは感心してしまう。わたしがこんなところを駆け上がって、駆け下りたら、きっとぶっ倒れるに違いない。

「じゃあ、行くぞ」

ベンノがスッと脇に手を入れて、当たり前のようにわたしを抱き上げた。わたしの歩くスピードは成人男性にはとても耐えられない速さだ、とオットーに言われたので、最近はおとなしく抱き上げられるままになっている。抵抗したら疲れるだけで無駄だと諦めた。

「神殿に入る者は他のギルドに所属してはならないなら、神殿で商業ギルドとやり取りできるのは、マインだけということになる。もうすでに登録している、で押し通せなかったら、金をちらつかせてもいいから、工房活動を認めさせろ」

商業ギルドへの道すがら、ベンノはほんの少しの時間も惜しむように、次々と対応策や交渉の仕方を述べていく。全部メモを取りたいけれど、取れないのが惜しい。じっとベンノを見ながら、少しでも多くの情報を得ようと、わたしは耳と脳味噌を総動員する。

「さっきも言った通り、青色神官が減って、孤児達には仕事がなくて、寄付が減っている可能性がある。彼らに新しい道を与えたいとか、仕事を与えたいとか、生活環境を整えたいとか、適当な綺麗事をこれでもかと並べ立てて、工房の権利を認めさせろ。何をするにも金が必要な事くらいは神殿側もわかっているはずだ」

「はい」

「ついでに、当人達にも働かせるとか、体調管理をするヤツがいないと行動できないとか、一の真実を十でも二十でも膨らませるような言い方をして、労働力も確保しておけ。ルッツはもう店に入っているから、週の半分は使えなくなる」

いちいち具体的でわかりやすい対策にわたしは何度も頷きながら、頭の中を整理していく。綺麗事を並べて工房の権利を勝ち取り、虚弱さを誇大して労働力を確保する。確かに、工房があってもわたしだけでは動かない。

「孤児達でも工房で真面目に働けるとわかれば、他の工房でも受け入れてくれるところが出てくるかもしれない。新商品を作り出し、それを孤児達が作っているとなれば、周囲の目も少しは変わるかもしれない。その辺りはお前の腕次第だ」

「わかりました。頑張ってみます」

わたしのことだけではなく、孤児のことまで考えてくれるなんて、とベンノに感動していると、ベンノは溜息を吐いて、頭を振った。

「ハァ……。お前、乗せられやすいのにも程があるぞ？　何でも抱え込もうとするな。優先順位はあらかじめ決めておけ」

「え？　どういう意味ですか？」

くるっと手のひらを返したような意見にわたしが目を瞬いていると、ベンノは困ったように眉根を寄せた。どうやら、何か試されていたらしい。

「神殿内で自分の立場を確定させるまでは、孤児達より自分の身を最優先にしろ。むしろ、孤児達を味方にして利用することを考えろ。こんなこと言いたくはないが、孤児に何かあるより、お前に何かある方が心配して悲しむヤツは多いんだからな」

「……わかりました」

わたしが頷いた時には商業ギルドに到着していた。ギッとルッツが開けてくれたドアを通り抜けながら、ベンノは少し不機嫌そうな顔になる。

「新しい商品を作ったり、困ったことができたり、何か必要な物があれば、相談に来い。もちろん、相応の金は取るが、できるだけ便宜を図ってやる」

「感謝します。ありがとう、ベンノさん」

夕暮れが近付いているので、人が少なくなっている商業ギルドの二階をさっさと通り過ぎて、三階のカウンターへと向かった。仮のギルドカードを返し、洗礼式前からベンノが準備していた書類を提出して正式登録する。書類には売買の店にギルベルタ商会を、交渉役にルッツを指名する旨もしっかりと書かれていた。

「あら、マイン。来ていたの？」

ギルド長室にいたのだろうか、淡い桜色のツインテールを揺らしながら階段を下りてきたフリーダが、待合スペースの書棚を漁っているわたしを見つけて、駆け寄ってきた。

「洗礼式が終わったら、登録に来ると思っていたのに、全く音沙汰ないんですもの。もしかしたら、洗礼式で倒れたのではないかと心配していたのよ」

「ふふっ、お見通しだね。本当に倒れたんだよ。やっと回復したの」

フリーダの予想通りだったことが少し面白くて、わたしが小さく吹き出すと、フリーダは地図を広げていたルッツを軽く睨んだ。

「ルッツが付いていたのに、マインが倒れるなんて」

「今回はルッツに非は全くないから。むしろ、わたしが悪いから」

倒れた原因がグ○コで腹筋崩壊と図書室を見つけて大興奮なのだから、全面的にわたしが悪い。心配かけたことを土下座レベルで謝らなければならないくらいだ。

「おい、マイン。呼ばれてるぞ」

フリーダと話をしているうちに、新しいギルドカードができたらしい。フリーダはカウンター奥の仕事に戻り、わたしは説明を受けるためにカウンターへと向かった。

新しいカードは前の情報を引き継いでいるが、血判は必要だと言われて、ひっ、と息を呑む。

「マイン、諦めろ」

手渡された針で指を突いて、じわりとにじむ血を押しつけると、カードが光って登録は完了する。

登録は簡単だけれど痛い。登録料に小銀貨五枚を払った後、仮登録と工房長としてのカードの違いについて説明を受けていると、それを聞き咎めたフリーダがわたしの手元を覗き込んできた。

「まぁ、マイン工房ですって？　ギルベルタ商会で商人見習いになるのではなかったの？」

「体力的に仕事できないから諦めたの」

「では、マイン工房が作った物をオトマール商会にも卸していただこうかしら？」

即座にきらりと目を光らせて商人の顔になるフリーダを見て、わたしは少し視線を逸らす。

「あ〜、ごめん。マイン工房で作った物はルッツがベンノさんのお店で売ることになってるの」

「……またルッツなのね」

むぅっと不満そうにフリーダが唇を尖らせるが、決まってしまったものは仕方ない。フリーダにはカトルカールの専売権を売ったのだから、それで諦めて欲しい。

「フリーダにはカトルカールを譲ったでしょ？　どう？　売り物になりそう？」

「えぇ、イルゼが張り切って味の研究をしているわ。売りに出す前にマインの意見が聞きたいそうよ。ぜひ味見にいらして。明日はどう？」

食べたいけれど。疲れた時に甘い物って素敵だよね、と思うけれど。神殿との交渉が終わるまでは、お菓子の味見に行く余裕はない。

「お誘いはありがたいけど、明後日までは予定が詰まってるの」

「では、その次の日はどうかしら？　よかったら、マインのお姉様も連れていらして。お姉様がいらっしゃれば、ルッツは来なくていいでしょう？」

トゥーリの存在でフリーダがルッツを牽制し、ルッツは今にも噛みつきそうな顔でフリーダを睨んでいる。そういえば、前回はトゥーリを馬車に乗せて、ルッツを置いていったのだ。

「フリーダ、そんな意地悪言わないで、皆で食べた方がおいしいよ？　イルゼさんが味の研究をしているということは、いくつかあるんでしょ？」

「それはそうですけれど……」

不満顔になったフリーダに、わたしは商品の試食という点を追及していく方向でフリーダの思考を感情的なものから、商人思考に切り替えできないか考える。

「商品の完成度と売れ行きを予測するためには、できるだけたくさんの人に食べてもらって、意見をもらうのが良いと思うよ。子供と大人では求める味が違うし、男性と女性でも違うからね」

「……たくさんの人？　どのように食べていただきますの？　お茶会をするにしても、なかなかたくさんの人をお招きするのは難しいですわ」

フリーダの目が商人のものになってきた。ただ、思考がルッツを参加させることから、たくさんの人を招くお茶会に変わってきてしまったようだ。ルッツの参加を了承してもらいたくて、わたしは何とか言質を取ろうと言葉を重ねる。

「別にお茶会じゃなくても良いんじゃない？　一口サイズに切った色んな味のカトルカールを準備して、どれが一番おいしかったか、どうしておいしいと思ったのか聞いてみるような試食会をするつもりで、ルッツも……」

「その案、いただきますわ！」

わたしが最後まで言うより先に、フリーダがポンと手を叩いて、目を輝かせた。興奮して完全に浮かれたような表情になっている。すごく楽しそうで幸せそうな顔をしているけれど、こちらはもう視界に入っていないように見えた。

「試食会の日時が決まったらお知らせするわね。もちろん、お姉様もルッツも。あぁ、忙しくなるわ。では、マイン、ルッツ。ごきげんよう」

思いついたことをすぐに形にしたいとばかりに、フリーダはくるりと踵を返して、階段を駆け上がっていく。多分、ギルド長に相談に行ったのだろう。何を思いついて、どう暴走していくのかよくわからないが、フリーダが機嫌よくルッツを招いてくれる気になったのだから、結果としてはよかったと思う。神殿との交渉が終わった後なら、色んな味のお菓子を楽しむのもいいなぁ、と微笑ましくフリーダの後ろ姿を見送っていると、ルッツが軽く溜息を吐いた。

「な？　フリーダとマインって、似てるだろ？」

ルッツの言葉に、わたしはすっと視線を逸らし、ベンノはククッと笑って頷いた。


無事に手続きを終えて、商業ギルドを出ると、夏の長い日でさえも暮れようとしている時間になっていた。商業ギルドに入る時には賑わっていた中央広場も、行き交う人がまばらになっている。

長い影法師を見ながら歩いていると、ルッツと繋いでいる手に少し力が込められた気がした。

「どうしたの？」

わたしが足を止めてルッツを見上げると、ルッツは怒っているような、泣き出しそうな複雑な表情に顔を歪めて、わたしを見下ろした。ぽつりと零すルッツの言葉が影に落ちていく。

「……マインは本当に神殿に入るのか？」

「うん、多分ね。ベンノさんの話が全部本当なら、神殿の方がわたしを離さないと思う。ベンノさんはそう予測してるでしょ？」

ルッツは一度キュッと唇を引き結んだ後、不安そうにわたしを見つめた。

「交渉、できるのか？」

落ちていく夕日で陰影が濃くなって、一層不安そうに、泣きそうに見える。握っている手には少しずつ力が込められていくのがわかった。ルッツの不安を少しでも取り除いてあげたくて、わたしはニコリと笑って見せる。

「貴族と交渉したことがないから、どうなるかわからない。でも、聖杯が本当に魔術具で、身食いを抑えられるなら、神殿に行った方が良いし、本を読むために図書室に入りたいと思ってる。でも、灰色の巫女にはどう考えてもなれないから、交渉次第だよね。自分の環境をちょっとでも良くするために頑張ってみるよ」

「あぁ……。頑張れよ」

ほんの一瞬痛そうに顔を歪めたルッツが目を伏せて歩き始める。

しばらく沈黙したまま、二人で歩く。荷馬車が通り過ぎる音を気にするふりしてルッツの顔を見上げれば、何か言いたそうなのに呑み込んでいるような表情をしていた。無言で足を進めるうちに、どんどん気になってくる。

「ねぇ、ルッツ。言いたいことがあるなら言っちゃえば？　聞くよ？」

足を止めたルッツは何か言いたそうに口を開け閉めし、少し考えこんだ後、プイッと視線を逸らした。

「……カッコ悪いから言いたくない」

いくら気になっても、カッコつけたい男心は尊重してあげた方が良いだろう。わたしは「そっか」と頷いて、再び歩き出した。

またもや沈黙が続く。石畳に同じように帰宅を急ぐ人達の足音が響き、夕方の喧騒があちらこちらの窓から聞こえてくるのに、わたし達の周りだけは、シンと静かで空気が重い。日が落ちてしまったのか、建物の長い影が重なって影を濃くしているのか、足元も少しずつ暗くなっていく。

「……一緒に紙を作って、本を作って売るって言ったくせに。マインの嘘つき」

ガタガタと脇を通り過ぎる荷馬車の音に紛れるようなルッツの呟きだったけれど、ハッキリと聞きとれた。くるくると状況が変わっていく中で、言いたかったのに言えなかったルッツの文句が胸に刺さった。

「ごめんね、ルッツ」

「オレの力じゃ何もできないってわかってるんだ。旦那様の言ったことは正しいから、マインが少しでも危険な目に遭わないように、できるだけの協力をしたいと思ってる」

ルッツはそこで言葉を切って、一度ギリッと奥歯を噛みしめた。

「……でも、悔しい。マインはオレと本屋さんをするって言ったのに……」

「そうだね。でも、わたしは本が読みたいから、作ろうと思ったの。だから、神殿に行っても本を作るのは止めないよ？　むしろ、寿命が延びたんだから頑張っちゃうよ？　本を増やさなきゃ、わたしの野望は達成しないでしょ？」

わたしの言葉にルッツが顔を上げた。泣きそうな歪んだ笑顔でルッツは肩を竦める。

「本に囲まれて、本を読んで暮らすっていう野望？」

「そう。ルッツは商人になりたいんでしょ？　商人になって色んなところへ行ってみたいんだよね？　わたしにも夢があるんだよ」

それぞれの夢に向かって頑張ろうね、と言うと、ルッツは今度こそ泣きそうな顔になった。溢れそうな涙が薄暗がりの中でもハッキリと見えた。

「マインの夢、応援したいと思ってる。……でも、オレ、マインが一緒だから頑張れたんだ。一緒に旦那様の店で頑張りたかった。マインと一緒にもっと色んなことをしたいよ」

そう言いながら、ルッツがわたしを抱き締めて、わたしの肩口に俯いた顔を埋めた。必死に抑えようとしている小さな嗚咽が肩に落ちてくる。

「大丈夫。神殿に入ってもできるよ。わたし、絶対に本を作るから」

「違う。そうじゃない。他の誰かと作った本をオレが売るんじゃなくて、オレがマインと一緒に作りたかったんだ」

溜めに溜めていたのだろう、ルッツの不満が堰を切ったように零れてきた。駄々をこねるように首を振るルッツに、わたしまで胸が痛くなってきて涙が零れる。不満ごとルッツを抱き締め返して、ポンポンと背中を軽く叩いた。

「前に決めたことは変わらないよ？　わたしが考えた物は、ルッツが作ってくれるんでしょう？　何か作る時にはベンノさんより先に、誰より先に、ルッツに相談するし、協力もお願いするよ」

「オレ、何もできないのに？」

ルッツが驚いたように顔を上げた。ルッツの頬の涙を手で拭いながら、わたしは小さく笑った。

「ルッツが何もできないなら、わたしなんてどうなるの？　わたしにできることなんてある？　それにね、何をどうするのか、何ができあがるのかわからない状態で、わたしの作りたい物に付き合ってくれる人ってルッツしかいないから。ルッツがいなくて困るのはわたしなんだよ」

「……いや。もう、マインが作る物には価値があるってわかってるから、皆、手伝ってくれるさ」

ルッツはつまらなそうに唇を尖らせて、泣いてしまったことを恥じるように急いで涙を拭う。言いたいだけ不満を吐き出して少しはスッキリしたのか、気恥しさを振り払いたいのか、ルッツはしきりに肩や腕を動かす。

「うーん、誰かと作ることになっても、なかなかうまくいかなくて、結局ルッツを呼び出して、仲立ちしてもらう未来しか思い浮かばないんだけど、ホントに手伝ってくれる？」

わたしが肩を竦めると、ルッツはやっと笑ってくれた。ギュッと手を握り、どんどん暗くなっていく道を明るい笑顔で歩き出す。

「大丈夫だって。マインが考えた物はオレが絶対に作ってやるよ」

対策会議と神殿

家に帰ると家族全員がひどく心配した顔で、わたしの帰りを待ちわびていた。玄関のドアが開いた瞬間、トゥーリと母さんがホッとしたような表情になって、同じ表情をしていた父さんが直後に、怒声を飛ばしてきた。

「遅かったじゃないか！　どれだけ心配させれば気がすむんだ！」

「心配かけてごめんね、父さん」

神殿についてベンノから色々と聞かされたわたしは、父さんが心底心配していたことがよく理解できていたので、すぐに謝った。わたしはすでに準備されている夕飯を横目で見ながら、自分の荷物を寝室に置きに行く。家に帰ってきた途端、空腹と疲れが、どっと押し寄せてきた。

「神殿に行って、ベンノさんのお店に行って、商業ギルドに行ったから、すごく時間がかかったの。疲れたし、すごくお腹空いたよ」

わたしが手を洗って、のそのそとテーブルに着くと、父さんが眉間に皺を刻んで目を細めた。

「一体何があった？」

父さんの言葉は家族全員の心情を表すものだったようで、母さんもトゥーリも不安そうな目でわたしを見つめる。

「全部報告するから、先にご飯、食べていい？　お腹空いたし、長いお話になるの」

「……わかった」

色々と考え込んでしまうのか、碌な話がないだろうという不安からか、家族全員の表情は暗く、皆がそれぞれ何か考え込んでいるように見える。明るい話題がないかな、と記憶を探っていたわたしは、ハッと思い出した。コリンナの話題なら、少しは会話が弾むに違いない。

「あのね、母さん。今日、ベンノさんのお店に行った時に伝言されたんだけどね、コリンナさんがわたしの晴れ着や髪飾りを見たいんだって。見せても良い？」

スープを食べていた母さんがカツンとスプーンを落とした。目を見開いて、おろおろと辺りを見回しながら、顔を赤くして首を振る。

「え、えぇ!?　そんな、コリンナ様に見せるような物じゃないでしょ！」

「……そっか。じゃあ、お断りしておくよ」

もしかしたら、躊躇《ためら》うかなとは思っていたが、ここまで拒絶するとは思っていなかった。母さんを困らせるのも悪いし、断っておいた方がいいだろう。親切心でそう思っての発言だったが、わたしのお断り発言に母さんは更に取り乱し、バタバタと手を振って、目をきょどきょどさせた。

「ちょ、ちょっと待ちなさい、マイン！　そんな、断るのはダメよ。コリンナ様に失礼じゃない。待ってちょうだい。あぁ、もう、すぐに答えなんて出せないわ」

完全に母さんが混乱状態に陥ってしまった。コリンナに認められたのは嬉しいけれど、雲の上のような人が相手だからどうしていいかわからないようだ。そんな母さんの心理に気付いたわたしは小さく笑う。普段にない母さんの姿がちょっと面白くて、可愛い。

ああでもない、こうでもないと何やら呟きながら考えて、ご飯の進まない母さんのうろたえぶりを楽しんでいると、トゥーリが横からわたしの腕を突いてきた。

「ねぇ、マイン。それってコリンナ様の家に持っていくの？」

「多分そうなると思うよ？」

断るのはダメだと母さん本人が言ったのだから、晴れ着と髪飾りを持っていくのは決定だと考えていいだろう。母さんが行くか、わたしだけで行くか、わからないけれど、コリンナのところに持っていくことになる。まさかウチに来てもらうわけにはいかないだろう。

トゥーリがキラキラと期待に満ちた目で、わたしをじっと見つめて、胸の前で手を組んだ。トゥーリの一番可愛いおねだりスタイルだ。

「マイン、今度はわたしも行っていい？」

前回、リンシャンを持っていく時はコリンナからの招待状がわたし宛だったので、トゥーリは行きたいのを我慢して、お留守番をしていた。今回は別に招待状をもらっているわけではないので、ベンノさんに返事する時にトゥーリも一緒だと言い添えれば大丈夫だろう。

「コリンナさんは優しいし、ダメとは言わないと思うけど……。前もって、トゥーリは髪飾りの大きい方の花を作ってくれたから、って言って、お願いしておくね」

「わぁい！　マイン、大好き！　ありがとう！」

パアッと顔を輝かせて、トゥーリが無邪気に喜ぶ。

……トゥーリ、マジ可愛い。さすがウチの天使。針子見習いのトゥーリにとって、コリンナさんってカリスマ針子っていうか、憧れの人なんだよね。

ほのぼのとした気分でトゥーリを見ていると、母さんがバッと手を出して、待ったをかけた。

「待って、二人とも。待ってちょうだい。まだ行くって決めたわけじゃ……」

「え？　でも、断りはしないんでしょ？」

「それはそうだけど、でも……」

「コリンナさんは実際に縫った人の話が聞きたいんじゃないかとは思うけど……母さんがどうしても行きたくなかったら、行かなくても良いよ？」

あたふたしている母さんの口から出てくる言葉は大した意味をなしていない。わたしが「トゥーリと一緒に服と髪飾りだけ持っていくから」と言おうとしたら、母さんはきっぱりと首を振った。

「行きたくないなんて言ってないでしょう」

「うん。じゃあ、三人で行くって言っておくね」

ニッコリ笑ってそう言うと、母さんは絶句した。トゥーリが母さんを見て、クスクス笑う。わたしもつられて笑えば、母さんも諦めたように息を吐いて、笑い出す。笑っているわたし達を見て、父さんが目を細めながら、笑いきれていないような複雑な笑みを浮かべた。

「じゃあ、今日の色々を話してもらいましょうか」

食後のお茶を準備しながらそう言った母さんの言葉に、楽しく浮かれていた空気が一瞬で重くなった。家族全員の視線がわたしに集まり、話を促す。

「えーと、神殿の話からね。巫女見習いの話は断ったんだけど、わたしが身食いだってことがわかったら、両親と話がしたいって言われて、この招待状、預かってきたの。明後日の三の鐘だって」

バッグから取り出してきた木札を見て、父さんが顔色を変えた。門番をしている父さんは招待状の存在も知っているし、何度となく目にしている。貴族である神殿長からの招待状がどういう意味を持つのか、よくわかっている。強制召喚の命令状を見て、ひくっと口元を引きつらせた。

「マイン、お前、何をやらかした⁉」

「別に、わたしは何もしてないよ。お喋りして、聖典を読んでもらっただけだし……」

「お貴族様相手に読んでもらったって、お前……」

「……だって、その時は神官長がお貴族様だなんて知らなかったんだもん」

仕方ないでしょ、と唇を尖らせながら、わたしが神殿で聖杯を光らせた話をすると、両親が魂の抜けていくような顔をしてわたしを見た。どうやら許容量をオーバーしたようだ。

呆けている両親の前でパタパタと手を振って、わたしは軽く首を傾げる。

「続き、話していい？」

放心していた父さんがハッと我に返ったようにブルブルと頭を振って、ガシガシと頭を掻いた。

「あぁ、話せ」

「神殿の後でベンノさんのお店に行ったの。ベンノさん、身食いのこともわたしよりよく知っていて、神殿や貴族のことも詳しいから、色々教えてもらったの」

訝しげにわたしを見る家族をぐるりと見回して、わたしは一度大きく頷いた。ゆっくりと息を吸って、吐く。

「あのね、身食いの熱って、魔力なんだって。神殿や貴族から逃げることはできないだろうって」

「そんな……」

母さんとトゥーリが口元に手を当てて、恐ろしそうに体を震わせた。それが魔力を持つわたしに対する恐れなのか、神殿という権力に対する恐れなのかわからない。軽く目を伏せるようにして、わたしは続ける。

「でも、神殿には魔術具があるから、行けば、命は助かるの」

父さんも母さんもトゥーリも期待と不安がない交ぜになった顔でわたしを見た。魔力を恐れるのではなく、わたしを心配している目に、スッと体から力が抜けていく。

「ねぇ、マイン。神殿に入ってしまえば、命は助かっても会えなくなるんだよね？」

「このままなら、多分……」

わたしの言葉にトゥーリは涙目でやだやだと首を振った。

「……それは貴族に飼い殺しにされるのと、どこが違う？　俺は神殿になどマインをやりたくない」

父さんが声を絞り出すようにそう言った。確かに、今のままでは灰色の巫女見習いとして神殿に入ることになり、魔力は取られ、寄付金は取られ、神殿の良いように扱われる未来しか見えない。

「ねぇ、父さん。父さんは中央の動きって知ってる？　政変があって、貴族の動きに変化があるって、聞いたことない？」

「数日前にそんな話をした商人がいたな。門番だから多少の情報は入ってきているが、ここではあまり関係のない話だろう？」

もしかしたら、ベンノにはオットー経由で話が回ったのかもしれない。そんなことを考えながら、わたしは首を振った。

「だから、神殿に呼ばれてるの。今は貴族の数が減っているから、魔力が神殿で必要とされてるんだって。わたしにはベンノさんの話が本当かどうかわからないんだけど、父さんにはわかる？」

思い当たることがあったのか、父さんは息を呑んだ。顎を撫でながら、何かを思い出すように軽く目を伏せる。

「貴族が減っているのは間違いないな。出ていく貴族はいるが、入ってくる貴族は最近いない」

「ベンノさんの話、本当なんだ？　だったら、何とかなるかも」

「どういうことなの？」

わたしの呟きに家族が身を乗り出して食いついてきた。

「運が良いって、ベンノさんは言ってたよ。貴族が減って神殿は困ってるから、うまく交渉して、貴族に近い扱いにしてもらうことはできるかもしれないって」

「詳しく話せ」

父さんの薄い茶色の目が仕事をしている時のような真剣で猛々しい目になって、わたしを見た。

わたしはベンノに教えられたことをできるだけ細かく、わかりやすいように説明する。契約魔術や工房登録についても話をした。

「……それで、やってみないとわからないけど、虚弱だってことを強調して、通いにしてもらうとか、待遇を良くしてもらうとか、交渉しろってベンノさんは言ってた。今の状況なら、ある程度向こうも譲歩してくれるだろうって。生きるためにあがけって、言われたの」

わたしの言葉に父さんが目を光らせた。

「生きるためにあがけ、か。考えようによっては好機ということだな？」

「うん」

魔力提供と虚弱を主張して、貴族に近い扱いにしてもらうこと。虚弱と親心を強調して、通いを認めてもらうこと。お金の融通でそそのかして、工房の存続を認めてもらうこと。

「他にも図書室の閲覧とか、労働力の確保とか、通したい我儘は色々あるけど、これが通れば、勝利と言っていいと思う」

「わかった。やってやろう。俺はこの街ごと家族を守るために兵士になったんだ。家族を守れなくて、何を守ると言うんだ。マインが生きるための最善を勝ち取ってやる」

目を爛々と輝かせ、ニィッと唇を上げた父さんは、戦いを前にした男の顔をしていた。

次の日、両親は仕事場で休みをとってきてくれた。わたしは前日に動きすぎたせいで、碌に動けず、休養日となった。

そして、その次の日は神殿に呼び出しを受けた約束の日だ。両親は一張羅である晴れ着を、わたしはギルベルタ商会に通うための見習い服を着て、神殿に向かう。

「父さん、わたしを守ってね」

門で見たことがあるように、わたしは拳を握って、力こぶを作るように肘を曲げた。

兵士がお互いの健闘を祈る時にする仕草に、父さんが軽く目を見張った後、クッと笑った。同じように拳を握って肘を曲げ、わたしの拳に自分の拳を軽く当てる。

「任せておけ」

神殿の門には通達がされていたようで、灰色の神官の案内によって、すぐに神殿長の部屋へと通された。普段通り礼拝室の横を通り抜けて、平民の宿泊室のある部分を通り抜け、貴族が使うゾーンへと足を進めていく。

進む度に少しずつ豪華になっていく廊下に、父さんは何かを決心するようにこめかみを震わせて拳をきつく握って歩いていた。父さんの様子をおろおろしながら見守っている母さんの顔は緊張で青ざめているのがわかる。母さんと繋いでいる手には力がこもり、小刻みに震えていた。

「神殿長、マインと名乗る少女とその両親がお着きです」

灰色の神官がそう言って、神殿長の部屋のドアを開けた。部屋の中央にあるテーブルでは神殿長と神官長が待っているのが見える。そして、テーブルの奥のスペースには灰色の神官が四人、並んで立っていた。

昨日は灰色の神官が孤児だとは知らなかったけれど、それを知って、改めて見ても、孤児にしては実に身綺麗にしている気がする。もしかしたら、それほど待遇は悪くないのだろうか。それとも、貴族の側仕えをする人は身綺麗にされているのだろうか。

「おはようございます、神殿長」

「あぁ、マイン」

神殿長は見覚えのある好々爺《こうこうや》の顔でわたしを迎え出てくれる。しかし、その後、わたしの両親の姿を見て、目を見張った。信じられないというように目を見開き、ふるふると拳が震えている。

「こちらが……マインのご両親で間違いないのかな？」

「はい、間違いないです」

「一体どんな職業を？」

「兵士の父と染色の工房で働く母です」

わたしが質問に答えると、じろじろと不躾な視線で両親を見た後、神殿長は馬鹿にしたように鼻でフンと笑った。何も言わなくても、それだけで「貧乏人が」と見下しているのがすぐにわかる。

手のひらを返したような豹変ぶりに唖然として、わたしは目を瞬いた。いきなり他人を蔑むような目つきになった神殿長の姿に、先程までの好々爺の面影は欠片もない。身分の差というものを目の当たりにし、同時に、今まで好待遇を受けていた原因であるお金の威力というものを思い知った。

「では、早いところ、話をすませてしまおう」

挨拶も何もなく、テーブルに着くことも許されず、わたし達は立ったまま、神殿長の話を聞くことになった。これがもしかしたら、普通なのかもしれないが、今まで親切だった神殿長を知っているだけに、思わず眉根を寄せてしまう。

神殿長の隣に座る神官長は静かな無表情でわたし達を見ているだけで、神殿長のように軽蔑したような目で見ることはない。しかし、神殿長を止める気もないようで、澄ました顔をしている。

神殿長はコホンと咳払いをして、眉を動かしながら実に偉そうな態度で口を開いた。

「マインが巫女見習いを希望しているのはすでに知っているると思うが、反対しているそうだな」

「えぇ、そうです。大事な娘を孤児と同じ環境にやりたいとは思えません」

父さんが静かに火花を散らしながら、神殿長を見るが、神殿長は父さんの態度など歯牙《しが》にもかけないというような興味のなさそうな顔で、髭を撫でた。

「ふむ。そうかもしれんが、マインは身食いだ。身食いは魔術具がなければ生きていけない。神殿には魔術具がある。慈悲《じひ》を以て、神殿が受け入れてやろう」

それは交渉の余地もない命令だった。神殿長の口調とぞんざいな態度が、非常に高圧的で、身分差に慣れていないわたしはどうしてもイラッとする。見下しているのがありありとわかる素振りに苛立ちを感じているのはわたしだけではないようで、父さんの体がピクリと動いたのがわかった。

「お断りします。孤児と同じ環境ではマインはどうせ生きられない」

「そうです。マインは身食いでなくても、非常に虚弱です。洗礼式で二度も倒れ、その後何日も熱が引かないような子供なんです。神殿で生活などできません」

わたしを守るように繋いでいる母さんの手に力がこもった。身分差を越えて拒否するというのは、命をかけるに等しい行為だ。当然、断られるなんて露ほども考えていなかったらしい神殿長は、両親揃って拒否したことに、やや禿げかけた額の上の方まで顔を真っ赤にして、激昂した。

「両親揃って無礼な！　おとなしく娘を差し出せ！」

これのどこが聖職者だ、と呆れてしまうくらい感情的でみっともない姿に、ひくっとわたしの頬が引きつった。こんなんでも貴族で、平民であるわたし達は頭を下げなければならない相手だというのが、わたしは理解したくない。

父さんの方こそ怒りに震えているだろうが、それを感じさせないほど静かな口調で、父さんは再度拒否をする。

「お断りします。神殿には孤児がたくさんいる。こき使うのも、慰み者にするのも、そちらで済ませていただきたい。大事な娘を孤児の中に放り込むような真似は断じてしません」

父さんの言葉に母さんも痛いほどにわたしの手を握って、しっかりと頷いた。わたしにとっては嬉しくて誇らしくて、思わず笑ってしまいそうな両親の言葉だったが、神殿長にとっては火に油を注ぐだけのものだった。

「ふざけるな！　この無礼な両親を捕らえて、マインを奥に閉じ込めろ！」

神殿長がガタッと椅子を蹴倒して立ち上がって振り向くと、背後に立っていた灰色の神官に向かって叫んだ。短絡的なのか、話し合いなど考えたこともないのか、いきなりの強硬手段だ。

「下がってろ」

父さんがわたしと母さんを守るように前に出るのと同時に、灰色の神官がザッと向かってきた。テーブルの向こうだったお陰で、一斉に飛びかかられるということはなく、少しずつの時間差がある。さっと構えた父さんに向かって、神殿長がいやらしい笑みを浮かべた。

「神官に手を上げたら、神の名の元に極刑にしてやろう」

「マインを守ると決めた時から、それくらいの覚悟はできている」

父さんは向かってくる神官の腹に思い切り拳を叩き込み、体を折ったところで、膝蹴りを顎に食らわせて昏倒させた。そのまま背後に駆け寄ってきた神官の眉間に裏拳を打ち込んで蹴り飛ばす。

次々と急所を攻撃して、神官を戦闘不能にしていく父さんの流れるような動きに、全く迷いなどなかった。何より、兵士として訓練を重ねた父さんと、貴族の神官の世話を主にする灰色神官では勝負になるはずがない。普段それほどの暴力にさらされていないのか、残った二人の神官は怯えたような目で父さんを見ながらじりじりと後ろに下がっていく。

「フン、一人二人は相手にできても、大勢ならいつまでもつかな？」

父さんの覚悟を嘲笑うように、神殿長はドアを開けた。どのような方法で呼び集めていたのか、ドアの向こうには十人以上の神官がいて、部屋の中に一気になだれ込んできた。

勝ち誇ったようにこちらを見ている神殿長の表情に、わたしの中の何かがプツッと切れた。

……いい加減にして！

体中の血が沸騰するように全身が熱くなって、そのくせ、頭は妙に冷静に冷え切っているような感覚に包まれた。全身が怒りに染まっているのがわかる。

「ふざけるなはこっちのセリフ。わたしの父さんと母さんに触らないで」

わたしが一歩前に出ると、偉そうに笑っていた神殿長も、一人静かに座ったまま状況を見ていた神官長も、なだれ込んできた神官達までもが、何故か揃って驚愕した目でわたしを見た。

決着

　体は沸騰するほど熱いのに、頭の芯は冷え切っているようで、いつもよりずっと体が軽くなっているような気がする。わたしがじっと見据えているだけで、ドアの近くでふんぞり返って立っていた神殿長の顔が血の気が引いたように真っ青になっていくのがわかった。

　……そんな顔をするくらいなら、最初からひどいことしなきゃいいのに。バカじゃないの。

　どんどん顔色の変わっていく神殿長を見たのだろう、それまで全てを静観していた神官長が、血相を変えてガタッと立ち上がって叫んだ。

「マイン、魔力が漏れている。感情を抑えるんだ！」

　思わぬところから声がかかって、わたしが神殿長から神官長へと視線を向ける。

　わたしの視界から神殿長の姿が消えた瞬間、神殿長がその場にドサリと重い荷物が落ちたように崩れて座り込んだ音が耳に届いた。わたしの視界から外れると動けるようになるようで、縫いとめられたように動かなかった神官達が神殿長に駆け寄り、声をかける様子が耳に届き始める。神殿長の無事を問う声を遠くに聞きながら、わたしは神官長に問いかけた。

「どうやって抑えるの？」

　わたしが怒りを込めて神官長を見据えながら首を傾げると、胸元を押さえて神官長が低く呻いた。

「ぐっ……、いつも、しているだろう？」

「話し合いをしたいと言って呼び出しておきながら、いきなりの命令口調で、強硬手段に出た上に、反撃したら極刑なんて言う相手に、どうやってこの怒りを抑えればいいの？　わからないよ」

ふいっと神官長から視線を外して、再び神殿長を視界に収める。床にへたりと座り込んでいた神殿長は、先程と違って見上げなくてもわたしと視線が合う位置に顔があった。

ひっと声を引きつらせ、顔を恐怖に染めた神殿長が滑稽なほどに全身を震わせながら、少しでもわたしから距離を置こうとする。

……変な顔。

好々爺の顔とも、傲岸不遜《ごうがんふそん》な顔とも違う。わたしのような虚弱幼女を相手に、まるで怪物とか化物でも見たような顔だ。

次から次へと顔を変える神殿長に何とも言えない苛立ちを感じて、一歩、足を踏み出した。

「く、来るな！　来るな！　こっちに来るな！」

ぜいぜいと息苦しそうに呼吸をしながら、神殿長は恐慌状態に陥ったように、何度も何度も同じ言葉を繰り返している。

わたしの右肩の後ろ辺りから神官長の焦ったような声が響いてきた。

「待ちなさい！　このまま感情に任せて魔力を放たれたら、神殿長の心臓が持たない！」

ふぅん、と相槌を打ちながら、わたしは一歩、また一歩と神殿長に向かって足を進めていく。

「死ねばいいのに。このまま生きていたら、わたしの父さんと母さんを殺すんでしょう？　だったら、先に死んで。人を殺そうとするんだから、当然殺される覚悟だってあるでしょう？　貴方が死ねば、後釜を狙う人はきっと喜んでくれると思うよ？」

四歩、足を進めたところで、神殿長が泡を吹いて目を剥いて、卒倒した。

次の瞬間、神官長が神殿長をわたしの視界から隠すように立ち塞がって、わたしの前に膝をついた。そのまま苦しげに眉を寄せ、脂汗を垂らしながら、真剣な目で言い募る。

「話し合いをしよう」

「オハナシアイ？　肉体言語で？　それとも、魔力で？」

わたしの質問に目を見開いた神官長がコフッと咳き込んで、口の端から血を滴らせた。つつっと伝っていく赤い滴に、目を奪われる。

「殺しては、ならない。君が神殿長を殺せば、家族は貴族殺しの身内になる。それは君の望むところではないはずだ」

神官長の言葉に、ハッとする。家族を守りたいと思ったわたしの暴走で、家族を犯罪者の身内にするわけにはいかない。

わたしが何度か瞬きすると、ハァ、と疲れ切ったような溜息が神官長の口から漏れた。

「理性が戻ったようだな？」

「……多分」

安堵したように神官長が体の力を抜き、懐から取り出したハンカチで、自分の口元を拭って、乱れていた前髪を整える。それだけで、神官長は何事もなかったように冷静な顔に戻ってしまった。

「話し合いをしよう。君が望んだ通りに」

「こっちの条件を全部呑んでくれるってこと？」

一瞬苦い顔をした神官長が、軽く頭を振った後、わたしの肩に手を置いた。

「……そのためには暴れる魔力を抑えるんだ。できるか？」

ゆっくりと深呼吸しながら、わたしは全身に広がってしまった熱を集中して、中心に押し込んでいく。いつもの慣れた作業だが、自分で思っていたよりも身食いの熱が増えているよう気がする。

……身食いの熱じゃなくて、魔力だっけ？

そんなどうでもいいことを考えながら、ギュッと綺麗に押し込んで、きっちりと蓋を締めた。その途端、体中の力が抜けて、糸が切れた操り人形のようにガクンと体が崩れる。

「おっと」

倒れ込んだ体を目の前の神官長が抱き止めてくれて、床に放り出されることはなかった。

「マイン！」

「大丈夫か!?」

駆け寄ってきた両親に神官長がわたしの体を抱き上げて差し出した。母さんが軽く膝を曲げて、わたしを受け取り、ギュッと抱き締めてくれた。父さんが心配そうにぐったりとして体に力の入らないわたしをおろおろと見下ろしている。

「大丈夫だよ。身食いの熱が暴走する時の体温の急上昇と急降下に体がついてこないだけ。いつものことだし、意識ははっきりしてるから」

「いつものことなのか？　あれが？」

父さんの不安そうな言葉にわたしは軽く笑いを漏らした。

「あんなに感情的になって暴走することは滅多にないけど、食われそうになってた半年前は結構頻繁に熱が暴走してたから」

「そうだったのか……」

わたしが両親とそんな話をしているうちに、神官長は立ち上がり、この場を収拾するべく神官達に指示を出していた。神殿長の世話を頼み、話をするための部屋を整えさせる。

「君達、神殿長をベッドに放り込んだら、自室に帰って休みなさい。あれだけの魔力の威圧を正面から受けたら、相当疲弊しているはずだ」

「ですが、神官長の方が……」

心配そうに声をかけた神官の言う通り、多分、この場で一番疲弊しているのは、周囲の神官より、神官長の方だ。神殿長とわたしの間に割り込んで、真正面の間近でわたしと目を合わせて話をしていたのだから。

「神官長は……大丈夫なの？」

唇の端から伝っていた赤い血を今更ながら思い出し、わたしは思わず声をかけた。驚いたようにこちらを見た神官長が苦い笑みを浮かべる。

「これは私に与えられた罰だ。洗礼式まで生きていた身食いにどれだけの魔力があるかわからなかったのに、君を怒らせる神殿長を静観していたのだから当然のことだ」

指示を出し終えた神官長がこちらにゆっくりと歩いてくる。近くで見ると、荒い息と疲れ切った表情から、無理していることがよく感じ取れた。

「神官長は、なんで静観していたんですか？」

「何の条件もなく、君を神殿に入れることができれば、それに越したことはないと思っていたからだ。手間を惜しんで、少しでも利益を得ようと欲張った。まさか、平民である君の両親が貴族の命令を強硬に断るとは思わなかったし、子供を守るために極刑さえ覚悟しているとは思わなかった」

計算外だと呟く神官長に、父さんはわずかに目を細める。

「マインは大事な娘だ。何度もそう言ったはずですが？」

父さんの言葉に神官長がわたしを見る。自分自身を嘲笑しているような、ひどく眩しい物を見たような、複雑な笑みを浮かべて、母さんの腕の中にいるわたしの頭を軽く撫でた。

「……マイン、私は正直、ここまで親に大事にされ、愛されている君が羨ましいと思う。神殿にいるのは、孤児であれ、貴族であれ、親に必要とされなかった者ばかりだからな」

きらびやかで豪華な部屋に住める神官長の言葉は、とても悲しいもので、これから先、神殿に係わる間、ずっと胸に残る言葉になった。


神殿長がベッドに入れられたため、わたし達は神官長の部屋へと、場所を変えて話し合いをすることになり、移動した。

基本的な配置や使われている家具の高級さは神殿長の部屋と同じだが、飾り棚がなく、執務机が木札や紙に埋もれている。どうやら、神殿の実務的なあれこれを一手に担っているのは、神官長のようだ。

今度はきちんと席を勧められて、でろんと力が入らないわたしのために長椅子まで準備してくれて、話し合いは始まった。

「先程の、威圧と言ったかな？　あれは一体何だったのか、伺っても良いでしょうか？　マインの目が虹色のように光って、体から薄い黄色のもやもやとしたものが出てきていたが……」

……そんな怪奇現象が起こっていたなんて知らなかったよ！　目が虹色とか、体から何か出るって、何それ⁉

父さんの言葉にわたしがぎょっとした。知らないというか、見えないのは自分だけなので、わたしの驚きなど誰も気付かないらしく、話はさっさと進められていく。

「激しい感情が抑えきれなくなった時に出る現象だ。魔力が全身を巡り、活性化し、自分の敵だと認識した対象を魔力で威圧する。感情を抑えることが下手な子供には起きやすいはずだが、今まではなかったのか？」

両親は顔を見合わせて、記憶を探り始めた。

「目の色が変わるのは何度か見たことがあるわ。我儘を言う時になるのよ。けれど、威圧と言うほどでもなかったわね。無理な理由を言えば、大体は収まったから」

両親は思い出話に花を咲かせているが、第三者として話を聞くと、自分の奇妙さが浮き彫りになっていく。我儘を言うと目の色が変わるような子供は正直薄気味悪いと思う。

……わたし、捨てられててもおかしくないじゃん。よくここまで大事に育ててくれたな。

「魔力の差によって影響も差が出るので、以前より威力が上がっているということは、少しずつマインの魔力が増えているのだろう。これから先は暴走させないように気を付けなさい」

「よっぽどのことがないと、感情が振りきれることなんてないですよ」

切れさせた神殿長が悪い、と遠回しに非難すると、神官長はわたしをじっと観察しながら、目を細めた。

「身食いは魔力が比較的高いとは聞いていたが、まさか神殿長を卒倒させるほどの威圧を放つほど魔力があるとは思わなかった。……こう言っては何だが、何故、君は生きている？」

何故と言われても困る。よく理解できなくて首を傾げると、神官長が説明してくれた。

「魔力が強いほど、抑え込むのに精神力がいる。感情的で抑えることを知らない子供のもろい精神力で耐えられる魔力は正直それほど強くない。強い魔力を持って生まれるほど、すぐに死ぬ。成長に合わせて魔力も増えるので、洗礼式まで生き延びた身食いの魔力は本来ならばさほど脅威でもない。君ほどの魔力の持ち主が生きていることがおかしい」

「もう死んでるはずでした。親切な人が壊れかけの魔術具を譲ってくれたので、延命できたんです」

元のマインは二年近く前に。そして、フリーダに助けられていなかったら、わたしも半年前に死んでいるはずだった。神官長が言う通り、身食いが洗礼式まで生き延びるのは簡単ではない。

「そうか。だが、君はその親切な人を通して、貴族と契約することを望まなかったのか？　契約しなければ生きられない。君が契約しなかったおかげで、こうして神殿に迎えることができるのだが、私には不思議で仕方がないのだ」

　本当に不思議そうに問われて、わたしも同じように首を傾げる。

「契約して貴族に飼い殺されるなんて、生きている意味がないでしょう？　わたしは家族と一緒にいたかった。本を読みたかった。本を作りたかった。自分の生きたいように生きられないのでは、生きていても死んでいるのと同じです。意味がないですよ」

「……自分が生きたいように生きる、か。とても理解できない考え方だな」

　軽く頭を振った神官長は、ゆっくりと呼吸を整えて、わたしを、母さんを、父さんを順番に見て、口を開いた。

「マイン、君には神殿に入って欲しい。これは命令ではなく、お願いだ」

「商人さんから聞きました。貴族が減って、魔力が足りないんですよね？　魔力によって収穫に影響が出るのは本当ですか？」

「……ずいぶんと物知りな商人だな。まぁ、いい」

　どうやら、ベンノが集めてきた情報は正しかったようだ。だったら、魔力が足りなければ、影響の出る範囲がひどく大きいことになる。

「他の貴族の人には協力してもらえないんですか？」

「それぞれ守り、動かさなくてはならない魔術具がある。国や街の根幹を守るのは、ほとんど魔術具だからな」

　なんと、お貴族様もちょっとは協力しろよ、と思っていたが、別にやることがあるらしい。

「神殿長はアレだが、実務を担当しているのは私だ。君ほどの魔力の持ち主は身食いでも珍しい。約束した通り、できるだけの便宜を図らせてもらう」

「父さん、あと、よろしく」

条件はしっかり話し合っている。この先の交渉は家長である父さんに任せよう。母さんはそっとわたしの頭を撫でながら「疲れてるでしょ？　寝てていいわよ」と言ってくれたが、自分に係わる話をきっちり聞いておかないと、またベンノからチョップを食らう羽目になる。長椅子にもたれかかったまま、わたしは父さんと神官長の話し合いを見ていることにした。

「では、こちらからの条件です。マインの魔力が必要だというなら、貴族とほぼ同等の扱いを要求します。マインに灰色巫女のような仕事は決してさせないでほしい」

父さんの要求に、ほとんど考えることなく神官長が頷いた。

「マインには特別に青の衣を準備する。貴族の子弟と同じように魔術具の手入れが主な仕事となる。神殿長が暴走しなかったら、本来はそうするつもりだったので、問題ない。魔術具の手入れと、本人が熱望する図書室の仕事を勤めとするので、どうだろうか？」

条件を付けることなく、図書室への出入りを許可してくれた神官長への好感度がうなぎ登りに上がっていく。冷たそうに見えるけれど、神官長は良い人だ。

……わたしの暴走も体を張って止めてくれるし、実務を一手に引き受ける有能さんだし、聖典も読んでくれたし、図書室に入れてくれるし、図書室に入れてくれるし！

「神官長、とても良い人ですね！」

わたしの感動と歓喜は誰にも通じなかったようだ。父さんも神官長もちらりとわたしを一瞥しただけで、話し合いに戻ってしまった。

「それから、親の目が届かない神殿に住むのは心配で仕方がないので、通いでお願いしたい。こちらとしては、マインを手放すつもりなどないんです」

「……そうだな。マインは孤児ではないので、家から通えばいい。実際、家がある貴族も通いが多いので、問題はないだろう」

「あの、マインは虚弱なので、毎日のお勤めはできませんが、その点については？」

母さんに片手で軽く口を押さえられ、発言を禁じられている間に、わたしを置いてさくさくと話が進んでいく。

「体調が悪い時に無理をする必要はない。体調の良い時には森へ行った話もしてくれたのだから、動けないわけではないのだろう？」

神官長に視線を向けられ、ペラペラ喋ってしまった自分に歯噛みしつつ、首を横に振った。

「体調が良くても、ルッツがいないと無理です」

「ルッツ？　先日迎えに来た少年か？」

「そうです。わたしの体調をずっと管理してくれていたの。ルッツがいなかったら、わたし、いきなり倒れたり、熱を出したりするんです。体調を管理してくれる人がいないとダメなんです」

だから、ルッツの都合が良くて、体調の良い時だけ……と言う前に、得心したように神官長が頷いた。何と言うこともないように、手元の木札に何やら書き込む。

「あぁ、側仕えが必要ということか。青色神官や青色巫女には必ず数人、側仕えが付くことになっているので、問題ない」

……え？　側仕えって何ですか？　そんなん数人も付けられたらこっちが困りますけど？

「これでも、まだ反対か？　他に条件は？」

戸惑うわたしから視線を外し、神官長は両親を見遣る。かなり譲歩されているのは間違いない。何が何でもわたしを神殿に入れたいと言っていたベンノの言葉は正しかったようだ。

「あの、神官長。わたし、商業ギルドに登録してるんです。工房を続けても良いですか？」

「……そんなものは神に仕えるのに必要ない、と神殿長なら言うだろうな」

神官長が初めて難色を示した。難しそうに眉を寄せて、考え込む。わたしはベンノに教えられた通りに、交渉することにした。

「でも、工房の仕事はずっとしているんです。わたしの大事な収入源だし。ここって孤児院があるんですよね？　孤児の子供達にお給料を払って雇うとか、できた商品の利益の一部を神殿に納めるとか、何か落とし所を探せませんか？」

頭ごなしにダメだと言いそうな神殿長と違って、実務を一手に担っている神官長ならば、帳簿のこともわかっているはずだ。貴族が減って、寄付が減っている神殿は収入が欲しいはずだとベンノが言っていた。じっと神官長の答えを待っていると、「どこまで知っているんだ」と忌々しそうに呟きながら、こめかみを押さえた。

「……よろしい。利益や神殿に納める割合は後日ゆっくり話し合ったうえで、認めるかどうか決定することにしよう。今日は全く情報がないので、話にならない」

「わかりました。じゃあ、寄付も含めて、お金に関するお話はまた後日にしましょう」

寄付金の話はあまり両親の前で言いたい話ではない。神官長は何を察したのか、軽く片方の眉を上げたけれど、何も言わずに両親へと視線を向けた。

「他に条件は？」

「いえ、青の衣をいただいて、体調を見ながら家から通うのであれば、親として反対はできません」

「では、一月後《ひとつき》、神殿に来るように。青の衣を準備する期間が必要だ」

スッと神官長が腕を振り、退室を促した。


高い門に囲まれた神殿を出ると、よく晴れたお昼前の青い空が広がっていて清々しく、全部終わった解放感をさらに助長してくれる。

わたしは父さんに抱き上げられて帰宅する。しばらく誰も口を開かずに無言で歩いていたが、中央広場が見えて、自分達の生活圏内へと帰ってきた時に父さんがぼそっと呟いた。

「終わったな……」

「うん」

「勝ったんだよな？」

まるで実感がないように言う父さんにわたしは満面の笑みを浮かべて大きく頷いた。

「大勝利だね。父さんも母さんも、わたしを守ってくれてありがとう」

やっと力が入り始めた拳を緩く握って、わたしが肘を折ると、父さんはいつもの笑みを浮かべて、片手でわたしを抱き直し、もう片手で拳を作った。

「父さん達を守ってくれたのはマインだろう？　威圧ってヤツで」

「うーん、怒りに熱が暴走しただけで、正直よく覚えてないの」

クスクス笑いながら、わたしは父さんと軽く拳を合わせる。並べた条件は全部呑んでもらえたし、お金に関しては交渉次第だ。ベンノに相談して、対策を練りながら、絶対に勝ちとってやればいい。

「わたしはちょっと安心したわ。神官長がいれば、大丈夫そうだもの」

母さんの言葉にわたしは首を傾げた。確かに、神官長は有能だとは思うけれど、母さんが何を見て安心したのかわからない。

「神官長はちゃんとマインを止めてくれたでしょう？　マインは勝手に突っ走るから、誰も止められないのは困るわ。何かがあって魔力が暴走しても、きちんと止めて叱ってくれる相手は貴重よ」

わたしをよく知る母親らしい理由だ。神殿に入ったら、母さんのお墨付きで神官長に叱られる日々になることが今から予想できる。

「……いっぱい怒られそう」

わたしの予想に父さんも母さんも笑った。両親を処刑しようとした神殿長を止められなかったら、この光景をわたしは見ることができなかったのだと思って、息を吐く。

……よかった。暴走したけど、わたし、間違ってなかった。

皆で揃って帰って来られたことに安堵しながら、大通りを曲がり、家に向かう細い路地へと入る。

井戸の広場にトゥーリがいた。うろうろと歩きまわり、わたし達の帰りを待ってくれているのがすぐにわかる姿に、自然と頬が緩んでいく。

「トゥーリ！」

「マイン！　よかった！　ちゃんと帰ってきた！」

わたし達の姿を見つけたトゥーリが少し伸びている雑草を踏みしめながら、駆け寄ってくる。

父さんがわたしを下ろしてくれ、わたしの背中を自分にもたれさせるようにして、支えてくれた。

そして、飛びついてくるトゥーリごとわたしを支えてくれる。

「おかえり、マイン！　待ってたよ」

よかった、と涙さえ浮かべたトゥーリの笑顔に、わたしも笑って応えた。

「ただいま、トゥーリ」

エピローグ

無事に、とは言い難いが、何とか神殿との交渉事を終えたギュンターは、久し振りに憂いなく仕事ができると思っていた。オットーのだらしなく笑み崩れた顔を見るまでは。

「オットー、少しは顔を引き締めろ。そんな顔で門番が務まるか⁉」

指摘されたオットーは、パンパンと自分で頬を叩いて、顔を引き締める。だが、少し頬が赤くなっただけで、全く効果はない。おそらく溺愛している妻に何か良いことがあったのだろうとわかっていても、何発か殴ってやりたくなるようなにやけ顔のままである。

全く変わってない、と呆れて溜息を吐くギュンターの背後で、クックッと低い笑い声が響いた。笑うのは誰だ、と睨みながら振り返ると、そこには士長が肩を揺らしながら立っていた。

「部下は上司に似るのか？　今のオットーは、家族に何かあった時のお前とそっくりじゃないか。ギュンター、お前がちょっと話を聞いてやれ。なに、いつもと逆なだけだ」

そう言いながらポンポンとギュンターの肩を叩いて、士長が去っていく。

トゥーリの洗礼式に会議が重なった時やマインに関することで時々話を聞いてもらった時など、ギュンターにはオットーに世話をかけている自覚が少しだけあった。

……仕方がない。気は重いが、今日はオットーにとことん付き合うことにするか。

惚気話が長くて面倒なのだが、付き合うしかないとギュンターは覚悟を決める。

幸いなことに、ギュンターは自分が周囲に同じような評価を下されていることも、家族愛が暴走して鬱陶しい二人で仲良くやってほしいと望まれていることも知らずにいた。


交代と引き継ぎを終え、ギュンターはオットーを連れて東門の方へと足を伸ばす。東門は街道に繋がる門で、最も人通りが多く、宿屋や飲食店が軒を連ねている通りである。大通りに近い路地や裏通りにも店は軒を連ねていて、この街の住人は大体行きつけの店を持っているものだ。

夏なので、どの店も出入り口の扉は大きく開け放たれていて、中で酒を飲みながら大騒ぎしている声があちらこちらから聞こえてくる。行き交う人とぶつかるのを避けながら、ギュンター達は門の兵士が集まりやすい行きつけの酒場に向かった。

ギュンターが酒と料理の匂いが充満する酒場の中に踏み込むと、店のほぼ真ん中にある二つの並んだ長テーブルは団体の客が占領して、十数人が大声で何やら言い合っているのが目に映る。壁際には少人数で利用できる丸テーブルがいくつかあり、ほとんどが埋まっていた。

「うわぁ、いっぱいですね」

オットーの声に同意しながら、わぁわぁと大騒ぎしている団体の後ろを通り抜け、ギュンターは奥のカウンターで酒を注いでいる店主に声をかける。

「おぅ、エッボ。ベレアを二人分だ。後は腸詰《ちょうづめ》の塩茹でをいくつか適当に頼む」

ベレア二杯分と腸詰の代金として大銅貨一枚をカウンターの上に出すと、エッボが木の杯にベレアをなみなみと注いでくれた。零さないように気を付けながら杯を持つと、空いているテーブルを探して、奥の方の丸テーブルへと移動する。

まだ前の客の食器が残っていたが、ギュンターが座ろうとするのを目敏く見つけた給仕女が木の杯やフォークなどの食器を手早く持ち去っていった。テーブルに残されているのは、肉汁を吸って少しふやけた食器代わりの固いパンだけだ。そのパンでテーブルの上をザッと拭いて、パンごと床に落とせば、店の犬が尻尾を振りながらやって来て、パンをガフガフと食い始める。

片付いたテーブルの上に持ってきた杯を置いて、ガタガタと音を立てながら椅子に座った。

「ヴァントールに感謝を」

酒の神に感謝を述べ、木の杯を軽く互いに見せ合うと、ギュンターはベレアを口へと運んだ。ゴクゴクゴクと杯のほとんどを一気に喉に流し込むように飲む。これがベレアを一番うまいと感じる最高の飲み方だ。仕事帰りの乾いた喉を通過するベレアの清涼感が堪らない。しゅわしゅわとする炭酸の刺激とベレア独特の苦みと香りが一瞬遅れてギュンターの口の中に広がっていく。

「ぷはぁ、うまい!……で? 一体何があったんだ?」

空になった杯をテーブルにトンと置いて、口元の泡を拭っているオットーを促す。オットーは給仕女から腸詰の塩茹でを受け取りながら、二人分のベレアのおかわりを頼んだ。皿代わりに使う固いパンの上に腸詰を取りながら、オットーはデレデレとした、にやけ顔で軽く肩を竦める。

「これはまだ言うなってコリンナに言われているので、いくら班長が相手とはいえ、喋れませんよ」

「何だ、子ができたのか」

「な、なな、なんでわかったんですか⁉」

「いや、お前の状態と、他に言うなという奥さんの言葉でわかるだろ？」

参ったな、とオットーが頬を掻く。わかったのは、ギュンター自身が全く同じことをして、周りに同じように指摘されたからだが、そんな余計なことをオットーに教える必要はないだろう。

……それにしても、オットーが父親か。こんな浮かれた男で大丈夫か？

そんな言葉がギュンターの頭を過る。だが、それもまたギュンターが周囲に言われた言葉だった。

……子供ができて浮かれるということは、愛情深い良い父親になるってことだ。全く問題ないな。

我が身を省みた後、ギュンターはそう考え直して、何度か頷いた。


「はい、おかわり！　お待ちどうさん」

テーブルの上にドンと勢い良く杯が置かれて、中身が揺れる。わずかにベレアの泡が飛び散ったが、そんな細かいことを気にする店員も客もいない。給仕女に中銅貨を渡すと、ギュンターとオットーは周りの喧騒につられるように、杯に口を付けた。一杯目と違って、勢いで流し込むことはなく、麦の香りと苦味と甘味と旨みの混ざった複雑な味を味わいながら、ゴクリと飲み下す。

オットーの妻コリンナは、エーファとトゥーリにとって憧れの針子だとギュンターは聞いている。トゥーリは今の工房の契約が終わったら、コリンナの工房へ移りたいと言っていた。そして、コリンナの兄のベンノは、マインが世話になっている商会の旦那様だ。ギュンター自身はオットーとしか繋がりがないけれど、家族全体で見てみると意外と関係が深くなっていた。

「オットー。お前、奥さんも子供も大事にしてやれよ。お前の子が大店の後継ぎになるんだろう？　マインが前にそんなことを言っていたぞ」

「……そのことで話があるんです、班長」

オットーの雰囲気ががらりと変わった。にやけていた顔が引き締まり、視線が言葉を探して空をさまよう。マインが抱え込んでいたことを家族に話そうとした時と同じように強張った肩を見た瞬間、一瞬で酒気が飛んで、頭が冷えた。飲んだばかりなのに喉がカラカラに乾いたような気がして、ギュンターはゆっくりとベレアを口に含んで一口嚥下する。

「……いいぞ、話せ」

「あ～、その、今すぐのことじゃないんです。……数年後のことになると思うんですが、俺、兵士を辞めることになると思います」

オットーが兵士の職に就いたのは、コリンナとの結婚を許してもらうためだった。一介の旅商人が惚れた相手は、大店の跡取り娘。コリンナの周りの人間には街での商人の地位欲しさに言い寄っていると言われ、肝心のコリンナに不信感を抱かれたそうだ。オットーは街での市民権を買い取って、商人ではない職に就くことで自分の想いを証明したのである。

だが、あの時、ギュンターは本気で驚いた。ギュンターが西門で門番をしていた頃だったから、もう四年ほど前になるだろうか。門をくぐりながら「ここで商品を売ったら親の住む町に行って店を出すんだ」と語っていたはずの旅商人が、ほんの数日後には女を口説くためにこの街の市民権を買って、全財産を使ったので、商人以外の職の伝手がないか、と尋ねてきたのだから。他の門番と一緒に何度か聞き返したくらいギュンターには自分の耳が信じられなかった。

だが、ギュンターはオットーが子供の頃から父親に連れられて旅商人として過ごしている姿を門番として見てきたし、親元へ行くと言っていた男が全財産をはたいて市民権を買うくらい本気で一目惚れをしたことも、我が身を振り返れば理解できた。

オットーは旅商人として生活してきたおかげで、計算ができて、書類を読めて、そこそこの手練だったため、主に書類仕事をすることを条件に、ギュンターが兵士職を紹介したのだ。兵士というのは、どうにも鍛錬には熱心でも書類仕事を疎かにする男が多い。オットーが入ってからというもの、出入りの商人や貴族の紹介状を持った者とのやり取りが非常に楽になった。

……そのオットーが兵士を辞める？　商人として、妻の家に認められたということか？

兵士としての職業の傍ら、店を手伝わされていることは知っている。門に出入りする業者と商人としてやり取りして、勘が鈍らないようにしていることも知っている。オットーの努力が実ったのなら、めでたいことだが、オットーの顔には戸惑いの色が濃い。

「子供ができて、やっと義理兄に認められたのか？」

「……その前から時々それらしい話が出ていたから違います。原因はマインちゃんなんですよ」

思わぬところで娘の名前が出てきて、ギュンターは目を見張って杯をドンとテーブルに置いた。

逆にオットーは表情を少し緩ませて、杯を手にとって一口飲む。

「班長、俺が商人以外の職として、一番に兵士を選んだのはこの街の住人と顔を繋ぐためでした。街の人々に顔を覚えてもらうため、自分が街の人々の顔を覚えるため。そして、街に出入りする商人や貴族を知るため、情報収集のために兵士を選んだんです。本当はもうしばらく兵士でいるつもりだったけれど、店の状況が変わってきているんです。マインちゃんが持ち込んだリンシャンや髪飾りがすごくいい商品で、ギルベルタ商会の業績が一気に伸びているんですよ」

「ほぅ。マインが持ち込んだ商品が？」

マインが褒められているのは嬉しいし、親として誇らしいけれど、ギュンターにはどうにも納得できない。ギュンターの目から見れば、リンシャンを作っているのはトゥーリで、髪飾りはマインよりエーファやトゥーリの方が綺麗な物を作る。マインは作ろうとしても力が足りなくて失敗したり、出来がいまいちで首を傾げたりしている姿を見ている方が多いのだ。

「でも、ギルベルタ商会は基本が服飾品で、マインちゃんがルッツと一緒に作って持ち込んだ植物紙は利益も影響も大きいけれど、方向性が違うんです。ベンノは扱うものを広げていきたい。コリンナは基本的に服飾にしか興味がないから、扱う物を広げたくないって話になって……」

「もしかして、マインの持ち込んだものが諍《いさか》いの種になったのか？」

ギュンターが顔をしかめると、オットーが慌てたように手を振って否定した。

「いいえ、諍いというほどじゃないですよ。商人としての目で見れば、すごいものなんです。ベンノが手を出したいのもわかる。ただ、コリンナには扱いきれないだけです。だから、ベンノはギルベルタ商会をコリンナに譲って、俺を補佐に付けて、自分の店を持ちたいと思ってるみたいで……。新しい店を作って、マインちゃんが持ち込んだものを余所にも広げようとしているんです」

大店の旦那が新しく店を作ってまで、売り広げようとしているということは、莫大な金額が動いているはずだ。前にトゥーリが興奮して、マインはお金持ちだと一生懸命説明してくれたが、大袈裟に言っているのだろう、とギュンターは適当に考えていた。洗礼式を終えたばかりの子供が持っているような金額ではなかったので、金額は聞き流していて覚えていない。

「……マインがとんでもない金を稼いでいるというのは本当だったのか」

「本当ですよ。でも、誰に教わったのか、子供とは思えないくらい金の管理が徹底しているんです。金勘定が適当な班長が教えたわけじゃないだろうし、一体どこで覚えたんでしょうかね？」

揶揄するように片眉を上げたオットーを軽く睨んで、ギュンターはフンと鼻を鳴らす。可愛い娘を気に入って、魔力なんて余計な物まで与えて、賢すぎる知識を与える存在なんて一つしかない。

「神様に教わったんだろうよ。マインは神に愛されている娘だからな」

「ただの親馬鹿かと思っていましたけど、妙な説得力があって怖いですよ」

オットーは笑いながら肩を竦めて、腸詰にかぶりついた。ギュンターも腸詰をかじる。

「それで、いつ辞めることになるんだ？　お前の仕事を引き継げるヤツなんていないぞ？」

「さすがにすぐに交代というわけにはいかないから、二年から三年ほど後になると思いますよ。計算ができる後継を育てておきたいとは思っているんですけど。……ハァ、マインちゃんを神殿に取られたのは誤算でした。突然すぎて、何が何だかわからない状態ですよ」

オットーはマインが商人見習いにならないように、虚弱なことや人間関係の大変さを吹き込んで在宅の仕事を勧めていたことを思い出す。あの時に決めたまま、マインが家で仕事をしながら、時折一緒に門へ仕事に行く生活ができれば、どれだけよかったことか。マインを神殿に取られるなんて、ギュンターも全く考えてもいなかった。

「俺にとっても誤算だったさ。貴族に近付きたくないと言っていたマインが、いきなり神殿巫女になりたいと言い出したんだからな。いくら本が読みたいからって、まったく……」

洗礼式から戻った途端、神殿の巫女見習いになりたいなどと言い出した時のことを思い出し、ギュンターの杯を持つ手にぐぐっと力が籠った。やっと見つけた図書室で死ぬまで本を読みたかったから、という理由でどんな場所なのかもわからない神殿に突っ込んでいったマインは馬鹿だ。

「ベンノも色々と情報を集めたり、手を回したりしていたけど、班長は納得しているんですか？」

「していると思うか？」

じろりとオットーを睨めば、オットーは降参するように軽く手を挙げて首を振った。いくら良い条件を付けられたところで、神殿に娘を通わせるなんて、好き好んでやる親はいない。

「納得なんぞできるわけがないだろう。貴族と同等の扱いをするなんて言っているが、あいつらの特権意識を考えれば、本当にそんな扱いをするわけがない」

どうせ口先だけだ。建前上、青の衣は与えられるかもしれないが、マインが本当の意味で貴族と同等になど扱われるはずがない。どんな扱いをされるのかわからないのだ。

「それでも、孤児院に放り込まれることは回避できた。家に帰って来てくれれば、まだ、俺の目が届く。貴族が相手なんだ。完全に取り上げられなかっただけでも、よかったと思うしかない」

「でも、マインちゃんはかなり危うい立場ですよね」

マインの魔力が暴走し、威圧で神殿長を止めたから、有耶無耶になっただけで、神殿長はギュンターとエーファを極刑にしてもマインを孤児院に放り込むつもりだったのだ。命が助かって、マインが家から通えるようになっただけでも、神殿側にすれば大きな譲歩だろう。これ以上の優遇を望んでも無駄だ。むしろ、平民に威圧された神殿長からは嫌われ、疎まれているに違いない。マインが神殿に通い始めてから、どうなるのか考えるだけで恐ろしい。

「班長。これは、ベンノが言っていたことなんですけど、おそらく、マインちゃんが神殿で安穏と過ごせるのはせいぜい五年くらいだそうですよ。今は貴族が少ないから、魔力持ちは重宝されるだろうけれど、貴族が増えてきたら厄介者扱いされる危険性があるそうです」

「たった五年か。それでも、神殿に入らず、半年とたたないうちに死ぬよりはマシなんだろうな」

神殿にマインを通わせるのは、マインの延命が一番の目的だ。それだけはギュンターの力ではどうすることもできない。延命には魔術具が必要だが、ギュンターにはそれを手に入れるだけの伝手も金もないのだ。父親として不甲斐なさすぎる。

「でも、マインちゃんは価値が高い。魔力もあるし、お金を稼ぐ力もある。危険が迫る前に存在価値を示すことができれば、飼い殺しにされるのとは契約条件が変わってくるかもしれません」

「マインは家族と一緒にいたいから、貴族と契約はしたくないと言っていたが、……親の心情としては、できるだけ長く生きていて欲しいと思う」

ずっと熱に苦しんで、やっと自分のやりたいことができるようになってきたのだから、自分の望みのまま生きてほしいと思う。しかし、命欲しさに貴族と契約するかどうか。契約するとなれば、一体どんな貴族と、どんな契約条件ですることになるのか。何もかも全てがマイン次第だ。

父親であるのに、ギュンターが手を出せる範囲は本当に小さい。自分よりも、親身に相談に乗ってくれて色々な情報を集めてくれたベンノや、孫娘のために集めた魔術具を売ってくれたギルド長の方が、よほどマインのためになっているのではないかとギュンターは思う。

「……俺に一体何ができるというんだ？　金もない、伝手もない。どんなに大事に思っていても、自分の子供さえを守ることもできない兵士だぞ？　とんだお笑い草だ」

ギュンターは酒に任せて、家では漏らせない愚痴を漏らした。偉そうに「街ごと家族を守る」と言ってみたところで、一介の兵士にできることなどない。

そんな愚痴を聞いていたオットーが緩く首を傾げた。

「いえ、マインちゃんの父親が、この街の門を守る兵士であることは、神の采配かもしれません」

「……どういうことだ？」

ギュンターが目を細めると、オットーは喧騒に溢れる周囲を見回した後、少しだけ声をひそめた。

「ベンノが尽力したので、この街の中でマインちゃんは契約魔術で多少守られています。ベンノが予測する中で一番怖いのは余所の貴族に掻《か》っ攫《さら》われることだそうです」

「掻っ攫われるだと？」

物騒な言葉にギュンターはゴクリと息を呑んだ。神殿にいる貴族については多少想定していたが、マインが余所の貴族にまで狙われる可能性があるとは考えてもいなかった。

「街を出れば、契約魔術の効果は切れるそうです。この街の貴族が相手ならば、ギルド長やベンノが動ければ、領主様に願い出て調べてもらうことができるかもしれない。けれど、余所の貴族では領主様の手さえ及ばない可能性があるそうです」

大きな権力に見える大店の旦那様も、商業ギルドの長も、この街の領主様でさえ、その力が及ぶところは限定的だと言われて、ギュンターは頭を殴られたような気がした。

……領主様にできないことが俺にできるわけがない。余所の貴族なんて一体どうやって対応すればいいんだ？

グッとこめかみを押さえるギュンターに、オットーはニヤリと唇を歪めて、挑戦的に笑った。

「そんな事にならないためには、神殿でマインちゃんに良い感情を持っていない神官とその神官に関係のある貴族を調べあげなければならない。そして、余所から入ってくる貴族に目を光らせて、問題がないかを判断しなければならない。だったら、全ての紹介状や招待状に目を通す門番という仕事はマインちゃんを守るためにうってつけじゃないですか」

何度か瞬いて、ギュンターは門番の仕事を思い返す。確かに、平民が貴族の動向を知るためには、門番という仕事はもってこいだ。余所の貴族は紹介状や招待状を持たずに入ってくることはない。馬車や馬など、乗り物を使って街に入ってくる貴族は必ず門を通って、紹介状を元に城壁へと移動し、貴族街へと入っていく。お偉いお貴族様が平民の街をうろうろすることはない。街で馬車を止めたり、神殿に直接向かったりする貴族に注意すれば、かなりの確率で誘拐は防げるだろう。

仮に、貴族がならず者を雇って誘拐しようと企んでも、門番をしていれば余所者はすぐにわかる。特に後ろ暗いことを生業にしている者は見ればわかる。街の住人に声をかけ、不審者がいないか見回りをし、門番同士の結束を深めて、異常事態が起こった時には迅速に動けるように普段から準備をしておく。これは全て、兵士の仕事だ。

「街ごと家族を守るために兵士になったんでしょう？　今まで通り、街ごと守ればいいんです」

「……そう考えたら、次の春から東門に異動になるのも幸運だとしか言えんな」

兵士は三年に一度、班ごとに門の異動をする。妙な癒着《ゆちゃく》を防ぎ、兵士同士の結束を深め、仕事の均一化を目的としているらしいが、そんなことはどうでもいい。この春、ギュンターの班は南門から東門に異動する。東門は街道に面しているため、全ての門の中で最も人通りが多くて、情報が入って来やすい門だ。余所者が多く出入りする分、一番警戒が必要な場所になる。

「十分に警戒して、情報収集は抜かりなく、ですね。兵士同士の繋がりを利用して、少しでも危険を察知したら動けるように、連絡の取り方も見直した方が良いかもしれません。俺も協力しますよ。ベンノがあそこまで首を突っ込んでいる以上、俺の家族も無関係ではないですからね」

オットーがそう言って、拳を握ると、力こぶを作るように肘を曲げた。挑戦的に笑いながら、兵士がお互いの健闘を祈る時にする仕草を見せる。

「班長。絶対に守りましょう」

同じように不敵な笑みを返しながら、ギュンターはくさくさとしていた気分を杯に残るベレアと一緒に飲み干して、タンと杯をテーブルに置いた。そして、グッときつく拳を握って肘を曲げ、オットーの拳に自分の拳を軽く当てる。

「あぁ、俺の家族はこの街ごと、俺が守る」

それから神殿に入るまで

トゥーリ　コリンナ様のお宅訪問

「ただいま、トゥーリ。コリンナさんがね、ぜひ、皆さんでどうぞって、言ってくれたよ。明日の午後にいらっしゃいって」

少し急いで帰ってきたのだろうか、息を弾ませてマインが玄関に飛び込んできた。満面の笑顔でそう言った後、マインはへにゃへにゃとその場にへたり込む。

「うっ……、トゥーリに早く教えてあげたくて、頑張りすぎたかな？」

「明日行けなくなる方が困るよ。ちょっと座って休んでて」

へろんとした様子でテーブルに体重を預けて、マインが座る。艶のある紺色の髪がさらりと落ちた。そんな様子を見ながら、わたしはホッと息を吐いた。

……うん、大丈夫そう。

マインは色々な事に挑戦して、少しずつ体力も付けているけれど、全然強くならないし、大きくならない。いつまでたっても四、五歳くらいにしか見えないので、心配で仕方ない。同い年のルッツと並んでも兄妹にしか見えないし、最近では森に行く時に二つも年下の子に世話を焼かれたと、どんよりと落ち込んでいた。マインは身食いだから虚弱なわけではなく、身食いが治っても虚弱なままらしい。同じ病気のフリーダちゃんとは違うと、この間ルッツが言っていた。

マインは神殿に青色巫女見習いとして入ることになった。おかげで、身食いで死ぬこともなくなったし、灰色巫女として孤児院に放り込まれることもなくなったらしい。いつ、マインがいなくなるのかって怯えていたけど、それがなくなったのが、わたしにはホントに嬉しいのだ。

そして、今日、マインはベンノさんのお店に神官長対策の相談に行っていた。ついでに、コリンナ様と会う日を決めてくると言っていた。前はマインだけ招待されて、わたしはお留守番だったけれど、今回は一緒に行けるようにお願いしてくれたのだ。

……あぁ、楽しみ。コリンナ様のお家に行ったこと、工房の仲間に自慢しちゃうんだ。うふふ。

コリンナ様は成人した頃から自分の工房を持っていて、お貴族様からの注文まで受けて衣装を作っているくらいすごい人だ。わたしのような針子見習いにとっては、あの青いお空よりずっと遠い存在で、いつかあんな風になりたいなぁ、と思う憧れの人である。

素敵な旦那様に熱烈な求婚を受けたことも、吟遊詩人の物語のように針子仲間の間では伝えられている。コリンナ様のために商人である自分を捨て、今まで築き上げてきた財産を捨て、求婚したという噂で、とても愛されていて、大事にされているコリンナ様は女の子にとって理想の塊だ。

……コリンナ様って、どんな人なんだろう？　マインは優しくて綺麗な人だよって言ってたけど。

「……むぅ、ちょっとマシになったかな？」

ぐりぐりとこめかみを押さえながら、マインが立ち上がって、のそのそと動き始めた。

マインが自分で作ったお気に入りのバッグに、丁寧に畳んで、汚れないように布で包んだ晴れ着と髪飾りと細いかぎ針を入れていく。明日の準備だと気付いて、わたしはマインに尋ねた。

「マイン、わたしは？　何を準備したらいい？」

「うーん、特にないけど……せっかくだから、リンシャンで綺麗にして行こうか？」

わたしが作ったリンシャンで、マインと髪の洗いっこをする。前はこんなに頻繁に洗わなかったけれど、最近は身綺麗にしないといけないと思うようになってきた。工房でも、お客様が来た時に案内したり、話し相手を務めたりするのは身綺麗にしている人ばかりだからだ。

「あのね、マイン。わたし、今日ね、初めて案内係を任されたんだよ」

「本当に？　よかったね、トゥーリ」

いつだったか、マインに「身綺麗な人しかお客様と顔を合わせる仕事が回ってこない」と工房仲間と愚痴を言い合う気分で不満を言ったら、「お客様相手の商売は第一印象が大事なんだよ。商人なら当然気を付けることだから。作るだけの裏方ならともかく、お客様に顔を売りたいんだったら、トゥーリも汚れや恰好には気をつけた方が良いよ」と商人視点で注意された。他にも、お客さんに見られても良い仕事着にして、汚したくないなら袖までついたエプロンをしておくといいよ、とも言われた。案内する前に外せば、綺麗な仕事着になるよ、と。

マインの忠告を取り入れたら、お客様に顔を出す仕事が回ってくるようになったのだ。「マインのお陰だよ」とわたしが言うと、「トゥーリが素直に忠告を聞けるからだよ」とマインは笑った。

今日の出来事をお互いに話しながら、丁寧に髪を拭っていると、母さんが帰ってきた。わたし達二人が髪を拭ったり、櫛で梳いたりしているのを見て、軽く目を見張る。

「あら、リンシャンを使っているの？……もしかして？」

「うん。明日、コリンナさんのところに行くことになったから」

マインの言葉を聞いた母さんは、料理番をわたし達に押し付けて真剣な眼差しで熱心に髪を洗い始めた。コリンナ様に会う前に、できるだけ綺麗にしたい気持ちはとってもよくわかるので、わたしとマインは肩を竦めて料理番を交代してあげる。

「わたし、明日は作ってもらったばかりの新しい夏服で行くんだ」

「いいね。あれ、涼しそうで可愛いもん」

マインの晴れ着を作らなくて余った布は、わたしの夏服になった。マインと違って成長が早いわたしは、あっという間に服が着られなくなってしまう。わたしの服にするには布が足りなかったので、スカートの裾の部分だけいくつかの種類の布を縫い合わせて長さが足されている。マインはパッチワークみたい、と言っていたが、それが飾りのようで、結構可愛くて、お気に入りだ。

……コリンナ様も可愛いって思ってくれるかな？


次の日、マインの歩く速さに合わせても約束に間に合うように、わたし達は早目に家を出た。

中央広場を越えて北側に向かうと、行き交う人の服が色彩豊かになってきて、布もたっぷり使っているようになってきた。北側に来ることなんて滅多にないので、わたしは自分の服を見下ろして、周りから浮いていないか心配になった。母さんもわたしと一緒で少し人目を気にしているように見える。マイン一人だけ緊張の欠片もなく元気いっぱいだ。歩くのは遅いけど。

「コリンナさんの家はね、ベンノさんのお店の上なんだよ」

そう言われて気が付いた。毎日の出来事をウチで聞いているだけだから、実感はなかったけれど、マインはルッツと一緒に日常的にこの辺りを歩いている。緊張するわけがない。

「あぁ、何て挨拶すればいいかしら？」

「まずは、初めまして、でしょ？　あとは、お招きありがとうございます、とか？　娘がお世話になってますは、ベンノさんやマルクさん向きだね」

緊張している母さんにマインはさらっと答えを返す。わたし達が普段使わない挨拶なのに、すぐに出てくるということは門やお店で覚えたものだろうか。マインには一切の迷いがない。

「マイン、わたしは？　何て挨拶すればいい？」

「トゥーリは可愛く笑っていればいいよ。楽しみにしてましたって、トゥーリに言われて喜ばない人なんていないから」

わたしと母さんは挨拶の言葉を練習しながら歩く。そんなわたし達を見ながら、ギルベルタ商会の見習い服で楽しそうに歩くマインは、この辺りに馴染んでいた。自分が知らないマインの姿があることを感じて、何だかちょっと焦るような、悔しいような変な気分になった。

「コリンナさん、こんにちは～」

階段を一段上る度に緊張が高まってブルブル震えている母さんと足がカクカク動くわたしと違って、マインは慣れた様子で扉を叩く。

……ちょっと待って。まだ心の準備が！

「いらっしゃい、マインちゃん。ようこそ、マインちゃんのお母様とお姉様。コリンナです。どうぞ入ってください」

心の準備ができる前にドアを開けてくれたのは、可愛らしくて、愛らしい女性だった。わたしが想像してたよりもずっと若くて綺麗な人だ。月の光を集めたような淡いクリーム色の髪は艶々で、柔らかく細められた銀色のような灰色のような瞳はとても優しそうに見える。全体に色彩が淡くて儚げに見えるのに、とてもスタイルがよい。

「コリンナ様、初めまして。マインの母、エーファです。本日はお招きありがとうございます」

母さんがさっき練習していた挨拶を、軽く膝を曲げて腰を少し落とすようにして口にする。わたしも母さんの真似をしながら、挨拶した。

「コリンナ様、わたしはトゥーリです。とても楽しみにしてました。会えて嬉しいです」

「わたしも楽しみだったの。マインちゃんの晴れ着は遠目から見てもとても目立っていて素敵だったから、ぜひ見せていただきたくて。我儘を言って、ごめんなさいね」

おっとりとした笑顔につられて、わたしも笑ってしまう。春の日差しのように温かい笑顔だ。

「こちらで待っていてくださいな。お茶を準備させますから」

コリンナ様に通された部屋は、お仕事をする部屋でもあるようで、話をするためのテーブルと奥の方におそらく作業をするためのテーブルの二つがあった。台所で全部済ませるウチとは比べ物にならない。そして、綺麗な刺繍をされた布やコリンナ様の作った見本の服がたくさんあった。

……きゃあ！　素敵～！

わたしと母さんは壁際に飾られている服や色とりどりのタペストリーに目が釘付けになる。こんなに綺麗なものを見られるなんて思っていなかった。ぐるりと見回しながら、一つ一つうっとりと眺める。どれも仕事が丁寧で、色彩も鮮やかで、飾られている服のデザインがわたしの着ている服とは全然違う。ハァ、と感嘆の溜息を吐きながら、わたしは飾られている服を見つめた。

「綺麗……。どうしたら、こんな服が作れるようになるんだろう？　わたしには全然思いつかないよ。やっぱり練習かな？」

「技術も大事だけど、思いつくためには良い物をいっぱい見るのも大事だよ」

疲れた様子で一人だけ席について、足をブラブラとさせながら、マインが金色の目をこちらに向けた。思わぬ言葉にわたしはくるりと振り向く。

「マイン、どういうこと？」

「お金持ちの人達がどんな服を好むのか、今の流行はどんなものか、よく観察しなきゃ思いつかないってこと。コリンナさんは生まれがお金持ちだから、自然と良い物に囲まれてた。だから、良い物がよくわかるんだよ」

わたしがいくら努力しても無駄だと言われたような気がして、「それじゃあ、わたしには無理ってこと？」と肩を落とすと、マインは「違うよ」と言いながら、ふるふると首を振った。

「お仕事が休みの日に森へ行くのも大事かもしれないけど、中央広場から北に向かって散歩してみるといいよ。お金持ちが歩いているし、お金持ちが使う店もいっぱい並んでるでしょ？　色々な服の人がいるから、見比べたり、流行している色やデザインを調べたりすると参考になると思う」

休みの日に森へ行くことはあっても、北に行くことはなかった。片手で数えられる程度しか、わたしは中央広場より北に行ったことはない。お金持ちのいるところに行けば、お金持ちの間で流行していることについて得られる情報がある。そんなことにも気付かなかった。

「あとはね、こういうタペストリーの模様やこの刺繍の花って、森で採れる物でしょ？　こういうのもよく見ておくと、デザインを考える時には役に立つよ」

マインはわたしと全く違う見方で服や飾りを見ているみたいだ。ただ綺麗だと浮かれているわたしとマインの差は、職人と商人の違いだろうか。わたしは浮かれる心を少し抑えて、今のわたしでも盗める技術がないか、目を凝らしてコリンナ様の作品を見つめ始めた。

「まぁ、トゥーリ。そんなにじっと見られると少し恥ずかしいわ」

コリンナ様がそう言いながら、下働きの女性を伴って部屋に入ってくる。

「わたしが見ないタイプの服だから、とても珍しいんです。わたし、針子見習いをしているけれど、服のように大きい物はまだ任せてもらえないし……」

最近、やっと商品の中でも小物の目立たないところを縫わせてもらえるようになってきたけれど、自分で服を縫うなんてまだまだ先の話だ。

「基礎の練習は大事よ。縫い目を揃えて丁寧に縫えなければ、綺麗な服にはならないもの」

「頑張ります。あの、コリンナ様。この部分ってどうやって縫いつけているんですか？」

下働きの女性がお茶とお菓子を持ってきてテーブルに準備している間、コリンナ様はそれぞれの服について解説してくれた。いつの間にか母さんも寄ってきて、一緒に聞いている。マインだけはそれほど興味もないようにテーブルに座ったままだった。

「どうぞ、召し上がれ」

コリンナ様に勧められて、お茶を一口飲んだ。ウチのお茶と違って香りがすごい。口の中にぶわっと広がっていくようだ。

「おいしい！　すごくおいしいです」

「気に入ってもらえてよかったわ」

わたしの声にコリンナ様がニコリと微笑む。家族に同意を求めようと隣を見ると、母さんはおいしいけれど、値段が気になって仕方なさそうな顔をしていて、マインは軽く目を閉じてうっとりとした表情で味わっていた。

「こちらもどうぞ」

薄く焼いたパンのような生地の上に、果物と蜂蜜がかかっているお菓子の皿をそっと押し出してくれる。わたしは切り分けられている一つを手に取って、口に入れた。

……うーん、おいしいけど、これだったらマインが教えてくれたお菓子の方がおいしいな。

マインはこの間フリーダちゃんのところで料理の作り方を教えて、代わりに砂糖をもらってきた。そして、クレープとか、コンポートとか、クッキーモドキとか、わたしが知らないお菓子を教えてくれて一緒に作っている。もうちょっと寒かったらプリンってお菓子を作りたいんだって。冷やさないとダメだから夏には向かないらしい。他にも壺の中に砂糖と果物とお酒を漬け込んで、何か作っている。夏の味をたっぷり閉じ込めた冬の甘味になるんだって。今から楽しみ。

「甘くておいしいですね。やっぱり蜂蜜をたっぷり使えるのが羨ましいなぁ」

マインがお菓子を食べながらそう言うと、コリンナ様が苦笑した。

「マインちゃんがその気になれば、買えるでしょう？　ベンノ兄さんが苦い顔をしていたわよ」

「お小遣いと工房のお金は別なんです」

お菓子を食べた後は、早速マインの晴れ着を広げ始めた。母さんとマインが晴れ着を見せて、お直しのやり方を説明する。コリンナ様は晴れ着を手に取って、じっくりと眺め、ひっくり返したり、裾を捲ったりしながら、観察している。

「こんなお直しをするなんて驚いたわ」

「一から縫い直すより、よほど簡単なんですよ」

マインの説明を聞きながら、コリンナ様は木札に何やら書き込んでいく。マインがよく石板や紙に書き込んでいる姿と同じに見えた。何となくわたしも文字を覚えた方がいいのかな、という気分になる。その方が何かカッコいい気がした。

「これが髪飾りね。こんな飾り、初めて見たわ」

コリンナ様がそう呟きながらマインの髪飾りを手に取った。白い小さな花がゆらゆらと揺れる。

「この白い大きい方の花はわたしが作ったの」

「そう。とても綺麗にできているわ、トゥーリ」

コリンナ様に褒められて、わたしはへにゃっと相好を崩した。白い指先が花をなぞっていく。

「この髪飾り、わたしの工房で注文を取って作りたいと思うのだけれど、いいかしら？」

コリンナ様がおっとりと微笑んで首を傾げた。まさかコリンナ様の工房で作ろうと思うほど気に入ってもらえるとは思っていなくて、わたしは感動と感激に包まれる。パァッと明るい気分になって「もちろんです！」とわたしが言おうとしたら、それより先にマインが首を振った。

「条件次第ですね」

「ちょ、ちょっと、マイン!?」

せっかくのコリンナ様からの申し出に条件を付けるマインが信じられなくて、わたしはぎょっと目を剥いたが、マインはスッと手を挙げてわたしを制した。

「髪飾りは大事な冬の手仕事で、収入源なので、ほいほい許可は出せません。どうしても作りたいというなら、権利を買っていただかないと、こちらとしては困ります」

マインの言葉に頭がさっと冷えた。確かに髪飾りはとても大きな収入源だ。冬の間にがっつりと稼いだわたしは、もうマインを止めようと思えなくなった。

「では、ベンノ兄さんとお話ししてくださいな」

コリンナ様がベルを鳴らすと、下働きの女性が現れて、ベンノさんを呼びに行ってくれた。すぐに階段を上がってくる足音が聞こえ始める。

「コリンナ、呼ばれたようだが、何が……。あぁ、マインのご家族か。初めまして。コリンナの兄のベンノです」

……この人が、マインがお世話になっているベンノさんか。

ミルクティーのような淡い色の癖毛に優しげな容貌で、赤褐色の瞳をしている。人当たりの良いベンノさんの笑顔はコリンナ様とも似ている感じだ。にこやかで良い人そうな印象を持った。

「マインの母、エーファです。娘がいつもお世話になっています」

「トゥーリです。こんにちは」

挨拶をする母さんに続いて、わたしも慌てて挨拶する。ニッコリと笑ったまま、軽く頷いてくれたベンノさんは、マインを見下ろして軽く片方の眉を上げた。

「マイン、今度は何だ？」

「コリンナさんは髪飾りの権利が欲しいそうです。ベンノさん、いくらで買っていただけます？」

ベンノさんが「商談か」と小さく呟き、マインが「商談です」と頷いた直後、ベンノさんの優しげな顔が商売人の顔になった。目がギラリとして、怖い雰囲気に変わる。

どさっと乱雑な動作で椅子に座り、鋭い目でマインを見据え、ベンノさんが指を何本か立てる。

「これでどうだ？」

「そんな金額では売れませんって。フリーダに売った方がマシです」

横で見ていても怖い雰囲気のベンノさんを、マインはフッと鼻で笑って流した。商人の顔をしているベンノさんに全く怯まず、嬉々として張り合っているように見える。

「おい、マイン工房で作った物はルッツが売ることになっているはずだろう？」

「マイン工房で作った物は、ですよね？　権利やレシピは含まれてませんよ？」

「くぉら！」

激昂したように怒鳴るベンノさんの迫力に、同じテーブルについているわたしと母さんがビクッとしたのに、マインはニッコリと笑って首を傾げただけだった。

「そういえば、ベンノさん。フリーダが言ってたけど、他にはない新しい物の権利って、大金貨から、が相場なんですって？　今までずいぶん格安でお譲りしていたみたいですよね。うふふ～」

話には聞いていたけど、初めてマインが商売人をしているところを見た。見ると聞くでは大違いというか、こんな雰囲気の中で怖い大人とやり合うマインに度肝を抜かれる。

家ではでろでろしてて、動いたらすぐに熱を出すし、お手伝いも相変わらず役に立たないのに、マインがこんなふうに活躍している場面を初めて見た。正直ビックリだ。

……身体がついていかないから、商人見習いは止めるって言っていたけれど、本当はやりたかったんじゃないかな？　すごく合っている気がする。

「トゥーリ、エーファ、長引きそうだから、こちらへいらっしゃい」

コリンナ様は立ち上がって、部屋の奥の方にあるテーブルへと向かう。わたしと母さんは顔を見合わせた後、そっと立ち上がってコリンナ様の後を追った。マインが心配だけれど、ここにいてもわたし達が立ち入ることができるような雰囲気ではない。

「ベンノ兄さん、とっても楽しそうだから、長くなりそう。……それにしても、マインちゃんはすごいわね。あの兄さんと商売の話ができるなんて」

眩しそうに二人を見ながらコリンナ様が呟く。わたしは初めてマインのすごさを知った。

……わたし、マインのお姉ちゃんなのに、知らなかったな。

「商売のお話はあちらに任せて、こちらはお裁縫のお話をしましょうか。さっき、スカートの形について話をしていたでしょう？」

向こうのテーブルでは商売の話、こちらのテーブルではお茶をしながら裁縫の話で盛り上がる。コリンナ様が貴族の間で今流行している服や飾りの話をしてくれた。縫い方にも色々種類があるようで、パッと名前を聞いてもどんな形のスカートなのかすぐに思い浮かばない。工房の見習い仲間と話をしていても全く出てこない裁縫の言葉がコリンナ様の話には次々と出てくる。

わたしが「それって、何ですか？」と質問すれば、コリンナ様は優しく教えてくれる。嬉しいけれど、ちょっと情けなくなった。見習い仕事を始めて一年たつのに、これほど自分が物を知らないとは思わなかったのだ。話を聞いているだけで裁縫について勉強不足だな、と痛感した。もっと練習して勉強しないと、お客様に服作りを任されることはないと思う。

「今流行し始めたドレスの形がこれよ」

コリンナ様がそう言って、特別に作っている最中のドレスを見せてくれた。お貴族様のお茶会用のドレスらしい。生地の艶や糸の細さ、ところどころに刺された刺繍の見事さに感嘆の溜息を吐く。

「とっても素敵です。でも、用途ごとにドレスが決まっているなんて信じられない。わたしには無駄遣いにしか思えないなぁ」

「えぇ、そうね。でも、わたし達も寝る時、外に出かける時、汚れ作業をする時、全部違う服を着るでしょう？　お金があるからそれがさらに細かく分けられているだけなの」

そんな話をしていると、ガタンと向こうのテーブルで椅子から立ち上がった音がした。

驚いて視線を向けるとベンノさんとマインが二人とも立ち上がって、テーブルから少し離れたところで向かい合うのが見える。

「お前、可愛げがなくなったぞ」

「それもこれもベンノさんの教育の賜物ですね」

「ったく、余計な入れ知恵されやがって……」

「複数ルートから情報を仕入れて、情報の精度を上げるのは商人の基本なんですよね？」

そんなことを言いながら、二人は何かいっぱい含むところがあるような笑顔で握手を交わしている。何となく二人の背後から黒い物が出てきて牽制し合っているような気がした。

……うん、わたしは絶対に商人にはなれないな。

二人のやり取りを見てそう思っていると、きょろきょろとしたマインがわたし達を見つけて、駆け寄ってきた。

「コリンナさんに髪飾りの作り方を教えてあげて、母さん。……ハァ、喉が乾いちゃった」

すぐにコリンナ様が準備してくれた冷たいお茶にマインはお礼を言って手を伸ばす。

「お疲れ様。結局いくらで決着がついたのかしら？　それによって、こちらの値段設定もあるの」

マインが母さんとわたしをちらりと見た後、パッと指をいくつか立てて、コリンナ様に見せた。

「コリンナさんの工房の一部で、一年中髪飾りを作らせて、独占販売するって言ってました」

「それにしても、よくベンノ兄さんからそれだけもぎ取ったわね」

コリンナ様が小さく息を呑んで、感心したようにその指を見つめる。商人独特のサインなのだろう。意味がわからないわたしには少し歯痒くて仕方ない。

「ねぇ、マイン。いくらなの？」

髪飾りの権利というものが一体どれくらいの金額になるのか興味があって、わたしはマインに聞いてみる。マインはものすごく困った顔でわたしを見て、母さんを見て、コリンナ様を見て、う～っと小さく唸った。言いたくない、と顔に書いてある。

「言えないような金額なの？」

「適正価格だし、言えなくはないけど、言いたくない……」

歯切れの悪い口調でそう言うマインに何度か「教えて」とねだると、マインは渋々という表情を隠さずに、小さくボソッと呟いた。「……大金貨一枚と小金貨七枚」と。

「え!?　ちょっと待って。金貨って言った？」

高くても大銀貨くらいだと思っていたわたしは、あまりに桁違いの金額にガツンと力いっぱい頭を殴られたような衝撃を受けた。母さんもぎょっとした顔でマインを見ていた。

「すごい金額に聞こえるけど、権利の譲渡として考えると適正価格だからね。ベンノさんじゃあるまいし、ぼったくりなんて、わたし、してないから。それに、これはマイン工房のお金で、わたしの個人的なお小遣いじゃないいんだよ」

バタバタと手を振りながら、マインは必死に次々と言葉を連ねて言い訳をしているけれど、そんな大金を平然とやり取りできるマインの神経がわたしには理解できない。

……だって、大金貨だよ？　個人的なお金じゃないって言うけど、マインっていくら持ってるの⁉　もしかして、マインはやっぱり神殿より商売の方がよかったんじゃ？
自分の不勉強さと裁縫の奥深さと妹のすごさ……色々なことに圧倒されて、お宅訪問は終わった。

イルゼ　お菓子のレシピ

「イルゼ、マインを連れて来るから、カトルカールを作っておいてね」

「全部の味を準備するよ」

お嬢様に張り切って答えると、アタシはすぐさま調理器具へと手を伸ばした。


アタシが料理人としての道を目指し始めたのは、両親が飲食店を営んでいたから当然の成り行きだった。幼い頃は屋台で商売をしていたが、それからすぐに東門のすぐそばに小さな店を構えることができた両親の背中を見て育った。両親に仕込まれていたから、見習いになる前から料理もできたし、洗礼前の子供には珍しいくらいに金勘定だってできたんだ。

洗礼式を終えたアタシは両親の知り合いの店で見習いとして働き始め、どんどん新しいレシピを吸収していった。覚えることが嬉しくて、教えてもらったレシピ、横で見ながら盗んだレシピ、それぞれをもっとおいしくできないか、考えるのが好きだった。

あちらこちらの店を渡り歩いて腕を磨いてるうちに、アタシは貴族の館で働かないかと声をかけられた。もう下町に戻ることができなくなるかもしれないから止めておけ、と言う両親を振りきって、貴族の館に行った。貴族の館のレシピを知る機会なんて、これを逃したらないと思ったんだ。

一番下っ端として下拵《したごしら》えや皿洗いをしながら、アタシはどんどん料理長の技を盗んでいった。貴族の食事になると使える食材も調味料も段違いだった。皿も街の食堂では見られないような華やかな物ばかりで、何もかもが勉強になる毎日だった。

だが、それはほんの数年のこと。いくら修業を重ねても、なかなか上に上がることはできなかった。貴族の館で上に上がろうとすれば、技術だけじゃなく、血筋や縁故が必要だったんだ。

くすぶっていたアタシに声をかけてくれたのがギルド長だった。本当は副料理長が引き抜かれるところだったんだが、技術はあっても上には上がれないアタシを料理長が推薦してくれた。成人したら貴族街に上がることになるお嬢様のために、貴族に出すのと同等の食事を作れ、と言われた。いずれ、一人で貴族街に入ることになるお嬢様が将来苦労しないように、と。

……二つ返事で引き受けたね。アタシが料理長として自分の腕を振るえる機会が巡ってきたんだ。しかも、下手な下級貴族より金のあるギルド長の館だよ？

キッチンの設備も貴族の館と同じ様に揃えてもらったし、調味料だって、素材だって揃えてもらった。料理人としてはこれ以上なくやりがいのある仕事で、最高の仕事場だ。最高の環境に応えるために、アタシは毎日腕をふるう。こんなに楽しくて充実した毎日はない。アタシは自分の腕に自信があった。今まで掻き集めてきたレシピには絶対の自負があった。

そう、マインが飛び込んでくるまでは。

あれは衝撃だった。ギルド長の家でさえ、やっと取り入れることになった砂糖だが、中央からこちらへ回ってきたばかりの調味料で、まだ大した調理法が確立しているわけではない。色々と使ってみようと思っていたが、研究しきれていなかった。それなのに、マインは当たり前のようにそれを使ったお菓子を作り出した。体力も腕力もなくて、作るのは全部アタシがしたけれど、レシピがわかっていなければできない指示の出し方だった。

焼きあがったカトルカールはふんわりしっとりとした生地のお菓子で、品の良い甘みがあり、口の中でほろほろと崩れていくような食感は今までのレシピにはないものだった。そう、貴族の館でも扱ったことがなかった。

だが、お嬢様に教えてもらったマインの素性は、兵士の父と染色工房で働く母を持つ平民の娘だ。お菓子なんて贅沢品にそうそうありつける家庭事情ではない。森で採ってきた果実や蜂蜜くらいしか甘味などないはずだ。一体どこでマインはお菓子のレシピを知ったのだろうか。

アタシはそれからというもの、マインに教えてもらったカトルカールについて、生地の泡立て具合やオーブンの温度や焼き加減など色々と研究してみた。何度も焼いて作ることで自分でも最高傑作だと思う出来に高めることができた。お嬢様もこれを貴族に向けた商品にできないかと言い出すくらいの仕上がりだった。

マインに味見をしてもらって、うまく話を向けて、権利を買い取りたいとお嬢様は言った。身食いのマインはきっと貴族との繋がりを求めてやってくる。条件の良い貴族を紹介するのと引き換えにカトルカールに関する権利を譲ってもらおう、と。

しかし、お嬢様の目論見は外れ、マインは夏が近付いても一向に姿を見せない。焦れたお嬢様が強硬策で連れてきたマインは、命の期限があることを理解していないような穏やかさだった。

そして、アタシが改良に改良を重ねたカトルカールを食べたマインは、砂糖と引き換えに更なる改善策を口にした。生地に何か入れることで味は変わること、よく泡立てた生クリームや飾り切りした果物で見た目が豪華になることなどだ。

フェリジーネの皮をすりおろしたカトルカールを作りながら、ボールをつかむ手にグッと力を込める。さらりと改善点を口にできるマインは、間違いなくもっと色々なレシピを知っているはずだ。

……欲しい。新しいレシピが。マインが知っているレシピが欲しい。

「イルゼ、イルゼ！　マインを連れて来たわ！」

キッチンの片隅にあるテーブルにアタシが作ったカトルカールを小さめに切り分けながら並べていると、お嬢様が満面の笑顔でそう言いながら扉を開けて飛び込んできた。

お嬢様は生まれた頃から病弱で、アタシがこの家に来たばかりの頃は、部屋から出ないことが多かった。広い部屋の中で金貨を数えることを最上の趣味としていたお嬢様と同一人物とは思えないほど、マインと出会ってから変わった。勢力と影響力を広げているベンノさんにも負けない商人になって、マインを引き込むのだと野望に燃えている。

初めての試みである試食会なるものを開くことを決めたお嬢様は、ここ最近ビックリするほど精力的に働いている。お嬢様に家族全員が振り回されているような状態だ。マインも振り回されているようで、今日は試食会について意見を聞くために連れて来られた。

「では、マインは子供も範囲に入れる方が良いというのね？」

マインは、キッチンの中をキョロキョロと見回しながら、お嬢様に答えを返す。

「さすがに平民の子供が買うのは無理でも、商人の子供なら商品価値がわかったり、購入するお金を持ってたりするかもしれないでしょ？　見習いになるくらいなら字も読めるだろうし……。何より、子供の頃に食べて好物になった物って、大人になっても忘れないものだよ」

「そんなものかしら？」

お嬢様はそう呟きながら、木札に何やら書き込んでいるが、アタシは何とも不思議な気分になった。身食いで成長が遅いマインはまだ洗礼式も終わっていないような子供にしか見えない。それなのに、まるで大人になったことがあるような言い草ではないか。

「それからね、カトルカールを売る時に一本丸々だけじゃなくて、こんなふうに切った分ずつ売れば、値段が下げられるから購入層が増えると思うの。恋人と二人でとか、洗礼式のお祝いにとか」

「最初は貴族を中心に売るつもりなのよ。高価なお菓子として」

お嬢様は独占販売することで価値を高めたい。マインは少しでも値段を下げて、大勢の人に広げたい。同じ年頃の少女が同じ商品を売るにしても、ずいぶんと考え方に差があるようだ。

「独占販売で価値をつけるのもいいけど、これってお菓子だし、知名度を上げるならやっぱり購買層は広げた方が良いと思うけどなぁ……」

「わたくしの独占期間が一年ですもの。一年たてば嫌でも広がるものでしょう？　一年の間は貴族を中心に売って、できる限り価値を高めておきたいわ」

「ふぅん。だったら、季節のフルーツなんかでちょっとずつ季節限定の新しい味が出せれば、他との差別化もできるし、固定客も喜ぶかもね」

……季節限定の新しい味だって？

マインの零した言葉をアタシの耳が素早く捉える。季節の果物を思い浮かべ、首を捻った。

「冬は季節の果物がないだろう？　そういう時はどうするんだい？」

「冬の甘味って言ったらパルゥじゃない？　あとは『ルムトプフ』……」

言いかけたマインがいきなりハッとした顔になって口を噤んだ。会話が突然切れたことに軽く眉尻を上げてマインを見ると、「ここから先は有料です」とマインは口の前で人差指を交差させた。会話に夢中になって、貴重な情報をボロボロと零していたことにようやく気付いたらしい。気まずそうなマインの顔にお嬢様が小さく笑う。

「それはどんな情報ですの？　マインの情報には正当なお金を払う用意がありますわ」

マインは適正価格だと本人が納得すれば、大体は払った以上に価値のある情報をおまけと言いながら寄こしてくれる。こちらだけが利益を得ようとケチったり、騙したりして距離を置かれるよりは、正当な値段を付けて、仲良く長く信頼関係を築いていった方がよほど得だとお嬢様が言っていた。商売人は騙してなんぼ、と言っていたお嬢様の変化には少しばかり目を見張るものがある。

「えーと、わたしは『ルムトプフ』って言ってるけど、簡単に言うと果物の酒漬けのこと。おいしく漬かるには時間がかかるけど、冬のカトルカールの材料にも使えると思う」

「大銀貨五枚でいかが？」

果物の酒漬けとまでわかれば、あとは試行錯誤でも何とかなるだろう。最悪、この商談がまとまらなくても何とかしてみせようとアタシが思った瞬間、マインがちらりと砂糖を見た。

「……砂糖が出回ってないってことは、『ルムトプフ』の作り方も使い方も当然出回ってないよね？」

果物の酒漬けと言っておきながら、実は砂糖も使うらしい。これは聞いておいた方が良いだろう。砂糖を使う料理はまだ試行錯誤が多くて、あまりレシピが出回っていない。アタシがお嬢様に視線を向けると、お嬢様も小さく頷いた。

「小金貨八枚でどうかしら？」

「わかった。作り方と使い方を教えるよ。この辺りに砂糖が出回るまでは、独占できるから別に契約書はいらないよね？」

ギルドカードを合わせて、お金をやり取りした後、マインはキッチンにある一つの壺を指差した。

「あんな感じの壺が必要なんだけど、他にもある？」

「今は使ってないから使えるよ。他に必要なものは何だい？」

マインに言われるまま、アタシはキッチンの中を動き回って次々と準備を始めた。季節の果物であるルトレーベをよく洗って、ヘタを切って、大きさを揃えて切って、ボウルに入れる。ほぼ半分の砂糖を入れて、しばらく放置。ルトレーベから水気が出てきて、砂糖が溶ける感じになるまで置いておく、とマインは言う。

「マインは砂糖の価値をわかっているのかい？　こんなに大量に砂糖を使うって、本気かい？」

「保存のためだからね。ケチったら、果物が痛んで食べられなくなっちゃう。それから、あとで入れるお酒も蒸留してるような、すごくきついお酒じゃないと、果物が腐っちゃうから気を付けて」

権利やレシピを売って大金を稼いでいるマインの金銭感覚はどこかおかしいと思う。同じ重さの銀貨と取引される砂糖の価値がわかって、こんなにドバドバと使っているのだろうか。

「ルトレーベから水分が出たら、この壺に入れて、お酒を加えてね。……えーと、果物がちゃんと浸かるまで入れないと、出てる部分はカビが生えちゃうよ。それから、十日くらいしたら、また別の果物を加えるの。プヒュルやブラーレがこれから出てくるよね？　夏の果物を詰め込んで、冬になってから食べるんだよ。あ、そうそう。フェリジーネみたいな果物は向かないみたい」

注意事項をせっせとお嬢様が書き留めていく。アタシも記憶に刻み込みながら、ボウルの中身をぐるりと掻き回した。少しずつ水分が出てきているのがわかる。

「アンタも作ってるのかい？」

「うん。前に砂糖もらったからね。わたしも初挑戦なの。カトルカールに入れることもできるし、ジャム代わりにも使えるよ。『パフェ』や『アイスクリーム』にかけてもおいしいの」

これを作ると冬が楽しみになるよね、とうっとりした笑顔でマインが呟いていると、お嬢様がハッとしたように、テーブルの方を見遣った。

「いけない。脱線してしまったわ。試食会のお話をするためにマインを連れてきたのに」

「あぁ、そうだ。その試食会ね、ベンノさんも参加したいんだって。いい？」

お嬢様が目を光らせて、マインを見た。マインはポリポリと頬を掻きながら、ベンノさんとの会話を思い出すように軽く上を見上げる。

「えーと、試食会ってもの自体が珍しいんだってね？　どんなお菓子が売り出されるか興味もあるけれど、それ以上に試食会って催しに興味があるみたい」

マインの言葉にしばらく考え込んでいたお嬢様がバッと顔を上げた。どうやら何か思いついたようだ。お嬢様はくるりと身を翻してキッチンの扉へと向かう。

「わたくし、おじい様にお伺いすることができました。少し留守にするわ。イルゼ、マインのもてなしをお願いね」

勝手に敵対意識を燃やしているベンノが来ることになったせいで、更に熱がこもり始めたようだ。マインをキッチンに残し、優雅な雰囲気はそのままに、お嬢様が早足でスタスタと去っていく。

「……フリーダ、行っちゃったね」

「普段はあんな行動しないんだけどね」

「それ、イルゼさんにカトルカールの改善点を教えた時、フリーダが同じこと言ってたよ」

くすくすと笑うマインに以前の自分の行動を指摘されて、アタシは軽く溜息を吐いた。新しいレシピを知ると居ても立ってもいられなくなるのは、昔から指摘されてきたが、一向に直せない。

「アンタの新しいレシピが悪い」

「……うぅ、すみません」

「謝ることじゃないさ。新しいレシピを知りたいからね。じゃあ、今回の感想を聞かせておくれ」

マインが教えてくれた一番基本となるカトルカール、フェリジーネの皮をすりおろして香りと味を付けたもの、砂糖のいくらかを蜂蜜に変えたもの、胡桃《くるみ》を入れたものを並べる。そして、今日のカトルカールに合わせたお茶を入れて、マインの前にそっと置いた。

「どれもこれもおいしそう！　いただきます」

目を輝かせたマインはとろけるような笑顔で頬を押さえて、一口一口をゆっくりと味わって堪能する。そのフォークを操る指先の動きや姿勢の良さは、きちんとマナーを教えられた貴族のお嬢様のようだと思う。少なくとも、甘味を食べることが少ない貧民のがっつく姿勢とは全く違う。

マインはお茶を一緒に楽しみながら、ほぅ、と満足の息を吐いた。

「この中でわたしが一番好きなのはフェリジーネかな？　口の中に広がる香りが好きなの」

コクリとお茶を飲んで目を細めていたマインがポツリと呟いた。

「……あ、このお茶の葉っぱもカトルカールと相性が良さそう」

「お茶の葉？　食べにくくないかい？」

マインがしまったとばかりに口元を押さえる。どうやら貴重な情報だったらしい。

アタシはフンと鼻を鳴らしながら、以前に渡した砂糖と同じ袋をドンと作業台の上に置いた。

「砂糖一袋と引き換えに喋っちまいなよ。中途半端でこっちがもやもやする。ルムトプフを作ってるなら、砂糖もそろそろなくなるだろ？」

正直、お茶の葉をお菓子に入れるという発想はなかった。お菓子とは甘い物だ。高い砂糖を使うのだから、甘ければ甘いほど良いと中央では言われていると聞いた。お茶の葉を入れたところで甘くなるとは思えない。どんな葉っぱをどんなふうに使うのか研究するには時間が足りない。

「……砂糖一袋なら、まぁ、いいか。イルゼさんならおいしいお菓子を作ってくれるし」

うーん、とほんの少し考え込んでいたマインが口を開く。

「口当たりが悪くならないように、お茶の葉をよくすり潰して生地に混ぜるの。そうすると、香りの良い生地になるよ」

「お茶って、これかい」

マインに入れたお茶の葉の詰まった瓶を取り出すと、マインは大きく頷いた。しばらく瓶を見つめた後、アタシはオーブンに火を点けた。マインがカトルカールを食べている隣で、ゴリゴリとお茶の葉を潰し始める。早速焼いてみようと思ったのだ。客であるマインを放り出すことになるけれど、一番に味見させてくれるなら別にいい、と笑いながら、マインはアタシの手元を見ている。

「なぁ、マイン。聞きたいことがあるんだけどいいかい？」

「はい、何ですか？」

「アンタさ、お菓子だけじゃなくて、スープも何か秘密を持っているんじゃないかい？　ここに泊っていた時の食事の減り方を考えると、そういう結論になるんだ。スープだけ残していただろう？　野菜が苦手なのかと思ったが、他の料理では食べている。何かおいしい秘密を知っているね？」

フォークをくわえた状態で、マインは金色の目を丸くしてアタシを見上げてくる。アタシは卵を泡立てながら、片方の眉を上げた。

「……鋭いですね、イルゼさん」

「スープの秘密、教えてくれないかい？」

マインはフォークを口から出して、そっと皿の上に置いた。

「……スープについてはちょっと悩むところです。ちょっと以前と状況が変わってきて、嫌でも貴族と係わることになりそうなので、自衛のためにも切り札は余計に置いておきたいんですよ」

弱り切った表情にそれ以上の無理強いもできず、アタシは「そうかい」と肩を竦めた。

自分が貴族の館に勤めていたから知っている。身分差の厳しさとそこに切り込んでいく危険性を。自衛のための切り札は持っておきたいと思っても不思議ではないし、持っていた方が良い。

「お菓子のレシピは、期間限定の独占販売なら相談に応じますけどね」

「本当かい!?」

アタシがボウルを抱えたままグッと身を乗り出すと、マインは驚いたように身体を引いて、何度か頷いた。

「カトルカールが軌道に乗ってからですけど。カトルカールの独占販売が切れる頃が頃合いかな?」

「それもまたベンノさんに邪魔されるんじゃないのかい?」

お嬢様が苦い表情で、「ルッツとベンノさんばかりがマインの知識を独占する」と嘆いているのを知っているアタシがそう言うと、マインはコテリと首を傾げた。

「うーん、どうだろう。苦い顔はすると思うけど、邪魔はできないんじゃないかな? 正直、ベンノさんにお菓子のレシピを公開しても意味がないんですよ」

「なんでだい?」

「ベンノさんはまだ貴族との繋がりが浅いから、素材と技術が手に入らないんです。砂糖を手に入れるルートが開拓できていないみたいだし、イルゼさんレベルの料理人って、貴族から引き抜きでもしないといないんでしょ？　ギルド長が引き抜いてきたってフリーダが言ってたから」

自分の後見人と言っても過言ではないベンノさんに対するマインの分析と判断にアタシは半ば呆然としてしまう。情報を流す相手をマインなりに一応考えているらしい。これならば、マインのレシピをアタシが知るチャンスがあるかもしれない。

小麦粉をふるってボウルに入れながら、ちらりとマインの様子を窺った。

「レシピをアタシに公開するのは良いのかい？」

「イルゼさんくらいの腕の料理人じゃないと口で説明しただけで作れないんです。それに、研究熱心だから応援したくなるんですよね」

マインの言葉を聞いて、アタシは大声で意味のない言葉を叫び出したいほど嬉しくなった。

今の言葉は、つまり、マインがアタシの腕を認めているということだ。恩があるベンノさんに公開しないレシピをアタシには公開してくれると言うのだから。

「……でも、レシピを公開するにはお金も貰わないと、色んなところで不平等になっちゃいますから、ちょっと難しいところなんですけど」

マイン自身は利益に重きを置いていなくても、周囲はそうでない。そして、マインのレシピは色んな意味で周囲を混乱に巻き込んでしまう。多分料理以外の商品も前例がない物が多いのだろう。

溶かしたバターを混ぜながら、アタシはずっと疑問だったことをマインにぶつけてみた。

「なぁ、マイン。アンタ一体何者なんだい？　一体どこでそんなレシピを手に入れた？」

「……うーん……夢の中です」

「あぁん？」

ふざけているのか、と思わず凄んで見せたアタシに、マインは困ったように笑った。

「……本当に。今となっては夢の中でしか味わえないものばかりなんですよ」

懐かしそうに目を細めて笑ったマインの笑顔が大人びていて、妙な不安に駆られて覗き込む。

「できることならパパーッとレシピを広げて、イルゼさんみたいな料理上手な人にどんどん作ってほしいんですけどね」

軽く一度目を閉じた後、マインが顔を上げて、にぱっと子供らしい笑顔を見せる。でも、それは作り笑いだとわかる下手くそな笑顔だった。あまり触れられたくない部分なのだろうと察して、アタシは生地を型に流し込みながらマインの会話に乗ってやる。

「自分では作らないのかい？」

「腕力ないし、体力ないし、道具もないし、技術が足りなすぎて、再現できません。技術のある料理人に作ってもらえるなら、本当はレシピなんていくらでも公開したいんです。現状ではそうもいきませんけど」

小さい手をパタパタと振りながら、マインは情けない顔で眉を下げた。卵の泡立てどころか、小麦粉を混ぜることさえできなかった腕力と体力のなさを思い出しながら、マインの細ッこい貧弱な腕を見下ろす。アレではどんな料理もできないだろう。

「食べたくなったらいつでも言いな。レシピさえ教えてくれればいくらでも作ってあげるからさ」

マインの夢の中にしか存在しないと言うレシピを再現するのは、とても心躍ることだ。

……あぁ、楽しみだねぇ。一体どんなレシピがあの子の中に眠っているんだろう？

ちょびちょびとカトルカールを味わうマインを見ながら、アタシは新しいお茶の葉入りの生地を熱いオーブンに突っ込んだ。

ベンノ　カトルカールの試食会

街に店を構えている者の中でも一定以上の税を納めることができる大店の店主ばかりが集められた会議の最後に、ギルド長であるくそじじいが出席者全員の顔を見回して口を開いた。

「議題は以上かな？　では、大会議室で新しく売り出す予定のお菓子の試食会を開催している。時間があれば立ち寄ってくれ。連れている従者の分も用意してあると言っていたぞ。ベンノ、其方が来るということで、フリーダがずいぶんと張り切っていた。寄ってくれるであろう？」

くそじじいの言葉に俺は立ち上がって、大会議室を目指す。

この会議に出席しているのは大店の店主ばかりだ。つまり、高価なお菓子を購入するだけの金と商品を見る目を持った商人がきっちり揃っていると言える。ギルド長の家や店で試食会を開催されても、わざわざ足を運ぶかどうかわからないが、会議の後で部屋を移動する程度なら足を伸ばすだろう。日程と開催場所の設定は腹が立つほどうまい。注目されること間違いなしだ。

マインが情報を流して作られたお菓子のカトルカールと、マインがポロッと漏らした言葉で、くそじじいの孫娘がやる気になったという試食会。

……本当に、あの阿呆は次から次へと！　市場を揺るがすような物を持ってきやがって！　マインがあまり注目されないように骨を折っているこっちの苦労も知らずに、あの考え無しが！

自分の店の目玉商品となるものは、普通独占したいので、今まではこんなふうに売り出し前の商品を周知することなどなかった。売り出し前の商品を周知することで、最初の考案者が誰なのか印象付けることができる。他の者にすぐには真似できないものならば効果的だ。

腹の立つことに、砂糖はまだそれほどの量が流通しているわけではない。この街で中央から流れてくる砂糖を扱っているのはオトマール商会くらいだ。中央からの流行に乗って、甘味を探している貴族階級には強い訴えかけとなるだろう。そして、この試食会を開くことで、ギルド長ばかりではなく、孫娘の手腕が注目されるに違いない。あの孫娘の金に関する嗅覚はじじい譲りだ。

「試食会にようこそ。気に入ったカトルカールを選んで、箱の中にこの木札を入れてください」

大会議室に入ったところで、頭を同じ布で覆った少年少女が数人並んでいて、入って来た客に小さな木札を三つずつ渡していた。

「一番気に入った物に三つ入れても良いし、三種類選んでもいいです」

俺は渡された木札を手のひらに握りながら、ぐるりと部屋を見回す。会議室の中を歩き回る者が同じ布を頭に付けているので、開催側の人間をすぐに識別することができた。まだ客は少なく、お互いの様子を探り合っているようで、カトルカールに手を伸ばしている者はいない。

机が五列も並んでいて、それぞれの列ごとに種類の違うカトルカールが並べられているのが見える。一口サイズに切り分けられたカトルカールだが、俺の予想と違って種類が多かった。

「あ、ベンノさんだ！」

大きく手を振ってやってくるのは元凶のマインとウチの見習いであるルッツだ。ルッツはウチの見習い服を着ているが、マインは試食会を開催している者と同じ恰好をしている。

おう、と軽く手を挙げて二人を手招きし、俺は寄ってきたマインの頭をガシッとつかんだ。

「マイン、お前はここで何をしているんだ？」

「いたたっ！　お手伝いですよ？」

この恰好を見てわかりません？　と首を傾げたマインの頭を覆っている布をグイッと剥ぎ取る。

「今すぐ着替えろ。これから入ってくる商人達にお前の姿を印象付けるな。何のために俺が紙を作り、髪飾りを作ったお前の存在を隠していると思っているんだ？　こっちの店でも矢面に立つか？　派手に宣伝してやろうか？」

「ぅあぅ……。すぐに着替えてきます。ルッツ、ここにいてね」

俺が剥ぎ取った布を返すと、マインは早足で大会議場を出ていく。それを見て、俺は軽く息を吐いた。

マインは洗礼式を終えたばかりの子供とは思えないくらい頭の回転が異様に速く、何に関しても呑み込みが良い。普通では知らないはずの知識がある。それなのに、周りが見えていなくて考えが浅い。子供ならば当たり前なのかもしれないが、他が突出している分、考えの浅さと危機感のなさが目立つ。なるべくマインは目立たない方が良い。後ろ盾がない子供が目立っても、碌な結果にはならない。父親が死んで、成人したばかりの自分が店を継いだ時でさえ、若輩者と侮られ、数々の苦い思いをしたのだから、洗礼式を終えたばかりの子供なんて食い物にされるだけだ。

「旦那様は……マインには厳しいんですね」

「ルッツ、マインを守る気があるなら覚えておけ。商人としての後ろ盾もなければ、神殿で後見してくれる貴族も決まっていないマインは宙ぶらりんで非常に危うい存在なんだ」

延命のことを考えても、これから先の貴族との繋がりを考えても、現時点では神殿に入った方がマインのためだ。だが、これから先、数年後もずっと同じ状況が続くとは思えない。

「え？　でも、旦那様が後見なんじゃ……？」

「一応表面的にはマイン工房の責任者をしている関係で、俺が保護者扱いになるが、その関係は薄い。せめて、お前と同じ見習いにできれば、もっとやりようがあったが、すでに神殿入りを決めてしまった以上、俺の手が届く範囲はそう広くない。今までと違って、お前の目も届きにくくなるんだ。変な目立ち方はしない方が良い。それでなくても、アレは何を考えているのかわからなくて、ちょっと目を離すといきなり妙な事をしでかすんだ。厳しく管理するくらいでちょうどいい」

「あ～、それは確かに」

ルッツは神妙な顔で頷いた。その仕草がマルクに似ていて、フッと小さな笑いが漏れる。

洗礼式を終えたルッツは、見習い仕事につき始めてから、言葉遣いが急速に改められ始め、姿勢や仕草がマルクに似てきた。マインがマルクをお手本にしろと言ったことが理由らしい。

商人の子供と違って、生活の全てに違いがあるルッツは商人としては足りないところが多い。他の見習いとの差を何とか埋めようとルッツはいつも必死だ。じっとマルクや俺を見ては、少しでも多くのものを盗もうとしているのがよくわかる。その向上心の強さを俺は結構気に入っていた。

「ルッツ、お前はこのカトルカールをどう思う？　商品としてだ」

「……貴族にも間違いなく売れると思います。多分、すごく歓迎される」

「根拠は？　お前は貴族が何を好むか、普段どういうものを食べているか知らないだろう？」

俺が突っ込んで質問したけれど、ルッツは特に悩んだ様子もなく、答えを出した。

「ギルド長は貴族街に入ることになるフリーダのために、生活の全てにできるだけ貴族のものを取り入れているって、マインから聞きました。料理人も貴族の家で働いていた人を引き抜いてきたらしいです。だから、フリーダやその料理人が自信を持って売ろうとするなら、売れると思います」

ギルド長が家に金をかけているのは知っていたが、生活にできるだけ貴族のものを取り入れているとは知らなかった。思わぬ情報に軽く目を見張る。子供同士の繋がりから来る情報も侮れない。


「ただいま、ルッツ」

ウチの見習い服に着替えたマインが戻ってくる。これで、俺がマインとルッツを連れていてもそれほど不思議ではないだろう。

「旦那様、これが何も入っていないカトルカールです。オレが初めて食べたのはこれでした」

ルッツが一番右端のカトルカールを指差してそう言った。以前に食べた味を思い出しているのか、今にもよだれを垂らさんばかりの顔をして、ルッツは期待に満ちた目で切り分けられたカトルカールを見ている。

「イルゼさんは研究熱心だからね、あの時よりすごくおいしくなってるよ。このテーブルはフェリジーネ入り。そこのテーブルは蜂蜜が混ざってるやつで、あっちは胡桃《くるみ》入り。向こうは最新作のお茶の葉入りなんです。さぁ、食べてみてください。おいしいですよ」

まるで自分の手柄のように胸を張って説明するマインが何となく面白くなくて、フンと軽く鼻を鳴らしながらカトルカールを見下ろした。

「この種類の多さはお前がボロボロ情報を零した結果じゃないのか？」

「うっ……。さ、砂糖と引き換えだから、無駄に零したわけじゃないもん」

こいつはどうやら情報と引き換えに、ちゃっかりと自分用の砂糖を手に入れていたらしい。商人らしくなったと褒めてやるべきか、あっちに有利な情報を回すなと拳骨をくれてやるべきか。

「それに、わたしが教えたのは、このフェリジーネとお茶の葉だけですよ。それだって、配分は全部イルゼさんが研究した成果だから、わたしだけが原因ってわけでもないんです」

ぷーんとマインが俺から視線を逸らす。そして、テーブルの上に並べられたカトルカールに手を伸ばした。ひょい、と口に入れて味わうマインを見て、ルッツもテーブルの上に手を伸ばす。周囲で驚きの声が上がっているので、おいしいことは間違いないだろう。俺もカトルカールを取った。

……何だ、これは⁉

指で摘まんだ時から分かっていたが、ふんわりとしていて、口の中でほろほろと溶けていくような柔らかさだ。見た目はパンのように見えたが、パンはこんなに柔らかくない。スープにつけて食べるのが基本だ。そして、今までに食べたことがない甘みに、驚愕する。甘くて味がしっかりしているが、蜂蜜漬けを食べた時のような凝縮された甘みでもなく、果物を食べる時の甘みとも全く違う優しい甘さが口全体に広がっていく。甘さとバターの混ざった匂いも食欲を刺激してもっと食べたいと思わせるものだった。

「おいしいですか？」

褒め言葉を期待しているのか、金色の目を輝かせてマインが見上げてくる。素直に褒めるのは何だか癪《しゃく》で、マインを無視して俺はフェリジーネ入りのカトルカールに手を伸ばした。

ふんわりとした柔らかさはそのままにフェリジーネの香りが口の中に広がった。爽やかな甘みで、食べやすい。ちょっと香りと味が付いただけでずいぶんと印象が変わる。すいっと視線を上げて、他の机に並んだカトルカールを見た。

「イルゼさん、すごいでしょ？」

余所の料理人を絶賛するマインを避けて、テーブルを移動すると、蜂蜜が混ざっているカトルカールを口に入れた。今までのカトルカールとは違って、少し生地が重い感じで、べったりとした甘みが増した。慣れた甘みだし、今まで食べた中では一番甘さが強く感じられるので、子供や甘いことに重点を置く者には一番受けが良いだろう。

「甘いけど、それほどくどくないでしょ？」

次は胡桃入りだ。胡桃入りのパンに似ていて、一番見慣れている見た目だった。しかし、食感は普段食べているパンとは全く違う。生地が柔らかすぎて、胡桃の固さが浮いて感じられた。柔らかい生地がすぐに口の中から消えていき、胡桃だけが口に残る。慣れれば、この歯ごたえが良いのかもしれないが、俺はあまり好きではない。

「ねぇ、ベンノさん。答えてくださいよ」

「黙れ。うるさい」

俺の側をぐるぐる回りながら、ぴーぴーうるさいマインを黙らせると最後の机に向かう。

お茶の葉入りというところで一瞬躊躇《ちゅうちょ》したが、口に入れてみると非常に香りが高かった。胡桃と違って中に入っている葉が完全にすり潰されていて、口当たりも全く気にならない。確かにお茶の味がするけれど、甘いお菓子で、不思議な感じだ。甘みが強いわけでもないのにおいしい。この中で一番男性受けはすると思った。少なくとも、俺は一番気に入った。

「ベンノさんはどれに木札入れますか？」

カトルカールは、どれもこれも驚くくらい美味だった。これは間違いなく貴族階級に広がるだろう。誰もが欲しがる味だ。追随を許さないほど、今までのお菓子とは差がある。

「おい、マイン。どうしてこんなレシピをギルド長に渡した？」

貴族社会に切り込むためには、大きな武器になるだろうレシピだ。俺が欲しかった。

マインを睨むと、マインは目を瞬きながらこてんと首を傾げる。

「渡したのはイルゼさんですけど……」

「あのくそじじいの店で売られるなら、一緒だ」

カトルカールであのくそじじいはまた貴族への影響力を強めるに違いない。俺の苛立ちに気付いたらしいマインが困ったように眉根を寄せた。

「ベンノさんって、ギルド長に対してすごく態度良くないですよね？　どうしてですか？」

そういえば、マインには話したことがなかったな、と思いつつ、思い返すのも不愉快な過去のあれこれが頭をよぎる。

「成長中のウチの店はずっと目の敵にされていたんだが、あのくそじじい、父が死んだ直後に母を後添えにして店を吸収しようとしやがった」

商売のために叔父の店へと向かった父は、金目当ての盗賊に襲われて死んだ。街の近くでの犯行だったため、遺体だけは帰ってきたが、傷だらけの惨い状態で、母はしばらく寝込んだ。そんな傷心の母に嬉々として話を持ってきたのが、あのくそじじいだ。

「へ？　そ、それはギルド長の後添えってことですか？」

「あぁ。母が断ったら、一つ一つは小さい嫌がらせをこれでもかとしてきて……これは今でも続いているな。ギルドで申請してもなかなか通らなかったり、難癖をつけられたりするだろう？」

何度か巻き添えを食らっているマインとルッツは「あぁ～……」と顔をしかめた。俺だけではなく、俺の周りにも迷惑を撒き散らすくそじじいなのだ。

「恋人が死んだ直後に満面の笑顔で自分の娘を斡旋してきたり、成人前の妹達に俺より年上の息子を宛がおうとしたりするような相手に、お前は態度良くできるのか？」

商売に関して言えば、とんでもない無理難題も色々あったが、マインを相手にそんな苦労自慢をしても意味がない。あのくそじじいが人としておかしいということだけ伝わればいい。

「……えーと、見ようによっては、ギルベルタ商会がすごく評価されてるってことですよね？　ギルド長が強引で粘着質で面倒なのは否定しませんけど」

苦しい逃げ方だが、マインも多少はギルド長の面倒さがわかっているらしい。

「それで、何故そんな厄介なギルド長にレシピを渡した？」

「何故って言われても、前にも言った通り、フリーダとお菓子作りをする約束をしていたから一緒に作っただけなんですよ」

「だが、契約したんだろう？」

「一年だけの独占契約ですよ？　そんなに目くじら立てるほどのものですか？」

期間を定めたというのはマインにしてはなかなかよく考えたと思うが、それが本当に守られるのかが不安だ。あの孫娘に丸めこまれてずるずると独占状態が続くのではないだろうか。

「……本当に一年後に公開するのか？」

「はい。お菓子なんて独占するものじゃないし、色んな人に作ってほしいですから」

マインは一年間の独占権でレシピを売ったと言っているが、砂糖が手に入らない以上、しばらくはギルド長の店での独占状態になるだろう。これ以上、差を付けられたくはないのに、また差が広がっていく気がする。

「なぁ、マイン。お前、他にもレシピを知っていると言ったな？　他の物はウチに売る気はないか？」

マインがきょとんとした顔でオレを見上げた後、首を横に振った。

「今のベンノさんには売っても意味がありません。ベンノさんには砂糖と料理人が足りないんです」

「どういう意味だ？」

「わたしが知っているお菓子のレシピは基本的に砂糖を使うんです。それに、一番大事なのは腕の良い料理人です。貴族の家で働いたことがあるくらいの腕の持ち主じゃなきゃ、わたしがレシピを教えたところですぐさま再現できないんですよ」

「貴族の館……？」

「オーブンを自在に使えることが必須条件なんです。パン工房以外にオーブンってないみたいだし、あまり普及してないんですよね？」

個人的にオーブンを持っているような家はほとんどない。よほどの金持ちで、食道楽でもなければ、そんなものは必要ないからだ。つまり、ギルド長の家にはオーブンがあり、それを自在に使える料理人がいるということだ。

「あら、ベンノさんが全てを揃える前に、わたくしがマインのレシピを全部買い取りますわ。ウチの料理人は新しいレシピに目がないんですもの」

クスクスと笑う幼い声に思わず振り返ると、春の花のような色合いの髪を両耳の上で結ったギルド長の孫娘がそこにいた。

「ごきげんよう、ベンノさん。ごきげんよう、ルッツ」

俺を見上げてくる挑戦的な目があのくそじじいとそっくりだ。くそじじいが消えたら、少しは勝算が出てくるかと思っていたが、この孫娘は侮れない。マインにあの手この手で近付く辺り、金に関する嗅覚はじじい並みだ。こっちが警戒している対象だというのに、マインはへらっとした笑顔で軽く手を振って親しげに話しかける。仲が良さそうな様子に少なくない焦りを感じてしまう。

「フリーダ。どう、試食会は？」

「マインのお陰で盛況ですわ。みんなカトルカールを褒めてくださるの。一年後にはレシピを公開すると言っているので、レシピの公開を心待ちにしている方も少なくないですわね」

……警戒心が足りないと何度言えばわかるんだ、この阿呆！

マインは何度となく俺にも騙されているが、不満そうに頬を膨らませる程度で済ませてしまう。どんな反応をするのか、きちんと気付けるのか、試しているこちらが心配になるくらい、警戒心がない。マインはきっと警戒心というものをどこかに落としてきたに違いない。

それでも、傍から見て、同じ年くらいの少女が友達同士で楽しげに語らっているのを邪魔するような大人げない対応は取れない。言質を取られたり、変に絡まれたりしないように会話が聞こえる範囲でルッツと二人で睨みを利かせておくしかない。

「なぁ、ルッツ。アイツはなんで命のかかった状況で騙されて、まだ笑顔で付き合えるんだ？」

「……そんなの、オレにわかるはずがない。それに、オレはフリーダがあまり好きじゃないから」

マインに近付くな、とルッツの顔にはわかりやすく書いてある。緑の目に宿る独占欲は一番大事な友達に対するものなのか、すでに恋愛感情まで達しているのか、微妙なところだ。

それでも、マインに対して過保護なルッツを見ていると、もう何年も前に恋人の死と共に置いてきた甘酸っぱい感情を思い出して、何ともくすぐったいようなむず痒いような気分になる。

「これから先も苦労しそうだな、ルッツ。マインを捕まえておくのは簡単じゃない」

ぐしゃぐしゃと頭を撫で回しながら、ルッツをそんな言葉で激励すると、ルッツは緑の目に強い光をきらめかせて、ゆっくりと頷いた。

「マイン、味はどうだい？」

そう言いながら、ずいぶんと親しげな様子で恰幅の良い女性がマインと孫娘に近付いてきた。全身から甘い香りを放っていて、頭には試食会関係者が付けている布を付けている。誰だ？　と俺とルッツが警戒するのにも構わず、マインはパァッと表情を綻ばせて、駆け寄っていった。

「もちろん、すごくおいしいですよ。さっき食べたけど、お茶のカトルカールもすごくおいしくなってました。さすがイルゼさん」

マインに褒められて、相好を崩しているこの女性が、どうやらギルド長の家で働く料理人で、このカトルカールを作った人物らしい。

商人としての性で、莫大な金を生み出すことになるだろう料理人のイルゼを観察していると、イルゼの方も俺に視線を向けてきた。

「そっちがベンノさんかい？」

「あぁ、そうだが？」

ギルド長の料理人に名指しで声をかけられる意味がわからない。マインがまた何かしでかしたのだろうか。目を細める俺を、イルゼが上から下まで見る。

「……ふぅん」

その相手を見定めるような目はギルド長と似ているようで、俺は何とも言えない嫌な気分になった。孫娘を相手に本気を出すのは大人げないと思って、無意識にセーブしていたが、相手が大人ならば、遠慮はいらないだろう。

「マインの知識を縛り付けて独占しているのはアンタなんだろ？」

「別に独占などしていないが？　現にカトルカールのレシピがそちらに流れているだろう？」

できる物なら独占しておきたいが、マインはおとなしく独占させてくれない。縛り付けてと言うが、ポロッと零した程度の情報で市場がひっくり返るのだから、マインの知識は小出しにするくらいでちょうどいい。

「だいたい、マインに関する面倒事は全部こっちが引き受けているのに、おいしいところだけを掻っ攫っていくのはそっちだろう？」

マイン自身を守るために色々なところから情報を集めたり、ルッツとの繋がりを強固にするために契約魔術を使ったり、マインの存在を隠すために植物紙協会を設立したり、他にも色々と裏で暗躍している。考え無しのマインに苦労させられているのは、ギルド長ではなく、俺だ。

「ベンノさんには結構ぼったくられていると思いますけど？」

むぅと唇を尖らせているマインの額を、俺はピシッと指で弾いた。

「俺がマインからリンシャンでぼったくった金なんて、二回の契約魔術で飛んでいったぞ？」

「え？」

「……契約魔術を二回ですって？」

マインと孫娘がぽかーんと口を開けて、同じ表情で見上げてくる。間抜け面を見下ろして、「ったく、人の苦労も知らず……」と俺は肩を竦めた。

「アンタの苦労はどうでもいい。マインは再現できそうだと認めた相手にしかレシピを渡さないって言ってたからね。他の物はともかく、料理のレシピはアタシがもらうよ」

料理人にまで宣戦布告された。あのくそじじいの関係者と俺はことごとく対立関係になるらしい。

「誰が渡すか」

いつまでもカトルカールをギルド長に独占させてたまるか。独占契約が切れる一年以内に砂糖を手に入れて、腕の良い料理人を探してやる。砂糖に関しては少し疎遠になっている親戚筋をたどっていけば、多少の無茶で何とかなるはずだ。頭の中で目まぐるしく計算しながらイルゼと睨み合っていると、マインが不安そうな顔でちょいちょいと俺の袖を引っ張った。

「ベンノさん、ベンノさん。料理人を探すのって、すごく大変なんですよ？　貴族に頼める伝手がなかったら無理ですよ」

「伝手なんか必要じゃない。必要なのは向上心とオーブンの扱いなんだろ？」

貴族の館で働けるくらいの腕が必要で、オーブンの扱いに慣れればいい。絶対に貴族の館で働いたことがなければならないわけではない。

「本がなければ自分で作ればいいとお前は言ったな？　だったら、料理人がいなかったら？」

「……自分で育てればいいんじゃない？」

「そういうことだ」

設備を整え、この街で腕の良い料理人を探して、お菓子だけに特化させた料理人を育てればいい。

「……やってやろうじゃねぇか」

マルク　私と旦那様

私はギルベルタ商会で旦那様の補佐をしておりますマルクと申します。確か三七歳になったばかりですね。この年になると自分の年齢などはっきりとは覚えていないものなのです。

私はギルベルタ商会に先代の頃から仕えておりまして、見習い期間から考えますと、三十年もお世話になっています。私がこの店にダルアとして見習いに入った年に旦那様がお生まれになったのですから、月日がたつのは本当に早いものです。

商人や職人の見習いには二種類ありまして、ダルアとダプラに区別されています。簡単に説明しますと、ダルアは店長との雇用契約で、ダプラは将来的に店や業務を任せるための徒弟契約という違いがあります。契約金や契約内容に大きな違いがあるのですが、ここで詳しい説明は必要ないでしょう。

ギルベルタ商会では、基本的に他のお店の子弟をダルアとして預かっています。商人の子供は一定期間、余所の店で修業するのです。この期間は店と子供の親との協議で決められます。三年から四年が多いでしょうか。視野を広げるため、使われる立場を知るため、甘やかされがちな立場から引き離すため、次代の店長となる者達との交友を持つため、色々と理由はありますが、彼らは店と店を繋ぐ架け橋であるのです。

私も元々は雇用期間を終えたら、実家の店へと戻るダルアとして契約しておりました。しかし、父が亡くなり、後を継いだ長兄とは商売に対する姿勢があまりにも違いすぎたため、何度かダルアとして契約更新した後、一五歳の成人式を期にダプラとして契約し直したのです。

ダプラの見習い期間は八年。本来ならば、他店でダルアとして修業した後、およそ十歳から一二歳くらいの間にダプラとして契約することになります。二十歳になった頃には旦那様の代わりに店を任されるようになるのです。

私は契約するのが遅かったため、成人してから八年間が更に修業期間として足されることになりました。修業期間とは言っても、すでにダルアとして八年も仕事をしており、ギルベルタ商会での仕事を理解しておりました。先代の旦那様の計らいにより、一般的なダプラと違い、見習いとしての給料ではなく、成人雇用者に与えられるのとほぼ同じ金額のお給料をいただいていたので、八年の修業も特に辛いと感じることはありませんでした。ダルアの頃より待遇が良くなったことを喜び、仕事に励む毎日だったのです。

しかし、困ったことに、私がダプラとしての修業期間を終える寸前に、先代がお亡くなりになりました。旦那様は成人したばかりで、まだ店主としては頼りないことこの上ない状態です。先代と契約していたダルアは、旦那様との契約更新を拒んで店を去る者も少なくありません。

私はまだ修業期間が終わっておりませんでしたので、引き続きギルベルタ商会で働くため、実家に援助を申し入れてみました。ところが、店を継いでいた長兄は援助どころか先代の死を嘲笑い、ギルベルタ商店との縁を切ると宣言したのです。あの時の怒りをどう表現すればいいでしょうか。実家との決別を決心させ、何が何でもギルベルタ商会と旦那様を守り抜き、見返してやろうと心に誓ったあの瞬間を、私は今でも鮮やかに思い出すことができます。

旦那様にはダプラとしての修業期間が終わった時に、実家に戻るかどうか尋ねられましたが、実家と決別している私に行く場所などありませんし、私をどこより必要としているのがギルベルタ商会でした。店に残ることを伝えた後、私は旦那様と共に無我夢中で働いて、店を立て直しました。すぐに勢いを取り返し、更に店を大きくしてきました。私が裏で手を回して、店を立て直すために実家を踏み台にしたことも、今となっては時効の話でしょう。

先代の末娘であるコリンナ様はご結婚されましたが、長兄である旦那様はリーゼ様を亡くされた後、結婚そのものに対する興味を失ってしまったようです。私も気付いた時には婚期を逃しておりました。なかなか思うようにはいかないものですね。

仕事が充実しておりますし、店の後継ぎはコリンナ様のお子様と旦那様が決めていらっしゃいますので、今のところ店の存亡にかかわるような大きな問題はない毎日だと言えるでしょう。

さて、本日は大店の店主ばかりが集まる会議のため、旦那様が不在です。そうすると、重要な判断を要する案件が次々と私の元へとやってきます。

「マルクさん、リンシャンの納品が遅れそうだと連絡が入りました」

「今回はレーブの入荷が遅かったので、仕方ありませんね。完成した分を先に納品してもらって、残りはなるべく急ぐよう親方に伝えてもらうように」

「あの、マルクさん。ブロン男爵令嬢からコリンナ様への依頼が届きました」

「夏に依頼されるのは珍しいですね。お急ぎでしょう。すぐにコリンナ様へ連絡してください」

普段より少々忙しい時間を過ごしておりますと、旦那様がマインを抱えてお戻りになられました。

「マルク、話がある。来い！」

旦那様はずんずんと奥へと向かっていきます。目を輝かせ、やる気に溢れた旦那様と、困り果てたような顔のマインと、ぜいぜいと息を切らせながら二人を追いかけてきたルッツを見て、またもや無理難題が降りかかってくる予感がいたしました。

リンシャンを作るための工房準備に原料の仕入れ、職人の確保に販路の開拓と奔走したり、植物紙を作るマインとルッツのために道具や材料を求めて街中を歩き回ったり、羊皮紙協会との軋轢の緩和に尽力したり、植物紙の工房の開設を丸投げされたり……。思い返せば、およそ一年の間にかなり無茶を押しつけられた気がいたします。今度は一体何でしょうか。

「マルク、菓子職人の育成をするぞ！　準備しろ！」

菓子職人の育成？　今までの業務と全く関係のなさそうな言葉が飛び出してきました。とても嫌な予感がいたします。この唐突さはマインが関わっていると考えておいて間違いなさそうです。

旦那様の様子を窺えば、やる気に満ちたギラギラした目で、色々な木札を取り出しては、何やら確認しておられます。お元気そうで何よりですが、周りへの影響が大変なことになりそうです。

「菓子職人とおっしゃいますが、一体何を作らせるおつもりですか？」

「マインに聞け」

……あぁ、やはりマインですか。どうやら、また難題が持ち上がってきたようです。

元々ギルベルタ商会は旦那様の曾祖母であるギルベルタ様の服飾工房から始まった店で、妻が工房で服を作り、夫が売るという形で基本的に発展してまいりました。店主は常に夫の名前で登録されていますが、実質店を担っているのは女系というのが実情です。

街の富裕層を相手に商売してきたギルベルタ商会ですが、旦那様の母君のデザインが下級貴族の目に留まったところから、少しずつ貴族社会にも切り込んでいくことができるようになりました。貴族階級と商いをするようになったのは、ここ十年ほどのこと。つい最近のことなのでございます。

コリンナ様のセンスも貴族社会では一定の評価を得ているようで、ギルベルタ商会は安泰と申せましょう。つまり、ギルベルタ商会が取り扱っているのは、服飾品はもとより、装飾品、美容関係に関するものなのです。

マインが持ち込んだリンシャンは美容関係の品物としては、かなり良い商品となりましたし、これから先コリンナ様の工房で作ることになっている髪飾りもすでに装飾品として街では一定の人気を得ております。糸の品質やデザインを考慮すれば、貴族の奥方や令嬢にも受け入れられるだろうとコリンナ様は良い権利を手に入れたと心から喜んでいます。

しかし、一方でマインが持ち込んだ製紙業は、ギルベルタ商会にとって少し横道に逸れた業務ですし、菓子職人を育成するというのも、今までの業務とはかなり毛色の違う仕事となります。

「だーかーらっ！　砂糖がなかったら無理だって何度も言ってるのに！」

「砂糖がなくてもパンは焼ける。オーブンを使う練習が先なんだろう？」

「でも、街の中にパン工房はすでにいくつもあって、パン職人の協会があるんだから、また既得権益とぶつかるじゃないですか！　ただの練習で！　しかも、ベンノさんはパン工房に職人の引き抜きをかけるつもりなんでしょ⁉」

「既得権益が怖くて、新しい事業ができるか！」

椅子に座った旦那様と、椅子の上で膝立ちをして視線の高さを合わせたマインのやり取りは、旦那様とリーゼ様のやり取りを彷彿とさせます。喧嘩するほど仲が良いと言いますか、気軽に言い合いができるくらい信頼感が育っていると言いますか。

商売のことについてマインと喧々諤々と言い合っている時が旦那様は一番生き生きしているような気さえいたします。口の達者なマインをやりこめるのはリーゼ様に口喧嘩で勝った時のような爽快感があるのでしょう。リーゼ様には負けっぱなしでしたから。

「ルッツ、あの二人は後回しにして、先に前後の状況を説明いただいてもよろしいでしょうか？何故、旦那様はいきなり菓子職人を育成するなどと言い出したのでしょう？」

二人の言い争いを遠巻きに見ていたルッツがハッとしたように姿勢を正して、説明を始めてくれました。マインに振り回され慣れているルッツは意識の切り替えも早いのです。素直で何事に関しても良く吸収するし、真面目で忍耐強く、得難い人材だと言えるでしょう。元々頭も良いようで、順序良く本日の出来事を話してくれます。

ルッツの説明によると、商業ギルドでの会議の後、カトルカールの試食会があり、そこでギルド長の料理人と一戦交える展開となったようです。菓子職人がいないなら育てればいいだろうと旦那様が啖呵を切ったという話でした。あの負けず嫌いの旦那様に我慢しろというのが無理な話ですね。

「マインが言うには、お菓子を作るためにはオーブンを自在に使えて、レシピの研究やおいしくするために努力を厭わない研究熱心な人が必要だそうです。旦那様はすでにオーブンの使い方をマスターしているパン工房から引き抜くことを考えているようだけど、パン以外の物を作るんだから、新しいものを作っていきたい熱意がある人じゃないとうまくいかないかもしれないって……」

ルッツから事情を聞いたことでようやく旦那様とマインの言い争いの中心が見えてきました。

「そのお菓子とやらは貴族に売れると旦那様が判断されたのですね？」

「はい。でも……」

「ルッツ、でも、は厳禁です。旦那様がやる気になった以上、やるしかないでしょう」

これは私が旦那様贔屓なだけかもしれませんが、旦那様は天性の商売勘を持っていらっしゃいます。これは売れる、と決めて、やる気になった旦那様が全力で取り組んだものが当たらなかったことがないのです。私はパンパンと手を叩き、旦那様とマインの注意をこちらに向けました。

「旦那様、菓子職人を育成するとおっしゃいますが、それは一体どのくらいの期間で育つものなのですか？　採算は採れるのでしょうか？」

「……採れる。ある程度オーブンを使える奴をパン工房から引き抜いて、教師役にするつもりだから、それほど時間はかからないだろう」

私の質問に旦那様は静かに頷きます。その目は自信に満ちていて、失敗することなど欠片も考えていない顔でした。

「砂糖がなければ作れない、と聞こえましたが、砂糖について目途は立っているのですか？」

「少し疎遠になっている親戚連中全てに声をかければ、多少の無理で手に入る。確かエーミール叔父は中央の方に少し伝手があっただろう？　あとはオットーの昔馴染みの旅商人に声をかけてもらっている。職人にはしばらくの間パンを焼かせて、オーブンに慣れさせればいい」

「ふむ。全く目途が立っていないわけでもないのですね」

基本的に勝算もなく勝負を仕掛けることがないので、旦那様はマインから最初にお菓子の話を聞いた時から砂糖を手に入れる経路については検討されていたようです。工房の買い取りやオーブンの手配は手続きが複雑で面倒ですが、それほど大変なことではありません。やはり、一番の問題は既得権益との軋轢や交渉でしょう。おそらく、またギルド長が文句を言ってくるに違いありません。

植物紙の流通について、羊皮紙協会との間で起こった揉め事を思い返して軽く目を細めました。本業ではない製紙業や菓子職人の育成について揉めるのは、業務上とても困ることです。

「マイン、以前に羊皮紙協会と紙の用途で利益を分けたように、既存のパン職人との軋轢を少なくする案はありませんか？」

「へ!?　わたしが考えるんですか!?」

正面突破というか、基本的に譲ろうとしない旦那様よりは、争い事が苦手で避けて通ろうとするマインの方が妥協案を考えるのは向いています。何より、私にとっても菓子職人の育成は専門外のことで、妥協点を見出すだけの知識がないのです。

「この中で菓子職人について一番詳しいのはマインです。落とし所を探るのは旦那様よりマインの方が上手いですから、ぜひ、どちらにとっても利益になるような意見がないか、伺わせてください」

洗礼式を終えたばかりの幼子に無茶な要求をしていることはわかっていますが、旦那様と同じように、私もマインを普通の子供だとは考えておりません。

「ぅえ⁉　えーと、落とし所？　両方に利益って言われても、うーん……」

「……今までのパンとは違うパンであるとか、パン以外でオーブンを使うものであるとか……」

考え込むマインに、紙の時の落とし所をパンに置き替えて提案してみました。私にはさっぱり思い浮かぶものがありませんが、妙なものを次々と持ち込むマインならば、思い当たることがあるのではないかと思ったのです。私の予想は正しかったようで、マインはさらりと紺色の髪を揺らしながら私を振り返ると、金色の瞳を輝かせて、左手を真っ直ぐ上に挙げました。

「ありますっ！　わたし、『イタリアン』が食べたいです！」

聞き慣れない言葉が出てきました。旦那様もルッツも首を傾げていますが、マインは全く構わず、口を動かします。

「砂糖がなくてもオーブンを使う料理なら練習になりますよね？『ピッツァ』『グラタン』『ラザニア』辺りなら大丈夫です。……あ、それから、それから、肉のオーブン焼きや『キッシュ』『パイ』もできそうですね。うわぁ、楽しみ」

うきうきと弾んだ声でマインが次々と名前を挙げていくのはいいのですが、肉のオーブン焼きが入っている以上、お菓子の名前が並んでいるとは思えません。目をキラキラさせて、今にもよだれを垂らしそうなうっとりとした表情のマインを見ていたルッツは、私の隣で小さく呻いて頭を抱えてしまいました。

「ダメだ。マインが暴走し始めた。目標を決めたら、まっしぐらだから……旦那様、勝てるかなぁ？」

ルッツの呻くような声から、普段からマインの暴走に振り回されている様子が容易に思い浮かべられます。マインと旦那様はどうやら似た者同士のようです。目標を決めたらまっしぐら。おそらく周りの苦労なんて目に入っていないでしょう。

「ベンノさん、もうお菓子なんてやめて、『レストラン』……えっと、ちょっと高級な食事処にしちゃえばいいと思います」

「こら、待て！　勝手にやめるな！」

「砂糖があれば、『デザート』にお菓子も作れます。大丈夫。『イタリアン』にしましょう」

「何が大丈夫だ⁉」

ルッツの心配通り、旦那様の方が劣勢のようです。マインに振り回されるルッツの状況が、旦那様に振り回される自分の境遇と似ている気がして、私はそっと心の涙を拭いました。

「ルッツ、強い心を育てなさい。ただ振り回されるのではなく、暴走する先を予測して、振り回される先へ事前に回っておくことができれば、心労が激減します」

「マルクさん？」

「振り回され方にも多少のコツがあるのです」

私を尊敬するように緑の目を輝かせたルッツの純粋さを見て、私は心に誓いました。この二人のどんな無茶振りにも耐えられるよう、ルッツは私がしっかりと教育しましょう。

私達がひっそりとお互いの苦労を感じ合っている間も、マインの口は止まりません。旦那様を相手に次々に工房ではなく食事処にする利点を並べていきます。

「だって、お菓子だけじゃなく、料理もできた方が潰しは効きますよ？　お客さんに提供すれば練習が無駄になることもなく、職人にやる気も出るじゃないですか。お菓子が作れるようになれば、貴族に出す前にお店でお客さんに試食してもらったり、意見をもらったりして改良もできますよ」

本当に子供とは思えない説得力と言い回しに感心していると、ルッツが困ったように眉を下げて私を見上げてきました。

「オレ、なんか……マインの熱のこもった言葉を聞いていると、何となくマインの言う通りなのかもしれないと思ってしまうんです」

「客を買う気にさせるというのは、商売人にとって得難い才能ですね」

ふむ、と私が頷くと、ルッツは肩を竦めて小さく笑いました。

「……マインの場合、自分が欲しいもの以外のためには全く働かない才能だけど」

「どのように伝えれば相手がその気になるのか、よく観察しなさい。周り全てがお手本ですよ」

相手をその気にさせる説得力は大変魅力のある才能ですが、こちらは実際に店を運営することになるので、マインの熱意に引きずられて決めるわけにはいきません。

「それより、ルッツ。マインは大丈夫ですか？　興奮しすぎではないかと思うのですが」

「わぁ！　マイン！　ちょっと落ち着け！」

ルッツの声に口を止めたマインは、そのままへにょりとテーブルに顔を伏せてしまいました。やはり、興奮しすぎたようです。それでも、まだ言い足りないのか、マインはテーブルに伏せたまま、もごもごと口を動かし続けます。

「ただのお金持ちと貴族の食事には雲泥の差があるんですよ。おいしい料理があれば、ちょっとくらい高くても食べに来る人はいますって、絶対」

「雲泥の差、だと？　お前、どこで貴族の食事なんか……ギルド長か」

「ほーら、ベンノさんも興味持ったでしょ？　ホントに違うんです。でも、勝ち目はありますよ。わたし、料理に関してはイルゼさんにまだ何も情報を渡してませんから」

うふふん、と笑うマインの言葉に、旦那様の心が大きく傾いたのがわかりましたが、この場で、勢いのまま決定してしまうわけにはいきません。一度冷静になって、マインの提案をよく吟味してみなければならないでしょう。物事には利点があれば、必ず欠点もあるのですから。

「マインの言う通り、本当にお菓子職人を育成する必要があるか、じっくりと考えてみた方が良さそうですね。素敵な提案をありがとうございます、マイン。本当に助かりました。今日は帰って、体調を整えた方がいいのではありませんか？　旦那様に振り回されて、疲れたでしょう？」

「うぅ、マルクさんの優しさが心に染みます」

テーブルに突っ伏したままのマインを送るように、とルッツに指示を出し、私は二人を店から出しました。

子供達を見送った後、奥の部屋に戻ると、旦那様が執務机に先程のマインと同じような体勢で伏していています。その状態でこちらへと視線だけを向けました。

「ったく、マインには本当に驚かされるな」

「まさかパン協会との摩擦を避けるための妥協案があのように方向を変えるとは予想外でした」

ぐしゃりと髪を掻きながら、旦那様がゆっくりと身体を起こしました。赤褐色の瞳を鋭く光らせて、私を見据えます。

「……マルク、どう思う?」

「菓子職人の育成よりは食事処の方が実現は簡単です。食事処ならば、パン協会との軋轢が生まれるはずもありません。むしろ、考えなければならないのは飲食店協会の方ですが、正当に手順を踏めば、店を出す事自体は難しくないでしょう」

マインが提案したのは、高級志向の食事処です。大店が安い市場を荒らしに行くわけではないので、飲食店協会からも目立った反対はないと思われます。

「食事処は悪くはない。料理女を雇っている富裕層は多いけれど、料理女は基本的に平民だ。使える金額が多くなっても、食事の量が多くなるだけで作る料理自体には、それほどの違いはない。貴族の食事は腕の良い料理人が貴族の家でしか作らないレシピを使うから、そもそも味が違うし、品数が違う。多少値段が高くても素材と味に気を配れば、客はつくだろう」

私自身は貴族の料理を口にしたことがないので、よくわかりませんが、旦那様は片手で数えられる程度ですが、貴族の食事に招かれたことがあります。その旦那様が言うのですから、貴族と富豪層の食事には大きな違いがあるのでしょう。

「だが、マインが知っているのは何故だ？　アレがギルド長の家にいたのはほんの数日だ。何種類もの料理のレシピを何故知っている？　オーブンを使う料理が何故あんなに出てくるんだ？」

「マインですから」

旦那様の口から出てくる疑問に私は溜息で答えました。旦那様は不満そうですが、それ以外に答えなどありません。

「マルク、お前な……」

「余計な事を考えるのは時間の無駄。マインが何者だろうが、商人として利用できるなら問題ない、とリンシャンの時に言ったのは旦那様です。今更考えたところで何も状況は変わりません。むしろ、マインが余所へ貴重な情報を漏らさないようにする方策を考える方がよほど建設的ですよ」

私がやれやれとこれ見よがしに肩を竦めて見せると、旦那様はバツが悪そうに視線を逸らした後、わざとらしく話を逸らそうとポンと手を打ちました。

「あぁ、それなんだが……ルッツを俺の養子にしようと思うんだが、マルク、お前はどう思う？」

「考え無しに思いつきを口にするところがマインに影響を受けているのではないかと思います」

「あぁん⁉　失敬な！　あんな考え無しと一緒にするな！」

旦那様は凄んで怒鳴りましたが、ルッツを養子にするなどという提案が考え無しでなければ一体何だというのでしょうか。店を預かる旦那様が養子をとって養育すれば、周囲の目は跡取りとみなすでしょう。コリンナ様のお子様が生まれる前にそのような諍いの種をまかれては困ります。

「では、コリンナ様との無用な軋轢を生みそうな提案に至った理由について、旦那様の熟考した意見をお聞かせ願えますか？」

旦那様は軽く溜息を吐いて、「いちいち嫌味ったらしい」と文句を言いながらも、ルッツを養子にしたいと考えた理由を語り始めました。

「まず、マインとの繋がりを保つためにルッツの確保は絶対に必要だ。それはわかるだろう？」

マイン工房で作った物はルッツを通して売るという契約魔術が交わされている以上、ルッツの確保が必要な事はわかります。そして、今、ルッツの立場はダルアであるため、雇用期間が終われば、本人の意思でどこにでも行くことができるので、旦那様は阻止したいと考えているのでしょう。

「ダプラにすることも考えたが、どうせ店を任せることを考えるなら養子にして、強く意見できる俺の立場を作っておいた方が良いんじゃないかと思ってな」

「ダプラで十分かと思いますが？　どうせなら、コリンナ様のお子様が女の子だった時には結婚相手にしてしまえばいいのではないでしょうか？」

養子として育てるよりは、ダプラとして修業させ、婿入りさせる方が周りの反感も少ないでしょう。しかし、旦那様は肩を竦めてパタパタと手を振りました。

「ルッツはダメだ。マインしか見えていない。それに、ルッツの夢は元々旅商人で、この街から出る機会を窺っているんだ。この店に縛り付けておくのは難しいんじゃないかと俺は思っている」

「……旅商人ですか？　それはまた……」

街で生まれ育った者にしてはずいぶんと珍しい夢に私が驚いていると、旦那様が軽く肩を竦めて唇の端を上げました。

「抑圧された生活環境が一番の理由だと思っているが、マインという鎖がなくなれば、ルッツがここにいる意味もなくなる。マインは近い将来、間違いなくどこかの貴族に取り込まれる。この街の貴族か、余所の貴族に丸めこまれるか、はたまた、中央から出張ってくる貴族がいるか……。今の段階ではわからないが、マインがこの街を出る可能性は高い」

今は旦那様の庇護下にある見習いで、知識も何もありません。しかし、成人し、色々な知識を身に付ければ、ルッツは自分の価値に気付くでしょう。その時にマインがこの街から離れて、契約魔術に意味がなくなっていれば、余所の街の店に行くことも考えるでしょう。

「マインがこの街から動いた時に、ルッツを連れて動ける状態にしておきたいと思っている」

「何故、旦那様がそこまで？」

私が少しばかり目を細めると、旦那様は少し困ったようにクッと笑いました。

「ギルベルタ商会の後継ぎはコリンナで、俺は中継ぎだ。マインは本を作りたいと言っているが、本作りはウチの店とは方向が違う。すぐにではないが、店をコリンナとオットーに任せて、俺は独立して別の店を立ち上げても良いんじゃないかと思ったんだ」

ギルベルタ商会は女系の店なので、コリンナ様とオットー様が店を守っていくのが本来の形なので、旦那様の言葉に間違いはありません。それでも、独立をほのめかすのとルッツに対する行動が私の中で上手く繋がらず、私が旦那様を見ていると、旦那様は軽く溜息を吐いた後、「マルクに隠し事はできんな」と呟き、懐かしそうな笑みを浮かべました。

「最近、マインやルッツを見ていると、昔の自分を思い出すんだ。親父が生きていて、何不自由なく暮らしていた頃の……リーゼと一緒にいた自分を、だ」

ルッツとマインが二人で転げまわっている姿は、旦那様とリーゼ様が笑っていらした頃を彷彿《ほうふつ》とさせるので、私にも少し旦那様の気持ちはわかります。軽く目を伏せれば、店の裏で大人の真似事をしたり、こそこそと悪戯を企んだりしているのを横目で見ていた昔の情景が蘇ります。

「あの二人を見ていて思い出した。親父が死んでから店と家族を守ることに精一杯ですっかり忘れていた俺の夢のことまで……」

「世界中に影響力を持つような商人になりたいというものでしたね」

私が指摘すると、旦那様はぎょっとしたように目を見開いて、面白いほどに狼狽しました。

「な、なんでお前が覚えているんだ⁉」

「旦那様のことですから」

……甘く見ないでいただきたい。私は旦那様を生まれた時から知っているのです。

私が胸を張ると、旦那様は頭を抱えて小さく呻きました。幼い頃を詳細に知っている相手は実にやりにくいですよね。わかります。

しばらく頭を抱えて唸っていた旦那様は恥ずかしさから脱却したようで、コホンと一度咳払いしました。

「マインの頭にある物を次々と実現していけば、確実に俺の夢は叶うと思わないか?」

「壮大すぎますが、マインの言うものを全て実現できれば、確かに世界中に影響力を持つでしょう」

「手始めに、弟妹達がいる街に向かって、そこで植物紙の工房を作って、植物紙を広げてくる。……マルク、お前はどうする?」

胸の前で指を組んで、椅子の背もたれに体重を預け、少しばかり首を傾げるようにして、旦那様が私を見上げました。じっと答えを待っている旦那様の姿に思わず吹き出しそうになりました。先代が亡くなり、私の修業期間が終わった時に店を移るのかどうか聞いてきた時と同じ恰好、同じ表情なのですから。

「私よりテオの方がオットー様と上手くやるでしょうからね。私は旦那様について行きますよ。ルッツの教育係も必要でしょう?」

ホッとしたように息を吐く旦那様の姿に、私は懐かしく目を細めました。

家族と店を守ると頑なに決心し、自分の夢など忘れ去っていた旦那様を動かし、植物紙協会を作らせ、今また新しい事業へと旦那様を押し出そうとするマインは、オットー様の言うように、旦那様にとって長い冬に終わりをもたらす水の女神なのでしょう。

お陰で私も自分の夢を思い出すことができました。マインが水の女神ならば、私は旦那様にとって、これから先も成長を助ける火の神でありたいと思うのです。

商人見習いの生活

カラーン、カラーン……

真っ暗な街に響き渡る一の鐘は、うんと朝早くから働き始める人達が起き出す目覚ましの鐘だ。

「うぅ、もう朝か……」

今までは母さんに声をかけられるまで、鐘の音なんて気にせずに寝ていられたけれど、商人見習いとなった今、オレは一の鐘が響き渡るのを聞いて、起きなければならなくなった。

まだまだ眠っていたいと訴える体を起こして、動き出す。十歳までの見習いダルアの仕事は隔日で、今日はギルベルタ商会に行く日だ。

「くっそぉ、眠いなぁ……」

「ルッツが選んだ道さ。文句を言うんじゃないよ」

母さんに文句を言われつつ、オレは台所へと向かって、朝食に手を伸ばす。昨夜の残りのスープに硬いパンを漬けて、ふやかしながら食べた。最後に、ウチの鳥の卵と交換してもらっている牛乳を一気飲みして、グッと顔を袖口で拭う。そこでハッとした。

「あ、ヤベ……」

言動は丁寧に、顔を拭う時は布を使って、とマルクさんに言われているのを思い出して、オレは思わず牛乳の跡が付いた袖口を見る。

富豪であるギルベルタ商会の人達にとって、自分の言動はとても荒く、とても店に出せるような状態ではないらしい。注意されていることを気にしているつもりでも、咄嗟の時にはどうしても普段の言動が出てしまう。マルクさんをお手本にしろ、とマインに言われて、自分なりに練習しているけれど、今までの生活の何を直せばよいのかわからないことも多い。

……言われなきゃわからないんだよな。

建築関係の仕事をしている職人の家で育ったオレには、商人の世界のことが全くわからない。紙を作ることができて、ギルベルタ商会への見習いの道が開けてから、オレはマルクさんに小さな注意を受けるようになった。

食事の後には口の中を掃除すること、服装や髪を清潔に整えること、言葉遣いを直すこと、姿勢を正すこと、物は丁寧に扱うこと、どれもこれも今までの生活では誰にも注意されなかったことで、戸惑うことばかりだ。

おかげで、全く違う世界で生きた記憶があって、「ここの常識がわからない」と言うマインの気持ちがよくわかるようになった。オレは前よりずっとマインに親身になれていると思う。本当に細かいことでも教えられないとわからないのだ。


「ごちそうさま。いってくる！」

急いで朝食を終えると、オレは家を飛び出して走り出した。

二の鐘が鳴ると、街の門が開く。周辺の村の農民が一の鐘から起きて収穫した物を売りに来るし、昨日の閉門に間に合わず、近くの農村に泊まった旅商人が、どっと街に入ってくる。ギルベルタ商会は開門と同時に入ってくるお客様のために、二の鐘で開店するので、更に早くから開店準備が必要なのだ。

オレの父さんと一番上の兄貴ザシャは建築関係の仕事をしているので、仕事は天気に左右される。日が出たら仕事に向かう。二番目のジークと三番目のラルフは木工関係の工房で見習い仕事をしていて、母さんは布を織る織物の工房で働いている。工房は開門と関係がないので、ほとんどの工房は二の鐘が鳴ってから家を出るのが普通で、森で採集する子供達も同じくらいの時間に家を出る。

つまり、ギルベルタ商会の見習いダルアになったオレだけが、今までと違ってものすごく朝早くから動き始めることになるのだ。

足元が見にくい細い路地を通り抜け、まだ暗い大通りを走る。夏生まれであるオレの洗礼式が終わった頃から、日に日に夏の暑さが増しているけれど、夜が明ける前の空気はまだ少しひんやりとしていて、頬に受ける冷たさが心地良い。

ギルベルタ商会の従業員は富豪の商人の子で、皆、北に家がある。南門に近い場所に家があるオレが一番遠い。一の鐘が鳴ってからすぐに行動しているけれど、少し遅れることもある。今は夏だからまだ良いが、布団から出るのが厳しい冬になれば起きるのが更に大変になりそうだ。

ギルベルタ商会に着いたけれど、まだ店の準備が始まる時間にはなっていないようで、店員であるダルアが入るための扉も開いていていない。ホッと息を吐いて、オレが店の脇にある階段へと足をかけた時、扉が開けられる重い音がした。

……まずい。もう開いた。急げ！

屋根裏に借りている自分の部屋へ駆け込むと、そんなに大きくはない水瓶に入っている水で顔を洗って、タオルで拭う。次に塩を指に付けて、歯に塗りつけるようにした後、タオルで歯を拭っていって、うがいをした。そして、部屋に張られている紐に引っかかっているギルベルタ商会の見習い服を取って、大急ぎで着替えると、マルクさんに売ってもらった櫛で、できるだけ素早く丁寧に髪を整えていく。

「うーん、さすがに今日は洗った方が良さそうだな」

髪を梳きながら、自分の髪に触って、オレは軽く息を吐いた。金髪が少しべたりとした感じになってきている。そろそろ洗わなければ、マルクさんから注意を受けそうだ。オレは自作のリンシャンを持っているけれど、ウチで洗おうとすると、兄貴達がからかったり、囃し立てたりするので、身だしなみを整えるのはこっちでしている。今日は服だけではなく、髪も洗った方が良いだろう。

身だしなみを整えて、仕事に必要なインクやペン、計算機などの荷物が入った布の鞄を持つと、オレは階段を駆け下りて、店に入った。

「おはようございます」

「おはようございます、ルッツ。マルクさんはもう裏に行ったぞ」

お客様が入ってくる表を掃除しているダプラにそう言われ、オレは慌てて裏へと回った。

どの店も盗難を警戒して、お客様が出入りする店の表にはほとんど商品は置いていない。見本をほんの少しずつだ。欲しい商品を指示されてから、裏や地下にある倉庫から出してくるのが普通である。つまり、店の表よりも裏の方が広くて、荷物がいっぱいなのだ。

「ルッツ、少し遅いですよ」

「マルクさん、ごめ……。申し訳ございません」

倉庫の管理をしながら、ダルア達に指示を出しているマルクさんに謝ると、オレは他のダルア達と一緒に仕事を始める。倉庫での仕事は新入りダルアの仕事だ。倉庫のどこに何があり、どのように扱うのかを知らなければ、仕事にならない。大量にある布や小物の扱いを覚えるのが、ダルアの最初の仕事なのだ。全部完璧に覚えているマルクさんのようになるためにはどのくらいかかるだろうか。

「ルッツ、髪飾りを表に出してください」

「はい！」

冬の間、オレがマインと一緒に作っていた髪飾りはすごく売れ行きが良い。この間、マインが製法をギルベルタ商会に売ったと言っていたから、これからはコリンナ様の工房で作られるようになるだろうけれど、今はまだマインやトゥーリと一緒に作った物ばかりだ。

オレは髪飾りが売れるのは、花がなくなる秋の終わりから春の始めの洗礼式や成人式の時で、お金をかけずに花が集められる夏には売れないだろうと思っていた。けれど、珍しい物に目がない旅商人が先日も髪飾りをたくさん買っていったのだ。

……今日も売れたらいいな。

花の形が崩れないように、オレはトレーに乗せて丁寧に運んでいく。色違いで五個の髪飾りを運ぶ中に、一つだけちょっと不恰好な花がある。マインが作った物だな、と思うと、小さな笑いが漏れた。

二の鐘が鳴ると、開門だ。お客様が次々とやってくる。毛皮や布、糸などを売りに来た者、逆に買って街を出ようとする者で店の中が賑わい始めた。表には出られず、まだほとんど役に立たないオレは、大人が査定し終わった荷を裏に運び込むくらいしかできない。

春に入ったダルアは大店の商人の子で、慣れているので、お客様にお茶を出したり、荷物を包んで店に持って行ったりと、表に顔を出す仕事もしている。

「ルッツ、この荷物も裏に持って行ってくれないか？　レオンに渡して欲しいんだ」

「わかりました」

預けられた布を抱えて裏へと回ると、ダプラのレオンを探して布を渡す。レオンは軽く頷いて、所定の位置にさっさと片付けていく。布は品質や色で棚が分けられているのだが、オレには渡された布を触っても品質が見分けられない。実家が布を扱う店で、布を見慣れているレオンはダルア契約をした最初から仕事ができたらしく、その有能さでダプラに昇格したと聞いている。

……ダプラになるのは無理でも、三年でダルア契約を切られないようにしなきゃダメだ。

ギルベルタ商会で働いているのは、商人の子ばかりだ。大工の子であるオレは商人の常識がわからないので、皆よりずっと努力しなければならない。マインと一緒に紙を作って、髪飾りを作って、見習いになるのを認めてもらったけれど、これはオレじゃなくて、ほとんどマインの功績だ。

三の鐘が鳴る頃には、開門と同時に入ってきた外のお客様とのやり取りが落ち着き、街の中の商人達が出入りする時間になる。実家の関係者が出入りした時には、新入りダルアが店に出て、接客の練習をするのだ。でも、実家の関係者が出入りしないオレは、練習の場がない。旦那様には「マインが出入りした時に練習するしかないな」と言われている。マインも商人ではないので本当に練習になるのかどうか、正直なところちょっと不安だ。

四の鐘が鳴ると、午前の仕事は終わりになって、昼ご飯だ。店を閉めて、昼番を一人だけ残すと、全員がそれぞれ家に帰ったり、大通りの屋台や店に食べに行ったりする。オレは母さんに持たされているパンだけでは足りないので、大通りの屋台へと買いに行くことが多い。自分で使えるお金があるというのはすごい。これから先に必要になるから貯めておけ、と助言してくれたマインには感謝している。

昼ご飯を買いに行くのは、面倒でも屋根裏へ一度戻って着替えてから行かなければならない。ギルベルタ商会の見習い服を着ていたら、いくら腹が減っていても、買い食いなんてできない。まして、ガツガツ食べながら歩くなんてことをしたら、マルクさんに叱られるだろう。

東や中央の屋台より市場に近い西の屋台の方が安いので、そこで買ったガレットを食べながら、暑い夏の日差しに照らされた中を中央広場に戻っていく。ガレットは小麦粉や大麦粉にそば粉を混ぜて嵩増しした生地を薄く焼いて、ハムやベーコン、腸詰などを巻いている携帯食だ。保存を第一目的にカチカチに焼かれているパンと違って、汁物がなくても簡単に食べられるところが良い。

今日は晴れているから外で買い食いができるけれど、雨だったら家から持ってきた硬いパンと水だけになってしまう。雨になると露店がほとんどないし、外を歩くのも億劫になるからだ。何をするにも天気は重要である。

中央広場に着いた頃にちょうどガレットを食べ終わり、オレはいつもの癖で手をパパッとズボンで拭いた。しまったと思い、周囲に店の者がいないかちょっとだけ周囲を見回す。

……よし、誰もいねぇ。

ホッと胸を撫で下ろし、急ぎ足で屋根裏部屋へと戻る。ゆっくりと昼食を摂る旦那様と違って、オレの昼休みは時間が余るので、この間に洗濯をするのだ。今日は洗髪もしてしまいたい。盥に桶とギルベルタ商会の着替えやタオルと石鹸と洗濯板とリンシャンの壺を入れると、オレは階段を下りて、井戸へと向かった。屋根裏部屋なので、この往復がきつい。

井戸の前で桶に水を汲むと、リンシャンを入れて、先に洗髪する。上着を脱いで、桶のリンシャン入りの水を盥の上で頭にかけて、盥に落ちたリンシャンの水を桶に入れ直し、また盥の上で頭にかける。こうして、髪を完全に濡らして、タオルでゴシゴシと拭って行くのがオレの洗髪だ。マインと違って髪が短いし、手伝ってくれる人がいないので、こんな方法で洗うのに落ち着いた。

タオルで頭を拭った後は、そのタオルもまとめて洗濯する。ギルベルタ商会の見習い服やタオルを全て洗濯し終えたら、部屋に戻って、張ってある紐に引っかけて干していった。こうしておけば、次に来た時までには乾いているのだ。

髪を丁寧に梳くと、頭がすっきりして、髪がサラサラになっていた。クイッと引っ張った自分の前髪に艶が戻っているのを見て、オレは一つ頷く。それから、朝着ていたギルベルタ商会の見習い服にまた着替えて、店に戻った。

「おや、髪を洗ったのですね。指摘される前にできるようになるのは良いことです」

身綺麗にしておくことは大事ですから、とマルクさんが褒めてくれた。こうして、自分がしていることを認めてくれると、次も頑張ろうと思えるのだ。オレはマルクさんのこういう気配りを真似ていきたいと思っている。

……難しいんだけどな。

午後からは街の商人の出入りがポツリポツリとあるけれど、来客がぐっと減る。毎日ではないけれど、旦那様やマルクさんが貴族街へと向かうこともある。

五の鐘が鳴ると、オレ達新入りのダルアは教育係のダプラから店に出入りする業者について教えられたり、商業ギルドへのお使いをしたりしながら、仕事内容を学ぶ時間になる。比較的余裕があって、質問がしやすい時間だ。

「今日は発注書の書き方だ。これは各店で書き方が少しずつ違う。実家のやり方ではなく、ギルベルタ商会の書き方を覚えてほしい」

「……また覚え直しですか。細かい違いが面倒ですね」

新入りダルアは自分の実家で教えられたやり方ではなく、ギルベルタ商会の仕事の仕方を学ばなければならない。オレは何も知らないので覚えるのが大変だけれど、今までのやり方を変えるのはもっと大変そうだ。

「ルッツは発注書の書き方を知っているのか。書き方もギルベルタ商会のやり方だな。うん、問題ない。だったら、この売り上げの計算をしてみてくれ」

「はい」

……やっぱりマインはすげぇよな。

マインに教えてもらって、文字の読み書きや計算の勉強をして、お金の数え方や発注書の書き方も覚えたので、商人の常識がわからないオレでも何とか仕事ができている。マインがいなかったら、とっくに教育係のダプラに見放されていただろう。

カチカチと音をさせながら、オレは計算機を動かして、計算をしていく。まだまだ遅いけれど、もう少し慣れれば、見習いに追いつけると思えるのも、マインと練習していたからだ。

「ルッツ、旦那様がお呼びです。奥の部屋に来てください」

マルクさんに呼ばれて、奥の部屋へと行くように言われた。オレが返事をして立ち上がると、周囲から羨望の視線が向けられるのがわかる。

「またルッツか……」

「マイン係と旦那様に言われていたから、どうせマインに関する話だろう」

そんな他のダルアの言葉を背中で聞きながら、オレは奥の部屋へと向かう。どの言葉も本当のことだ。オレはマインと幼馴染でマイン係だったから、こうして商人見習いになれた。だから、オレはマイン係としての仕事はきっちりとするつもりだ。

……マイン係はオレにしかできないことだからな。

「あぁ、ルッツか。マインのことだが……」

奥の部屋に入ると、木札や紙の確認をしていた旦那様がそう言いながら顔を上げた。

「マインが神殿に入ったことについて、お前の周囲ではどうなっている？」

「多分、マインの家族とオレ以外は巫女として神殿に入ったことを知らないと思います。今まで通り、家で仕事をしたり、店に出入りしたりすると思われているはずです。外聞が良くないから、家族もわざわざ周囲に広げるようなことは言わない……と思う」

神殿に入るのは孤児だけだ。それも、親が捨てたり、引き取って面倒を見てくれる親戚がいなかったりと事情がある洗礼式前の子供だけ。洗礼式が終わって、仕事に就いていれば、住み込み見習いとしてその親方が面倒を見てくれる。生活は大変になるが、両親が死んでも路頭に迷うことはないようになっている。

孤児院で育った子供は、貴族が下働きにこき使っているとか、二度と神殿から出られないようにされているとか、色々と噂されている。まともな仕事にも就けず、洗礼式や成人式といった儀式を受けることもできないと言われている孤児達は、街の人間として数えられることもない。いないものと扱われている。そんなところに子供を入れたと知られれば、マインの家族が後ろ指を指されるだろう。

「マインは青色巫女の扱いで入ったけれど、それを理解しない者の方が多いだろうし、マインが面倒な貴族と関わりを持つと、どこにどう影響が出るのか、こっちではわからない。なるべく余計なことは言うな。最近、マインの周囲を探っているヤツもいるらしいから、なるべく気を付けてくれ」

今日、商業ギルドに行った時に、マインに関する情報を集めているらしい男がいる、とフリーダに言われたらしい。

「新しい商売敵かしら、とあのお嬢ちゃんは言っていたが、神殿に入ることになったんだ。貴族側が情報を集めていてもおかしくない。ルッツ、お前の名前はマインと契約魔術を結んだことで調べようと思えば調べられるんだ。お前自身も身の回りには気を付けろよ」

少しでもマインを隠せるように、と旦那様は考えているので、オレもそれに従うつもりだ。正直なところ、貴族と関わったことがないので、貴族がどのくらい怖いものなのか、どんなふうに面倒なのかわからない。けれど、皆が警戒しているので、警戒しなければならない相手であることに間違いはないようだ。

「ところで、マインはそろそろ復活しそうなのか？」

「多分。……熱が出てからもう三日目だから、そろそろ大丈夫になると思います」

「聞きたいことがあるから、また連れて来てくれ」

オレは「はい」と返事をして、奥の部屋を出る。すると、すでに店の片付けがほとんど終わっていた。

「ルッツも裏に置いてある荷物を片付けなさい。そろそろ鐘が鳴ります」

マルクさんにそう言われ、もうそんな時間か、と思っているところで、カラーン、カラーンと六の鐘の音が響き始めた。六の鐘が鳴ると、工房も店も終了だ。

「失礼します。また明日」

店のダルア達が一斉に帰宅し始める。最後に店を閉めるのは、旦那様の家に部屋を与えられているマルクさんやレオンのようなダプラの仕事だ。オレも早く帰らないと店を閉めることができない。

オレは慌てて荷物を抱えると、店を飛び出した。

そして、屋根裏部屋に上がると、家に帰るための準備を始める。見習い服を脱いで盥に放り込み、いつもの服に着替えた。そして、水瓶の中を確認して、水が残っているかどうか確認する。次回、顔を洗うための水を足しておかなければ、時間がない朝に水汲みをしている余裕はない。

……今日はまだ大丈夫そうだな。

オレは屋根裏部屋の鍵を閉めて、階段を駆け下りると家に向かって歩き出す。六の鐘で皆が一斉に帰宅するので、少しずつ薄暗くなってくる大通りも人が多い。少し風が涼しくなっても、意味がないくらいの人いきれだ。

……森から戻る時はそんなに人がいなかったんだけどな。

今でこそ、六の鐘は帰宅の波にもまれて歩く時間になってしまったが、森で採集していた頃は、閉門を知らせる鐘なので、何とか街に入ろうとする旅人とそれを押しやって門を閉ざそうとする門番の争いを見ていた。子供ばかりで細い路地を抜けて帰ることが多いので、これほどの人波に揉まれることはほとんどなかった。

「あぁ、おかえり、ルッツ」

家に帰ると、母さんが夕食の準備をしていた。兄貴達も帰ってきている。

母さんに「ほらほら、疲れているのは誰だって同じさ。手伝っておくれ！」と怒鳴られながら手伝って、夕食を食べるのが日常だ。

マインが教えてくれたレシピで多少食事のメニューが増えたけれど、パルゥの搾りかすのような冬の材料が必要だったり、面倒な手順が多かったりするので、普段の食事ではあまり出ない。パンとスープとハムや腸詰がほとんどだ。

「あー！　ラルフ！　それ、オレのだぞ！」

「鈍臭いのが悪いんだよ！」

ラルフにハムを一枚取られて、目を剥きながら皿を高く上げると、今度はザシャが上から腸詰を狙ってきた。

「ルッツは商人見習いで、大して体を使わないんだから、大工仕事をしているオレよりは腹が減らないだろ？」

「こら、ザシャ！　座って食べるんだよ！」

母さんの怒声が飛んできて、オレの腸詰は守られたが、周囲から狙われているのは視線の動きだけでわかる。母さんが睨みを利かせている間に食べなければ、さっきと同じことになる。オレは掻き込むようにして腸詰を食べ、後からスープでふやかしたパンに手を付けた。

……くっそぉ！　いつか絶対に取り返してやるからな！

貯金額から考えると、買い食いをする金銭的余裕は出てきたけれど、やっぱり食事を取られるのは腹が立つ。

兄弟喧嘩をしながら食事を終えると、その後は就寝準備だ。早く寝ないと、起きられないし、日が落ちて暗くなると、できることなどほとんどない。蝋燭を節約するためにもさっさと寝るのが一番だ。

カラーン、カラーンと就寝を促す七の鐘が聞こえた。

……そろそろ元気になっているだろうし、明日はマインの見舞いに行こうかな。

ギルド長の悩みの種

「議題は以上かな？　では、大会議室で新しく売り出す予定のお菓子の試食会を開催している。時間があれば立ち寄ってくれ。連れている従者の分も用意してあると言っていたぞ。ベンノ、其方が来るということで、フリーダがずいぶんと張り切っていた。寄ってくれるであろう？」

わしの言葉にベンノは苦虫を噛み潰したような顔になって立ち上がった。不愉快でも行かずにはいられない顔だとわかり、「してやったり」という気分になるのは抑えられなかった。じろりとこちらを睨むベンノの視線を心地良く感じ、フンと鼻で笑いながら会議室を出る。

大店の店主達が興味深そうに向かう大会議室とは反対方向へ向かい、階段を上がると、ギルド長室の椅子に腰を下ろした。

……さて、どうなるかな？

試食会はマインが提案し、孫娘のフリーダが挑戦する新しい試みだ。これから売り出すカトルカールというお菓子をオトマール商会のものであると周知すること、そして、より一層客に受け入れられる味を探すことを目的としている。

ここから下の喧騒が聞こえるわけがないが、様子がわからぬものか、とわしは耳を澄ましてみた。

「グスタフ様も下の様子が気になるのですね？」

昔から仕えてくれている、わしの右腕とも言えるコージモがコトとお茶の入ったカップを置きながら、笑いを含んだ顔でそう言った。試食会の打ち合わせをしている時にフリーダが「おじい様は来てはダメです。影響力の強いおじい様がいらしたら、わたくし達の努力が霞みますから」と言っていたことを思い出しているに違いない。

せっかくなので、孫達が奮闘している姿を見たかったのだが、おとなしく引っ込んでいるしかないだろう。少しばかり面白くないが、フリーダの言う通り、商業ギルドのギルド長であるわしが表に出てしまうと「オトマール商会の試食会」という印象はどうしても弱くなる。

「本当にフリーダ様はずいぶんとお元気になられましたね。これもマインのおかげでしょうか？」

コージモの喜びを含んだ声に、試食会の開催に向けて奮闘するフリーダの様子を思い返し、わしも目元を綻ばせる。

身食いのせいで、熱を出すことが多く、いつどこで倒れるのかわからなかったフリーダは、貴族との契約が決まるまでほとんど外に出ることなく育った。貴族と契約した後は、成人後に貴族街で暮らしていけるように、屋敷の中でずっと教育を受けていたので、住み込みで仕えている側仕え達は殊の外フリーダを可愛がっている。

フリーダは洗礼式の少し前に同じ身食いであるマインと出会って、自分のやりたいことに向かって真っ直ぐに生きているマインの姿に心動かされたようで、ずいぶんと活動的になった。この試食会もマインの意見を取り入れつつ、フリーダが主導で開催したものだ。もちろん、家族の協力あってのものだが、その年齢では考えられないくらいの鋭さや周囲の使い方を見せていた。

「試食会の様子は気になるが、悪い結果にはならんと思っている。報告を待つしかないな」

「グスタフ様がそうおっしゃるならば、成功するでしょう。こと、商売に関することでグスタフ様の勘が外れることはございません。……エーレンフェストに変化が来ている、とおっしゃった通りになっていますから」

そう言って、フッとコージモが笑みを浮かべた。彼の言うように、わしの商売に関する勘が外れることは滅多にない。

「……だからこそ、マインを取り込めなかったのは痛いな。髪飾り、リンシャン、カトルカール、ルムトプフ、植物紙……。マインが作り出したり、提案したりしたものがエーレンフェストを大きく変えていくのは目に見えている」

マイン、フリーダ、ルッツという洗礼式を終えたばかりの幼い子供達のやることを、若い世代であるベンノが牽引することで、エーレンフェストの商売が大きく変わろうとしている。

コージモがゆっくりと頷きながら、わしを見た。

「まだマインの影響は下町だけです。けれど、グスタフ様は小さくて大事な商売の芽だとおっしゃった。ならば、変化を嫌う貴族に潰されないように立ち回り、変化を受け入れる器のある貴族に売り込んで上手く交渉して育てていかなければなりません」

そんなことは言われなくてもわかっている。それが商業ギルドと、商業ギルドの設立にも関わった長い歴史と伝統を誇るオトマール商会の役目なのだ。

オトマール商会の歴史は長い。今のエーレンフェストができる以前からずっとエーレンフェストにあった。前の領主の時代でも領主の御用商人として、貴族に向けて食料を売ってきたのだ。

衣装や家具などの職人は新しく入った領主が専属として連れて来た。自分好みのものを作る職人を連れて来るのは貴族にとって当たり前のことだ。けれど、食料品だけはそうはいかない。専属の料理人を連れて来ることはできても、食材はこの地で賄うしかないのだ。

オトマール商会は周辺の農村から品質が良い貴族向けの食材を買い、前領主や貴族に向けて売ってきた。農村とのやりとり、この土地ならではの旬の野菜の見分け方や品質の保証など、遠くから連れてきた者ではできない仕事だ。だからこそ、オトマール商会は領主が変わっても、そのまま商売を続けることができた。

同時に、これまでの貴族の専属と新しく入ってきた貴族の専属の折衝役を任されることになった。エーレンフェスト全体の商業に関する組織が必要となり、貴族との窓口や大店同士の利益の衝突などを仲裁するためにできたのが商業ギルドである。

「グスタフ様、ダミアン様がお見えです」

試食会の様子を報告に来たのだろう。通すように言い、入ってきたダミアンに報告を促した。

ダミアンはわしの孫でフリーダの兄だ。成人前だが、すでにいくつかの店でダルアとしての経験を積んでいる。今の契約が終わったら、次はギルベルタ商会にダルアとして入れてみようかと思っているところだ。

「カトルカールの評判は良いです。皆様、真剣な目でそれぞれの味を食べ比べています」

「ほぉ……。ベンノの様子はどうだ?」

ダミアンが苦い笑いを浮かべながら肩を竦めた。

「会場に入ってきた途端、マインを捕まえてギルベルタ商会の見習い服に着替えさせていました」

「マインとオトマール商会との関係を印象付けたかったのだが、失敗か」

イルゼが言っていた「マインが夢の世界で知ったこと」は一つの店が独占していけるものではない。街全体のために使う物だ。新興のギルベルタ商会だけでは抱えきれまい。オトマール商会との関係も見せ、ギルベルタ商会が利益の独占をしているわけではないと印象付けるつもりだったが、上手くいかなかったようだ。

「ベンノはまた自分の店を苦境に立たせるつもりか？」

髪飾りとリンシャンだけならばともかく、植物紙も紙なのだから、羊皮紙協会を紙協会と名を変えて、預けてしまえばよかったのに、ベンノは抱え込んだ。服飾と全く関係がない分野に手を出してどうするというのか。

ダミアンに試食会の会場に戻るように言った後、わしはゆっくりと息を吐く。

「ギルベルタ商会のように一店だけで莫大な利益を独占しようとするのは、混乱の元だ。自分の店を守るために躍起になっているベンノの考えがわからんわけでもない。だが、もうそろそろ視野を広げてほしいものだな。まだ血気盛んな若造であるベンノにはわからんのだろうが」

エーレンフェスト全体に利益をもたらしたい商業ギルドと、自分の店の業績だけを伸ばしたいギルベルタ商会ではどうしても考え方が噛み合わずに衝突する。ここ最近は利益の独占に暴走するベンノのおかげで頭の痛い日々を過ごしているのだ。

「考え方が噛み合っていないのは、商売に対する考え方だけではございませんし、グスタフ様にも責任がございますよ」

やれやれ、とこれ見よがしに溜息を吐いて、コージモが首を振った。

「……あれは一応善意だったのだぞ」

「伝わっていなければ全く意味がございませんし、あちらがあれほど頑なになってしまうと、どうしようもございません」

ギルベルタ商会が勢力を伸ばしてきたのはここ数十年で、まだ百年とたっていない。貴族の衣装を作っていた針子がギルベルタという名をもらった。彼女を娶った男が服飾専門の店を作ったのが始まりだったはずだ。

順調に業績を伸ばし、大店と呼ばれるくらいにギルベルタ商会が拡大してきたのは、ベンノの父親である先代の頃だ。このまま順調に伸びていくだろうと思っていた矢先に、先代は街の外で死んだ。

大店は成人したての小僧に支えられるようなものではない。このままではギルベルタ商会は潰れるだろう。せっかく育ってきた大店が潰れるのは惜しい。そして、代わりとなれる店がなければ、貴族への対応が非常に難しいことになる。

わしも一人目の妻を亡くしていたが、その時は生活を立て直し、オトマール商会の存続を考え、死後すぐに再婚した。二人目の妻も先立っていたが、すでに息子達も成長していて、一番上の息子に家督を譲ることを考えるくらいの年になっていたので、それから妻を娶ってはいなかった。

丁度良いので、わしはギルベルタ商会を援助する口実に、先代の妻、ベンノの母親に再婚を申し入れた。ぐずぐずしているうちに従業員が減り、経験のない若造では取り返しのつかない失敗をして店が傾いてしまう。先をよくよく考えれば、死んだ者より守るべき店の方が大事なはずだ。

わしはこの再婚話を申し入れた時、成人したばかりの息子だけではなく、その下にまだ子供が何人もいたのだから、子を育てる母親としても再婚話は喜ぶだろうと思っていた。

だが、そうではなかった。ギルベルタ商会からの回答は「ふざけるな！」だったのだ。何故このような回答が返ってきたのか、よくわからず首を捻るわしに周囲の者が揃って溜息を吐いた。

「男と女では考え方も違います。夫を亡くしてすぐに再婚は考えられませんよ。すぐではなく、少しばかり悲しみが癒え、子供を抱えて生活が苦しくなり、現実が見えたところで救いの手を差し伸べれば、躊躇いなく手を取ったでしょうに」

そう息子と息子の嫁に諌められ、なるほど、と納得した。確かにあらゆる物事に関して、男と女では考え方が違う。

「残ったのが女でなければ、少しは結果も違ったか……」

案の定、ギルベルタ商会からは契約更新を渋ったダルアがどんどんと抜けていき、取引先が減り、成人したてのベンノは苦境に立たされていった。先代仕込みの商売の腕を持つダプラのマルクがよくベンノを助けていたが、それでも、店が傾いていくのは止められない。

わかっていても利益を調節する役割を担っている商業ギルドの長が、何の口実もなくギルベルタ商会に肩入れすることはできない。なかなか商売に関する目が鋭い若造が潰れていくのは惜しいと思っていたところで、ベンノの恋人が病に伏し、そのまま亡くなった。

これ以上店を傾ける前に手を打った方が良い。そのくらいのことは店主として踏ん張ってきた者ならば、わかるはずだ。わしはベンノに娘との結婚を申し入れた。

結果はまたしても「ふざけるな！」だった。

……ベンノは男なのに、何故このような回答が？

「ギルベルタ商会は商売上の繋がりを重視した婚約者ではなく、幼い頃から想い合っての恋人だったはずです。恋人を亡くした直後に結婚の申し入れをされれば、気分を害するのは当然ですよ」

その後は正攻法で行こうと、ベンノの妹に息子との縁談を持ちかけたが、片方には逃げるように街の外へと嫁がれ、もう一人は旅商人と結婚した。そして、ベンノは何かにつけ、反抗的な態度を取るようになった。困ったものである。


「ずいぶんと険悪だったが、身食いの情報を売り、マインへの魔術具を融通したことで、多少ベンノとの関係は緩和したのは幸いだったな……」

「それはグスタフ様の希望的観測ではございませんか？　ベンノ様の警戒心はマインを介して、更に上がっているようにしか見えませんが」

コージモの言葉にわしは眉をひそめた。

「……何故だ？　フリーダのために必死で集めた魔術具を譲ってやったというのに、少しくらいは恩を感じるはずだろう？」

「命を救われたマインは恩にきるかもしれませんが、値段を誤魔化してマインを取り込もうとしたのですから、ベンノ様の警戒は上がったと思われます」

「ベンノだけではなく、マインも次から次へと変わった新商品を持ち込んで騒動を起こすのだぞ。あの二人を組ませるととんでもないことになる。わしはできる限り引き離しておきたいぞ」

「ギルベルタ商会とマインに関しては、一度もグスタフ様の思惑通りに事が運んだことがありませんから、今回もそうなると思いますよ」

コージモがそう言って軽く息を吐いた時、扉も窓も閉まっている部屋にスッと白い鳥が入ってきた。数年に一度くらいの事態に目を見開いていると、白い鳥は手紙となって手元に落ちてくる。貴族からの緊急の依頼だ。

普段は面会日が書かれた手紙を貴族の家で働く下働きの平民が持って来るのだが、その時間が惜しいほど急ぎの時には、このような魔術具で依頼が届く。領主会議の前後に届くことはあっても、夏に入った今の季節に緊急の用など思い当たらない。

「一体何だ？」

手紙を開いて見てみると、それは神殿から届いたマインに関する身上調査の依頼書だった。神殿に巫女として入ることになるマインの持つ資産や工房の運営状況を包み隠さずに述べよというものである。

「……マインが神殿に入るだと？」

先日、マイン工房の工房長としての登録があったばかりで、マインは自宅でできる仕事をしながらベンノの庇護下で新しい商品の開発に努めると聞いていた。神殿に巫女として入るという情報はなかったはずだ。嫌でも貴族と関わることになりそうだ、とイルゼがマインから聞いたそうだが、この神殿入りがそれなのだろうか。

魔術具がなく、貴族との契約をするつもりがないマインの命は半年から一年だ。ならば、ベンノが囲い込んでいてもそれほど多くの商品ができることもなかろうと高を括っていた。

だが、神殿に入るとなれば話は別だ。神殿には魔術具である神具があり、貴族の子である青色神官や青色巫女がいる。マインは自分で命を長らえることができ、貴族と契約することができるようになる。

……扱いはひどいものになるだろうが。

神殿には孤児院があり、保護者のいない平民の孤児が行くところだと認識されている。貴族の子は青色の衣、孤児は灰色の衣を与えられ、待遇が全く違うことは儀式で何度か神殿に出入りすればわかるし、神殿に商品を納入すれば、その実態も見えてくる。灰色は青色に絶対服従の奴隷のように扱われている、と。

フリーダをそのように扱われることは我慢ならなかったので、わしは温厚で誠実な貴族を探して契約をさせたが、マインは生きながらえるために大変な思いをすることになるだろう。

……ベンノは知っているのか？

中途半端に貴族と関わるのは、平民にとっては命取りだ。わしはベンノの最近の行動をゆっくりと思い返してみる。

「工房長としての登録も、新しく行われた契約魔術も全てマインのため……か？」

マインの庇護を続けるということは、新興のギルベルタ商会にとって新たな貴族との繋がりを持つことができ、商機はあるかもしれないが、あまりにもリスクが大きい賭けだ。

「向こう見ずな若さにも程があるぞ、ベンノ」

そして、ギルベルタ商会が大きな失敗をした時には商業ギルドも何らかの形で巻き添えを食らうだろう。

「……くっ。頭が痛いな」

神殿に入った以上、マインをオトマール商会に取り込むのは諦めた方が良い。これから先、成人した後に貴族街に入っていくフリーダにどのような影響が出るのかわからない。フリーダが契約したヘンリック様は人柄だけで選んだ契約相手だ。下級貴族で貴族街における影響力は大きくない。

せめて、マインがどの貴族とどのような契約をするのか、はっきりするまではあまり近付かない方が良さそうだ。

「友達だと喜んでいたフリーダには少々可哀想かもしれんが、フリーダの安全が最優先だ」

溜息を吐きながら、わしはマインに関する回答を書いていく。少しでも価値があるように見せ、対応を緩めてもらうのが得策だろう。実際、マインには新しい商品に関する知識がたくさんあり、稼ごうと思えばいくらでも稼ぐことができる。

……この程度で貴族の対応が変わるとも思えんが、中央で政変があり、魔力も金も乏しい今の状況ならば、多少はマシか？

「一度ベンノを呼び出して、詳細を聞かねばならぬ」

「面会依頼を出しておきましょうか、グスタフ様？」

「頼む」

コージモがギルベルタ商会向けに面会依頼の木札を書き始める。そこに眉を吊り上げたフリーダが飛び込んできた。

「大変です、おじい様。ベンノさんが今度は料理人を育てると言うのです！　料理の面でもマインの知識を活用するつもりですわ！　料理に関してはイルゼに任せたい、とマインが言っていたのに！」

……本業である髪飾りに、美容関係と思えば許容範囲のリンシャン、完全に本業から外れた植物紙に加えて、今度は料理だと⁉

「次から次へと手を伸ばしおって……。碌な結果にならんぞ。ベンノは店を潰したいのか⁉」

思わず怒鳴って立ち上がったわしにコージモが「落ち着いてください、グスタフ様」と言った。

「グスタフ様の手腕に期待しています。せめて、フリーダ様が成人する頃までは頑張っていただかなければ……」

これまでと同様に自店の利益を求めて突っ走るベンノと、神殿入りで貴族と中途半端に繋がりを持つマインが手を組んだのだ。突出するギルベルタ商会と大店との調整が全て自分の方に圧し掛かってくる。

……ベンノめ！　少しは年寄りを労われ。

あとがき

お久しぶりですね、香月美夜です。

この度は『本好きの下剋上　～司書になるためには手段を選んでいられません～　第一部　兵士の娘Ⅲ』をお手に取っていただき、ありがとうございます。


さて、この三巻で第一部が終了です。

フリーダとギルド長によって、命は助かったものの、期限付き。マインは家族と生きることを選び、できるかぎり本を作っていこうと決意します。ルッツも母親に自分の主張をすることで、商人見習いになる本気を見せつけました。

そんなマインが洗礼式の行われる神殿で見つけたのは、望み続けていた図書室。マインが見つけた神殿図書室はチェインドライブラリーといって、本が鎖で繋がれている図書室です。本が高価で貴重だった時代、盗難を防ぐために本は鎖で繋がれていました。もっと貴重な本は書箱に収められ、鍵は三人の責任者が別々に管理し、三本の鍵が揃わなければ書箱を開けることができないということもあったようです。

命の期限ギリギリまで本を読んで過ごしたい。そんな自分の望みのままに突っ走って、マインは高額の寄付をし、神殿長を威圧し、自分の要求を突き通して神殿に青色巫女として入ることになりました。

青い衣をまとう巫女見習いとなったマインの活躍は「第二部　神殿の巫女見習いⅠ」に続きます。どうぞ第二部もお楽しみに。

さて、手に取ってくださった方はよくわかると思うのですが、この三巻はとても分厚いです。それは「それから神殿に入るまで」というマイン以外の視点の短編集を何とか詰め込もうと奮闘したせいです。第二部の内容に大きく関わってくるので、削除するわけにはいかないし、番外編だけの四巻なんて出すわけにはいかないので頑張りました。

このページ数で三巻を出すために、関係者の皆様はとても尽力くださったと聞いています。TOブックスの皆様、本当にありがとうございました。

そして、今回はこれまでと違って、表紙も私のリクエストです。第一部完結ということで、家族が揃ったイラストを描いてくださった椎名優様、ありがとうございました。

最後に、この本をお手に取ってくださった皆様に最上級の感謝を捧げます。

続きの第二部は秋になる予定です。そちらでまたお会いいたしましょう。

二〇一五年五月　香月美夜

（通巻第3巻）
本好きの下剋上
～司書になるためには手段を選んでいられません～
第一部　兵士の娘Ⅲ

2015年　7月1日　第　1刷発行
2020年10月5日　第13刷発行

著　者　香月美夜

発行者　本田武市

発行所　TOブックス
〒150-0002
東京都渋谷区渋谷三丁目1番1号　PMO渋谷Ⅱ　11階
TEL 0120-933-772（営業フリーダイヤル）
FAX 050-3156-0508

印刷・製本　中央精版印刷株式会社

ISBN978-4-86472-397-8

Printed in Japan